KB162814

리빌드 월드 V
Rebuild World
대규모 항쟁

글 나후세
세계관 일러스트 와잇슈
일러스트레이션 긴
메카닉 디자인 cell

The advanced civilization that once dominated
the world has crumbled away, and a long time has passed.
People rallied the fragments of wisdom and glory scattered
all over the world and spent a long time rebuilding human society.

"10분 전이야.
문제없어."

"그럴 때는 지금 막 왔다고
말할 수 없어?"

"벌써 왔구나.
오래 기다렸어?"

도시 하위구역에 있는 상점가에서, 아키라가 캐럴을 기다리고 있었다.
약속 장소에 나타난 캐럴은
맨살 노출을 줄인 청초한 차림이다.
야릇한 구세계 스타일의 강화복을 입었을 때와는 정반대 모습이었다.

> **아키라** AKIRA

슬럼에서 성공하고자 헌터가 된 소년.
모니카 토벌로 얻은 상금 6억 오럼을 쏟아부어
새로운 장비를 손에 넣는다.

> **비올라** VIOLA

슬럼의 조직과 헌터, 상인을 대상으로 한
정보 제공, 협상 대행 등을 폭넓게 하는 정보상.
매우 유능하지만 성질이 고약하다.

우리를 말려들게 했어?

>Author : nahuse >Illustration : gin >Illustration of the world : yish >Mechanic design : cell

리빌드 월드 V

Rebuild World
대규모 항쟁

The advanced civilization that once dominated
the world has crumbled away, and a long time has passed.
People rallied the fragments of wisdom and glory scattered
all over the world and spent a long time rebuilding human society.

Author 나후세   Illustration 긴
Illustration of the world 와잇슈   Mechanic design cell

Contents

제124화 유물판매점

헌터가 되고 알파와 만나 그 실력을 착실하게 키우고 있는 아키라는 현상수배급 소동이 끝나서 미발견 유적 탐색을 재개했다. 하지만 허탕이 이어지는 바람에 잠시 미하조노 시가지 유적에서 유물 수집에 나서기로 했다.

그러자 이번에는 유적에서 발생한 소동에 휘말렸다. 아키라는 구세계 장비로 무장한 모니카와 싸우고 까딱하면 죽을 뻔했지만, 알파의 서포트 덕분에 간신히 격파했다. 그리고 구세계 장비의 성능을 실감했다.

알파의 의뢰를 달성하려면 그만큼 고성능 장비가 있어야 할까? 그렇게 물어본 아키라에게, 알파는 그 정도 성능으로는 한참 부족하다고 대답했다. 자신에게 요구하는 힘의 크기에 놀라면서도, 언젠가 알파의 의뢰를 완수하기 위해, 더 많은 힘을 추구하는 아키라의 헌터 활동이 계속된다.

◆

아키라 일행에게 격파된 모니카는 현상수배급으로 인정되었다. 그래서 이를 해치운 아키라 일행에게는 도시에서 그 상금으로 막대한 돈을 주기로 했다.

그러나 실제로 상금을 얻으려면 시간이 더 필요했다. 모니카가 사용한 구세계 장비의 소유권을 둘러싸고 도시와 도란캄, 엘레나와 캐럴이 치열한 협상을 전개했기 때문이다.

그래도 큰돈이 생긴다는 사실에는 변함이 없다. 아키라는 모니카와의 싸움에서 주요 총기를 전부 상실한 탓도 있어서, 상금으로 장비 일체를 재구매할 때까지 미발견 유적 탐색을 다시 중단하기로 했다.

그런 아키라에게 카츠라기가 유물 판매에 관해 작성한 자료가 정보단말 경유로 도착했다.

"유물판매점 계획 자료……?"

짚이는 데가 없었던 아키라는 고개를 갸우뚱하며 자료를 봤다. 그리고 예전에 셰릴에게 부탁한 것을, 다시 말해 요노즈카역 유적에서 수집한 유물의 환금을 셰릴이 아키라에게 유물 판매를 부탁받은 것으로 해석했음을 겨우 이해했다.

아키라가 예전에 셰릴과 그 조직원들과 함께 유적에서 가져온 대량의 유물은 지금도 아키라의 집 창고에 쌓여 있다.

그걸 팔기 위해서 조만간 셰릴이 가지러 오겠지. 그렇게 생각한 아키라는 좀처럼 찾으러 올 기미가 없는 셰릴에게 잠시 상황을 물어본 적이 있었다.

그때는 셰릴이 시간이 조금 더 걸린다며 사과했다. 아키라도 딱히 유물 환금을 서두를 이유가 없는 데다가 비싸게 사 주는 매입처를 찾느라 고생한다고 여겨서 서두르지 않아도 된다고 대답했었다.

설마 셰릴이 카츠라기와 손잡고 유물판매점을 세우려고 할 줄은 몰랐다.

"어쩐지 시간이 오래 걸리더라⋯⋯."

이유를 이해하면서도 조금만 더 자세히 말하는 게 좋았겠다고 생각하는 아키라에게 알파가 웃는다.

『아키라는 그때 셰릴의 핫샌드 판매 이야기도 했어. 그래서 착각한 걸지도 몰라.』

"그렇구나. 뭐⋯⋯ 셰릴도 애쓰는 것 같고, 모은 유물이 비싸게 팔리기만 하면 아무래도 좋아. 카츠라기도 잘 협력해 주는 것 같으니까."

받은 자료에는 다 보면 연락해 주길 바란다는 메시지가 있었다. 아키라가 카츠라기에게 연락하자 장사꾼의 활기찬 목소리가 들렸다.

"아키라냐! 자료는 봤어? 어때?"

"보기는 했는데, 봐도 난 잘 모르겠다고. 맡길 테니까 셰릴과 잘해 봐."

"맡겨만 뒤! 그리고 조금 부탁할 게 있는데, 네가 보관하는 유물을 먼저 줄 수 없을까?"

이번 유물판매점 계획은 아는 상인에게도 제안해서 협력을 부탁했는데, 일단 현물을 봐야만 협력할 수 있다고 하는 자도 많다.

아키라와 셰릴이 거짓말한다고 말하지는 않겠지만, 역시 자신도 유물을 직접 봐야 동업자들을 더 설득할 수 있다.

그러니 어떻게 안 되겠냐. 카츠라기는 그렇게 이런저런 이유를 늘어놓고 아키라를 설득했다.

"이봐, 아키라. 그래도 되겠지? 너도 우리에게 맡기겠다고 했잖아."

"알았어. 그러면 가지러 와. 양이 많으니까 내가 가져갈 순 없어."

"좋아! 지금 가마! 기다려!"

기뻐하는 카츠라기의 목소리를 들으며, 아키라는 당부했다.

"아, 하지만 일단 말해두겠는데? 카츠라기의 부탁으로 유물을 맡기는 거야. 무슨 일이 생기면 네가 책임져. 그래도 상관없지?"

대답이 들릴 때까지 잠시 공백이 있었다. 그리고 아까 들은 흥겨운 목소리가 아니라, 진지한 상인의 목소리가 들렸다.

"그건…… 나랑 셰릴에게 책임을 지게 하겠다는 뜻이 아니라, 나한테만?"

"그렇지."

"책임은…… 구체적으로, 어떻게 지지?"

"그건 무슨 일이 생겼을 때 생각할게."

"잠시 끊으마……. 금방 다시 걸겠어. 잠깐 기다려."

1분 뒤, 다시 아키라에게 연락한 사람은 카츠라기가 아니라 셰릴이었다. 그 셰릴이 왠지 모르게 절박한 목소리로 아키라에게 말했다.

"셰릴이에요. 카츠라기 씨에게 이야기를 들었어요. 아까 한 이야기 말인데, 저도 다시 부탁할게요. 책임도 최대한 제가 질게요. 그러면 안 될까요?"

"아니, 괜찮아. 가지러 와."

"고맙습니다."

통신 너머에서 셰릴이 안도하며 한숨을 쉬는 게 아키라에게도 전해졌다. 그걸 들은 아키라가 조금 쓴웃음 기미로 말을 덧붙인다.

"그래. 일단 말해두겠지만, 아까 책임이니 뭐니 한 건 너무 신경 쓰지 않아도 돼. 그건 카츠라기에게 한 말이니까."

아까 이야기는 카츠라기가 아키라에게 한 부탁이다. 그러니 무슨 일이 생기면 카츠라기가 책임을 진다.

그러나 유물 판매는 아키라가 셰릴에게 부탁한 일이다. 그러니 아키라가 부탁한 것으로 무슨 일이 생기더라도, 그 책임을 셰릴에게만 떠넘길 마음은 없다.

최악의 경우, 맡긴 유물이 전부 도둑맞아도 원래 셰릴이 가질 몫과 그때의 위자료를 합쳐 상쇄했다고 생각하면 된다.

아키라가 셰릴에게 유물 수집을 거들라고 부탁하는 바람에 셰릴은 요노즈카역 유적의 유물을 노린 헌터들에게 거점을 습격받고, 셰릴 자신도 납치당하는 등, 피해가 심했으니까.

아키라는 가벼운 투로 말을 이었다.

"말은 그렇게 해도 무슨 일이 생긴다는 전제로 생각하면 곤란하지만 말이야. 무슨 일이 생기면 나한테 바로 연락해. 내가 할 수 있는 일이라면 어떻게든 해볼게. 일단 셰릴이 잡혀갔을 때도 어떻게든 해결했잖아?"

그걸 어떻게든 해결했다는 범주에 넣어도 되는 걸까? 아니, 될 것이다. 아키라는 그렇게 어렴풋이 속으로 자문자답하면서 슬쩍 웃고 말했다.

셰릴도 밝고 활기찬 목소리로 대답한다.

"그러네요. 알겠습니다. 저도 아무 일도 생기지 않게 최대한 노력하겠지만, 무슨 일이 생길 때는 부탁할게요. 그러면 지금부터 카츠라기 씨 일행과 함께 그쪽으로 갈게요. 이만 끊을게요."

셰릴과의 이야기를 마친 아키라는 그대로 차고로 갔다. 그곳에는 요노즈카역 유적에서 가져온 대량의 유물이 종이상자에 담긴 채로 쌓여 있었다.

그 유물의 산을 보고 아키라가 쓴웃음을 짓는다.

"이게 5000만 오럼쯤 해도 놀라운 일이 아닌가……."

눈앞에 있는 유물을 손에 넣었을 때, 아키라는 그 가치가 얼마나 될지를 가늠했다. 그때의 아키라에게 5000만 오럼은 큰돈이었다.

하지만 그 뒤에 있었던 현상수배급 소동에서 1억 오럼을 넘게 벌었다. 나아가 미하조노 시가지 유적에서의 수입은 아직 미확정 상태인데도 그걸 훨씬 뛰어넘을 것이 확실하다.

이미 5000만 오럼은 지금의 아키라에게 큰돈이 아니다. 그래서 셰릴에게도 만약에 유물을 전부 도둑맞더라도 어쩔 수 없다는 말로 넘어갈 수 있다고 가볍게 말했다.

짧은 기간에 엄청나게 변한 자신의 금전 감각에, 아키라는 묘한 실감을 느꼈다.

◆

아키라와 이야기를 마친 카츠라기가 옆에 있는 셰릴을 의아한 눈치로 봤다.

"너는 꽤 사랑받는군."

"애인이니까요."

셰릴은 자랑스럽게 웃으며 대꾸했다.

장사꾼과 조직의 보스가 상대의 눈을 본다. 자신의 속내를 드러내지 않으려고 조심하면서 상대의 속내를 캐내려고 한다.

카츠라기는 간파하지 못했다.

(아키라가 애를 이토록 편애할 줄은 몰랐는데…… 잘못 판단했나? 이 유물판매점 계획의 주도권은 내가 쥐고 싶은데, 이 낌새로 봐서는 어렵나…….)

제아무리 유능해도 현재의 셰릴은 슬럼에서 약소 조직의 보스에 불과하다. 유물판매점의 노하우와 연줄은 없다시피 하다. 그러므로 그 방면의 지식과 연줄이 있는 카츠라기가 유물판매점의 주도권을 쥐면 앞으로도 아키라가 가져올 유물 판매에서 큰 이익을 볼 수 있다. 카츠라기는 그렇게 생각했다.

이번에 아키라에게 유물을 먼저 자신에게 달라고 부탁한 것도 그 포석이었다. 유물을 맡겨 주기만 하면 실물을 실제로 수중에 쥐고 있는 자의 권한으로 각종 이해 조정을 어떻게든 할 수 있기 때문이다.

그러나 아키라가 무슨 일이 생기면 책임을 지라는 말로 당부하는 바람에 카츠라기도 겁을 집어먹었다. 그래서 셰릴이 대신 나서서 부탁하게 했다. 셰릴이 부탁하면 아키라도 조금은 양보하겠지. 그렇게 여겼기 때문이다.

하지만 맡긴 유물이 전부 도둑맞아도 용서할 정도로 아키라가 셰릴에게 관대할 줄은, 도저히 예상하지 못했다.

(아키라도 자기 여자는 아끼는 건가? 뭐, 그렇다고 해도 어떻게든 할 방법은 있지. 차근차근 진행해 보자고.)

카츠라기는 셰릴의 가치를 재평가하며 앞으로의 계획을 짜고 있었다.

한편, 셰릴은 아키라가 자신에게 그토록 관대할 줄은 전혀 몰랐다. 그래서 속으로 긴장한다.

(이 대응은 아키라가 나한테 관대해서 그런 게 아니야. 아키라가 먼저 부탁한 거니까 대응의 기준이 아키라 자신에게 맞춰진 것에 불과해. 상대가 나라서 대응이 느슨한 게 아니야. 그걸 착각하면 못써.)

그렇게 자신을 타이르고, 우려를 키운다.

(게다가 진짜로 실패해도 좋다고 여기는 거라면 그것도 위험해. 아키라가 나를 가치 있게 보지 않는다는 뜻이니까. 실패하고도 실망하지 않는다면 내쳐지기 이전의 문제야.)

기대하지 않는다면 기대하게 해야 한다. 기대한다면, 그만큼

부응해야 한다.

이번 유물판매점 계획을 성공시켜 자신에게 가치가 있다고 아키라가 인정하게끔 해야 한다. 안 그러면 아키라가 진짜로 내버릴 것이다.

그렇게 여기고 결의를 새로이 다진다. 아키라에게 내쳐지고, 버림받는 것은 셰릴에게 죽음과 같았다.

"카츠라기 씨. 저는 아키라를 기다리게 하고 싶지 않아요. 서두르죠."

"그러지."

셰릴과 카츠라기는 서로 태연한 척하며 서둘러 유물을 운반할 준비를 시작했다.

◆

카츠라기 일행이 아키라의 집에 유물을 가지러 왔다. 차고에 수북하게 쌓인 대량의 종이상자를, 셰릴의 조직원 아이들이 카츠라기의 트레일러에 싣는다.

상자의 내용물은 예전에 요노즈카역 유적에서 수집한 유물이다. 그 유물 수집 작업에 따라갔던 아이도 많다. 아이들은 값비싼 유물을 막 다뤄서 망가뜨리면 아키라에게 죽을지도 모른다고 여겨서 신중하고 조심스럽게 운반하고 있었다.

카츠라기가 그 상자를 하나 열어서 내용물을 봤다. 요노즈카역 유적의 존재가 다른 헌터들에게 알려지지 않았을 무렵에 수집한 유물인 만큼, 질 좋은 유물이 많았다.

무의식중에 유물의 값어치를 계산하고, 이어서 차례차례 운반되는 종이상자로 눈길을 돌린다. 다른 상자에도 동급의 가치가 있다고 예상하고, 합산액을 무심코 산출한다. 머릿속에 떠오른 총 매매액에, 카츠라기는 무심코 눈을 휘둥그레 떴다.

"아키라…… 너…… 이만한 질과 양의 유물을 감춘 거냐?"

"딱히 감춘 적은 없어."

"그러면 어떻게…… 아니, 애초에 어디에서…….."

아직 사람의 손이 닿지 않은 요노즈카역 유적에서 가져왔다고 솔직히 대답할 수도 없다. 아키라가 조금 눈을 흘기고 카츠라기의 의문을 봉쇄했다.

"나한테도 이런저런 사정이 있어."

"그, 그러냐…….."

카츠라기도 아키라를 화나게 하고 싶진 않다. 뭔가 사정이 있는 유물이라고 해석하고 더는 추궁하지 않았다.

아키라의 유물은 도시의 시가지 지역과 슬럼의 경계에 있는 창고로 실려 갔다.

셰릴의 부탁으로 동행한 아키라가 트레일러에서 내려지는 자신의 유물을 보다가 이미 그곳에 모인 다른 유물을 보고 살짝 놀란다.

"그 자료에 셰릴도 판매용 유물을 모았다는 내용이 있었는데, 참 많은걸."

"양만 많은 거예요. 싸구려 유물이라도 상품으로는 필요하니까요. 질은 아키라의 유물에 한참 못 미쳐요."

아키라는 가져온 유물의 목록을 다 작성할 때까지 같이 있기로 했다.

아키라의 유물이 종이상자에서 나와 바닥에 놓인다. 다음으로 카츠라기와 다른 일행이 촬영해서 기록으로 남기고, 이어서 그 정보를 정리해 목록을 만든다.

아키라는 그 작업 상황을 조금 신기하게 보고 있었다. 그러자 아키라의 시선을 오해한 카츠라기가 당부하듯이 말한다.

"그렇게 안 봐도 기록을 조작해서 유물을 슬쩍하진 않아. 그점은 신용해 달라고."

"아니야. 그게 아니고. 종류가 다양하다고 생각했을 뿐이야."

아키라가 가볍게 대꾸하자 카츠라기가 의아한 얼굴을 한다.

"잠깐만…… 네가 수집한 유물이잖아? 그걸 왜 네가 모르는데?"

요노즈카역 유적에서 유물을 반출한 것은 셰릴의 조직원이며, 아키라는 그 실물을 거의 보지 않았다. 호기심이 생겨서 대량의 종이상자 중에서 아주 일부를 열어 본 것이 전부다.

"나한테도 이런저런 사정이 있어……."

"그러냐……."

아키라가 엉성하게 얼버무리는 것을 보고, 카츠라기는 이 유물들을 더욱 사정이 있는 물건으로 판단했다.

물론 그래도 이 유물 판매 사업에서 손을 뗄 마음은 없었다.

그만큼 유물의 질과 양은 카츠라기의 욕심을 자극하고 있었다.

 아키라의 집에서 운반된 유물의 목록화 작업이 반쯤 끝났을
즈음, 카츠라기가 부른 동업자들이 창고에 나타났다. 그들은 유
물을 보고 카츠라기보다 더 놀랐다.
 지금껏 카츠라기에게 유물 이야기는 들었다. 하지만 그 실물
을 지금껏 보여주지 않아서 허풍을 단단히 친 것으로 여기고 있
었다.
 창고에 대량으로 늘어선 값비싼 유물을 보고, 놀라고, 허둥대
고, 눈빛을 바꿨다.
 "카츠라기! 너, 이만한 유물을 어떻게 구한 거야?!"
 "전에도 말했다시피 아는 헌터를 통해서 구한 거야."
 "하지만 이 양은 너무⋯⋯."
 "너무 많아서 나 혼자서는 처리할 수 없으니까 너희한테도 제
안한 거잖아? 내 말을 안 믿었어?"
 "아, 아니, 그런 건⋯⋯."
 카츠라기 본인도 놀랐지만, 나를 의심한 거냐며 윽박지르는
것으로 얼버무렸다. 동업자 남자도 사실은 의심했었다고는 차
마 말하지 못해서 자세한 입수 경로를 묻는 말은 흐지부지 넘어
갔다.
 그래도 유물을 어디서 구했는지 궁금할 게 뻔하다. 장사꾼들
의 시선은 유물 입수처로 알려진 아키라 일행에게로 향했다. 조
금 떨어진 곳에서 잡담 중이던 아키라와 셰릴을 보고, 각자가

자신들의 정보를 토대로 이것저것 추측한다.

그리고 그중 한 사람이 셰릴이 입은 옷에 주목했다.

"카츠라기. 저기 셰릴이란 애가 입은 옷…… 설마 구세계 유물이냐?"

"아니, 저건 구세계의 옷을 수선해서 새로 지은 거라고. 그러니까 엄밀하게 말하자면 현대 물건이지."

상상을 뛰어넘는 대답에, 물어본 남자가 너무 놀란 나머지 소리쳤다.

"구세계 옷을 소재로 썼다고?! 그랬다간 유물의 가치가 날아가잖아?!"

카츠라기가 속으로 씩 웃으며 가볍게 대꾸한다.

"그런 걸 신경 쓰지 않는 녀석이란 거야."

"그, 그렇게 돈이 많은 거냐……."

본인의 감각으로는 말도 안 되는 방식으로 돈을 쓰는 행위에 대해 그것이 가능한 자의 자산을 상상한 남자는 정신이 아찔해졌다.

다음으로 다른 동업자가 곤혹스러운 기색을 드러낸다. 그 남자는 예전에 카츠라기의 소개로 셰릴을 알고 있었다.

"저기…… 카츠라기 씨. 저 아이는 개인 점포를 운영하는 집안의 딸이라고 들은 기억이 있습니다만……."

카츠라기가 복잡한 표정을 짓고 조용히 말한다.

"저도 섣불리 말할 순 없군요. 일단은 최대한 힌트를 드렸을 텐데요?"

남자는 그제야 예전에 카츠라기가 셰릴은 대기업의 영애이며, 경영 수업의 일환으로 핫샌드 장사를 시작했다는 식으로 말했던 것을 떠올렸다.

"그, 그랬군요……. 그렇겠죠. 말할 수 없겠군요."

그리고 셰릴을 어딘가의 대기업 영애로 완전히 착각하고는, 그때 셰릴에게 무례한 짓을 하지는 않았을까 하는 불안으로 식은땀을 흘렸다.

"네. 말할 수 없습니다. 나머지는 잘 헤아려 주시죠."

카츠라기는 그렇게 사정이 있다는 얼굴로 얼버무렸지만, 속으로는 상대처럼 셰릴에게 적잖이 곤혹스러워하며 식은땀을 흘리고 있었다.

(역시 간파하지 못하나……. 뭐, 셰릴은 예전에 미즈하라고 하는 도란캄의 간부도 속였었지. 사전에 모르면 간파할 수 없단 말이지.)

어쩌면 셰릴을 아키라보다 더 경계해야 할지도 모른다. 카츠라기는 동업자들의 태도에서 그 사실을 재인식했다.

다른 상인이 이번에는 아키라에게 주목한다.

"흠. 그런 부자하고 연줄이 있는 대단한 헌터로는 안 보이는데……. 카츠라기. 네가 말한 헌터가 정말 저 녀석이야? 다른 헌터가 가져온 유물을 저 녀석이 가져왔다고 말하는 건 아니고?"

"어디의 누가 가져온 유물이든 너희하곤 관계없잖아. 관계가 있는 사람은 유물을 받은 나뿐이야. 이봐…… 설마 내 연줄을 가로채려는 건 아니지?"

"그런 건 아니지만, 출처를 확실하게 알고 싶단 말이야. 저 녀석의 헌터 랭크를 알아봤는데, 23이잖아. 그 정도의 녀석이 모을 질과 양의 유물이 아닌데? 말도 안 돼."

"그런 식으로 겉으로 드러난 정보로만 판단하니까 그렇지. 저 녀석의 강화복을 보라고. 고작 랭크 23인 헌터의 장비야?"

"그거야말로 겉으로 드러난 정보잖아. 어딘가의 부잣집 아가씨와 연줄이 있으면 장비 정도는 어떻게든 할 수 있어. 저 아키라란 녀석은 별로 강해 보이지 않는다고."

"그걸 포함해서 알아서 판단해 봐. 그쪽의 자세한 사정은 내 입으론 말할 수 없다고 몇 번이고 말했잖아."

"그래……? 흐음."

자세한 사정은 말할 수 없으니까 알아서 판단해라. 카츠라기가 부른 동업자들은 그 편리한 말에 혼란스러워하고 있었다.

말만 그렇다면 또 모를까, 질 좋은 유물과 값비싼 옷을 입은 소녀, 그리고 비싸 보이는 강화복을 입은 소년이란 요소가 있다. 가볍게 생각하는 자도, 깊이 생각하는 자도, 모두가 자신이 지닌 정보와 대조해 보고, 그것이 일치하지 않는 바람에 혼란스러워하고 있었다.

또한 카츠라기도 대충 말해서 얼버무릴 수밖에 없었다. 진짜 사정은 카츠라기도 모르니까.

◆

아키라가 셰릴과 잡담하는 사이에 엘레나에게서 연락이 왔다. 일단은 도시의 기밀 정보인 모니카의 상금과 관련된 일로, 셰릴에게 자리를 비워 달라고 한 다음에 이야기를 듣는다. 그 내용은 참으로 뜻밖이었다.

"상금을 도란캄에서 대신 주겠다니…… 그게 가능해요?"

"보통은 불가능해. 하지만 도란캄은 그렇게 해서라도 협상의 주도권을 쥐고 싶은 거야."

현상수배급으로 인정된 모니카의 상금은 그 모니카가 사용한 구세계 장비의 소유권이 걸린 이유도 있어서 복잡한 협상이 필요했다. 나아가 도시, 아키라 일행, 도란캄의 협상 담당이 밀고 당기기를 계속하는 바람에 일이 더욱 복잡해졌다.

그래서 도란캄은 자신들에게 유리하게 협상을 진행하기 위해 아키라 일행에게 협상의 자리에서 물러나 줄 것을 제안했다.

대가는 상금을 대신 주는 것으로, 선지급이다. 이로써 아키라 일행은 늘어지는 협상 성립을 기다릴 필요가 없어진다. 상금은 도란캄 소속이 아닌 헌터들에게 개별적으로 지급하며, 아키라에게 제시한 금액은 6억 오럼이었다.

"유, 6억인가요……."

"응. 일단 아키라가 수락만 하면 당장에라도 지급할 수 있는 상태야. 우리는 좋은 조건이라고 생각하고, 캐럴도 고용주인 아키라의 의향에 따르겠대. 강요할 마음은 없지만, 나쁘지 않은 금액일걸? 어때?"

"엘레나 씨의 감각으로 타당한 금액이라면 문제없어요. 하지만 도란캄은 왜 그러는 걸까요?"

"도란캄과 쿠가마야마 시티의 조직 간 협상이 도란캄에 주는 이익이 더 클 테니까."

극단적으로 말하자면 도시가 모니카의 상금을 최종적으로 100억 오럼으로 치더라도, 지급할 상대가 도란캄 하나라면 단돈 1 오럼도 안 줘도 된다. 그 경우, 도란캄은 100억 오럼짜리 현상수배급 몬스터 격파라는 명성과 도시 측의 우대를 손에 넣을 수 있다.

의뢰의 알선 등에서 도시에 우대받기만 해도 원래라면 오랜 세월의 실적과 신용이 필요한, 이익이 매우 큰 의뢰에 관여하기 쉬워진다. 만약 도시와 도시를 잇는 주요 수송로 경비 업무 등에 끼어들 수 있다면, 그 장기적 이익은 이루 헤아릴 수가 없다. 헌터 조직으로서는 100억 오럼만큼의 가치가 충분히 있다.

그러나 도란캄이 아닌 제삼자가 협상 테이블에 앉아 있으면 그런 조정이 어려워진다. 이권 조정은 원래부터 어려운 일이기 때문이다.

나아가 개인으로 참가한 아키라 일행에게는 이익이 별로 없다. 더군다나 최종적으로 협상이 결렬할 경우, 자포자기해서 구세계 장비의 소유권 양도를 거부할 위험도 있다. 조직으로서 협상 중인 도란캄과 달리, 개인인 아키라 일행에게는 조직의 굴레가 없기 때문이다.

그래서 도란캄이 상금을 먼저 준다는 것이다. 아키라 일행도 일단 돈을 받으면 나중에 가서 돈을 돌려줄 테니까 소유권을 내

놓으라고 할 수 없어진다. 상금의 선지급은 팀에서 분산된 소유권을 도란캄에 집중하기 위함이기도 했다.

또한 그러한 속사정을 엘레나가 아키라에게 말한 것은 가령 도시와 도란캄의 협상으로 모니카의 상금이 표기상으로 100억 오럼이 되더라도, 나중에 그걸 안 아키라가 자기 몫이 너무 적다고 따지는 것을 방지하기 위함이기도 하다.

표기상으로는 100억 오럼이더라도, 그것은 거래상에서, 회계 처리상에서 명시하는 금액이다. 실제로 100억 오럼을 주는 일은 없다. 상금을 먼저 지급하는 조건에는 그러한 사정에 대한 수용도 포함되어 있었다.

그리고 아키라도 불만이 없었다. 돈을 재촉할 마음은 없지만, 장비를 빨리 다시 맞춰야 하는 것은 사실이고, 상금을 빨리 받을 수 있다면 고맙기 때문이다.

"알겠습니다. 저도 수락할게요. 아, 하지만 조심해야 할 점이 있으면 알려주세요. 저기, 저는 그런 상식이 부족해서요."

아키라가 쓴웃음을 지으며 말하자 엘레나도 반쯤 농담하듯 대답한다.

"그래. 도란캄이 상금을 대신 주겠다고 해도, 아직 모니카가 정식으로 현상수배급으로 인정받은 건 아니야. 그건 내가 해치웠다는 식으로 자랑하고 다니면 모니카의 정보가 헌터 오피스 사이트에도 안 실렸으니까 거짓말쟁이 소리를 들을걸?"

"알겠어요. 조심할게요."

"뭐, 강한 녀석을 해치웠다는 정도는 자랑하고 다녀. 그렇다면 아키라도 수락했다고 전할게. 돈은 바로 들어올 거야."

"네. 부탁할게요. 이만 끊을게요."

엘레나와 통화를 마친 아키라는 기쁜 듯이 웃었다. 알파도 덩달아 기분 좋게 웃는다.

『아키라. 잘됐네.』

『그래. 입금되면 바로 시즈카 씨네 가게로 가자. 6억 오럼이나 생기면 구세계 장비만큼은 아니어도 꽤 좋은 장비를 살 수 있겠어.』

『기쁜 소리를 해주는구나. 그런 식으로 노력해 줘.』

아키라가 조금 의아해한다.

『내가 알파가 기뻐할 소리를 했던가?』

『아키라가 헌터 활동에 적극적이면 나한테도 바람직하다는 뜻이야.』

『아하, 그런 거구나.』

아키라는 그걸로 납득하고 더는 신경 쓰지 않았다.

일반적인 헌터에게도, 지금의 아키라에게도, 6억 오럼은 정말 큰돈이다.

그만한 돈을 곧장 장비에 전부 투자하는 것은 일반인과 동떨어진 헌터의 감각으로도 정상이 아니다. 보통은 오락이나 생활 환경 개선, 혹은 휴식 시간의 생활비 등, 다른 용도로 쓴다.

그러나 아키라는 다른 용도가 없는 것처럼 전혀 주저하지 않았다. 그것은 알파에게 매우 편리하고, 반가운 일이었다.

자리를 비웠던 셰릴이 정보단말을 집어넣은 아키라를 보고 곁으로 돌아온다. 그리고 기분이 좋아 보이는 아키라에게 맞춰서 미소를 지었다.

　"기분이 좋아 보이네요. 좋은 연락이 있었나요?"

　"그래. 미하조노 시가지 유적에서 번 돈이 있다고 잠깐 얘기한 적이 있지? 그 돈이 전부 들어오려면 시간이 오래 걸린다고 했는데, 아까 연락으로 금방 받을 수 있게 되었어."

　"정말 다행이네요. 얼마나 벌었나요?"

　그 질문은 셰릴에게 '그렇게 돈을 많이 벌었다니 굉장하네요.'라고 아키라를 칭찬하기 위한 수단에 불과했다. 하지만 이어지는 아키라의 대답을 듣고 그럴 경황이 아니게 된다.

　"응? 6억 오럼 정도야."

　셰릴은 무심코 뿜으려고 한 것을 겨우 참았다.

　(유, 6억……?!)

　그리고 무심코 큰 소리가 나오려는 것을, 지금의 자신이 다른 사람들에게 부잣집 아가씨로 보인다는 것을 의식함으로써 가까스로 억눌렀다.

　그래도 마음속 경악은 사라지지 않는다. 셰릴이 얼굴에 띤 웃음이 조금 딱딱해진다.

　"유, 6억 오럼 정도……인가요. '정도'라면, 정확하게는 조금만 더 가면 6억이라는 뜻일까요?"

　그것은 그랬으면 좋겠다는 무의식중의 희망이었다. 하지만 아무렇지도 않게 부정당한다.

"아니, 정확하게는 조금 더 많아. 반올림해서 7억이 안 되는 정도야."

6억 오럼은 모니카에게 걸린 현상금이다. 추가로 캐럴이 책임지기로 한 유물 대금과 엘레나 일행과 함께한 구조 의뢰의 보수, 나아가 공장 구역 조사 보수를 더하고, 거기에서 탄약값과 부서진 총의 대금 등 경비를 빼면 그 정도는 되리라. 아키라는 그런 감각으로 대답했다.

셰릴은 아키라의 태도에서 적당한 과장이 없다는 것을 쉽게 간파했다. 그만큼 놀라면서도, 어떻게든 대답한다.

"그, 그렇군요. 엄청 많이 벌었네요."

"그래. 그만큼 엄청 고생했지만."

아키라의 실감이 담긴 말도 셰릴의 동요를 억누르는 효과를 발휘하지 못했다. 아키라가 일주일에 최소 6억 오럼을 벌었다는 사실은 달라지지 않기 때문이다.

이번 유물의 가치를, 아키라는 5000만 오럼 정도로 잡았다. 하지만 셰릴은 유물판매점이 정상적으로 궤도에 오르면 1억 오럼이 넘어가도 이상하지 않다고 생각했었다.

그리고 거기서 카츠라기와 그 동업자들, 조직의 몫, 점포 운영비를 빼도 6000만 오럼 정도는 아키라에게 줄 수 있다고 여겼다.

셰릴은 예전에 핫샌드 판매로 번 돈에서 150만 오럼 정도를 아키라에게 주려고 한 적이 있었다. 하지만 아키라가 회복약을 살 때 1000만 오럼을 선뜻 내놓는 것을 보고, 지금 150만 오럼이라는 푼돈을 줘도 큰 의미가 없다며 돈을 주는 것을 그만뒀다.

자신들에게 아키라가 지원할 만한 가치가 있다고 여기게 하려면 아키라에게 푼돈을 줘도 의미가 없다. 그렇게 판단했기 때문이다.

그래도 6000만 오럼이라면 아키라의 환심을 살 수 있겠지. 그러기 위해서라도 이번 유물판매점 계획은 반드시 성공시켜야 한다. 그렇게 여기고 의욕을 내던 마당에 아키라는 단기간에 6억 오럼을 벌었다고 말했다. 그만큼 셰릴의 놀라움과 조바심이 커졌다.

큰돈이라고 느끼는 감각은 본인의 벌이에 비례한다. 지금의 아키라에게 6000만 오럼은 큰돈일까? 셰릴은 좀처럼 판단하기 어려웠다.

셰릴이 평정심을 지키기 위해 태연한 척 잡담하고 있을 때, 아키라가 잠시 정보단말을 꺼내더니 통지 내용을 확인하고 기쁜 듯이 웃었다.

"셰릴. 볼일이 생겼으니까 나는 가 봐야겠어. 유물 목록 작성은 너희에게 맡길게. 카츠라기한테도 그렇게 말해 줘."

"알겠습니다. 괜찮으시면 언제든지 와주세요. 기다리고 있을게요."

셰릴은 웃는 얼굴로 아키라를 배웅했다. 그리고 아키라의 모습이 창고에서 사라지자마자 표정을 딱딱하게 굳혔다.

"반드시 성공시켜야 해……."

설령 이미 아키라에게 6000만 오럼이 큰돈이 아니게 되었더라도, 돈은 벌어야 한다. 그 정도의 돈도 못 벌어서는 헌터로서 빠르게 성장하는 아키라를 따라잡을 수 없기 때문이다.

아키라를 따라잡기 위해서라도 셰릴의 조직은 더 발전해야 한다. 유물판매점 성공은 그 발판이 될 것이다. 절대로 실패해서는 안 된다며, 셰릴은 각오를 더욱 다졌다.

그리고 카츠라기와 그 동업자들이 있는 곳으로 가서는 유물판매점을 성공시키기 위해, 강대한 힘을 지닌 영애를 연기하며 웃었다.

그런 셰릴의 엄청난 박력에, 카츠라기와 그 동업자들은 쩔쩔맬 수밖에 없었다.

제125화 계속되는 도박

셰릴과 헤어진 아키라는 곧장 시즈카의 가게로 갔다. 통지는 도란캄에서 온 것으로, 6억 오럼의 입금이 끝났음을 알리는 것이었다.

『금방 지급한다고 했는데, 정말로 금방 들어왔네.』

기분이 좋은 아키라에게, 알파도 기분 좋게 미소를 짓는다.

『도란캄 측도 협상 테이블에서 아키라를 빨리 치우고 싶었던 거겠지. 뭐, 우리로서도 다행이야.』

『그러네. 6억 오럼짜리 장비라……. 어떤 게 있을까?』

아키라는 가슴속으로 한가득 기대하면서 시즈카의 가게에 들어갔다. 그리고 평소처럼 반갑게 맞이하는 시즈카에게 잡담과 함께 용건을 전했다. 그러자 시즈카는 조금 복잡한 표정을 지었다.

"엘레나랑 사라한테도 이야기를 들었는데…… 아키라, 정말로 고생이 많았구나."

"네. 정말 고생했어요."

이번만큼은 무리한 것도, 무모하게 군 것도 도저히 숨길 수가 없고, 어떻게 말해도 얼버무릴 수가 없다. 그리고 애초에 정말 고생했다. 아키라는 그런 마음에서 실감이 짙은 투로 말했다.

"역시 근본적인 장비의 기본 성능 차이가 컸어요. 상대의 장비가 구세계 물건이었던 탓도 있지만, 우리 팀에도 대(對)역장장갑(안티 포스 필드 아머) 기능이 있는 접근전 장비와 총탄이 기본으로 있었으니까요. 그게 없었더라면 죽었을 거예요. 장비가 얼마나 중요한지, 다시 뼈저리게 느꼈어요."

심정을 토해내 마음이 조금 가벼워진 아키라가 잡담에서 의식을 전환하고 웃는다.

"그러니까 다시 장비 일체의 구매를 상담하고 싶은데요. 그래도 될까요?"

그렇게 부탁하면서도 아키라는 시즈카가 거절할 것으로 생각하지 않았다. 하지만 여전히 복잡한 표정인 시즈카를 보고 조금 멈칫한다.

"저기…… 안 될까요……?"

"아키라. 이번 예산은 얼마니?"

"아, 그렇죠. 6억 오름 정도로 부탁드려요."

"그게 전부 아키라가 미하조노 시가지 유적에서 번 보수니?"

"아뇨. 6억은 모니카의 상금에서 제 몫으로 받은 돈이에요. 엘레나 씨네랑 같이 구조 의뢰를 하면서 번 돈이 아직 있어요."

"그래……."

시즈카는 그 말만 하고 다시 복잡한 표정을 지었다. 아키라는 조금 불안해졌다.

"저기, 시즈카 씨……?"

그리고 아키라가 조금 조심스럽게 말을 걸었을 때, 시즈카는 평소처럼 부드럽게 미소를 지었다.

"알았어. 예산은 6억 오럼이지? 우리 가게에서 취급해도 되는 건수인지 조금 고민했지만, 애써 볼게."

아키라도 안심한 듯이 덩달아 웃었다.

"네. 부탁드려요."

"그리고 장비는 당연히 중요하지만, 가장 중요한 건 그걸 다루는 아키라 자신인 걸 잊지 마. 미하조노 시가지 유적에선 고생했잖아?"

"네. 정말 고생했어요."

시즈카가 아키라를 달래고 격려하듯 웃는다.

"그렇다면 푹 쉬고, 몸과 마음을 잘 정비하렴. 장비를 정비하는 것과 같아. 쉴 때는 잘 쉬어야지, 안 그러면 여차할 때 몸이 잘 움직이지 않아. 알았지?"

"네."

"좋아. 그러면 장비에 바라는 점이 있는지 물어볼게. 6억 오럼이나 있으니까, 원하는 걸 얼마든지 말해 보렴."

시즈카의 태도는 자신을 걱정하는 것이었다. 아키라는 그렇게 받아들이고 기쁜 듯이 웃더니 그대로 장비 상담을 시작했다.

실제로 시즈카는 아키라를 걱정했다. 그러나 아키라의 인식과는 어긋난 부분도 있었다. 시즈카는 아키라가 돈을 쓰는 방식에 우려를 느끼고 있었다.

도박에서 딴 돈을 모조리 판돈으로 써서 대박을 터뜨리면 엄청나게 많은 돈을 벌 수 있다. 그러나 그런 방법으로 성공할 수 있는 자는 정말로 아주 적은 예외뿐이다. 기본적으로는 모두 파멸한다.

때로는 도박으로 일컬어지는 헌터 활동에서, 아키라는 똑같은 짓을 하고 있다.

고성능 장비로 안전을 사는 거라면 시즈카도 걱정하지 않는다. 그러나 아키라는 처음 만났을 때부터 당시의 장비로는 죽을지도 모르는 위기에 처하고, 무리하고, 살아남아, 큰돈을 벌었다. 그리고 그 돈을 장비에, 다음 도박의 판돈에 쏟아붓고 있다.

6억 오럼이나 벌었다. 그렇다면 이쯤에서 한 번은 그 행위를 멈춰도 되지 않을까? 시즈카는 그걸 아키라에게 말해야 할지 고민해서 복잡한 표정을 지었다.

하지만 고민한 끝에 말하지 않기로 했다. 말해도 아키라는 절대로 듣지 않을 거라고, 시즈카의 직감이 어렴풋이 짐작했기 때문이다.

그러니까 그 대신, 몸을 잘 추스를 것을 주의하는 것으로 그쳤다. 장비를 정비하는 것과 같다고 말하면, 장비의 소중함을 다시 실감했다고 말한 지금이라면, 아키라도 잘 납득하리라. 그것이 무리하거나 무모하게 굴지 않는 이유가 될 것이다. 그렇게 되기를 기대하고 당부했다.

아키라는 앞으로도 도박에 나설 것이다. 다음 도박에, 원하지 않아도 목숨을 걸어야 하는 헌터 활동에, 지금까지 그랬던 것처럼 목숨을 건다. 하다못해 그 싸움에 최고의 상태로 임할 수 있도록, 시즈카는 아키라에게 최대한의 휴식을 권했다.

그 뒤로 아키라는 한동안 시즈카와 장비 이야기를 했다. 그 모습을, 알파는 가만히 지켜봤다.

◆

아키라의 유물 목록을 다 작성한 카츠라기는 셰릴과 함께 창고의 한곳에서 동업자들과 함께 앞으로의 계획을 이야기하고 있었다.

아키라의 유물은 입수 경로에서 불명확한 점이 많지만, 질과 양은 확실하다. 그 유물이 지금껏 카츠라기의 이야기에서만 존재한 탓에 여러모로 의심하던 자들도 실물을 보면서 유물판매점 계획 참가에 의욕을 확실하게 드러내고 있다.

"그래서 말인데, 카츠라기. 점포는 정말로 슬럼에 둘 거야? 아니, 사정이 있는 유물을 팔 때는 그쪽이 더 편리한 건 알지만, 치안이 말이지……."

"그건 셰릴 양이 점포를 두는 곳 주변을 지배하는 슬럼 조직과 담판을 지을 거니까 괜찮아."

동업자들의 시선이 셰릴에게 쏠린다. 셰릴은 여유롭게 미소를 짓고 있었다.

"그리고 나도 헌터를 보내서 경비를 맡길 거다. 가능하다면 너희도 보내주면 좋겠어. 그렇게 하면 문제가 없겠지."

"뭐, 그렇다면야……."

그때 카츠라기가 문득 떠올린 것처럼 말한다.

"아, 그랬지. 토메지마 씨. 미안하지만, 댁은 이번 일에서 빠져야겠어."

"뭐?! 뭐라고?! 네가 먼저 불렀으면서 무슨 소리야!"

분노를 드러낸 토메지마를, 카츠라기는 복잡한 얼굴로 봤다.

"생각이 났단 말이지. 댁은 아키라와 한바탕했다면서? 그것도 눈에 띄면 바로 죽이겠다고 할 정도로 다퉜다는 이야기를 들었는데?"

그 지적에 토메지마가 쩔쩔맨다.

"그, 그건 내가 아니라……."

토메지마는 아키라가 시카라베의 제안으로 현상수배급 토벌전에 참가했을 때, 추가요원 조달을 협상하는 자리에서 아키라와 마주쳤다. 그리고 그 추가요원으로 준비한 카도르란 남자가 아키라에게 시비를 걸다가 오히려 죽기 직전까지 간 것은 사실이다.

즉, 엄밀히 말하자면 아키라에게 찍힌 건 카도르이지 토메지마가 아니다. 하지만 카츠라기는 그걸 알면서도 고개를 가로저었다.

"그런 걸 아키라가 신경 쓸 것 같아? 아까는 댁을 몰라본 것 같지만, 이미 댁을 잊었다고 해도 언제 다시 떠올릴지 모른다고. 나는 아키라의 심기를 건드리고 싶지 않아. 불똥이 튀는 건 사절하겠어."

아키라의 심기를 건드려서 기껏 받은 유물을 도로 가져간다면 이번 유물판매점 계획 알선이 수포가 된다. 다른 동업자들도 토메지마를 감쌀 수 없었다.

카츠라기가 토메지마를 배려하듯이 말한다.

"나도 가능하다면 댁이 참가하길 바라거든? 댁은 빚쟁이 헌터를 모아서 유물을 수집하게 시킨다며? 유물을 구할 수도 있고, 팔 수도 있고, 점포나 창고를 경비할 수도 있지. 그래서 부른 거야."

그리고 아쉽다는 듯이 말을 잇는다.

"하지만 아키라와 다퉜다면 무리야. 미안해. 포기해 줘."

토메지마가 다른 동업자들을 둘러본다. 그러나 토메지마를 편들어 주는 사람은 없었다.

"뭐, 만약에 말이야. 댁이 자기 힘으로 아키라와 협상해서 원한을 풀었다면 또 몰라. 하지만 나는 중개할 수 없어. 자꾸 말하는 거지만, 나는 아키라의 심기를 건드리고 싶지 않아. 미안하군."

카츠라기는 그것으로 토메지마와의 이야기를 끝냈다. 더 말해도 소용없다고 판단한 토메지마가 인상을 쓰고 창고를 떠난다.

조금 술렁거리는 분위기 속에서, 카츠라기가 그 분위기를 털어내듯이 일부러 웃는다.

"토메지마 씨한테는 그렇게 말했지만, 그 정도로 큰 문제를 일으키지 않았으면 내가 어떻게든 할 수 있다고. 나는 아키라와 함께 죽을 고비를 넘긴 사이니까. 안심해 줘."

그러자 동업자들도 다소 침착한 모습을 되찾았다.

"그, 그렇군. 뭐, 그렇다면야⋯⋯."

"좋아. 그러면 이야기를 마저 하지. 경비로 보낼 헌터 말인데, 내 추천은⋯⋯."

이 흐름으로 이야기의 주도권을 쥔 카츠라기는 그대로 자기 입맛에 맞게 이야기를 진행했다.

그리고 카츠라기는 처음부터 쫓아낼 작정으로 토메지마를 불렀다. 그걸 눈치챈 사람은 셰릴 정도였다.

창고에서 나온 토메지마가 아쉬운 듯이 뒤돌아본다.

"빌어먹을⋯⋯! 그 바보가 저지른 짓이 이런 곳에서 문제가 되다니⋯⋯!"

창고 밖에서는 콜베가 대기하고 있었다.

"화가 단단히 났군. 무슨 일이야?"

이야기를 들은 콜베는 본인도 카도르가 사고를 쳤을 때 그 자리에 있었기에 사정을 금방 이해했다.

"멍청한 자식이 사고를 치는 바람에 고생이 많군. 그래서? 어쩔 거야? 카도르가 있는 곳을 아키라에게 알려줘서 비위라도 맞추게?"

"아니, 아무리 그래도 그건⋯⋯."

토메지마도 이번 일로 카도르를 원망했다. 죽어도 상관없다고 생각할 정도다.

하지만 죽이고 싶다거나, 죽으면 좋겠다고는 생각하지 않는다. 소극적이긴 하지만, 살의에는 이르지 않는다. 그 정도의 양심은 있었다.

그런 감각이다 보니까 살해 방조를 아무렇지도 않게 말하는 콜베의 헌터다운 감각에, 토메지마는 난색을 드러냈다.

"이봐, 콜베. 넌 그때 아키라와 이야기했지? 아는 사이라면 중개해 줄 수 없을까?"

"무리야. 아키라와는 면식만 있고, 딱히 친한 건 아니니까. 게다가 그 면식도 내 동행이 그 녀석에게 피해를 줬을 때 생긴 거지. 화해 중개는 못 해."

"그렇군……. 이봐, 뭔가 좋은 방법이 없을까? 유물판매점이 성공하면 큰돈이 돼. 그걸 그 멍청이 때문에 날리는 건 아깝다고."

"좋은 방법은 모르겠는걸."

"좋지 않은 방법이라면 안다는 거야?"

"그렇지. 수단을 안 가릴 거라면 비올라한테 부탁해 봐. 그 여자라면 어떻게든 해주지 않을까?"

그것은 콜베가 '나한테 묻지 마라.' 라는 의미로 한 농담이었다.

하지만 궤도에 오른 유물판매점이 어떤 황금알을 낳을지 잘 아는 토메지마는, 그만한 이권을 아까워한 나머지 콜베의 농담을 진지하게 검토하고 말았다.

◆

아키라는 욕실에서 목욕물에 느긋하게 몸을 담그며 조금 복잡한 표정을 지었다.

"음. 잘 모르겠는걸."

아키라를 끙끙거리게 하는 것은 욕실 허공에 떠 있는 대량의 총기다. 진짜가 아니라 단순히 아키라의 확장시야에 알파의 서포트로 표시된 건데, 세세한 부분까지 정교하게 묘사해서 아키라에게는 진짜로만 보인다.

알파는 아까부터 그 하나하나를 들어서 파지법 등을 보여주며 자세한 제원 등을 설명하고 있었다. 욕실에서 몬스터 사냥용 대형 총을 가뿐하게 다루는 알몸의 미녀라고 하는, 취향에 따라서는 참으로 야릇한 광경이 펼쳐졌다.

『잘 모르겠다는 말로 끝내지 말고, 잘 생각해 봐. 아키라가 목숨을 맡길 장비인걸?』

"그건 알지만 말이야."

이 총들은 시즈카가 아키라의 새로운 총으로 먼저 고른 제품이다. 제아무리 시즈카라도 6억 오럼이나 되는 장비를 자기 혼자 곧바로 선별할 수는 없어서, 우선 아키라의 요망과 예산을 바탕으로 나름대로 고른 다음, 발주가 필수인 상품 목록을 아키라에게 보냈다.

아키라가 그중에서 마음에 들거나 관심이 있는 것을 고르고, 시즈카가 그걸 바탕으로 더 세세하게 범위를 좁히거나 새로운 총을 목록에 추가한다. 그걸 반복함으로써 더 적합한 제품을 고르기로 했다.

지금은 그 첫 번째다. 현재 예산으로는 이러이러한 것을 살 수 있다는 감각과 원하는 총의 방향성을 잡기 위한 단계에 불과하다. 그런데도 아키라는 대량의 선택지에 압도당해 뭘 고르면 좋을지 도무지 몰라서 끙끙대고 있었다.

"지금까지는 시즈카 씨가 추천하는 걸 그대로 썼지만, 원래는 예전부터 내가 여기서 골라야 했다는 건가."

『그리고 이상한 걸 추천하면 나중에 손님이 불평해. 아니면 고객이 죽거나. 헌터를 상대로 하는 장사도 고생이 많을 거야.』

"그러게 말이야."

아키라는 지금까지 시즈카에게 얼마나 신세를 많이 졌는지를 새삼스럽게 실감하며 계속해서 총을 골랐다.

공중에 늘어선 총은 하나같이 복합총으로 불리는 다기능 총기의 일종이다. 바라는 점을 마음껏 말해 보라는 시즈카의 말에 따라서 아키라가 정말로 마음껏 말해 본 결과였다.

CWH 대물돌격총처럼 강력한 탄환을 쓸 수 있고, DVTS 미니건 급의 연사가 가능하며, 나아가 저격총 수준의 사거리와 정밀성을 갖추고, A4WM 유탄기관총같이 유탄을 쓸 수 있는 총이 좋다.

즉, 지금껏 주력으로 쓴 모든 총의 상위 호환이 되는 편리한 물건을 원한다고, 아키라는 일단 되는 대로 말해 봤다.

말을 꺼낸 본인도 그렇게 편리한 물건이 있을 리가 없다고 생각했는데, 예상과는 다르게 정말로 있었다. 그것이 다기능 총으로 불리는 이 총기들이다.

이런 총의 결점으로, 다양한 기능을 총 하나에 몰아넣은 탓에 각각의 기능은 특화형 총에 뒤처진다는 것이 있다.

나아가 구조가 복잡해지는 것을 피할 수 없어서 제조 단가가 올라가고, 가격에 비해 전체적으로 성능이 미묘하다고 하는, 이도 저도 아닌 제품이 되는 경우가 많다.

그러나 가격대가 비싼 제품군으로 가면 각각의 기능이 일정 수준을 넘는다. 가격만 무시하면 이도 저도 아닌 수준에서 벗어나 만능으로 불러도 될 총이 된다.

그리고 각 기능을 완벽하게 다룰 수 있는 자는 각종 총기의 장점만을 적게 들이댈 수 있다. 어떻게 보면 상급자를 위한 총이기도 했다.

상황에 맞춰 장비를 갖추는 것도 헌터의 역량이다. 하지만 온갖 상황을 돌발적으로 혼자서 대처해야 하는 아키라에게, 이런 종류의 다기능 총은 좋은 선택지였다.

알파가 허공에서 총을 2정 골라 아키라에게 총구를 겨눈다. 오른손에 쥔 총은 총구가 하나지만, 왼손에 쥔 총은 구경이 다른 총구가 두 개 있었다.

『아키라. 오늘은 일단 둘 중 하나를 고르는 게 어때? 유탄은 안 쏴도 된다는 선택지를 포함하면 셋 중에 하나야.』

하나는 총구가 보통탄용과 유탄용이 따로 있다. 나머지 하나는 구경 자체를 바꿀 수 있어서 보통탄과 유탄에 다 대응한다.

가변식 총구는 단순히 유탄도 쏘게 하는 기능이 아니다. 크기가 다양한 특수탄에도 유연하게 대응하기 위한 범용성 기능이다. 편리하지만, 단순히 유탄을 쏘고 싶은 것이라면 그만한 기능은 필요하지 않다. 또한 복합총으로 무리해서 유탄을 쏠 필요도 없다. 유탄용으로 유탄기관총 등을 별도로 휴대하면 될 일이다.

하지만 그래서는 휴대하는 총이 늘어난다. CWH 대물돌격총과 DVTS 미니건과 A4WM 유탄기관총에 탄약도 운반하는 과적 상태를 피하기 위한 선택지가 복합총이다. 유탄용으로 운반하는 총이 늘어나서는 그 선택의 의미가 희미해진다.

애초에 유탄을 안 쓴다는 선택지도 있다. 강력한 총탄을 연사하면 딱히 유탄을 의지할 필요도 없다.

하지만 유탄을 쓰면 편리한 것도 사실이다. 그래서 아키라는 서포트 암을 사서 추가로 A4WM 유탄기관총을 휴대하고 있었다.

"음……."

모든 선택지에 장단점이 있다. 게다가 가격 문제도 있다. 대략적인 세 가지 선택지에서도 결정하지 못하고, 아키라는 끙끙대고 있었다.

그때 시즈카에게서 연락이 왔다. 알파에게 부탁해 정보단말에서 통화를 중계하게 한다.

"네. 아키라입니다."

『시즈카야. 지금 시간 괜찮니?』

"괜찮아요. 무슨 일이죠?"

『총기 목록을 보냈잖아? 찬찬히 봐도 상관없지만, 다 봤다면 감상을 듣고 싶어서. 일단 아키라가 바라는 점을 생각해서 골랐는데, 내가 잘못 생각해서 엉뚱한 걸 보냈으면 큰일이니까.』

"아, 그건, 지금 보고 있는데요……."

아키라는 선택지가 너무 많아서 고를 수가 없다고 솔직하게 말했다. 그러자 쓴웃음을 짓는 듯한 목소리가 들린다.

『그건 불만이 없어 보여서 다행이라고 해야 할지 판단하기 어려운걸. 총 말고 강화복 이야기도 해야 하는데…….』

"그, 그러네요."

골라야 하는 것이 더 늘어나는 바람에 아키라는 조금 허둥댔다.

『예산 배분은 내가 정한 걸로 되겠니? 조금 더 비싼 가격대의 총도 보고 싶다면 그것에 맞춰서 목록을 다시 보내겠는데.』

"아뇨, 괜찮아요. 그건 시즈카 씨의 판단을 믿어요."

그 말에는 거짓이 없다. 하지만 아키라는 지금 또 변경하면 선택지가 더 늘어날 것 같아서 시즈카에 대한 신뢰로 예산 배분을 고정했다.

시즈카도 그 정도는 눈치챘다. 조금 씁쓸하면서도 즐거운 투로 대답한다.

『그렇다면 다행이고. 뭐, 천천히 골라 보렴.』

"네. 아, 맞다. 총을 고르는 기준이나 지침 같은 게 있으면 뭐든지 좋으니까 가르쳐 줄 수 있을까요? 어떤 기준으로 고르면 좋을지, 그 부분부터 막혔어요."

『그렇구나…….』

시즈카는 잠시 생각했다. 그리고 자신의 대답이 아키라를 충동질할 것을 두려워해 조금 고민했다. 그리고 자신의 직감에 따랐다.

『차라리…… 거물 사냥에 특화된 선택지도 괜찮을 수 있어.』

"거물 사냥, 말인가요."

『그래. 그 모니카란 사람은 아키라의 공격이 거의 안 통했다며? 거물 사냥에 특화한 총이라면 비슷한 상대라도 조금은 효과가 있을지도 몰라.』

일반적인 탄으로는 전혀 먹히지 않는, 매우 단단한 상대라도, 상대의 방어를 뒤흔들 일격만 있으면 상황이 크게 달라진다. 도저히 이길 수 없는 상대라도 잘 쓰면 도망칠 빈틈 정도는 생길 것이다.

그러기 위해서 새로운 총은 탄약류를 포함해 좌우지간 위력을 기준으로 선택하는 것도 가능하다. 시즈카는 그렇게 설명했다.

『6억 오럼의 예산을 분배한다면, 강화복에 4억 오럼, 총에 1억 오럼, 에너지 팩을 포함한 탄약값에 1억으로 하자고 했잖아?』

"네. 탄약값에 1억 오럼이란 말에는 조금 놀랐어요."

『그건 비싼 총으로 싼 탄을 쏴도 큰 의미가 없다는 말이기도 하지만…….』

시즈카는 그때 잠시 말을 멈췄다. 그 말을 꺼내는 바람에 그런 대비가 필요한 사태가 현실이 되지는 않을까 하는 막연한 불안 때문이다. 그러나 그렇기에 그 대비가 필요하다는 마음으로 바꾸고 입 밖에 꺼낸다.

『그것과는 다른 이유도 있거든? 미하조노 시가지 유적에서 그토록 고생했다면, 아예 보험이라고 생각해서 가성비란 말을 잊고, 엄청나게 비싸지만 엄청나게 위력이 강한 탄을 조금이라도 마련해 두는 게 좋지 않을까 생각해서 그런 거야.』

아키라도 그 말로 납득했다. 탄약값이라고 생각하면 몹시 비싸지만, 시즈카가 추천했으니까 그만한 의미가 있으리라. 그렇게 여기고 깊이 생각하지 않았지만, 드디어 이해해서 고개를 끄덕였다.

"아, 정말 그럴지도 모르겠네요."

『뭐, 단순히 그런 선택지도 있다는 거야. 나로서는 그 보험이 필요하지 않게, 아키라가 평소 무리하지 않게 조심했으면 좋겠어.』

"저기, 저도 일단은 조심하고 있는데 말이죠……."

아키라는 자기가 말해 놓고서 조금 억지 같다고 생각하고 쓴웃음을 지었다.

그런 아키라의 속마음을 목소리에서 눈치챈 시즈카가 쓴웃음 기미로 웃는다. 그리고 시즈카는 아키라 자신도 무리하는 것을 꺼린다고 강하게 느낌으로써 아무튼 지금은 좋게 넘어가기로 했다.

시즈카와 이야기를 끝마친 아키라가 다시 총을 고르기 시작한다.

"거물 사냥이라……. 알파. 아까 세 가지 선택지 중에서 위력을 중시하면 뭐가 낫지?"

『강인한 개체에 대한 살상력이라는 관점에서 보면, 유탄 사용을 버리고 표적의 방어를 돌파하는 관통력에 특화된 탄을 쏠 수 있는 총을 고르는 게 나을 거야.』

"좋아. 그렇게 하자. 알파, 그러지 않은 총을 치워 줘."

욕실에 나타난 총에서 조건에 맞지 않는 총이 사라진다. 그래도 꽤 많은 총이 남았다.

"아직 이렇게 많아……?"

『뭐, 천천히 골라 보자.』

"그래야겠네."

서두를 일이 아니라고, 아키라는 생각을 바꿨다. 그리고 총을 고르면서 느긋하게 목욕을 즐겼다.

◆

쿠가마야마 시티의 하위 구획에 있는 복합 건물. 그 한곳에서 비올라가 정보단말을 통해 손님과 이야기하고 있다.

"그래. 물론, 원한다면 일을 받아주겠어. 그래서? 얼마나 원해? 아키라와의 협상 테이블을 마련하는 데까지? 아니면 화해 협상의 대행도 원할까? 나는 후자를 추천하는데?"

즐거운 투로 말하는 비올라는 통화 상대인 토메지마의 불안 요소이기도 했다.

"협상 테이블을 마련해 주기만 하면 돼. 나머지 일은 내가 알아서 하지. 괜한 짓을 하지 마."

"어머, 그래? 사양하지 않아도 되는데. 그야 후자가 더 어려운 일이니까 그만큼 돈을 더 받을 거지만, 그 정도 수고비도 아쉬워할 상황이야?"

"흥. 너한테 협상도 맡겼다간 네 입맛에 맞는 결과로 끝날 게 뻔하지."

"뭐, 강요하진 않을게. 그리고 협상 테이블을 마련하는 건 상관없지만, 당신 목숨을 보장하려면 별도 요금을 받아야겠는걸?"

"무슨 뜻이지……?"

"당신, 아키라에게 찍혔다며?"

토메지마의 침묵이 대화의 흐름을 끊었다. 그래서 대답이 몹시 늦어졌다.

"잠깐만! 그러니까 그 녀석과 문제를 일으킨 건 내가 아니라 카도르고……."

"그런 걸 아키라가 신경 쓸 것 같아? 카츠라기란 사람이 한 말은 그런 뜻 아니야? 아니라면 내가 착각한 거겠네. 미안해."

그렇게 말한 것으로 착각했다는 뜻인지, 그런 뜻으로 받아들였다는 것이 착각이라는 뜻인지, 어느 쪽으로도 해석할 수 있는 말에 토메지마가 흔들린다.

"그래서……? 그 별도 요금은 얼마지?"

"그러네. 10억 오럼이라고 말하고 싶지만, 나와 당신 사이니까 작은 부탁만 들어주면 돼."

"그게 뭐지?"

비올라는 무척 즐거운 투로 부탁을 말했다.

토메지마는 뭔가 뒤가 있다고 생각하면서도 비올라의 부탁을 받아들였다. 부탁받은 내용 자체는 어렵지 않았기 때문이다.

제126화 어떤 지뢰밭

셰릴에게 시간이 되면 와달라고 부탁받은 아키라는 준비를 간단히 마치고 집을 나섰다.

어지간한 건물은 맨손으로 무너뜨릴 수 있는 강화복을 착용하고, 안 그래도 강력한 몬스터 사냥용 총을 개조, 강화한 것을 2정 챙겼다. 나아가 예비 탄약이 든 작은 배낭을 짊어지고, 셰릴의 거점을 향해 슬럼을 걷는다.

황야에 가는 것도 아니니까 이 정도로 가볍게 부상해도 충분하겠지. 그런 식으로 자연스럽게 생각할 정도로는 무장에 대한 아키라의 감각이 순조롭게 망가지고 있었다.

실제로 CWH 대물돌격총이나 DVTS 미니건, A4WM 유탄기관총처럼 알아보기 쉽게 강력한 중화기는 챙기지 않았다. 그 무기를 총좌에 달고 황야 사양 차량으로 이동하는 모습이나 서포트 암에 무기를 장착하고 걷는 모습과 비교하면 지금의 아키라는 얌전해 보이기도 한다.

그러나 슬럼의 기준으로는 중무장한 위험인물이다. 길거리를 오가는 사람 중에서는 말썽을 피하려고 아키라와 거리를 벌리는 자도 많다.

하지만 정작 아키라는 자신이 위험인물로 보인다는 자각이 거의 없었다. 그래서 무장한 위험인물과 거리를 벌리려는 자들이 눈에 띄는 가운데 오히려 우연을 가장해 다가오는 남자를, 아키라는 이상하게 여기지 않았다.

그리고 그 남자가 아키라와 스쳐 지나갔다.

다음 순간, 아키라가 남자의 팔을 붙잡는다. 남자의 손에는 강화복에 달린 주머니에서 빼낸 아키라의 지갑이 있었다.

놀라는 남자에게 아키라가 유쾌한지 불쾌한지 모를 복잡한 표정을 짓는다. 그리고 지갑을 되찾은 다음, 강화복의 신체 능력으로 남자를 뒷골목으로 걷어찼다.

힘을 조절해서 걷어찬 덕분에 남자는 죽지 않았다. 그래도 방호복을 착용하지 않은 자에게는 치명적인 일격이다. 남자가 피를 토하고 바닥을 뒹군다.

반죽음 상태인 남자를 보고, 아키라는 지갑을 도로 집어넣으며 너무 세게 찼다고 판단했다.

『힘을 조절했다고 생각했는데, 조금 셌나?』

알파도 슬쩍 동의한다.

『팔도 으스러졌으니까, 강화복 조작이 아직 미숙해. 고출력인 만큼 섬세한 조작이 필요한걸?』

『알았어. 정진하겠습니다. 가자.』

아키라는 남자를 방치하고 그 자리를 떴다. 이번에는 지갑을 도둑맞는 것을 자기 힘으로 방지한 데다가 한 방 먹이기도 해서, 남자에 대해서는 더 관심이 생기지 않았다.

죽일 마음은 없지만, 죽어도 상관없다. 그런 감각으로 조금 세게 찼다고 생각했을 뿐이다.

뒷골목을 구르는 남자의 입에서 신음과 함께 말이 흘러나온다.
"정보가······ 틀렸잖······아······."
다 죽어가는 만큼 목소리가 작아서, 그 말을 들은 사람은 아무
도 없었다.

◆

셰릴이 거점의 자기 방에서 조직의 보스로서 일하고 있을 때,
부하이자 조직의 간부이기도 한 아리시아가 아키라가 왔다고
알렸다. 셰릴은 무심코 방긋 웃었지만, 아리시아가 추가로 묘한
말을 하는 바람에 조금 괴이쩍은 표정을 지었다.
"아키라의 분위기가 이상해? 무슨 소리야?"
"뭐라고 할까, 왠지 침울한 것처럼 보였어. 잘 모르겠지만, 지
금은 유물판매점 일로 복잡하잖아? 보스, 조심해."
셰릴은 마음을 조금 굳게 먹고 아리시아와 함께 아키라가 있
는 곳으로 갔다.
응접실에는 소파에 앉은 아키라 말고도 에리오, 나샤, 루시아
가 있었다.
에리오와 나샤는 아리시아와 마찬가지로 조직의 간부이며,
간부로서 슬슬 아키라의 응대에 익숙해지는 게 좋겠다고 셰릴
이 판단해서 불렀다. 루시아를 부른 사람은 나샤다. 긴장하는

손으로 아키라에게 커피를 내놓고 있다.

셰릴이 멀리 떨어진 곳에서 아키라의 분위기를 살핀다. 정말로 조금 축 늘어진 느낌이고, 왠지 모르게 침울해진 것처럼 보였다.

어찌 됐든 아키라의 분위기가 평소와 다르다는 것은 사실이다. 조심해서 대응해야 한다며, 셰릴은 마음을 굳게 먹었다. 아키라의 앞에 앉아 웃는 얼굴을 보여준다.

"오래 기다리셨죠? 일부러 찾아와 주셔서 고마워요."

"응? 뭐, 한가했으니까."

그렇게 말하고 아키라는 커피를 조금 마신 다음 한숨을 쉬었다. 그것이 셰릴에게는 무척 무거운 한숨으로 느껴졌다.

그래서 셰릴이 망설였다. 아키라와는 잡담을 섞어서 조직의 형편과 유물판매점의 진척 상황을 이야기하려고 했다. 하지만 그 이전에 아키라가 침울해진 이유를 물어보는 게 좋을지도 모른다고 생각했다.

지금까지는 아키라에게 금전적인 면에서 아무것도 보답하지 못했다. 그렇다면 정신적인 면에서 어떻게든 도움을 줄 수 있을지도 모른다고 생각했다.

예전에 셰릴은 카츠야의 상담에 응해서 본인도 신기할 정도로 이상하게 기운을 북돋는 데 성공한 경험이 있었다.

아키라에게도 똑같이 할 수 있다면, 아키라가 그때의 카츠야처럼 자신을 인정해 준다면 얼마나 좋을까. 셰릴은 그 욕심에 낚여서 판단의 저울을 기울였다. 그리고 몹시 걱정하는 눈치로 아키라에게 말을 건다.

"아키라. 기운이 없어 보이는데요. 무슨 일이 있었나요?"

"그래……. 조금 말이지."

"저기, 조금 정도로는 안 보이는데요."

"아니, 별일 아니야. 신경 쓰지 마."

평소의 셰릴이라면 아키라의 심기를 건드리지 않으려고 이쯤에서 물러났을 것이다. 그러나 지금은 더 밀어붙인다.

"억지로 물어보진 않겠지만, 별일 아니라면 말해 주셨으면 좋겠어요. 누군가에게 말하기만 해도 마음이 편해질 때도 있으니까요. 시시한 내용이라도 신경 쓰이는 것이 해결된다면, 걱정이 사라지지 않을까요?"

아키라는 셰릴의 태도를 조금 의아하게 여겼지만, 딱히 말하기 싫은 내용도 아니고 정말로 별일 아니라고 생각한 까닭에 그 정도로 물어본다면 말해도 되겠거니 싶어서 입을 열었다.

"아니, 정말로 별일 아니야. 그냥 여기 오는 도중에 소매치기를 당할 뻔해서."

그 말을 들은 루시아가 민감하게 반응했다. 예전에 아키라의 지갑을 슬쩍하는 바람에 죽을 뻔한 적이 있어서, 감출 수 없을 만큼 몸을 떨었다.

"뭐, 이번에는 잘 막았으니까 괜찮은데. 뭐라고 할까, 그래도 나를 노린 건 사실이잖아? 그래서, 조금 말이지."

입 밖으로 꺼내면서 아키라는 그 사실을 다시 인식했다. 무의식중에 표정이 조금 험악해진다.

"있잖아, 셰릴. 이참에 조금 물어보는 건데, 내가 그렇게 약해 보여?"

"아뇨. 그렇지는…….."

"거짓말은 하지 마."

아키라가 진지한 얼굴로 당부하자 셰릴은 무심코 대답을 멈추고 말았다. 그런 반응을 보인 시점에서 실수한 것임을 알지만, 대답하기 곤란해서 말문이 막힌다. '그렇지 않다'라고 단언할 경우, 굳이 따지자면 거짓말하는 것이 된다는 사실을 잘 알기 때문이다.

자신을 가만히 보는 아키라의 눈을 보고, 셰릴은 만약 거짓말하면 확실하게 간파당할 것임을 어렴풋이 이해했다.

거짓말하면 아키라의 기분이 몹시 나빠질 것이다. 하지만 정직하게 대답해도 아키라의 기분이 상한다. 침묵도 소극적인 긍정이며, 역시나 기분을 상하게 할 것이다.

끝장이다. 하지만 아키라의 기분을 상하게 할 수는 없다. 뭔가 잘 변명해야 한다. 셰릴은 그렇게 생각하면서도 마음속 초조함 때문에 생각이 헛돌고, 좋은 대답을 찾아내지 못했다.

셰릴이 대답하지 않자 아키라는 무심코 다른 사람들에게도 눈길을 줬다. 그러자 마침 그 자리에 있던 루시아가 노골적으로 동요했다.

"저기, 루시아라고 했던가? 너 뭐냐, 너 때는 나도 강화복을 안 입었고 총도 신품인 AAH 돌격총만 있었으니까 '아, 이 녀석은 봉이다.'라고 여겼어도, 지금 생각하면 어쩔 수 없었을 거야."

그렇다고 대답할 수 없는 루시아가 침묵하는 가운데, 아키라가 잠시 한숨을 쉬고 자신의 강화복을 손으로 가리킨다.

"하지만 지금은 이렇게 강화복을 입었고 말이야. 총도, 봐봐. 두 정 모두 개조를 마쳤으니까, 야라타 전갈 정도는 가볍게 해치울 수 있거든?"

아키라는 그렇게 말하고 AAH 돌격총과 A2D 돌격총을 다른 사람들에게 보여주듯이 두 손에 들었다. 그리고 이번에는 에리오에게 시선을 돌린다.

아키라가 지금의 2정으로 야잔이라고 하는 남자가 이끌던 슬럼의 중규모 조직을 강화복도 없이 궤멸한 것은 에리오도 잘 아는 사실이다. 매우 언짢게 보이는 아키라가 그 총을 쥐고 있는 탓에, 에리오는 조금 식은땀을 흘리고 있었다.

"예전의 나라면 이해해. 하지만 지금의 나는 이 총과 강화복을 장비했는데? 그런 녀석을 소매치기가 노리는 게 정상이야?"

오늘은 루시아 때처럼 추태를 보이지 않고, 알파가 알려주기도 전에 소매치기를 잘 물리칠 수 있었다. 아키라도 그것 자체는 기뻐했다.

그러나 한편으로, 자신은 여전히 소매치기가 노릴 정도의 존재이고 길바닥에 떨어진 지갑과 동급이라는 사실에 속이 답답해졌다.

"실제로는 어때? 내가 그렇게 약해 보여?"

에리오와 루시아, 예전에 아키라에게 사고를 친 자들에게, 아키라 자신은 가볍다고 여기는 투로 물어봤다.

그러나 질문을 들은 두 사람에게는 한 번 끝난 일에 다시 불을 붙인 셈이나 다름없다. 섣불리 말했다간 큰일이 난다고 여겨서 긴장을 숨기지 못하는 기색이다.

아리시아가 에리오를 걱정하는 가운데, 나샤도 루시아의 안전을 우려해 뭔가 좋은 방법이 없을지 생각하고 있었다. 그리고 이 자리에 루시아를 데려온 것이 실수였다고 후회하고 있었다.

루시아가 아키라의 지갑을 훔친 일은 그만한 대가를 치르면서 이미 아키라에게 용서받은 상태다. 그러나 아키라를 한 번 격노하게 한 것은 변함없는 사실이어서, 조직 사람들이 루시아를 보는 눈은 여전히 차가웠다.

그래서 나샤는 이 자리에 루시아가 동석해도 아키라가 신경도 쓰지 않았다는 사례를 만들자고 생각했다. 그렇게 하면 조직 사람들이 루시아를 보는 눈도 조금은 좋아지겠지. 그렇게 생각하고 루시아를 설득해서 겨우 데려왔다.

그랬는데 설마 일이 이렇게 될 줄이야. 나샤는 그렇게 골치를 썩이며 사태를 개선하고자 머리를 굴렸다.

하지만 그 전에, 루시아가 결심한 것처럼 입을 열었다.

"죄송해요. 우리는 아키라 씨가 엄청나게 강한 걸 이미 아니까, 지금 와서 객관적으로 볼 순 없어요."

일리가 있다며, 아키라는 무의식중에 고개를 슬쩍 끄덕였다.

"그리고 강화복이니 총이니 해도, 그게 얼마나 대단한 건지 몰라요. 강화복이 뭔지, 총이 뭔지, 그런 자세한 지식은 없으니까요. 그럴싸한 걸 소지한 사람도 있으니까 구분할 수 없어요."

맞는 말이라고, 아키라는 슬쩍 고개를 끄덕였다.

"무척 크고 무거워 보이는 총이라면, 그런 걸 가진 사람이 엄청나다고 생각하겠지만요. 그 정도 크기의 총은, 우리도 들 수 있다고 생각할 수밖에 없어서…….”

실제로 AAH 돌격총은 강화복이 없는 아키라도 들고 다닐 수 있는 무게다. 그러나 CWH 대물돌격총이나 DVTS 미니건은 무리다.

강화복을 당연한 것처럼 착용하게 되면서, 그렇게 무거운 총기를 가뿐하게 다루게 되면서, 자신은 그런 감각이 무뎌졌다고, 아키라는 지금에 와서야 깨달았다.

"그때의 내가 눈에 띄게 큰 총을, 예를 들어서 거물 사냥용 대형 총을 들고 다녔으면, 너도 나를 노리지 않았을 거라는 말이야?"

"네. 아무리 저라도 그런 물건을 들고 다니는 사람을 노리는 일은 절대로 없어요."

아키라가 다시금 자기 장비를 보면서 생각한다.

자신은 이 장비의 성능을 잘 안다. 하지만 그걸 모르는 사람이 이 장비를 보고, 얼마나 강하게 여길지는 알 수 없다.

강한 것과 강하게 보이는 것은 별개다. 캐럴의 구세계 스타일 강화복도, 그런 디자인이 무력적인 허세로 통하는 상대는 그 방면의 지식이 있는 사람뿐이다. 모르는 사람에게는 그저 매혹적인 의상에 불과하다.

그렇다면 그 방면의 올바른 지식이 없는 슬럼의 주민이 아키라의 지금 장비를 봤을 경우, 얼마나 강하다고 여길까?

그렇게 생각한 결과, 아키라는 아슬아슬하게 표적이 되어도 이상하지 않다고 판단했다.

"그렇군……. 그런 건가……. 응, 하나 배웠어. 고마워."

"벼, 별말씀을요……."

루시아에게 고마움을 전한 아키라가 에리오에게로 시선을 돌린다.

"에리오도 그런 느낌이야?"

에리오는 고개를 빠르게 몇 번이고 위아래로 움직였다.

"그렇군. 셰릴은?"

루시아의 이야기를 듣고 생각의 방향성을 찾은 셰릴이 활짝 웃는다.

"그러네요. 아키라가 얼마나 강한지는 저도 포함해서 모두가 놀란 바가 있어요. 저희가 상상할 수 없을 정도로 아키라가 강하다는 의미에서는, 실제 실력보다 약하게 보인다는 것도 틀린 말은 아닐 거예요."

셰릴은 우선 아키라가 강해 보이지 않는다는 사실을 옹호하는 말을 거짓말이 아닌 수준으로 끼워 넣었다. 그러고 나서 말을 잇는다.

"하지만 그건 아키라가 그만큼 강하니까 그런 거예요. 저희가 아키라가 얼마나 강한지 모르는 것도, 그만큼 강하니까 어쩔 수 없는 일이죠. 그렇게 생각해 주시면 좋겠어요."

거짓말하지 않고, 아키라가 약해 보인다는 사실을 인정한다.

그 상태로 아키라는 사실 무척 강하고, 얼핏 약하게 보이는 건 그 폐해라며, 셰릴은 아키라의 실력을 최대한 칭찬했다.

이러면 어떠냐고, 셰릴이 아키라의 반응을 살핀다.

아키라가 남들이 강하게 보지 않는 자신에게 모종의 열등감이 있고, 그 사실에 고민한다면, 아마도 이걸로 해결될 것이다.

그리고 그 고민을 해결해 준 셰릴에게 호감이 생겨도 이상하지 않다. 그때의 카츠야 같은 눈으로 자신을 보게 될지도 모른다.

셰릴은 속으로 그렇게 생각하고, 기대했다.

"그런가……."

하지만 아키라의 반응은 그게 끝으로, 실로 담백했다.

기대가 어긋나는 바람에, 그 기대한 컸던 까닭에, 셰릴이 웃는 얼굴이 조금 미묘하게 바뀐다.

"네, 그래요. 뭐, 그런 셈이에요."

평소 분위기로 돌아온 아키라가 넌지시 말한다.

"응. 알았어. 밑져야 본전으로 물어봐도 의외로 해결되는 법이네. 도움이 됐어."

"아뇨. 도움이 됐다면 다행이에요."

셰릴은 겉으로 아무렇지도 않게 대응했지만, 속으로는 일이 잘 풀리지 않아서 실망했다.

(안 되네……. 카츠야 때는 그렇게 잘됐는데, 정말이지 쉽지 않아……. 게다가 내가 한 말보다 루시아가 한 말을 더 높게 평가한 것처럼 보여. 어떻게 된 거야? 아키라의 실력을 칭찬하

는 것보다 장비의 성능을 칭찬하는 게 더 낫다는 거야? 모르겠
어…….)

아키라가 루시아의 대답을 더 중시한 것은, 자기 실력에 대한
아키라의 생각 때문이다.

다른 사람이 본 아키라의 실력이란, 기본적으로 알파의 서포
트가 포함된 실력이다. 그걸 칭찬받아도 아키라는 별로 기쁘지
않다.

그래도 예전과 비교하면 훨씬 강해졌다고 믿었다. 그렇기에
자신이 아직 소매치기의 표적이 될 정도의 사람으로 보이는 것
을 못마땅하게 여겼다.

그리고 아키라가 소매치기의 표적이 된 이유를, 루시아는 아
키라의 장비 탓이라고 설명했고, 셰릴은 아키라의 실력이 너무
뛰어나서 그렇다고 대답했다.

그러나 셰릴의 대답으로는 단순히 아키라의 진짜 실력을 알아
봐서 노렸다고도 해석할 수 있다. 그래서 아키라는 셰릴의 칭찬
을 전혀 기뻐할 수 없었다.

그렇게 두 사람의 인식 차이가 오늘도 셰릴의 아키라 공략을
곤경에 빠뜨렸다.

그때 조직의 아이가 응접실에 들어온다. 카츠라기 일행이 왔
다는 것을 알리고, 아키라가 있다면 겸사겸사 잠시 유물판매점
이야기도 하고 싶다는 내용이었다.

의식과 실내 분위기를 바꾸고 싶었던 셰릴은 그 제안을 받아
들였다. 그리고 조직의 간부라고는 해도 에리오와 다른 사람에

게 유물판매점 계획을 자세히 알릴 필요는 없다고 생각해서 다른 사람들을 방에서 나가게 했다.

응접실에서 나온 에리오 일행이 타이밍을 맞춘 것처럼 안도의 한숨을 내쉰다.

"큰일 날 뻔했어……. 잠깐 이야기만 하는데도 이래? 이러니까 아무도 간부를 안 하려고 하지."

그 간부인 에리오의 말에 마찬가지로 간부인 아리시아와 나샤도 한숨과 쓴웃음으로 동의했다.

셰릴의 조직은 구역의 넓이로는 약소 조직에 속한다. 하지만 구성원의 규모와 영향력 면에서는 이미 중규모 조직에 가까워졌다. 그만큼 조직에 들어오길 희망하는 사람이 많은 것이다.

그것에는 아키라라고 하는 매우 강력한 후원자의 존재가 큰 영향을 미쳤다. 치안이 열악한 슬럼에서 수많은 아이가 그 비호를 찾아서 조직 가입을 희망했다.

조직의 구성원이 늘어나면 일반적으로 그 안에서 출세하려고 하는 사람도 늘어난다. 간부가 되면 대우도 달라진다. 정체 모를 배급식으로 연명할 필요도 없어진다.

조직의 간부 자리란, 슬럼에서는 노력하면 손이 닿을지도 모르는 현실적인 성공 사례이며, 죽고 죽이는 한이 있더라도 쟁탈전을 벌일 가치가 있는 것이다.

하지만 셰릴의 조직에서는 그런 간부 자리의 인기가 너무 없었다. 이유는 단순하다. 간부가 되면 아키라와 직접 마주칠 기회가 훨씬 많아지기 때문이다.

예전에 아키라는 시지마의 조직 구성원과 한바탕한 적이 있었다. 그때는 거점에 쳐들어온 시지마의 조직원을 죽이고, 그 시체를 질질 끌고서 상대 거점으로 쳐들어갔다.

또한 중규모 조직을 이끌던 야잔의 수작으로 셰릴의 조직에서 배신자가 발생한 적이 있었다. 아키라는 그 배신자를 모조리 죽이고, 다음으로 곧장 야잔의 거점에 혼자 쳐들어가 그곳에 있던 자들도 모조리 죽여서 야잔의 조직을 궤멸시켰다.

그러한 과거도 있어서, 아키라는 셰릴의 조직 아이들에게 정신이 이상한 실력자로 여겨지고 있었다. 비호는 받고 싶지만, 직접 엮이는 것은 최대한 피하고 싶다. 무섭지만 듬직한 것이 아니라, 듬직하지만 무섭다는 취급이다.

아키라에게 직접 대처하는 것은 조직의 보스인 셰릴과 그 직속 부하인 간부들에게 부탁하고, 조직의 일원으로서 간접적으로 아키라의 은혜를 누리고 싶다. 간부의 지위와 대우는 매력적이지만, 목숨은 아깝다. 조직의 아이들은 대부분 그렇게 생각했다.

물론 그걸 알면서도 간부의 지위를 원하는 자도 조금은 있다. 그러나 의욕만 있고 능력이 뒷받침하지 않아서, 현시점에서 조직의 간부는 원래부터 간부 대우였던 에리오와 아리시아, 그리고 루시아를 지키기 위해 조직 내에서 지위를 원한 나샤, 이렇게 세 사람밖에 없었다.

나샤가 아직 긴장한 기색인 루시아를 달래듯 미소를 짓는다.

"루시아. 그 대답은 정말 좋았어. 보스 앞에서 아키라 씨에게 고맙다는 말도 들었으니까, 이거면 네 처지도 좋아질 거야."

"저, 정말?"

"아마도 말이지만. 에리오와 아리시아는 어때?"

"응? 뭐, 괜찮겠지."

"응. 나도 그럴 것 같아."

에리오와 아리시아의 동의도 얻어서, 루시아는 기쁜 듯이 웃었다.

"다, 다행이야."

그러나 그때 에리오가 무심코 생각난 걸 말했다.

"하지만 아키라 씨를 그토록 잘 구슬렸다면 보스가 다짜고짜 간부로 삼지 않을까?"

"시, 싫어."

아키라에게 한 번 죽을 뻔한 적이 있다 보니, 루시아는 진심으로 질색했다.

나샤가 루시아의 어깨를 토닥인다.

"루시아. 그때는 함께 힘내자."

루시아가 힘없이 신음한다. 친구가 그렇게 말하면 루시아도 싫다고 할 수 없었다. 그러나 힘내 보겠다고도 말하지 못했다.

그때 아리시아가 비슷하게 말하고 미소를 짓는다.

"에리오. 함께 힘내자."

"그래. 힘내자."

에리오도 웃으며 대답했다.

아키라와 관련된 일을 **빼면** 조직의 간부로서 일정한 생활과 안전을 얻은 건 사실이다. 에리오는 아리시아를 위해서, 아리시아는 에리오를 위해서, 지금 와서 간부의 지위를 버릴 순 없다. 앞으로도 둘이서 힘내자며 서로를 쳐다본다.

그 모습을 나샤와 루시아가 따스한 눈으로 보자 에리오는 정색하지도 못하고 멋쩍음을 감출 겸 말을 꺼낸다.

"그나저나 셰릴은 그 아키라 씨를 쭉 상대한단 말이지. 아키라 씨를 설득해서 조직을 만든 것도 셰릴이고. 간이 얼마나 큰 건지……. 역시 조직의 보스가 될 녀석은 다른 걸까?"

그 말은 들은 아리시아, 나샤, 루시아도, 그리고 그걸 말한 에리오 자신도, 셰릴에 대한 평가를 쓴웃음과도 비슷한 표정으로 얼굴에 드러낸다.

무시무시할 정도로 강하고, 굳이 따지자면 인성이 망가져서 뭐가 심기를 건드릴지 상상할 수조차 없는 인물. 그런 아키라를, 셰릴은 지금껏 기꺼이 상대하고 있다.

가벼운 화제만으로도 지뢰를 밟은 감각을 맛보고, 그 지뢰밭에서 탈출한 자들은 그 아키라의 상대를 지금까지도, 그리고 앞으로도 자진해서 하려는 셰릴에게, 황당함과 존경과도 흡사한 감정을 느꼈다.

◆

에리오 일행이 이탈한 지뢰밭인 응접실에서, 그 지뢰에 대처하는 데 제법 익숙해진 편인 카츠라기가 아키라에게 볼멘소리를 늘어놓고 있었다.

"너 말이야. 조금은 우리 가게에서 물건을 사라고 했잖아. 단기간에 6억 오럼이나 번 건 대단하고, 그 돈을 곧장 전부 장비 값으로 투자하는 데 망설임이 없는 것도 대단하지만, 6억이나 있으면 조금 정도는 내 물건을 사 줘도 되잖아?"

"미안해."

비벼볼 틈도 없는 아키라의 태도에, 카츠라기는 노골적으로 고개를 푹 숙이고 한숨을 크게 쉬었다. 그리고 아키라의 눈치를 슬쩍 보고 반응이 미적지근하다고 판단해서 조금 더 파고든다.

"있잖아. 알겠지만, 내가 너와 거래하면서 셰릴을 돕는 건 네가 이렇게 돈을 잘 버는 헌터가 됐을 때 장비를 사 주는 단골이 되기를 기대하기 때문이거든? 나는 약속대로 셰릴을 잘 돕고 있잖아?"

아키라와의 거래와 약속을 들먹이고 자신은 약속을 지켰다는 말로 견제한 카츠라기가 아키라의 반응을 살핀다. 아키라는 조금 복잡한 표정을 지었다.

이 자리에서 카츠라기가 네가 자꾸 그러면 나도 셰릴을 더 돕지 않는다고 말하면 아키라는 알았다고 대답해서 인연을 끊을 것이다. 그걸 아는 카츠라기는 더 파고들지 않고, 태도를 바꿔 조금 비굴하게 굴었다.

"이봐, 6억이나 벌었다며? 실제로는 그것보다 조금 더 벌었다고 들었는데? 그렇게 돈이 많으면 내 물건을 조금은 사 줘도 되잖아. 부탁할게, 응?"

그렇게 말하고 간청하듯이 나긋나긋하게 웃는 카츠라기의 태도를 보고, 아키라도 타협했다.

"알았어. 그러면 또 회복약을 팔아 줘. 이번에는 2000만 오럼만큼. 그리고 다음에 가져오는 유물은 유물판매점에서 팔지 평범하게 사들일지 네가 정해도 돼. 이러면 어때?"

"좋아! 당연히 그래야지!"

카츠라기는 갑자기 기분이 좋아져서 호쾌하게 웃었다.

"그나저나 이번에는 2000만 오럼이냐. 요전번에 1000만 오럼이나 샀으면서. 그 비싼 회복약을 그렇게 많이 써? 뭐, 6억이나 벌 정도니까. 그만큼 고생이 심했겠지만……."

"맞아. 그러니까 최대한 성능이 좋은 물건을 줘. 예전엔 산 건 한 상자에 200만 오럼이었는데, 더 성능이 좋은 회복약이 있다면 그걸 사고 싶어."

"나만 믿어. 금방 마련하마."

값비싼 물건일수록 이익률도 높다. 카츠라기는 신바람이 났다. 아키라가 즉석에서 대금을 치르고 2000만 오럼의 매출을 확정함으로써 더더욱 기분이 좋아졌다.

"너에게 투자하길 잘했어. 앞으로도 잘 부탁한다?"

"응? 내가 너한테 뭔가 투자받았던가?"

"어이쿠. 네가 아니라 셰릴에게 한 거였지. 뭐, 비슷한 거 아니겠어? 잘 돌보면 이익도 생기는 거니까. 투자 같은 거지."

카츠라기는 그렇게 말해서 아키라에게 자신이 셰릴을 잘 돌보겠다고 은연중에 시사했다. 그리고 그대로 말을 잇는다.

"그래서 말이다. 너도 투자라고 생각해서 조금 도와주지 않겠어? 뭘, 돈을 대라는 소리가 아니야. 일을 조금 거들면 돼."

카츠라기의 진짜 목적은 유물판매점 계획에 아키라도 끌어들이는 것이다. 카츠라기 자신도 투자하고, 동업자들도 끌어들인 계획을 성공시키기 위해서, 카츠라기는 그대로 아키라에게 열변을 토했다.

◆

목욕 중인 아키라가 오늘도 허공에 늘어선 장비를 보고 신음하고 있다. 어제는 총밖에 없었지만, 오늘은 강화복도 있었다.

"이게 4억 오럼짜리 강화복인가……. 사실은 캐럴 같은 디자인이면 어쩌나 싶었는데. 이거라면 괜찮겠어."

아키라도 헌터로서 성능을 위해서라면 디자인을 무시할 수 있다고는 하나, 그것도 한도가 있다. 자신의 패션 감각이 무척 구리다는 것은 알지만, 그래도 피하고 싶은 차림새는 있었다.

알몸으로 욕실에 떠 있는 알파가 늘어선 강화복 중 하나를 입는다. 그리고 아키라가 착용한 상태를 표시했다.

『아키라. 이래도 괜찮아?』

그 강화복은 강화 내피에 가깝게 매우 얇아서, 착용하면 피부에 짝 달라붙고 근육의 세세한 형태마저 뚜렷하게 드러내는 물건이었다.

"그건 안 고를 거니까 괜찮아."

그렇게 단언한 아키라에게, 알파가 놀리듯이 웃는다.

『어머, 시즈카가 골라 준 물건인데도 그렇게 싫어?』

"이런 것도 있으니까 참고하라고 준 샘플이잖아. 게다가 이 강화복은 위에 방호복하고 이것저것을 껴입어서 쓰는 거야. 그런 예산은 없어."

실제로 시즈카도 아무리 그래도 이건 안 고르겠지 하는 마음으로 목록에 올린 물건이다.

하지만 움직이기 편하다는 점에서는 알몸만큼이나 편리한 건 사실이다. 엘레나도 비슷한 강화복을 위에 방호 코트를 걸쳐서 사용하고 있었다.

따라서 아키라가 이런 강화복을 허용할 수만 있다면 선택지가 될 수 있다고는 생각했다. 추가로 구매하는 방호복 등은 총과 탄약의 예산을 줄이면 조정할 수 있다. 그렇게 생각해서 일단 목록에 올렸다.

"그나저나 4억 오럼짜리 강화복에도 종류가 참 많구나. 나는 이게 4억짜리 강화복인 걸 아니까 강하게도 보이는데, 모르면 이상하게 느껴질 디자인의 물건도 있어. 그 녀석이 말한 대로, 그런 걸 잘 모르는 녀석은 강화복의 생김새만으로 상대가 얼마나 강한지 알아보기 어려울 거야. 역시 큰 총이 필요하려나."

아키라는 루시아에게 들은 말을 떠올리면서 오늘 소매치기를 당할 뻔한 것도 그 탓이고, 어쩔 수 없는 이유가 있었다며 자신을 다시 납득시켰다.

그때 새로운 요소가 추가된다. 캐럴이 연락한 것이다.

"캐럴이야? 무슨 일인데?"

『아키라. 오늘 소매치기를 당할 뻔했지?』

"어떻게 그걸 알아……?"

『뭐, 그 이야기는 지금 하지 말고. 그나저나 그렇게 강한데도 소매치기의 표적이 되다니 아키라도 참 고생이 많구나. 얼핏 강하지 않게 보여도 사실은 강하다는 건 상대의 방심을 유도해서 좋은 점도 있지만, 이럴 때는 불편해.』

캐럴이 즐겁게 말하는 것을 듣고, 아키라는 조금 언짢아졌다.

"그렇게 시답잖은 소리나 할 거라면 끊겠어."

『어머, 너무 화내지 마. 일단 정보를 제공하려고 연락한 거야. 오늘 아키라가 소매치기당할 뻔했던 일에 숨겨진 진실이 있다고 하면, 흥미가 생겨?』

너무나도 뜻밖의 소리를 들은 아키라가 놀란다. 그렇게 놀라서 끊긴 대화는 아키라가 얼마나 놀랐는지를 캐럴에게 여실히 전했다.

『흥미가 있나 보네. 그러면 내일 만나서 이야기하지 않을래?』

"지금 말하면 안 돼?"

『그건 안 돼. 여자가 데이트를 신청하는 거니까 순순히 기뻐하는 반응 정도는 보여줬으면 좋겠는데, 너도 참 여전하구나.』

캐럴이 황당해하는 듯, 한편으로 왠지 신난 기색으로 말하는 것을 들은 아키라는 뭘 말해도 소용없다고 판단했다. 슬쩍 한숨을 쉰다.

"알았어……. 만날게."

『당연히 그래야지. 그러면 약속 장소와 시간을…….』

지금 당장 알아내는 걸 포기한 아키라는 그대로 내일 시간과 장소를 정하고 이야기를 끝냈다.

『그러면 내일 데이트, 기대하고 있을게. 내일 보자.』

신이 난 캐럴은 마지막으로 흥겹게 말하고 통화를 끊었다.

아키라가 괴이쩍은 얼굴로 알파를 본다.

"알파. 숨겨진 진실이 대체 뭘까?"

『확실하게 말할 순 없어. 아키라를 불러낼 구실이고, 정말 시시한 이유일지도 몰라.』

"하긴, 그것도 그러네."

내일이 되면 알 일이다. 아키라는 그렇게 생각하고 지금은 장비 선정을 다시 시작하기로 했다.

◆

욕조에 몸을 담근 캐럴이 통신 너머로 친구와 대화하고 있다.

"그래. 아무튼 내일 아키라와 만날 약속을 잡았어. 거기서 일단 제안해 보기는 할 건데, 아키라가 승낙할지 어떨지는 본인 마음인걸?"

"어머, 캐럴답지 않게 소심한 발언이네. 요새는 헌터 활동으로 제법 돈을 벌었다고 들었는데, 그쪽에 전념하는 바람에 남자를 농락하는 기술이 녹슨 거야?"

통신 상대가 놀리는 것처럼 말하는데도 캐럴은 여유롭게 웃고 있었다.

"뭐든 예외가 있다는 거야. 그래. 예외가 말이지."

반박하지도 않는 캐럴의 태도에 상대도 섣부른 도발을 참는다.

"그래. 아무래도 좋아. 그러면 내일은 잘 부탁할게?"

"해보긴 할게. 잘 있어."

통신을 끊은 캐럴이 기분 좋게 숨을 내쉰다. 그리고 내일을 생각하며 요염하게 웃었다.

제127화 번 돈을 쓰는 방법

 도시 하위 구획에 있는 상점가에서, 아키라가 캐럴을 기다리고 있었다.

 방벽에 가까운 위치이기도 해서, 주변에는 고급 점포가 즐비하다. 손님도 그만큼 유복한 자들이다. 경비원들도 손님들에게 불필요한 경계심을 주지 않게 배려한 수준으로 무장했다. 슬럼의 주민이나 퇴물 헌터, 과도하게 무장한 자 등, 부적합한 자들은 출입이 금지된 영역이다.

 그 장소에, 아키라는 강화복과 AAH 돌격총만 소지하고 서 있다. 하위 구획이기는 하나 부유층을 대상으로 한 곳을 경비하는 자들은 아키라를 쫓아낼 필요가 없다고 판단했다.

 그래도 여기는 기본적으로 강화복을 입고 찾아올 만한 장소가 아니다. 조금 엉뚱한 차림을 한 인물임은 틀림없어서, 아키라는 조금 붕 뜨고 있었다.

 그런 아키라의 옆에서 남들이 보면 아키라와는 비교도 안 될 만큼 주목받을 차림을 한 알파가 놀리듯이 의미심장하게 웃고 있다.

 『왜 웃는데?』

 『별일 아니야. 눈에 띄는 게 싫으면 차림새에 더 신경을 쓰는 게 좋겠다고 생각했을 뿐이야.』

『생각해 볼게…….』

그때 캐럴이 나타난다.

"벌써 왔구나. 오래 기다렸어?"

캐럴은 맨살 노출을 줄인 청초한 차림으로 나타났다. 표정과 행동, 걷는 모습도 복장에 맞춰서 청순하다. 아키라를 향해 웃는 얼굴에도 색기가 아니라 우아한 분위기가 드러난다. 야릇한 구세계 스타일의 강화복을 입었을 때와는 정반대 모습이었다.

이건 보통 사람이라면 황야에 있을 때와 딴판인 캐럴의 분위기에 먼저 놀라고, 이어서 평소 요염한 색기를 뿌리는 자태를 떠올림으로써, 그 현저한 분위기 차이에서 다음에 있을 욕정을 끌어내는 효과를 준다.

하지만 아키라에게는 효과가 없었다.

"10분 전이야. 문제없어."

캐럴이 그럴 줄 알았다는 듯이 쓴웃음을 짓는다.

"그럴 때는 지금 막 왔다고 말할 수 없어?"

"약속 시간 15분 전에 왔는데?"

"그게 아니라, 데이트 때 흔히 하는 대사 말이야. 그런 대화를 즐기는 것도 즐겁게 데이트하는 방법이잖아?"

이건 단순히 두 사람이 만나는 것이 아니고, 우리는 지금 데이트하는 것이라는 인식을 상대에게 줌으로써 자신을 의식하게 하고, 상대의 생각을 유도하는 말이기도 했다.

그러나 아키라는 전혀 반응하지 않는다.

"캐럴이 어떻게 생각하는지는 모르겠지만, 나는 그냥 이야기를 들으려고 온 거야."

"그런 것 같네……."

캐럴은 대놓고 한숨을 쉬었다.

캐럴도 여기를 약속 장소로 지정했는데도 강화복과 몬스터 사냥용 총으로 단단히 무장하고 나타난 아키라가 그런 쪽으로 기대했을 것으론 여기지 않았다.

"그렇다고 해도, 옷 정도는 어떻게 할 수 없었어? 강화복 차림으로 올 곳이 아닌데?"

"뭐가 어때서. 경비도 안 쫓아내는데……."

"아, 알았다. 아키라는 귀찮다고 외출할 때 입는 옷도 강화복으로 때우는 성격이지? 혹시 집에서 입는 옷도 옛날에 쓰던 방호복으로 해결하는 거 아니야?"

아키라가 눈을 돌렸다.

"역시나. 아키라. 그러면 안 돼. 번 돈은 잘 써야지."

"아니, 잘 쓰고 있는데?"

"보나 마나 전부 장비값에 쏟아부은 거 아니야? 그건 잘 썼다고 치지 않아. 더 멀쩡하고 유의미한 생활을 위해서도 써야지."

그렇게 말한 캐럴이 조금 타이르듯이 웃으며 말을 잇는다.

낭비하라고는 말하지 않겠다. 돈을 펑펑 쓰라고도 하지 않는다. 그러나 돈을 많이 벌었다면 그 돈은 의식주 향상에도 보태야 한다. 그렇게 유의미하게 사치를 부려야 위험한 황야에서 목숨을 걸고 헌터 활동을 하는 의미가 있고, 가치가 있다.

안 그러면 그저 황야와 도시를 왕복하고, 번 돈으로 장비를 사는 기계로 전락하고 만다. 매우 강하고, 장비도 강력하지만, 공짜라는 이유로 슬럼의 뒷골목에서 배급식을 먹고 사는 생활이 최적해가 되고 만다.

그런 자는 멀쩡한 헌터가 아니다. 황야가 아닌 곳에서 풍족하게 생활해야 비로소 모두가 그렇게 되고 싶다고 성공을 꿈꾸는 멀쩡한 헌터다. 캐럴은 웃으며 그렇게 설명했다.

"좋은 장비만이 아니라, 좋은 옷을 입고, 좋은 걸 먹고, 좋은 곳에 살고, 몸과 마음을 모두 잘 정비하는 거야. 장비를 정비하는 것과 같아. 아키라만큼 잘 버는 사람을 지탱하는 몸과 마음이니까. 그걸 정비하는 데 돈이 조금 많이 들어가도 이상하지 않지? 아키라도 조금은 자신에게 돈을 투자해도 좋을걸?"

캐럴이 말한 풍족한 생활에는 여자와의 교제도 포함된다. 그런 부분에서 남자에게 파고드는 것도 캐럴의 주특기이기 때문이다. 그러나 아키라에게는 효과가 미미한 것도 있어서, 지금은 그 부분을 굳이 말하지 않았다.

그리고 아키라는 캐럴이 한 말을 호의적으로 받아들였다. 몸과 마음을 잘 정비해라. 장비를 정비하는 것과 같다. 시즈카도 그런 말을 했기 때문이다.

"뭐…… 생각해 볼게."

그렇게 말하고 슬쩍 웃은 아키라에게, 캐럴도 웃는 얼굴을 보여줬다.

"그렇게 해. 그러면 출발해 볼까. 이야기만 들으려고 왔다고

해도, 여기서 서서 이야기하긴 조금 그렇잖아? 식사라도 하면
서 천천히 이야기하자."

그대로 아키라 일행은 걸음을 옮기고, 캐럴의 안내에 따라 근
처 가게에 들어갔다.

고급 점포가 늘어선 거리의 레스토랑인 것도 있어서, 메뉴에
있는 요리의 가격도 어지간한 가게와 자릿수가 다르다. 그 메뉴
를 본 아키라가 조금 즐겁게 신음한다.

자기가 부른 거니까 돈을 내겠다고 한 캐럴의 말에는 마음만
고맙게 받기로 하고, 아키라는 자기 돈으로 요리를 골랐다.

자신이 번 돈으로 좋은 걸 먹는다. 아키라의 수입을 생각하면
소박한, 아키라 자신의 금전 감각으로는 사치스러운 선택을, 아
키라는 즐겁게 여겼다.

고민한 끝에 주문한 요리는 다 합해서 5만 오럼 정도 했다. 이
것이 지금의 아키라가 자기 손으로 고를 수 있는 사치의 한계
다.

그걸 자각한 아키라가 슬쩍 웃는다. 알파도 그 이유를 짐작하
고 웃었다.

『얼마 전에 2000만 오럼을 내고 회복약을 산 헌터가 부리는
사치로는 미묘할지도 모르겠는걸.』

『그러게 말이야.』

식사 한 끼에 쓰는 돈과 자신의 목숨을 지탱하는 회복약의 대
금이다. 동등하게 비교할 수는 없다. 아키라는 그렇게 여기면서

도 자신의 금전 감각에 쓴웃음과 비슷한 웃음을 흘렸다.

주문한 요리가 다 나왔을 즈음, 캐럴이 오늘의 본론을 꺼냈다.

"아키라가 소매치기당할 뻔한 일에는 숨겨진 진실이 있다. 이것까지는 말했지?"

"그래. 그래서? 어떤 이유가 있는데?"

"여기부터는 거래야. 그래도 좋아?"

"거래? 정보료를 말하는 거야? 얼만데?"

"조금 달라. 먼저 말해두겠지만, 내가 아는 건 그 일에 숨겨진 이유가 있다는 것이 전부고, 그게 어떤 내용인지는 몰라."

"어?"

사람을 불러내 놓고서 그렇게 말하는 건 너무하지 않냐는 심정을 얼굴에 드러낸 아키라에게, 캐럴이 무슨 말이 하고 싶은지 알겠다며 말을 보탰다.

소매치기 사건의 진실을 구체적으로 아는 사람은 교류가 있는 정보상이며, 자신은 그 정보상으로부터 거래를 부탁받았다. 그 내용은 협상의 중개다.

아키라가 토메지마라고 하는 남자와의 협상 테이블에 앉는 것. 그리고 협상 중에 토메지마를 해치지 않는 것. 이 요구를 받아들이면 협상의 성립 여부와는 관계없이 정보를 주겠다. 그 말을 아키라에게 전해 달라고 부탁받았다고, 캐럴은 아키라에게 설명했다.

"그러니까 내가 아는 건 소매치기 사건에 숨겨진 진실이 있다는 것과 그 내용을 정보상이 안다는 것밖에 없어. 그래서 말인데, 어떻게 할래?"

아키라는 괴이쩍은 표정을 지었다.

"어떻게 하긴. 애초에 그 토메지마가 누군데?"

"어? 몰라? 예전에 아키라랑 다퉜다고 들었는데…….."

캐럴이 추기로 설명하는 것을 듣고, 아키라도 시카라베가 불러서 찾아간 술집에서 있었던 일을, 토메지마와 카도르의 기억을 떠올렸다.

"아하, 그때 그 녀석 말인가. 그렇지만 나랑 싸운 건 다른 녀석인데?"

"그랬어? 뭐, 그렇다면 동행이 아키라와 다퉜으니까 중개자로서 책임을 지려는 거 아닐까?"

"흐응."

"그래서 말인데, 어떻게 할래? 지금껏 잊었을 정도로 아무 생각이 없다면 협상 테이블에 앉기만 해도 정보를 받을 수 있으니까 나쁘지 않은 제안 같은데."

아키라가 잠시 생각한다.

"일단 묻겠는데, 그걸 받아들여서 생길 문제가 뭐가 있을까?"

"글쎄. 아키라의 입장에서 생각하면 얼굴도 모르는 인물이 제안한 수상쩍은 거래에 응해서 협상 장소로 가는 것 자체가 문제 아닐까?"

아무렇지도 않게 하는 말을 듣고, 아키라는 무심코 작은 경계심과 비난을 얼굴에 드러냈다.

"이봐, 그런 이야기를 나한테 가져온 거야?"

그러나 캐럴은 오히려 아키라에게 웃어 보였다.

"반대로 묻겠는데, 아키라는 그만큼 나를 믿어 준 거야? 나를 믿고, 이 이야기를 믿고, 나를 통해서 제안한 정보상도, 그 내용도 믿는다고, 그렇게 말해 줄 거야?"

"아니, 그렇게 말해도……."

"내가 말했지? 아키라의 입장을 생각하면 그렇다고. 나는 아직 아키라가 그만큼 신뢰해 줄 정도로 친해졌다고는 생각하지 않아."

미소를 지으면서도 왠지 모르게 진지한, 상대의 진의를 꿰뚫어 보는 듯한 눈으로 보는 캐럴에게, 아키라는 복잡한 표정을 짓고 신음했다.

들고 보면 맞는 말이라고, 아키라도 생각한다. 불신만으로는 거래가 성립하지 않는다. 그러나 타인을 교묘하게 속이려고 하는 자가 얼마든지 있다는 것도 안다.

캐럴이 지적할 때까지 그 이야기를 믿었던 자신은 여유가 생겨서 성장한 건지, 아니면 여유가 생겨서 멍청해진 건지, 아키라는 판단하기 어려웠다.

하지만 제안을 받아들일지 말지는 정해야 한다. 아키라는 캐럴을 진지하게 쳐다봤다.

"확인하겠어. 대답해 줘. 적어도, 이번 일에서, 캐럴은, 나를 속일 마음이 없다. 이건 진짜지?"

"진짜야."

캐럴은 단언했다. 단언할 수 있었다.

하지만 아키라는 몰랐다. 그러길 바라는 것과 믿는 것은 차원이 다르다. 그걸 동일시할 수 있었다면 아키라는 슬럼의 뒷골목에서 혼자 살 수 없었다.

조금 주저하고, 알파에게 의지한다.

『알파…….』

『거짓말은 안 하는 것 같아.』

『그렇군…….』

아키라는 슬며시 한숨을 쉬었다. 이건 일단은 함께 죽을 고비를 넘긴 사람조차 쉽게 믿을 수 없는 자신을 향한 한숨이기도 했다.

그러나 거짓말이 아니라고 안 것도 사실이므로, 지금은 생각을 전환한다.

"알았어. 믿을게. 거래에 응하겠어. 소매치기 사건에 진짜로 숨겨진 진실이 있다면 알고 싶으니까."

"알았어……. 그렇게 전할게."

캐럴은 정보단말을 조작해서 정보상에게 그 취지를 송신하더니 아키라를 지긋이 바라본다.

"있잖아, 아키라. 아까 그거 말인데, 미하조노 시가지 유적에서도 한 거 맞지? 그게 뭔가 거짓말을 간파하는 요령 같은 거야?"

"뭐, 그런 셈이야."

"흐응."

캐럴은 깊이 캐물었다간 벌집을 들쑤시는 꼴이 될 것으로 생각하고 더는 묻지 않았다. 그 대신에 나긋나긋하게 웃는다.

"이미 아키라가 승낙했다고 전했으니까, 나중에 연락이 갈 거야. 이걸로 아키라와의 볼일은 일단 끝난 셈인데, 다음 예정은 있어? 한가하면 나랑 같이 다니지 않을래?"

"미안해. 새 장비를 조달할 때까지는 헌터 활동을 쉴 거야."

"그런 게 아니고."

의아한 기색을 보이는 아키라에게, 캐럴은 쓴웃음을 지었다.

"데이트 얘기야. 같이 상점가를 둘러보자고 하는 거라고."

아키라도 슬쩍 웃고 대꾸한다.

"사양하겠어. 이 주변은 강화복 차림으로 어슬렁거릴 곳이 아니라고 하니까."

"너도 참 쌀쌀맞구나."

그것으로 믿느냐 마느냐 하는 이야기는 흐지부지 넘어갔고, 아키라와 캐럴은 그대로 진짜 데이트하듯이 식사와 환담을 즐겼다.

아키라의 앞에 나온 요리가 반쯤 위장에 들어갔을 무렵, 대수롭지 않은 잡담 속에서 화제가 유물판매점으로 넘어갔다.

"그래서 말인데, 그 셰릴이 카츠라기네 사람들하고 유물판매점을 하려고 하는데, 실제로는 어떨까? 평범하게 유물을 파는 것보다 돈이 될까?"

"그거야 장사 수완에 달렸겠지만, 제대로 걸리면 돈이 잘 벌

릴걸? 그 가게, 슬럼의 비밀 상점이잖아? 수완이 좋은 사람이 경영을 궤도에 잘 올리면 어지간한 가게의 매출을 훌쩍 뛰어넘을 거야.”

“그렇게 돈이 잘 벌려? 슬럼의 가게인데?”

“오히려 슬럼의 가게니까 그렇겠지. 내가 말했잖아? 슬럼의 비밀 상점이라고.”

무심코 의아한 표정을 지은 아키라에게, 캐럴이 우쭐거리듯 웃으며 자세하게 설명하기 시작한다.

유물판매점은 동부의 발전을 지탱하는 유물을 취급하는 만큼 성황을 이룬다. 고객도 개인에서 기업까지 다양하다. 방벽 안쪽에도 점포가 많고, 방벽 바깥에서도 방벽에 가까운 좋은 입지에서 대규모 고급 점포를 운영하는 기업도 드물지 않다.

그리고 유물판매점은 슬럼에도 존재한다. 그것은 굳이 슬럼처럼 치안이 열악한 환경에서 경영하는 만큼 뒤가 구린 수요에 응하는 곳. 이른바 암시장, 비밀 상점이다. 그러한 가게에서 헌터가 유물을 사는 경우도 많다.

통기련은 고랭크 헌터를 우대한다. 그것은 위험한 유적에서 귀중한 유물을 회수하게 하기 위함이다. 유물을 정규 거래소에서 팔면 헌터 랭크가 오르는 것은 그 유물이 해당 헌터에게 위험한 유적에서 가져올 만큼의 실력이 있음을 증명하는 증거로서 취급되기 때문이다.

그러나 유물을 판 돈으로 다른 유물을 사고, 그걸 정규 거래소로 가져가는 짓을 하면 표면상으로는 유적에서 대량의 유물을 가져온 자가 되고, 실제보다도 더 실력이 뛰어난 자로 위장할 수 있다.

그런 행위가 만연하면 헌터의 실력을 증명하는 헌터 랭크의 의미가 크게 흔들린다. 그래서 통기련도 일단은 대책을 마련하고 있다.

헌터 오피스와 연계한 점포에서 유물을 팔아야 헌터 랭크가 오르는 것은 그 대책의 일환이다. 유물 매매를 기록하고, 똑같은 유물이 여러 번 거래소로 반입되는지를 확인하는 것이다.

따라서 돈으로 헌터 랭크를 사고 싶을 때는 그런 매매 기록이 없는 유물, 꼬리가 안 잡히는 물건을 어딘가에서 조달해야 한다. 그 조달처는 대개 슬럼의 유물판매점이다.

또한 헌터 중에는 일정량의 유물을 정기적으로 납품하는 계약을 기업과 체결한 자도 있다. 하지만 실제로 유물을 얼마나 건질 수 있을지는 진짜로 해 봐야 아는 일이다. 유물을 도무지 찾지 못해서 부족할 때도 있다.

그리고 계약상 납품이 부족하면 보수가 대폭 줄어들고, 거액의 위약금을 청구받을 수도 있다. 그걸 방지하려면 부족한 유물을 어떻게든 조달해야 한다. 그 조달처로서 슬럼의 유물판매점을 이용하는 자도 있다.

반대로 유물을 예상보다 많이 입수할 때도 있다. 그리고 계약상 유물을 전부 납품해야 하는데도 보수는 전혀 늘어나지 않을 수도 있다.

그런 게 싫어서 기업에는 계약 내용보다 조금 더 많은 수준으로만 보고하고, 나머지 유물은 슬럼의 유물판매점에 파는 자도 있다. 정규 거래소에서 팔면 매매 이력을 통해 들킬 위험이 있기 때문이다.

또한 슬럼의 대규모 조직은 조직의 전력으로 고용한 헌터들에게 보수로 돈 대신에 유물을 주는 경우도 많다.

헌터는 유물을 팔면 돈이 되고 헌터 랭크도 올라간다. 조직은 고랭크 헌터를 다수 고용함으로써 대외적으로 전력을 과시할 수 있다. 양쪽 모두에게 이점이 크다.

그리고 그 보수용 유물도 대개는 슬럼의 유물판매점에서 조달한다. 조직의 구성원을 유적에 파견해서 자기 힘으로 모으는 것보다 훨씬 빠르고 편하기 때문이다.

헌터 오피스에서 그 문제를 전부 단속하는 것은 가능하지만, 비용이 많이 드는 데 비해서 이익이 적다. 그래서 유물 매매의 순환을 억제하는 정도로 그치고, 어느 정도는 묵인하고 있었다.

유물 매매의 순환만 억제하면 통기련에 있어서 가치가 있는 유물이 자꾸 암시장에 쌓이는 것을 피할 수 있다. 또한 어디든 간에 헌터들이 유물을 팔면 사정이 있어서 유물을 수중에 방치하는 자도 줄어들기 때문이다.

슬럼의 유물판매점은 그렇게 공연하게 드러낼 수 없는 수요에 응함으로써 매우 큰 이익을 낳고 있었다.

그러한 이야기를 들은 아키라가 흥미진진한 기색으로 고개를 끄덕인다.

"그렇군. 그런 거구나. 어쩐지 카츠라기가 의욕을 내더라. 그렇게 돈이 잘 벌린다면 납득할 수 있어.”

“뭐, 순수하게 유물을 돈으로 바꾼 사람이 보면 정규 거래소에 가져가 봤자 헌터 랭크가 올라가는 만큼 유물을 싸게 후려치는 거니까, 그럴 바에는 차라리 그런 데서 팔자고 생각하는 사람도 많을 거야.”

“하지만 고랭크 헌터가 되면 이것저것 혜택이 있잖아?”

“있어. 다만 그 혜택을 실감할 정도로 헌터 랭크를 올리긴 어렵고, 기업 의뢰를 헌터 랭크로 제한해도 순수하게 유물 수집으로 돈을 버는 사람은 관계없으니까. 헌터 랭크에 따른 장비와 탄약 구매 제한에 발목이 잡히는 건, 그야말로…….”

그때 아키라의 정보단말에 시즈카의 메시지 통지가 떴다. 내용을 슬쩍 확인해 보니 탄약류의 견적으로 합계 금액이 3000만 오럼을 넘었다.

탄약값에 1억 오럼의 예산을 할당한 만큼, 거물 사냥용으로 특히나 비싼 탄환을 계산해서 견적에 올린 것이리라. 아키라는 그렇게 여기고 견적서 내용을 조금 더 자세히 봤다.

그리고 무심코 뿜었다.

“한 발에 500만 오럼?!”

“저기 아키라. 왜 그래?”

갑자기 소리친 아키라를 보고, 캐럴도 깜짝 놀랐다. 정신을 차린 아키라가 동요를 남기며 어떻게든 침착해지려고 한다.

“아, 아무것도 아니야. 그게, 내가 평소 장비 조달을 부탁하는 가게에서 탄약류 견적서가 왔는데, 대(對)역장 장갑탄의 가격이

한 발에 500만 오름으로 나와서…….”

“뭐, 그 정도겠지.”

캐럴이 아무렇지도 긍정함으로써, 한 발에 500만 오름이란 가격이 틀리지 않았다는 사실이 확정되었다. 그 사실에 놀란 아키라가 할 말을 잃는다.

“아키라. 괜찮아?”

“괘, 괜찮아. 그렇구나. 대역장 장갑탄이 그렇게 비쌌나……. 그렇다면 나는 그때 그렇게 비싼 탄을 왕창 쏜 건가……? 아니지. 하지만 캐럴도 왕창 쐈는데…… 어? 캐럴은 그렇게 부자였어?”

아키라는 모니카와 싸울 때 캐럴이 준 대역장 장갑탄을 연사했다. 어지간한 탄보다는 비쌀 것 같기는 했지만, 설마 그토록 비쌀 줄은 몰랐다.

허둥대는 아키라의 모습을 보고, 캐럴이 유쾌하게 쓴웃음을 짓는다.

“나름대로 부자인 건 부정하지 않겠지만, 아키라가 생각하는 것과는 조금 달라.”

“무슨 소리야?”

“그야 어지간한 헌터가 대역장 장갑탄을 사려면 한 발에 500만 오름이야. 그런데 있지? 헌터 랭크가 50인 헌터라면, 한 발에 500 오름으로 살 수 있어.”

아키라는 또 뿜었다. 예상했던 반응을 본 캐럴이 웃는다.

“아, 일단 말해두겠지만, 내 헌터 랭크는 50이 아니야. 아무래도 그 정도는 좀."

"대체 무슨 소리야……."

한 발에 500만 오럼인 대역장 장갑탄을 500 오럼에 살 수 있다는 것도, 캐럴이 사실은 랭크 50의 엄청난 헌터였다는 사실에 놀란 순간에 쉽사리 부정당한 것도, 아키라의 곤혹과 혼란을 키웠다.

캐럴이 웃으며 대답한다.

"헌터 랭크가 50이 되면 말이지? 헌터 오피스의 지원으로 탄약류를 대폭 할인한 가격으로 살 수 있어. 그리고 대역장 장갑탄처럼 특별히 강력한 탄은 그 지원이 극단적이야. 그야말로 500만 오럼의 탄환을 500 오럼에 살 수 있을 정도로 말이지."

"하지만 캐럴은 랭크 50이 아니라면서?"

"그래. 하지만 랭크 50인 사람이 산 것을 받을 순 있어. 내가 아키라한테 나눠준 것처럼 말이야."

아키라는 그 말을 듣고 일단 납득하고, 어느 정도는 침착함을 되찾았다. 캐럴은 그런 아키라의 모습을 즐겁게 보면서 설명을 보충해 나간다.

동부의 총탄 가격은 통치자의 사정으로 정해진다. 슬럼에 싸구려 탄이 넘쳐나는 것도 그러한 사정에 따른 것이다.

도시를 습격하는 소규모 몬스터에 대한 인간 방패로 삼고, 그것들을 격파하게 하려고. 그리고 그 전투로 기술을 갈고닦아 언젠가는 헌터가 되어 유적에서 유물을 가져오게 하려고. 이를 촉진하는 경비로서, 슬럼에는 싸구려 탄이 이상할 정도로 잘 공급

되고 있다.

그리고 그러한 탄은 도시를 전혀 위협하지 않는다. 그 정도의 총탄으로는 역장 장갑(포스 필드 아머)을 탑재한 도시 측 장비의 방어를 절대로 뚫을 수 없기 때문이다. 폭풍처럼 퍼부어도 흠집 하나 낼 수 없다.

어떻게 보면 슬럼은 절대적인 전력 격차 덕분에 도시에서 그 존재를 허용받고 있다. 언제든지 잿더미로 만들 수 있기에 그 주민들이 무장하는 것을, 그 무력을 용인하고 있다.

대역장 장갑탄이 한 발에 500만 오럼이나 하는 것도, 그런 종류의 탄이 슬럼에서 유통되는 것을 막기 위함이다. 싼값에 유통되면 슬럼의 조직이 대역장 장갑탄으로 무장해서 도시의 부대에 대항할 수 있게 되기 때문이다.

그러나 그런 가격 설정으로는 포스 필드 아머를 지닌 몬스터 등과 싸우는 고랭크 헌터도 도저히 충분한 탄약을 구할 수 없다. 그래서 헌터 오피스가 탄약값을 지원하는 형태로, 대역장 장갑탄 등의 값비싼 탄환을 싸게 입수할 수 있게끔 했다.

이것은 그 우대 조치로 헌터 랭크의 가치를 끌어올림으로써, 그 가치를 부여하는 헌터 오피스의 영향력도 끌어올리기 위함이다. 헌터 오피스를 거역하는 자는 헌터 랭크를 올릴 수 없고, 언제까지고 싸고 약한 탄으로 싸우는 처지가 된다.

이 지원을 헌터 랭크 50부터 받을 수 있는 것은 그만큼 랭크를 올린 헌터라면 도시와도 잘 절충할 수 있는 자가 태반이고, 도시의 적이 될 우려가 적기 때문이다.

또한 그만한 헌터 랭크를 보유한 자라면 대역장 장갑탄이 없어도 다른 무장으로 어떻게든 할 수 있는 실력자일 경우가 많으므로, 대역장 장갑탄 소유를 제한하는 의미가 퇴색되기 때문이기도 하다.

그리고 지원의 기준은 도시마다 다르다. 쿠가마야마 시티 주변에서는 랭크 50으로 설정했을 뿐, 그 환경에 따라 기준을 낮추거나, 다른 환경에서는 오히려 높이는 곳도 있다.

아키라는 그러한 이야기를 흥미진진하게 듣고 있었다.

"그런 제도가 있구나. 그래서 캐럴은 그 랭크 50인 녀석한테 탄을 받는 건가?"

"그런 거야. 더 덧붙이자면, 그런 입수 방법에도 일단은 제한이 있거든?"

500 오럼으로 산 대역장 장갑탄을 아무 헌터에게 5만 오럼에 팔아서 돈을 벌려고 했다간 최악의 경우에는 헌터 오피스의 눈 밖에 나서 현상금이 걸린다.

또한 양도도 같은 팀에서 나누는 정도로 해야지, 안 그랬다간 주의나 경고를 거쳐 처벌받는 지경에 처한다. 그걸 제한하지 않으면 강력한 탄의 유통을 가격 조정으로 제한해도 의미가 없기 때문이다.

물론 친구에게 조금 많이 주는 정도라면 고랭크 헌터의 특권으로 묶인된다. 그 이해관계는 고랭크 헌터를 정점으로 삼은 집단의 형성을 촉진하기 때문이다. 헌터의 집단이 조직으로 발전하는 것은 헌터 관리 면에서도 헌터 오피스의 이득이므로 못 본 척하고 있다.

"그런 이유도 있어서, 쉽게 구할 순 없거든?"

"와. 캐럴은 고랭크 헌터가 있는 팀에 들어갔구나."

"아니, 딱히 특정 팀 소속인 건 아니야."

"어? 그러면 어떻게 한 건데?"

"그것도 다 방법이 있어. 일단 말해두겠지만, 아키라는 불가능한 방법인걸?"

아키라는 의아하게 여겼지만, 요염하게 웃는 캐럴의 태도를 보고 어렴풋이 짐작했다.

실제로 캐럴은 부업으로 그런 탄을 입수하고 있었다. 고랭크 헌터와 일시적으로 팀을 짜고서 총탄을 받은 다음에 해산하기만 하는 간단한 수법이지만, 헌터 오피스도 그렇게 세세한 부분까지 조사하지는 않으므로 받은 탄을 대량으로 전매하지만 않으면 문제가 될 일이 없었다.

"있잖아, 아키라. 나랑 팀을 짜지 않을래?"

"갑자기 무슨 소리야?"

"아까도 말했지만, 동료끼리 나누는 건 문제없어. 나랑 한 팀이 되면 아키라도 대역장 장갑탄 같은 걸 마음 편하게 쓸 수 있게 돼. 어때?"

"나랑 팀을 짜서 캐럴한테는 무슨 이득이 있는데?"

"무슨 소리야. 아키라만큼 강하고 신뢰할 수 있는 헌터랑 같이 일할 수 있는걸? 이득밖에 없다고 보는데."

"랭크 50 헌터와 아는 사이라며? 그 녀석하고 다니면 되잖아."

"부업으로 생긴 연줄과 헌터 활동의 연줄은 별개야. 그렇게 랭크가 높은 헌터가, 나를 헌터로 인정해 줄 것 같아?"

"아, 그런 건가."

"게다가 나는 아키라가 좋아. 강한 것과 신뢰는 별개야. 아키라는 나를 잘 지켜주었어. 그러니까 제안하는 거야."

"그런가……."

아키라는 조금 진지한 얼굴로 캐럴을 봤다.

"미안해. 거절하겠어."

캐럴도 이번만큼은 표정이 어두워진다.

"무척 좋은 제안을 했다고 생각했는데, 나를 그렇게 못 믿는 거야?"

"아니야. 그런 이야기가 아니고. 나는 혼자 다니는 게 성미에 맞아."

"엘레나랑 사라하고는 같이 의뢰를 받았으면서?"

"돈이 되는 의뢰에 부르면 상황에 따라서는 받을 때도 있어. 하지만 기본적으로는 혼자 움직여. 미하조노 시가지 유적의 공장 구역에서 캐럴을 처음 만났을 때도 나는 혼자 있었잖아? 그런 거야. 미안해."

조금 미안한 기색을 보이는 아키라를 보고, 캐럴도 자신에게 불신이나 불만이 있어서 거절하는 것이 아님을 이해했다. 슬쩍 웃어서 분위기를 부드럽게 만든다.

"몸으로 유혹해도 안 돼. 전력을 지원해도 안 돼. 식욕은 자기 돈을 쓰게 되었고. 방법이 없네. 정말이지 이렇게 쉽지 않은 사람은 처음이야."

아키라도 분위기에 맞춰서 슬쩍 웃는다.

"세상은 넓어. 그런 일도 있는 법이야."

"어쩔 수 없네. 그렇다면 하다못해 여기를 나갈 때까지는 함께 있어. 다 먹었다고 후다닥 나가려고 하면 안 되거든? 그 정도는 괜찮지?"

"알았어."

슬쩍 웃음을 주고받은 아키라와 캐럴은 그대로 식사와 담소를 계속한다. 얼핏 보면 데이트라고 해도 과언이 아닐 광경이었다.

환담이 계속되고, 이번에는 유적이 화제로 올랐다. 아키라가 캐럴이 하는 이야기를 흥미진진하게 듣고 있다.

"와. 유적은 하늘에도 있구나."

"그럼. 구세계의 공중요새라든지, 거대 항공기라든지, 동부의 하늘에는 이것저것 날아다닌다고 하더라고."

동부에서는 구름 한 점 없이 맑은 날인데도 지상을 거대한 그림자가 뒤덮고, 올려다봐도 아무것도 보이지 않을 때가 있다. 그것은 위장 상태로 하늘을 나는 거대한 무언가의 그림자라는 소문이 있다.

또한 그때 무색 안개의 농도가 급격히 상승할 경우, 그 무언가가 무색 안개를 뿌리는 것이라는 말이 있었다.

"하늘의 유적이라. 거기까지 가면 엄청난 유물이 있겠지."

"하늘의 유적을 찾는 헌터는 꽤 많다고 들었어. 지상의 유적 탐색과는 난이도가 다르고, 조사대에는 고랭크 헌터가 다수 참가한다나 뭐라나. 역시 낭만 같은 게 있는 걸까?"

"낭만이라……. 알 것 같기도 하고, 모를 것 같기도 하고."

"아키라도 크면 알지도 몰라."

"그럴까?"

"그래. 아키라도 갈 거라면 조심해. 부업으로 만난 손님 중에 나도 하늘로 가겠다고 한 사람이 세 명쯤 있었는데, 지금까지는 살아서 돌아온 사람이 하나도 없으니까."

그렇게 말하며 놀리듯 웃는 캐럴에게, 아키라는 쓴웃음을 돌려줬다.

"그러게. 조심할게."

알파가 의뢰한 유적이 그런 곳에 있으면 큰일이겠다고 여기면서, 문득 생각했다.

"그런데 어떻게 가는 걸까? 아니, 하늘에 있으니까 날아가는 건 알겠지만."

"유적의 위치를 알면 일단 동부 서쪽 끝 비행장에 가고, 거기서 비행기로 가는 게 기본이라나 봐."

아키라가 몹시 의아한 표정을 짓는다.

"왜 그렇게 멀리 돌아가는데……?"

"왜긴. 안 그러면 위험하잖아?"

"어?"

캐럴은 그 반응에서 아키라의 정보 부족을 눈치채고, 쓴웃음을 지으며 기본 지식을 추가로 설명했다.

동부의 몬스터는 지역에 따라 강한 정도가 다르지만, 일단 대략적인 기준이 존재한다.

하나는 장소의 동서에 따른 기준이다. 동쪽으로 갈수록 강해진다. 또 하나는 장소의 고도에 따른 기준이다. 몬스터는 하늘에도 당연한 듯이 서식하며, 더 높은 곳에 있는 몬스터일수록 강력하다.

그리고 몬스터와 마주치는 확률에도 대략적인 기준이 있다. 큰 물체일수록, 빨리 이동할수록, 몬스터와 맞닥뜨리는 확률이 올라간다.

즉, 동부의 하늘을 빠른 속도로 이동하면 매우 강력한 몬스터와 마주칠 확률을 치명적으로 높이게 되는 셈이다. 때로는 그 장소에 어울리지 않을 만큼 강력한 몬스터를 상공에서 유인하는 일도 있다.

동부의 물자 수송에서 하늘길을 거의 사용하지 않는 것은 이러한 이유 때문이다. 하늘을 나는 것은 동부에서 자살과 다름없으며, 지상을 달려서 운송하는 것이 더 안전하다는 사실은 그 결론이 나올 때까지 쌓인 시체의 숫자가 증명하고 있다.

도시 주변에서는 대체로 항공기 사용을 금지한다. 허가 없이 사용할 경우, 강력한 몬스터를 도시로 유도하는 행위로 간주해서 도시 방위대 등이 가차 없이 격추하는 일도 있다.

또한 지상에서 수직으로 날아가 하늘에 있는 유적으로 이동하는 것은 매우 위험한 일이다. 수평 방향의 빠른 이동보다 수직 방향의 빠른 이동이 몬스터와 마주칠 확률을 높이고, 나아가 상공에 서식하는 무식하게 강력한 몬스터와 싸워야 한다.

천천히 올라가는 것도 강력한 몬스터가 서식하는 하늘에서 그만큼 오래 머무르는 행위이므로 마찬가지로 위험하다.

따라서 하늘의 유적으로 갈 때는 설령 멀리 돌아가는 한이 있더라도 비교적 몬스터가 약한 서쪽으로 갔다가 접근하는 것이 기본이었다.

그러한 이야기를 흥미진진하게 듣던 아키라는 알파가 공략을 부탁한 유적이 지상에 있기를 빌었다.

그리고 물어봐도 대답해 주지 않을 게 뻔해서, 알파에게 묻는 건 그만뒀다.

제128화 거절하는 이유

해가 저문 번화가에서 아키라가 캐럴을 기다리고 있다. 낮에 방벽 근처 상점가에서 만났을 때와 다르게 이곳은 무력 면에서 너무 신경을 쓸 필요가 없는 곳이다. 그래서 강화복과 총 2정, 예비 탄약을 넣은 배낭 등, 이번에는 단단히 준비를 마친 상태다.

그때 캐럴이 나타난다.

"기다렸어?"

"지금 온 참이야. 이러면 돼?"

슬쩍 쓴웃음을 지은 아키라에게, 캐럴이 만족스럽게 웃는다.

"군소리만 없었다면 만점이었을 거야. 이제 출발하자."

아키라는 그대로 캐럴의 안내에 따라 토메지마와의 협상 장소로 향했다.

번화가에서는 수많은 남자와 스쳐 지나갔지만, 캐럴을 향한 시선은 황야에 있을 때와 다르다. 캐럴은 구세계 스타일의 강화복이 아니라 상하 일체형 보디수트를 입었다.

눈에 띄는 색채의 지퍼가 목에서 아래로 이어진다. 그것은 배를 지나서 그대로 몸 뒤로 돌아가, 허리를 타고 올라가서 등을 거쳐 다시 목으로 이어진다. 광택을 내는 조금 두꺼운 옷감에는 몸매가 뚜렷하게 나타나, 기복이 풍부한 조형을 알기 쉽게 드러내고 있었다.

구세계 스타일의 강화복과 비교하면 디자인이 수수한 보디수트지만, 착용자의 체형에 힘입어 요염함을 물씬 풍기고 있다.

"아키라. 이 차림은 어때?"

"응? 음. 잘 모르겠지만, 강화복으론 안 보이는걸. 방호복이야? 안에 강화 내피를 입었어?"

"끝까지 그런 식으로 평가하는 거구나……."

"무슨 이야기야?"

"아무 이야기도 아니야."

사실 아키라는 너무 선정적인 옷차림이면 오히려 질색하는 취향인 게 아닐까? 캐럴은 그렇게 생각하고 낮에 상점가에서는 일부러 청초한 차림을 해 봤다. 그러나 아키라의 반응은 여전히 미적지근했다.

그래서 이번에는 적당한 수준으로 색기를 제어해 봤다. 하지만 아키라의 반응은 전혀 달라지지 않았다.

(예상은 했지만, 이건 이미 옷의 취향이 어쩌고 할 차원이 아니네. 이걸 어쩐다.)

지금껏 농락한 수많은 남자와는 전혀 다른 아키라의 태도에 속으로 끙끙대는 캐럴. 그리고 아키라가 지금껏 본 사람들과는 전혀 다르기를 기대하면서 기쁜 듯이 미소를 지었다.

"먼저 말하겠지만, 이 차림새는 내가 아키라를 우선한다는 뜻이기도 하거든? 이런 곳에서 구세계 스타일의 강화복을 입으면 사방에서 몰려드는 남자들을 거절하는 것도 큰일이니까. 아키라의 안내를 우선해서 얌전한 차림을 한 건데?"

"그렇다면 고맙고."

슬쩍 웃고 흘려넘긴 아키라의 태도에, 캐럴은 못 말리겠다는 듯이 웃었다.

토메지마와의 협상 장소라고 안내받은 곳은 예전에 시카라베가 호출한 술집이었다. 아키라가 슬쩍 인상을 쓴다.

"또 여기야? 헌터와 나이는 관계없다고 해서 이런 가게를 협상 장소로 쓰는 건 아니지 않아?"

"어머, 의외네. 아키라가 그런 걸 신경 쓸 줄은 몰랐어."

캐럴은 평범하게 놀랐다. 아키라가 슬쩍 한숨을 쉰다.

"내가 신경을 쓰는 게 아니고. 여기는 너 같은 애가 올 데가 아니라며 예전에 내가 왔을 때 쫓겨날 뻔한 적이 있었다고."

"아하, 그런 거구나. 그렇다면 오늘은 괜찮아. 들어가자."

대수롭지 않고 대담한 캐럴과 함께 아키라도 술집에 들어간다. 출입구에 가까운 카운터에는 예전에도 본 술집 주인이 있고, 가게에 들어온 아이에게 험상궂은 표정을 지었다.

하지만 캐럴을 알아챈 순간에 허둥대고, 당황하고, 얼굴을 실룩거린다.

"너무하네. 그런 식으로 보지 않아도 되잖아."

"무, 무슨 짓을 하려고 온 거야?"

"단순한 안내와 동행이야. 토메지마란 사람이 있을 건데, 어디야?"

"2층 안쪽에 있다······."

"고마워. 아키라. 가자."

"이, 이봐, 부탁이니까 소란을 부리지 마."

초조해하면서도 인상을 쓰는 술집 주인에게, 캐럴이 웃으며 대꾸한다.

"나는 소란을 안 부려. 아키라도 말이지."

"그, 그렇군······."

술집 주인은 희미하게 안도한 기색을 보였다. 하지만 이어지는 말을 듣고 그 안도가 확 날아간다.

"뭐, 다른 사람이 일으키는 소란에 휘말릴지도 모르지만."

"이봐?!"

"그건 다른 사람이 얌전하길 기대해 줘. 잘 있어. 아키라. 이쪽이야."

캐럴의 뒤를 따르던 아키라가 무심코 뒤돌아본다. 술집 주인은 몹시 걱정스러운 얼굴을 했다. 아키라를 신경 쓸 여유는 전혀 없는 얼굴이었다.

"캐럴. 예전에 무슨 일이 있었어?"

"부업 쪽으로 실랑이가 조금. 나는 잘못한 거 없어."

"저 주인의 태도는 그렇게 안 보이던데?"

"아키라도 예전에 여기서 무슨 일이 있었던 것 같지만, 아키라 잘못은 아니었잖아? 그거랑 똑같은 거야."

그런 말을 들으면 아키라도 차마 반박할 수 없다. 아무래도 상관없다고 의식을 전환하고, 아키라는 캐럴과 함께 2층으로 올라갔다.

그런 두 사람의 뒷모습을, 술집 주인이 불안한 눈으로 보고 있었다.

◆

토메지마는 술집 2층 안쪽 자리에서 불안과 짜증을 얼굴에 같이 드러내고 있었다.

근처에 앉아 있는 비올라가 그 모습을 보고 슬쩍 조롱하듯이 웃는다.

"조금 침착해지는 게 어때? 냉정함을 잃으면 잘 풀릴 협상도 꼬이거든?"

그런 비올라의 태도가 토메지마가 짜증을 키웠다. 불쾌한 듯이 혀를 찬다.

"나도 알아. 입 다물고 있어."

그리고 자신의 짜증을 참으려고 숨을 크게 내쉬었다. 그렇게 잠시 침착해지려고 노력한 다음, 살벌한 목소리를 낸다.

"동석은 허가했지만, 절대로 괜한 참견은 하지 마. 무슨 일이 생기면 꼭 책임지게 할 거야."

"알았어. 무슨 일이 있어도 조용히 있겠습니다."

비올라는 놀리듯이 웃고 입을 다물었다.

그 노골적인 태도를 본 토메지마는 뭔가 구실을 준 게 아닐까 불안해졌다. 하지만 고개를 좌우로 흔들고, 의식을 전환한다.

(침착해……. 냉정하게 생각해 보면 대단한 협상이 아니야. 이 녀석이 물만 안 흐리면 괜찮아. 게다가 그 녀석도 여기라면 섣불리 굴지 않겠지…….)

이 술집을 협상 장소로 정한 사람은 토메지마다.

적대하는 슬럼 조직의 거점에 혼자 쳐들어가 그곳에 있던 사람을 모조리 죽여서 궤멸시킨 위험인물. 아키라를 슬쩍 조사한 토메지마는 협상 상대가 그러한 인물임을 알고 전율했다.

이 술집은 그 아키라가 살인을 주저한 곳이다. 자신은 잘 모르겠지만, 아마도 이 가게에는 그 아키라주차 망설이게 할 무언기가 있는 것이리라. 토메지마는 그러길 기대했다.

(비올라한테도 아키라가 나를 해치지 않게 해달라고 부탁했어. 성질이 고약한 여자지만, 정보의 정확성과 거래의 수완만큼은 확실해. 문제없어. 괜찮아.)

토메지마는 마치 자기 자신에게 암시를 거는 것처럼 그렇게 되뇌었다.

그때 아키라와 캐럴이 나타난다. 토메지마는 자리에서 일어나 아키라를 살갑게 반겼다.

◆

아키라는 무뚝뚝한 얼굴로 토메지마의 맞은편 자리에 앉았다.

"그래서? 뭘 협상하려는 거야?"

불쾌하다고 볼 정도는 아니지만, 아키라의 태도는 협상에 긍정적인 것처럼 보이지 않는다. 토메지마는 움츠러들지 않도록 웃는다.

"그, 그래. 이야기는 들었을 테지만, 이건 말이지. 그때 내 동행이 실수한 건 사죄하고 싶은 거니까, 협상이라고 할 정도로 대단한 건……."

"들은 적 없어. 나랑 협상하고 싶다는 이야기밖에 들은 적이 없어."

토메지마가 놀라서 비올라를 본다. 비올라는 손으로 입을 가리고 즐겁게 웃고 있었다.

협상을 망치지 않기 위해, 토메지마는 이를 악물었다. 그리고 자기 자신을 침착하게 하려고 다시 숨을 크게 내쉰다.

"그랬군. 들은 줄 알았는데 말이야. 뭐, 그거야. 내 동행이 소란을 부렸잖아? 시카라베나 다른 사람들에겐 사죄했는데, 너한테는 아직 그러지 않았다는 생각이 나서."

아키라는 맞장구치지 않고 조용히 토메지마를 보고 있다.

"사죄가 늦어진 이유 말인데, 그때의 나는 너를 시카라베가 고용한 추가요원 정도로만 알았어. 그런데 사실은 엄청 대단한 헌터라고 하잖아. 나는 그걸 최근에 알아서 이렇게 황급히 자리를 마련한 거야."

토메지마는 어떻게든 평화롭게 이야기를 진행하려고 했다.

"협상은 말이 그렇다는 거야. 헌터를 상대로 장사하는 주제에 그렇게 대단한 헌터에게 폐를 끼쳐 놓고 사죄도 안 하는 녀석으로 찍히면 장사에 차질이 생긴다고. 잘 사죄하고, 합의했습니다. 상대도 그걸 받아들였습니다. 그 정도의 이야기를 조금 거창하게 협상이라고 부를 뿐이야."

이야기를 듣고 있다는 정도의 반응만 보이는 아키라에게, 토메지마는 속으로 초조함을 느끼면서 미안해하는 태도를 보이고 있었다.

"아, 그렇지. 네 애인이 유물판매점을 시작했다며? 폐를 끼친 대가로 나도 협력하겠어. 가게를 차리려면 돈이 필요하지? 최대한 지원할게. 그걸로 어떻게든 안 될까?"

"그게 전부야?"

이때 '그게 전부다.'라고 대답했다면 토메지마의 희망은 이루어졌을 것이다. 그러나 토메지마는 흥미가 없어 보이는 아키라의 태도를 불신과 불만으로 받아들이고, 잘못 판단하고 말았다.

"아, 알았대도."

토메지마는 그렇게 말하고 지폐가 든 봉투를 꺼내 테이블 위에 놓더니, 봉투의 주둥이에서 안에 있는 100만 오럼을 보이며 아키라의 앞으로 내밀었다.

"너한테는 푼돈이겠지만, 이건 내 성의라고 생각해 줘. 하지만 나한테는 큰돈이야. 그걸 이해해 주고, 이것으로 그때 일을 잊는다고 할까, 없었던 걸로 해줄 수 없을까?"

"그건…… 그때 일을 전부 없었던 걸로 하라는 말이야?"

"그래. 부탁할게."

이때 토메지마는 또 실수했다. 아니라고 말해서 엇갈린 해석을 상세하게 설명했다면 회피할 수 있었겠지만, 아키라의 인식을 인정하는 말을 꺼내고 말았다.

아키라가 명확하게 언짢은 기색을 보인다.

"기절하겠어."

그리고 그 한마디 말로 자리에서 일어섰다.

그대로 나가려고 하는 아키라를, 토메지마가 황급히 부른다.

"자, 잠깐 기다려 봐! 부, 부족해?! 얼마면……."

아키라는 한 번만 뒤돌아봤다. 그 얼굴에는 불쾌함이 강하게 드러나 있었다. 아키라의 속마음이 짙게 드러난 시선에 노출된 토메지마가 입을 다문다.

"그런 이야기가 아니라고."

마지막으로 그렇게 대답한 아키라는 그대로 술집을 나섰다. 캐럴도 웃으며 아키라를 뒤쫓는다.

테이블에는 굳어 버린 토메지마와 웃음을 참는 비올라만이 남겨졌다.

◆

술집을 나서서 언짢은 얼굴로 번화가를 걷는 아키라에게, 캐럴이 웃으며 말을 건다.

"아키라. 왜 거절했어? 일단은 상대가 저자세로 나왔는데."

"나를 죽이려고 한 걸, 그딴 돈으로 없었던 걸로 치게 놔둘까 보냐……."

아키라는 그렇게 내뱉듯이 대답했다.

당연히 이건 아키라의 지레짐작이다. 토메지마는 아키라에게 그런 것까지 바라지 않았다.

나는 잘못한 게 없다. 나는 카도르를 데려오기만 했을 뿐, 잘못은 자기 멋대로 행동한 카도르가 저지른 것이다. 그러니까 모든 책임은 카도르가 져야 한다. 내 탓이 아니다.

하지만 내가 그 카도르를 데려온 건 맞으니까, 그 점에 관해서는 사과하겠다.

토메지마가 그렇게 적반하장으로 대답했다면 아키라는 받아들였을 것이다.

없었던 일로 한다. 그 말의 의미가 아키라와 토메지마의 협상을 결렬시켰다. 토메지마는 원한을 남기지 않는다는 의미로 말했지만, 아키라는 사건의 말소로 해석했다.

자신을 죽이려고 한 것을, 돈만 주면 없앨 수 있는 정도의 시시한 일로 보고, 하찮게 여겼다. 그것이 아키라를 화나게 했다.

"캐럴. 일단 확인하겠어. 협상이 성립하든 말든 정보를 받을 수 있는 거지?"

아키라는 속마음을 반영한 언짢은 목소리를 무의식중에 캐럴에게 내고 있었다. 아키라도 캐럴에게 잘못이 없다는 건 안다. 하지만 그걸 알면서 침착하게 말투를 바로잡을 여유가, 지금의 아키라에게는 없었다.

그런 아키라에게, 캐럴은 매우 유쾌한 듯이 웃으며 대꾸했다.

"물론이야. 정보상이 협상이 성립하지 않았으니까 정보를 못 주겠다고 하면 내가 철저하게 대신 받아내 줄게."

"그, 그래?"

예상을 벗어난 반응에 아키라가 조금 당황한다. 그것은 지금껏 언짢았던 자신의 기분을 무심코 잊을 정도였다.

"아키라는 콜론을 제시해도 의지를 바꾸지 않으니까. 지금 와서 그딴 푼돈에 넘어갈 리가 없잖아?"

"그, 그렇지."

"정보상한테는 빨리 정보를 내놓으라고 내가 말해둘게. 걱정하지 마."

"그, 그래. 부탁할게."

"아키라를 죽이려고 한 건 카도르란 사람이지? 죽이고 싶다면 소재지 정보도 같이 달라고 부탁해 볼까?"

"아니, 그러진 않아도 돼. 그 녀석은 눈에 띄면 죽이겠다고 했을 뿐이야. 내가 일부러 찾아내서 죽이고 싶은 건 아니야."

애초에 아키라는 이야기를 듣기 전까지 카도르의 존재를 잊고 있었다. 어디선가 카도르를 보더라도 그때 떠오르지 않으면 그걸로 끝날 이야기였다.

"그 녀석이 눈에 띄어도 내키지 않으면 내버려 둘 거야. 그 녀석을 죽일지 말지는 내가 정해. 그게 다야. 그걸 옆에서 이러쿵저러쿵 떠드는 게 싫은 거라고."

아키라는 그렇게 자기 생각을 말하다가 새삼스레 깨달았다.

그렇게 해서 침착함을 되찾고, 얼굴에서도 언짢음이 사라져 평소 분위기로 돌아온다.

한편, 캐럴은 여전히 기분이 좋아 보였다. 냉정함을 되찾은 아키라가 이상하게 여길 정도로 기분이 좋아 보인다.

"그래. 아키라는 그런 식으로 생각하는 사람이구나. 나는 좋아. 아키라는 협상이 한번 성립하면 그걸 성실하게 지키고, 누군가가 돈이든 뭐든 내밀어도 절대로 깨지 않아. 그러니까 안이하게 승낙하지 않는 거고. 그런 거지?"

"음. 뭐…… 그런 걸까?"

아키라는 조금 끙끙대면서도 굳이 말하자면 긍정하는 말로 대답했다.

"그런 거야."

그러길 바라는 기대를 목소리에 슬쩍 드러내면서도, 캐럴은 겉으로는 아무렇지도 않은 듯이 대꾸했다. 그리고 가까운 자판기에서 마실 것을 사더니 아키라에게 슬쩍 던져서 건넸다.

"그러면 오늘은 이걸로 끝이네. 소매치기 사건의 진실에 관해선 내가 정보상을 보채고, 정보가 들어오는 대로 곧장 아키라에게 보낼게. 그리고 그건 토메지마와 협상하면서 기분이 나빠진 아키라에게 내가 주는 작은 사죄의 선물이야. 중개인의 몫도 말이지."

"정말로 작은 선물이네."

웃으면서 농담한 아키라에게, 캐럴이 매혹적으로 웃으며 대꾸한다.

"어머, 미안하니까 밥을 사겠다고 하면 정말로 받아줄 거야?"

몸으로 유혹해도 통하지 않고, 식욕은 자기 돈을 내게 되었다. 방법이 없다. 쉽지 않다. 아키라는 캐럴이 그렇게 농담처럼 말한 것을 떠올렸다. 그리고 부탁하면 정말로 전부 줄 것 같다고 생각하면서, 웃음으로 답한다.

"사양하겠어. 미안해."

"역시 쉽지 않네. 그러면 아키라, 다음에 또 봐."

캐럴은 웃으며 그 말을 남기고, 손을 슬쩍 흔들며 떠나갔다.

아키라도 집으로 돌아간다. 캐럴이 준 음료를 마시면서 조금 기분 좋게 번화가를 걷는 아키라의 모습을, 알파가 가만히 바라보고 있었다.

◆

술집에서 꿍꿍대는 토메지마에게 비올라가 즐겁게 웃는다.

"협상, 결렬했네. 그러니까 나한테 맡기지 그랬어."

"시끄러워! 애초에 저 녀석이 협상 내용을 몰랐다는 게 무슨 소리야?!"

"협상 내용을 전하는 것도 협상의 일부잖아? 네가 먼저 괜한 짓을 하지 말라고 했는데? 오히려 어떤 협상인지도 모르는 상대를 협상 테이블에 앉힌 내 수완을 칭찬해 주면 좋겠어."

토메지마가 비올라를 노려본다. 하지만 비올라의 웃음은 전혀 가시지 않았다.

"그래서? 어쩔 거야? 아키라와 다시 협상할 거라면 받아줄 수 있는데? 다만 예전보다 상황이 나빠지고 의뢰받는 거니까, 그만큼 더 받아야 하겠지만."

"누가 부탁할 줄 알아?"

"난 딱히 상관없는데? 좋은 뜻으로 말한 거니까, 강요하진 않아. 잘 있어."

비올라는 가볍게 말하고 가게를 떠나갔다.

남겨진 토메지마의 얼굴에는 고뇌와 불안이 가득했다.

술집을 나선 비올라는 그대로 자신의 사무소로 향했다. 번화가 근처의 복합 건물 안에서, 소란스러운 바깥을 구경하며 사람을 기다린다.

그리고 얼마 후 나타난 손님을 웃는 얼굴로 맞이했다.

"어서 와."

들어온 사람은 기분 좋게 웃는 캐럴이었다.

◆

술집 1층에서, 시카라베는 쿠로사와와 술을 마시고 있었다. 도란캄에 남은 자와 떠난 자의 사이긴 하지만, 헌터로서도 친구로서도 교류는 남았다. 정보 교환도 겸해서 느긋하게 마시고 있었다.

쿠로사와는 시카라베에게 미하조노 시가지 유적의 공장 구역에서 있었던 일을 듣더니, 잔을 내려놓고 복잡한 표정을 지었다.

"그런 일이 있었나. 그것참 소란이 커질 것 같군."

"그러게 말이다. 뭐, 도시와 협상하는 간부들이 할 일이지. 애써야 할 거다."

"그것도 그렇지만, 너희 파벌 싸움도 말이다. 사무 파벌에서 키우는 애들이 세란탈 빌딩 주변 제압에 성공했잖아? 도시와 연루된 일이니까, 그 공적으로 사무 파벌의 우위는 이미 정해진 거나 다름없을 것 같은데."

남 일처럼 말하는 쿠로사와의 태도에, 시카라베가 쓴웃음을 짓는다.

"그걸 지휘한 네가 할 소리야?"

쿠로사와도 슬쩍 웃으며 받아쳤다.

"일은 일이다. 사적인 감정은 개입하지 않지. 너도 그렇지?"

"그렇지."

헌터로서는 올바르다. 하지만 서로 불만도 있다. 시카라베와 쿠로사와는 남은 술을 단숨에 비웠다. 그리고 잔에 술을 새로 부어서 기분을 바꾼다.

"시카라베, 그래서 말이다. 사무 파벌 놈들이 애써 만든 공적도 너희 공적으로 상쇄했지. 이걸로 지긋지긋한 파벌 싸움의 속행은 확정적이군."

"나도 알아……."

내부 항쟁이 심해질수록 조직의 기능부전은 심각해진다. 시카라베가 한 일은 어떻게 보면 그런 내부 항쟁을 부추긴 셈이다.

그러나 그걸 알아도 사무 파벌을 상위 지휘계통으로 삼는 조직 재편을 받아들일 만큼, 시카라베는 순순히 포기할 수 없었다.

마침 그때, 술집을 나서려고 하는 아키라와 캐럴의 모습이 두 사람의 눈에 들어왔다. 쿠로사와가 아키라를 보고 넌지시 말한다.

"저 녀석은……. 네 말로는, 그 모니카란 녀석을 해치운 게 저 녀석이라고 했던가?"

"그래. 어떻게 해치웠는지 본인도 모른다고 하지만."

"해치운 건 사실이지. 설령 우연일지라도, 운도 실력의 일부인 거다. 적어도 구세계 장비를 쓰는 녀석에게 접근해서 한 방 먹였으니까. 그건 운과 관계가 없겠지."

쿠로사와는 웃으며 그렇게 말한 뒤, 얼굴을 조금 굳혔다.

"그나저나 저 녀석이 그토록 강했을 줄이야……. 예전에 잠깐 본 적이 있지만, 전혀 몰랐다. 저 녀석과는 다른 일도 있었으니까, 내 감도 무뎌진 건가? 조심해야겠군."

"음? 무슨 일이 있었어?"

"그래, 나는 미하조노 시가지 유적의 시내 구역 작전에서, 그 카츠야란 녀석의 부대를 지휘했는데……."

시카라베가 언짢은 기색으로 끼어든다.

"그 자식 이야기는 하지 마. 술맛 버리잖아?"

"그렇게 말하지 말고. 네가 요새 종종 꺼내는 감에 관한 이야기와도 관계가 있다. 들어보라고."

시카라베도 그런 말을 들으면 싫다고 말할 수 없었다. 흥미가 생긴 것도 있어서, 잔을 단숨에 비우고 이야기를 듣는 자세를 보인다.

"너는 저 아키라란 녀석의 실력을 알아보지 못했다는 이유로 감이 무뎌졌다고 했는데, 그건 세상에 그런 녀석도 있다고 넘어가면 될 일이잖아? 간단히 말해서, 그건 그 녀석 개인의 문제다."

그것만으로는 설명할 수 없을 만큼 심해서 본인의 감을 의심하는 지경에 처했다. 시카라베는 그렇게 생각했지만, 지금은 말하지 않고 이야기를 듣는다.

"하지만 카츠야는 다르다. 그건 아무리 생각해도 개인의 범주를 넘게 이상해."

쿠로사와는 굳은 얼굴로 자세한 이야기를 시작했다.

시카라베는 자신이 아키라의 실력을 잘못 판단하고, 직감적으로 상대를 진짜 실력보다 훨씬 약하게 인식하는 바람에 본인의 감을 의심했다.

그리고 쿠로사와는 카츠야에게, 아키라와는 정반대의 인상을 느꼈다. 그러나 약해 보이지는 않으니까, 실제 실력과의 오차는 아키라와 비교했을 때 적은 편이다. 또한 실제로 카츠야가 뛰어난 실력을 소유했기에 장래의 성장을 조금 과하게 평가했다고도 생각할 수 있다.

그것만 보면 쿠로사와도 카츠야를, 아키라와 마찬가지로 세상에는 그런 사람도 있다고 넘어갈 수가 있었다.

하지만 카츠야는 개인의 범주로는 넘어갈 수 없는, 다른 요소가 있었다. 카츠야가 이끄는 일부 부대의 연계가 이상할 정도로 숙달된 것이다.

딱히 부대의 실력 자체가 좋은 건 아니다. 부대원 개개인의 움직임에는 아직 미숙한 부분이 많다.

그러나 부대 전체의 연계, 각자가 타이밍에 맞춰 돌입하는 정밀성 등은 이해하기 어려울 정도로 수준이 뛰어났다.

"시카라베, 너한테 일일이 설명할 정도는 아니지만, 정밀한 부대 행동이란 지휘관만 유능하다고 되는 게 아니야. 지시받는 자의 실력도 꼭 필요하지. 지휘관이 제아무리 정확하고 적합한 지시를 내려도, 지시받는 자가 멍청해서는 멀쩡하게 연계할 수 없다고."

쿠로사와가 그렇게 말하고 자기 머리를 감싼다.

"만약 카츠야에게 상식을 초월한 지휘 재능이 있다고 쳐도, 내가 그걸 알아보지 못할 만큼 멍청하더라도, 부대 단위로 오인하는 일은 있을 수 없어. 대체 어떻게 된 거지……. 감이 무뎌진 정도가 아니야……. 제길."

자기 입으로 사태를 설명함으로써 그 심각함을 다시 인식한 쿠로사와는 험악한 표정을 짓고 있었다.

유능한 지휘관에게는 자신이 지시하는 자들의 실력을 알아보고, 파악하는 능력도 필요하다. 그리고 자신에게는 그것이 있다. 쿠로사와는 이전까지 그렇게 여겼는데, 지금은 카츠야 때문에 그 자신감이 흔들리고 있었다.

"시카라베. 뭔가 짚이는 이유가 없나? 너는 카츠야의 인솔자라고 할까, 지도자였잖아?"

"그렇게 말해도 말이지. 나는 그 자식에게 부대 지휘를 맡긴 적이 없었으니까…… 뭐, 몇 명 단위의 팀 지휘는 시켰지만, 그 정도로는 비교할 수가……."

"뭐든 좋으니까 뭔가 없을까? 외부 사람에게는 말할 수 없는 무언가가."

"그걸 내가 안다고 해도, 이미 외부 사람이 된 너한테 내부 정보를 주는 데는 한계가 있는데?"

"딱히 세세하게 알려달라고 하지 않겠다. 카츠야 부대의 연계가 이상할 정도로 정밀한 데는 뭔가 이유가 있을 거야. 그것만 알면 충분해."

조금 필사적으로 보이는 쿠로사와의 태도에, 시카라베도 신음하면서 생각해 봤다.

"그렇군……. 듣자니 그 자식들은 최근에 장비를 일신했을 거다. 사무 파벌 놈들이 협상해서, 어떤 기업의, 아직 개발 중인 강화복을 지급했다더군. 기령(機領)의 종합지원 강화복……이라고 했던가? 그게 이유가 아닐까?"

"종합지원 강화복인가……. 그야 부대 행동용으로 조정하면 움직임이 다소 좋아지겠지만, 그만한 효과가 있을까? 나도 지휘관으로서 부대의 장비 자료를 봤지만, 부대의 연계에 따라가지 못해서 발목을 잡는 녀석도 있었으니……."

"그러니까 그게 외부에 알려줄 수 없는 정보라는 거야. 아마도 강화복 지급은 상품 모니터링을 겸한 거겠지. 우리 회사의 강화복을 쓰면 애들도 이렇게 잘 싸운다고 선전하고 싶은 거야."

그것은 적당히 생각한 수준의 추측이었지만, 시카라베도 본인이 말해 놓고서 일리가 있다고 생각해 이야기를 계속해 나간다.

"너한테 보여준 장비 자료에는 제법 낮은 수치를 적고, 실제로는 특별 제작한 차세대 장비를 빌려준 게 아닐까? 발목을 잡은 녀석은, 그 뭐냐. 아무래도 특별 제작한 물품을 전부 조달할 수 없으니까, 부족한 걸 구식이라고 할까, 자료에 나온 성능과 같은 장비를 준 거겠지."

"그렇군⋯⋯. 그런 건가⋯⋯."

아무튼 이유를 원했던 쿠로사와도 시카라베의 설명을 일리가 있다고 받아들였다.

"급이 다른 고성능 지원이 딸린 강화복, 나아가 연계에 방해되는 인원의 배제. 그 상승효과란 건가? 그렇다면 이해할 수도⋯⋯ 있나?"

"응? 인원의 배제는 또 무슨 소리야?"

"아, 카츠야 부대의 지휘를 맡게 되어서 그 녀석들의 전투 이력이 실린 도란캄의 내부 자료를 봤는데, 그 기록에는 아무리 봐도 죽일 작정인 것처럼 자의적으로 인원을 배치한 흔적이 있더군."

도란캄의 과합성 스네이크 토벌전 자료를 열람한 쿠로사와는 작전 전에 카츠야와 실랑이를 벌인 릴리라는 소녀의 배치가 갑자기 변경된 기록을 발견했다.

그 뒤로 릴리는 과합성 스네이크에게 위험한 돌격을 감행하다가 사망했다. 그리고 그 원인이 된 배치 변경은 현지에 있던 사무 파벌의 간부에 의해 이루어졌다. 나아가 비슷한 배치 변경이 그 밖에도 몇 군데 발견되었다.

카츠야에게 거역하고 부대의 연계를 해치는 자는 전선에 배치하고, 성과를 부추겨서 돌격시킨다. 성공하면 카츠야의 공적. 실패하면 그 추태를 이유로 카츠야를 통해서 신인 헌터들을 장악하는 데 방해되는 인간을 제거할 수 있다. 아마도 그럴 거라고, 쿠로사와는 가볍게 말했다.

시카라베도 더는 못 참고 인상을 썼다.

"그 자식들이 그런 짓까지 했단 말이야?"

"기록을 봐서는 카츠야의 지시를 무시하고 돌진한 녀석들이 죽은 뒤에 부대 전체의 연계가 명확하게 향상했으니까 말이다. 뭐, 효과적인 수단이기는 하겠지."

"그런 문제냐? 애초에 그때는 자칫하면 부대가 궤멸했을 거라는 말을 들었는데? 그 피해를 허용하면서 방해되는 녀석을 제거하려고 했다, 그 말이야?"

그 경우, 궤멸하는 건 사무 파벌의 무력 쪽 주력인 카츠야의 부대 전체다. 그러니까 그것은 아무리 그래도 억지가 심하다고, 시카라베는 그렇게 여겼다.

하지만 쿠로사와는 쉽게 대답했다.

"그만한 피해가 생길 줄 몰랐던 게 아닐까? 황야에도 나가지 않고 안전한 도시에서 이러쿵저러쿵 떠드는 놈들인데? 전투의 공포나 흥분으로 잘못 판단하는 걸 가볍게 본 거겠지."

시카라베가 침묵한다. 그럴 리가 없다고 말할 수 없었다.

쿠로사와가 조금 진지한 태도를 보인다.

"나는 조직의 사정으로 죽기는 싫어. 그래서 도란캄에서 나왔지. 이대로 가다간 언젠가는 그렇게 될 것 같았으니까. 시카라베…… 너도 조심해. 파벌 싸움도, 조직의 사정이란 점은 다르지 않잖아?"

"나도 알아……."

가슴속으로 말하는 잠깐의 침묵을 거치고, 시카라베와 쿠로사와는 잔에 가득 따른 술을 쭉 들이켰다. 그리고 숨을 크게 내쉬고, 슬쩍 웃어서 의식을 전환한다.

"쿠로사와. 다른 이야기를 하겠는데, 너는 메이드 느낌이 나는 전투복을 허용할 수 있나?"

"갑자기 무슨 소리지? 메이드 느낌이 나는 전투복?"

"아니, 너는 그런 쪽으로 이상한 고집이 있잖아? 내가 미하조노 시가지 유적의 공장 구역에서 싸웠을 때, 동행자 중에 메이드 옷을 입은 녀석이 있었던 말이지. 그래서? 어때?"

"허용할 수 없군. 그런 건 본업인 사람에게 풍기는 분위기라든지, 종합적인 게 중요한 거다. 어차피 구세계의 메이드 옷을 전투복 대용으로 쓰는 거겠지? 그런 건 잘 모르는 녀석이나 할 짓……."

"아니, 아마도 본업 아닐까? 레이나란 녀석의 수행원 같은데, 자세한 사정은 나도 몰라. 형식상으로는 도란캄 소속의 헌터로 치더군."

"도란캄에 메이드 옷을 입은 녀석이 한 명 있다는 이야기는 들었지만…… 그 녀석이 본업이라고? 도무지 믿기지 않는데……."

"한 명이 아니고, 두 명이야. 뭐, 본업은 한 명 같지만……."

"두 명? 그런 녀석이 도란캄에 둘이나 있다고? 이봐, 내가 나가고 나서 도란캄에 대체 무슨 일이 있었던 거야……."

"이런저런 일이 있었지."

"이런저런 일이라니. 너 말이야. 그걸 자세히……."

일부러 바보 같은 화제를 꺼낸 시카라베는, 그대로 친구와 사이좋게 술을 마셨다.

또한 예상했던 것보다 적극적인 반응을 보인 쿠로사와의 태도에 화제를 잘못 골랐다고 생각했지만, 이미 뒤늦은 후회였다.

제129화 성질이 급한 헌터

아키라는 소매치기 사건의 숨겨진 진실에 관한 정보를 받고자 집을 나서려고 했다. 캐럴이 전달한 수령 장소를 조금 이상하게 여기면서도, 토메지마와의 협상이 결렬하고 받는 것이기도 해서 깊이 추궁하지는 않았다.

그러나 장소가 장소인지라 일단은 단단히 준비한다. 강화복을 착용하고, 총을 2정 휴대한다. 예비 탄약도 배낭에 가득 넣어서 황야 사양 차량에 실었다. 그리고 차고에서 나가려고 할 때, 셰릴에게서 연락이 왔다.

"셰릴이야? 무슨 일인데? 거점에 오길 바란다는 이야기라면, 지금부터 잠시 볼일이 있으니까 무리인데."

"아, 그래요? 아뇨, 유물판매점 일로 시지마와 협상할 거니까 아키라가 동행해 주셨으면 했는데요. 볼일이 있다면 다음으로 미룰게요."

셰릴의 조직은 예전에 시지마의 조직과 실랑이를 벌인 적이 있는데, 그때의 협상으로 일단은 협력 관계를 구축할 수 있었다. 또한 아키라가 야잔의 조직을 궤멸시켰을 때 그 구역을 시지마에게 파는 등, 조직 사이의 관계도 돈독해졌다.

셰릴의 조직은 결성 때와 비교해서 제법 커졌지만, 그래도 슬럼에서 유물판매점을 자체적으로 경영할 정도의 힘은 없다. 아키라가 거점에 상주해 주면 달라지겠지만, 그것이 불가능한 것은 셰릴도 잘 알았다.

그래서 시지마의 조직에 협력을 요청하기로 했다. 그러나 평범하게 부탁해도 조직의 역학 관계에서 상대에게 약점을 잡힐 것은 확실하다.

하지만 그 협상 장소에 아키라가 있다면 이야기가 달라진다. 옆에서 조용히 있기만 해도 충분한 압력이 된다. 셰릴은 그걸 부탁하려고 아키라에게 연락한 건데, 볼일이 있다면 어쩔 수 없다며 포기했다.

그러나 아키라에게 뜻밖의 대답이 들려온다.

"그래? 그렇다면 괜찮아. 나도 시지마한테 볼일이 있어. 가는 김에 태워줄게."

"고맙습니다. 그런데 아키라가 시지마에게 볼일이 있나요?"

"그래. 조금 말이지."

캐럴이 아키라에게 정보를 받을 곳으로 지정한 장소는, 시지마의 거점이었다.

◆

시지마가 자신의 거점에서 통화 상대에게 버럭버럭 소리를 지르고 있다.

"비올라! 어떻게 된 일이지?! 그 일을 아키라가 안다고?! 뭐가 어떻게 된 거야!"

"시끄러워. 귀중한 정보를 제공해 준 은인에게 태도가 그래도 되겠어?"

조롱하는 듯한 비올라의 목소리가 시지마의 얼굴에 추가로 분노를 주입한다. 그런데도 그 표정의 태반은 초조함으로 일그러져 있었다.

"지랄하지 마! 애초에 그건 훨씬 전에 그만두게 했을 텐데! 왜 지금 와서……."

"직접 지시한 게 아니라 소문을 퍼뜨려서 유도한 거니까. 소문을 막는다고 해서 이미 퍼진 이야기가 사라지는 건 아니야."

"그렇다고 해도, 내가 배후에 있다는 걸 아키라가 어떻게 알았다는 거지? 설마…… 네가 흘린 건 아니겠지?"

"반은 맞았어. 엄밀하게 말하자면 지금부터 흘릴 거야."

"뭐라고?!"

터무니없는 대답에 시지마의 얼굴이 경악으로 물들었다. 그 얼굴이 격노로 가득해지기 전에, 비올라가 이야기를 계속한다.

"나한테도 비밀을 지킬 의무가 있으니까 자세한 건 말할 수 없지만, 어떤 사람이 아키라와 협상한 결과로 그렇게 된 거야. 나한테도 사정이 있어. 미안해."

마음은 내키지 않지만, 그 누군가를 거역하지 못해서 어쩔 수 없었다. 암암리에 그렇게 말한 비올라의 대답을 듣고, 시지마는 격노하는 것을 가까스로 참았다.

"너한테 무슨 사정이 있든, 그렇다고 내가 너를 그냥 넘어갈 것 같냐?"

"그냥 넘어가지 않겠지."

예상했던 대답, 시지마가 침착함과 여유를 되찾는다. 자신에게 일부러 연락한 것이다. 사태를 평화롭게 끝낼 수단을 준비한 것이리라. 예상이 맞았다. 그렇게 안도했다.

"그렇군. 그래서? 뭘 어쩔 셈이지?"

"아까도 말했다시피, 자세한 이야기는 지금부터 아키라에게 할 거야. 그래서 말인데? 그 정보를 받는 곳을, 당신 거점으로 지정했어."

"뭐?"

"당신이 그냥 넘어갈 수 없다면, 나는 아키라가 거기 도착한 순간에 연락해서 이것저것 말할 거야. 그걸로 당신들은 끝장이지. 30억 오럼짜리 현상수배급을 실질적으로 네 명이서 해치운 헌터를 상대로 당신들이 얼마나 싸울 수 있을지 기대할게."

터무니없는 내용에 시지마는 할 말을 잃었다. 그러고 나서 어떻게든 말을 쥐어짠다.

"30억……이라고? 무슨 소리냐! 그 현상수배급 소동의 최고 현상금이 30억 오럼인데, 그 토벌에는 아키라가 끼지 않았고, 애초에 도시의 헌터 조직이 총출동해서 해치웠을 거다! 그걸 실질적으로 네 명이서? 아키라가 그중 한 명이라고? 헛소리를 지껄이지 마라!"

"그것과는 다른 건이야. 최근에 미하조노 시가지 유적에서 새로운 현상수배급이 나타났어."

"그게 진짜라면 여기저기서 절대로 화제가 됐을 거다. 내가 모르는 일은 있을 수 없어."

"아직 공표하지 않은 정보니까 말이야. 보내줄게. 서비스야."

비올라가 보낸 자료를 본 시지마의 얼굴이 눈에 띄게 험악해진다. 그것은 모니카에 관한 자료의 일부로, 도시의 내부 정보이자, 비올라의 이야기를 뒷받침하는 증거였다.

"비올라…… 이년이. 아키라를 이용해서 우리를 죽일 셈이냐? 누가 사주했지?"

시지마의 목소리에는 초조함이 짙게 드러나 있었다. 이에 즐거워하는 비올라의 목소리가 들려온다.

"넘겨짚는 건 좋지 않아. 말했지? 당신이 그냥 넘어가지 않겠다면……이라고."

"무슨 말을 하려는 거냐……?"

"그냥 넘어가 준다면, 내가 지금 거기로 가서 아키라에게 잘 설명해 줄게. 평화롭게 매듭을 지을 수 있도록 말이야."

"어떻게 말이지……?"

"당신 때문에 아키라가 소매치기의 표적이 된 건 사실이야. 하지만 아키라를 명확하게 노리고 한 짓인지, 아니면 그럴 마음이 없었는데 어쩌다가 휘말린 건지는, 해석의 여지가 있다고 생각하지 않아?"

시지마가 험악해진 얼굴로 고민한다. 비올라의 말이 사실이라면, 거절했다간 자신들이 파멸한다. 그것은 시지마도 잘 안다.

하지만 그렇게 생각하게끔 유도하고 있을 가능성도 충분히 있었다. 불안을 부채질하고, 진짜라고 믿게 해서, 자기 입맛대로 상대를 조종한다. 비올라가 그런 짓을 태연하게 하는 악녀인 것은 시지마도 잘 알았다.

그러나 그 반대일 가능성도 충분히 있었다.

거절하면 파멸하는 제안을 일부러 신빙성이 부족한 것처럼 말하고, 의심하게 해서, 파멸시킨다.

그리고 '그러니까 내가 뭐랬어.'라며 뻔뻔하게 웃고, 소문을 내고, 자신이 한 제안을 거절한 멍청이의 본보기로 삼아서, 다른 자들이 자신이 하는 제안을 거절하지 못하게 만든다.

마찬가지로 그런 짓도 태연하게 하는 악녀라는 사실을, 시지마는 잘 알았다.

고민하는 시지마에게, 비올라가 도발하듯 즐겁게 말을 건다.

"그래서 말인데, 어때?"

그 도발이 제안을 받아들이게 하려는 건지, 거절하게 하려는 건지, 시지마는 알 수 없다. 하지만 어느 쪽이든 간에 비올라가 즐기고 있다는 것만큼은 알았다. 그것이 시지마의 표정을 더욱 일그러지게 했다.

그때 시지마에게 부하로부터 연락이 왔다.

"보스. 셰릴과 아키라가 왔습니다. 양쪽 모두 보스에게 볼일이 있다고 하는데, 어떻게 할까요?"

무심코 경직한 시지마에게, 아쉬워하는 비올라의 목소리가 닿는다.

"어머, 시간이 다 됐구나. 그러면 잘 있어."

"기다려!"

무심코 그렇게 소리친 것이 그대로 시지마의 결단이 되었다. 조용한 통신 너머에서 비올라가 뻔뻔하게 웃는 것 같았지만, 이미 시지마는 어쩔 도리가 없었다.

◆

시지마의 부하에게 거점 응접실로 안내받은 아키라는 셰릴과 함께 그곳에서 기다리고 있었다.

"늦는걸……."

"연락도 없이 갑자기 왔으니까요. 어쩔 수 없을 거예요."

"그건 그렇지만……."

셰릴은 아키라가 시지마에게 볼일이 있다고 해서 이미 시지마와 약속을 잡은 줄 알았다. 아키라는 정보를 받는 곳이 시지마의 거점으로 지정되어서, 마찬가지로 약속이 잡힌 줄 알았다.

그러나 아무래도 아니었던 것 같다. 두 사람은 파수꾼 남자의 태도를 보고 나서야 그 사실을 깨달았다.

셰릴이 긴 의자에 아키라와 함께 앉으며 아키라를 슬쩍 보고 생각한다.

(연락도 없이 갑자기 왔는데도 쫓겨나지 않아. 나쁘지 않은 대우이지만, 나 혼자였다면 아마도 쫓겨났을 거야.)

똑같은 응접실로 안내받고, 똑같이 의자에 앉았지만, 신분의 차이는 너무나도 크다. 손을 뻗으면 닿는 거리가 지독하게 멀리 느껴진다.

그걸 깨닫고 나니 아키라가 점점 멀어지고, 더는 따라잡을 수 없어지는 것 같아서, 셰릴은 초조하기 이전에 우울해졌다. 6억 오름을 벌었다는 말을 지난번에 들은 것도 그 마음에 박차를 가했다.

셰릴이 무의식중에 아키라에게 손을 뻗는다. 그 손이 아키라에게 닿기 전에, 아키라가 그걸 눈치챘다.

"셰릴. 왜 그래?"

"아…… 아뇨…….."

무심코 손을 멈춘 셰릴은 그대로 손을 거뒀다.

"아무것도 아니에요…….."

손을 뻗으면 닿는 거리에 있는 사람을, 셰릴은 만질 수 없었다.

"그렇군."

타인의 감정에 둔감한 아키라는 그런 말로만 대꾸했다.

괜히 우울해져도 소용없다고, 셰릴은 일부러 밝게 웃는다.

"그러고 보니 아키라의 볼일은 뭐예요?"

"아, 예전에 소매치기당할 뻔했다는 이야기를 했잖아? 그 일의 정보를 여기서 얻을 수 있다고 들었어."

"소매치기의 정보요? 그게 뭔가 추가 정보가 필요한 이야기였나요?"

"아니, 사실은 그 일에 숨겨진 진실이 있다는 이야기를 잠깐 들어서……."

그걸 들은 셰릴이 의아한 기색으로 자세한 이야기를 물어보려고 했을 때, 시지마가 방에 들어왔다.

"오래 기다리게 했군."

그리고 아키라와 셰릴의 정면에 앉아, 소매치기 이야기를 시작하려는 두 사람의 잡담을 억지로 중단시켰다.

아키라 일행의 맞은편에 앉은 시지마는 조직의 보스로서 위엄을 드러내며 아키라 일행의 차림새를 은근슬쩍 확인했다.

(강화복에 총이 2정. 개조를 마친 AAH 돌격총과 A2D 돌격총인가……. 내가 조사한 바로 이 녀석은 CWH 대물돌격총과 DVTS 미니건도 있을 터. 차에도 싣지 않은 건 확인했다. 이 녀석치고는 가볍게 무장한 것으로 생각하면 되겠지. 그렇다면…… 싸울 의사는, 희박한가?)

이미 비올라에게 이것저것 정보를 들어서 전투를 상정하고 온 것은 아닌 듯하다고 추측한 시지마는, 아키라에 관해서 일단 좋게 넘어가기로 했다.

(이쪽은…… 구세계 옷을 소재로 지은 옷이라고 했던가? 단순히 외출용 옷이 이것밖에 없어서 입은 거라면 다행이지만, 소재가 구세계 물건인 만큼 어지간한 방호복보다는 튼튼하고, 평범한 총탄 정도는 튕겨낸다고 했지. 총격전을 상정해서 여기 왔다면 큰일이지만…….)

불안 요소는 있지만, 섣불리 캐내려고 하다가 벌집을 건드리는 것보다는 낫다. 시지마는 셰릴에 관해서 일단 보류했다. 친근한 투로 이야기를 시작한다.

"자, 셰릴. 우리는 피차 조직의 보스다. 그쪽 볼일부터 끝내지. 오늘은 무슨 일로 왔지?"

"이미 아실지도 모르지만, 우리는 유물판매점 개업을 계획하고 있어요. 시지마 씨한테도 그 협력을 부탁하고 싶어서요. 조금 시간을 내주셨으면 좋겠어요."

"알았다. 그러면 바로 이야기를……."

시지마는 그대로 셰릴과 이야기하려고 했지만, 셰릴이 중간에 가로막는다.

"아뇨. 먼저 아키라의 볼일을 우선해 주세요."

시지마의 웃는 얼굴이 딱딱해진다. 비올라가 도착할 때까지 셰릴과 이야기해서 시간을 끌고 싶었기 때문이다.

(너한테 말을 걸었으니까 눈치채라고. 아니지, 눈치채고서 아키라를 우선한 건가? 망할!)

이야기가 넘어온 아키라는 시지마의 태도를 조금 이상하게 여기면서도 대화에 끼어들었다.

"나는 여기에서 정보를 받기로 했는데…… 들은 적 없어?"

"아니…… 나도 파악했다."

"그러면 정보를 줘."

"기다려 보라고. 그렇게 급한 일도 아니잖아?"

그런 시지마의 태도에 아키라도 미심쩍게 여기기 시작했다.

"저기 말이야…… 그렇게 아무 설명도 없이 시간을 끌면 나도 불안해지는데……."

의문이 의심으로, 의심이 경계로, 그리고 경계가 적대로. 시지마를 보는 아키라의 눈이 서서히 변하기 시작한다.

원래부터 소매치기 사건의 진실이라고 하는 달갑지 않은 사정이 있는 탓에 캐럴이 한 말에서 생긴 신용이 슬슬 바닥을 드러내고 있었다.

그걸 조직의 보스가 지닌 후각으로 감지한 시지마가 속으로 초조해하기 시작한다.

"진정하라고. 너도 길바닥에 널린 양아치가 아니잖아. 조금 얌전히 있으면 아무 문제도 없이 손에 들어올 정보를, 쓸데없이 다퉈서 날리면 바보 같잖아?"

시지마는 그렇게 말하고 아키라를 슬쩍 달랬다.

하지만 아키라는 슬럼의 뒷골목에서 길러진 피해망상에 가까운 사고방식, 모든 협상은 자신을 함정에 빠뜨리기 위해 있다는 생각이 아직 완전하게 희석되지 않은 탓에 성질이 급한 면이 있다. 그래서 이야기를 끝내려고 한다.

"그때는 정보를 포기하고, 소매치기의 배후에 네가 있었다는 걸로 끝내겠어."

아키라는 딱히 협박하려는 의미로 말한 게 아니었다.

하지만 시지마에게는 충분한 협박이었다. 여유의 가면에 조금씩 금이 가고, 그곳에서 마음속 초조함이 희미하게 흘러나온다. 더군다나 그걸 아키라에게 들켰다.

"그런 거야……?"

아키라의 눈이, 적을 보는 눈으로 바뀌기 시작한다. 그걸 알아챈 시지마는 속으로 초조함이 커지면서도, 모든 것을 얼버무리기 위해 태도를 바꿨다. 노골적으로 한숨을 쉬고, 매우 귀찮아하는 듯한 표정을 대놓고 드러낸다.

"네가 그딴 식이니 멀쩡하게 설명할 때도 복잡한 절차가 필요한 거다……. 좀 있으면 자세한 사정을 아는 정보상이 설명하러 올 거다. 그때까지 기다려."

"왜 굳이 여기서 이야기해야 하는데?"

"너와 다른 장소에서 만나거나, 자세한 설명도 없이 정보만 줬다간 성질이 급한 너한테 죽을지도 모른다고 생각해서 그런 거 아니냐?"

그런 말을 들으면 아키라도 반박할 수 없다. 조금 의기소침한 아키라를 시지마가 더욱 밀어붙인다.

"나도 알거든? 너는 술집에서 카도르란 녀석하고 다퉈서 소란을 부렸고, 지금도 그 녀석을 죽이려고 노린다면서? 그런 녀석한테 민감한 정보를 주는 거니까, 신중하게 준비하는 게 당연하잖아."

"알았어……. 얌전히 기다릴게. 먼저 셰릴하고 이야기해 줘."

아키라는 슬쩍 숨을 내쉬고 평소 분위기로 돌아갔다. 시지마도 몰래 안도의 숨을 쉰다.

"좋아. 셰릴. 마저 이야기하지."

"알겠어요……."

셰릴은 시지마의 초조함과 안도를 눈치챘지만, 벌집을 들쑤시는 일이 안 되게끔 섣불리 참견하지 않기로 했다.

"그래서, 유물판매점 이야기를 하자면……."

시지마는 아키라의 눈치를 살피면서 셰릴과 이야기하고, 좀처럼 나타나지 않는 비올라에게 속으로 욕을 퍼부었다.

◆

비올라는 시지마의 거점 근처에 있는 건물의 방에서 느긋하게 차를 홀짝이고 있었다.

함께 있는 캐럴이 조금 의아한 표정을 짓는다.

"비올라. 안 가도 돼? 기다리게 하고 있잖아?"

"괜찮아. 10분 정도 더 기다리고도 저기서 혈전이 벌어지지 않으면 가자."

"여전히 성격 참 좋구나."

캐럴이 즐겁게 쓴웃음을 짓자 비올라도 웃으며 받아친다.

"그건 너도 똑같잖아?"

"부정하진 않겠어."

비올라와 캐럴은 얼굴에 악녀라고 쓴 것처럼 서로를 보고 웃었다. 그리고 10분 뒤, 시지마의 거점에서 총성이 들리지 않는 것을 확인한 다음에 방을 나섰다.

◆

시지마의 부하가 비올라 일행이 방문했음을 세 사람에게 알렸다. 시지마는 안도와 짜증이 모두 드러난 얼굴로 비올라 일행을 데려오라고 부하에게 지시했다.

응접실에 비올라와 함께 들어온 캐럴을 본 아키라가 조금 놀란다. 그걸 알아챈 시지마가 인상을 험악하게 썼다.

"아키라. 이 녀석들을 아냐?"

"그래. 캐럴은 미하조노 시가지 유적에서 함께 헌터 활동을 했어. 나머지 한 사람은 요전번에 한 번 본 게 다야."

"그렇군……."

사실은 뒤에서 아키라가 비올라가 손잡은 게 아닐까? 시지마는 잠시 그걸 의심했지만, 아키라는 그런 수작을 부릴 인물이 아니라며 생각을 바꿨다.

"이 녀석은 비올라다. 정보상이고, 참으로 성질이 고약한 여자지만…… 지금으로선 살리는 게 가치가 있다고 생각하니까 아직 살려두고 있다. 그런 녀석이다."

"어머, 너무해. 가치가 없어지면 죽일 거야?"

비올라는 슬며시 농담하듯 웃으며 반응했지만, 시지마는 진심이 담긴 눈으로 받아쳤다.

"무서워라. 그렇다면 살려두는 가치가 있다고 여길 정도로 똑바로 일해 봐야겠네."

비올라가 시지마의 옆에 앉는다. 캐럴은 비올라와 시지마가 앉은 의자 뒤에 서더니 오늘은 이쪽이라고 말하는 것처럼 아키라에게 슬쩍 손을 흔들었다.

"자, 처음 뵙겠습니다, 는 아니지만. 반가워, 나는 비올라야.

잘 부탁해.”

“아키라야. 그래서? 소매치기 사건의 진실이 대체 뭔데?”

“간단히 설명하면 말이지. 당신의 가짜를 낚으려고 했더니 진짜를 낚으려고 한 바보가 나타난 거야.”

“뭐?”

예상과 너무 동떨어진 내용에 곤혹스러운 아키라에게, 비올라는 즐겁게 미소를 지으며 자세한 사정을 설명하기 시작했다.

치안이 열악한 슬럼이지만, 사람이 많이 사는 이상 완전히 무질서한 것은 아니다. 그 질서를 낳는 것은 요란하게 소동을 일으키면 그곳을 구역으로 삼은 조직이 적이 된다는 억지력이다.

그리고 얼마 전에 요란한 소동을 일으킨 자가 나타났다. 슬럼의 뒷골목이라고는 해도, 몬스터 사냥용 총을 난사하면서 하위 구획으로 이동한 자가 있었다.

그런 짓을 했다간 문제가 슬럼의 범주에서 끝나지 않을 위험이 있다. 자칫하면 하위 구획의 경비가 적이 된다. 최악의 경우, 도시에서 슬럼을 불바다로 만들 구실이 될 수도 있다. 그 정도의 폭거다.

시지마와 인근 조직의 보스들은 당연히 그 소동의 범인을 찾았다. 그리고 그 범인이 아키라일지도 모른다는 정보까지는 입수했다.

그때 시지마가 끼어든다.

“이게 추측인 건, 그 녀석이 애송이 헌터를 상대로 순순히 물러났다는 이야기를 들어서다. 내 부하를 죽이고, 그 시체를 끌고서 거점으로 쳐들어오는 녀석이 그런 걸로 물러날 리가 없잖아. 그러니 가짜다."

사실은 정말로 자기가 한 짓이라고, 아키라는 차마 말할 수 없었다. 조용히 다음 이야기를 듣는다.

가짜 아키라가 출현했다는 것 자체는 시지마도 딱히 이상하게 여기지 않는다. 약한 꼬마가 아키라인 척하고 어른의 협박으로부터 도망치거나, 혹은 반대로 협박해서 돈을 갈취하는 등, 이유는 얼마든지 짐작할 수 있다. 그 정도라면 속인 놈이 바보라고 보고, 일일이 조사하지 않는다.

하지만 이번에는 그렇게 넘어갈 수 없다. 가짜 아키라가 이 정도의 소동을 자신들의 구역에서 일으켰다면 시지마도 대처할 필요가 생긴다. 자신들과 아키라를 적대하게 만들려는 공작일수도 있다. 그 점을 포함해서 조사가 필요했다.

그러나 조사한다고 해도 아키라와 나이가 비슷한 아이는 슬럼에 얼마든지 있다. 범인은 좀처럼 쉽게 찾아낼 수 없다. 그래서 시지마는 비슷한 사례를 일부러 감행하기로 했다.

누군가의 공작이라면 비슷한 소동을 일으킬 가능성이 있다. 그 가능성을 믿고, 정보를 흘려서 소매치기에게 가짜 아키라를 노리게 하고, 도망치는 소매치기를 쫓아가게 한 다음, 이쪽에서 붙잡는다. 그리고 또 총을 난사하려고 한다면, 이전 소동의 범인으로 보고 죽인다.

붙잡힌 자가 다른 모방범이나 이전 소동과는 관계가 없는 가짜라도, 자신들의 구역에서 소동을 일으킨 자의 최후를 보여주는 사례로는 충분하다. 잘 대처했다는 모습을 다른 자들에게 보여주면 체면을 차릴 수 있다.

그리고 그 소매치기가 가짜 아키라가 아니라 진짜 아키라를 노리고 말았다. 그것이 이번 사건의 숨겨진 진실이다. 비올라는 그렇게 설명을 마무리했다.

이야기를 다 들은 아키라가 슬쩍 신음하고 시지마를 본다.

"간단히 말해서, 그 소매치기의 배후에는 시지마가 있었지만, 딱히 나를 노린 건 아니라는 거야?"

"뭐, 그런 셈이다. 너를 휘말리게 한 건 미안하지만, 그런 바보가 나타날 줄 어떻게 알았겠냐. 너를 건드리면 안 된다는 것 정도는 지갑이 손에 닿을 정도로 다가가면 바로 알 텐데. 거참……."

꼭 그렇지는 않다고, 아키라는 차마 말할 수 없었다. 그 대신에 다른 걸 물어본다.

"그 정도 일이라면 그냥 말해도 되잖아?"

"내 거점에 시체를 끌고 쳐들어오고, 이야기가 조금 순조롭게 안 풀렸을 뿐인데도 정보를 포기하고, 전부 네 탓으로 돌리고 끝내겠다고 하는 녀석한테?"

아키라가 조용히 눈길을 돌린다. 확실한 대답이었다.

시지마가 한숨을 쉰다.

"예전에도 비슷한 말을 한 것 같은데, 이야기의 결론은 같아도 경위를 잘 들으면 전체적인 인상이 달라지는 법이야. 너는 조금만 더 사람이 하는 말을 차근차근 듣는 게 좋아."

"조심할게……."

한숨을 쉬는 아키라를 보고, 비올라가 즐겁게 웃고 있었다.

◆

볼일을 마친 아키라와 일단은 상의를 끝낸 셰릴이 돌아가고 난 뒤의 응접실에서, 시지마와 비올라가 마주 보고 앉아 있다.

시지마의 뒤에는 불러 모은 다수의 무력요원이 딱딱해진 얼굴로 서 있다. 한편으로 비올라의 뒤에서는 캐럴이 혼자 웃고 있었다.

그 표정의 차이가 어느 쪽이 전력 면에서 유리한지를 알아보기 쉽게 드러냈다.

"잘 풀렸네. 만족했을까?"

친근하게 웃는 비올라에게 시지마가 못마땅한 얼굴로 대꾸한다.

"흥. 원래부터 네가 괜한 짓만 안 했으면 나 혼자 대처할 수 있었다. 만족은 개뿔."

"평가가 짜네."

비올라는 일부러 토라진 것처럼 미소를 지었다.

시지마와 비올라가 아키라에게 한 설명에서, 이루어진 행위 자체에는 거짓이 없었다. 하지만 설명한 발상과 동기는 거의 거짓이었다.

시지마는 아키라가 카츠야 일행 앞에서 물러난 것을 알았을 때, 그것을 가짜 아키라가 한 짓으로 생각하지 않았다. 반대로 지금껏 아키라를 과하게 평가해서 쓸데없이 경계한 게 아닐까 생각하고, 아키라의 실력을 확인하고자 소매치기 계획을 준비했다.

그리고 확인한 결과로 사실 아키라는 생각보다 강하지 않았다고 판명된 시점에서 핫샌드 판매로 재정 사정이 제법 좋아진 셰릴의 조직을 무력으로 지배할 예정이었다.

하지만 그 결과가 나오기도 전에 아키라는 현상수배급 토벌전에서 활약하거나, 야잔의 조직을 혼자 궤멸시키는 등, 오히려 시지마가 지금껏 아키라를 과소평가했다고 여기게 할 성과를 냈다.

그 시점에서 시지마는 소매치기 계획을 곧바로 중단하게끔 조치했다. 그리고 아키라를 괜히 건드리기 전에 그만두길 잘했다고 안도했다.

그렇게 중지했을 터인 계획인 지금에 와서 움직인 것이, 시지마의 감각으로는 조금 어색하게 느껴졌다.

시지마가 비올라에게 '네가 괜한 짓만 안 했으면' 이라고 말한 이유는 그만두게 한 소매치기 계획이 계속되도록 비올라가 뒤에서 손을 쓴 게 아니냐고 떠보기 위한 것이기도 했다.

그리고 실제로 비올라는 뒤에서 손을 썼다. 하지만 그런 낌새를 조금도 드러내지 않는 태도. 숨을 쉬듯이 음모를 꾸미는 악녀라는 평가를 역이용해 무슨 일이 있어도 의미심장하게 웃어서 상대를 혼란에 빠뜨리는 기량. 그것이 비올라를 향한 시지마의 의심을 더 발전시키게 하지 않고, 의심하는 수준에만 머물게 했다.

"비올라. 그렇게 기고만장한 녀석일수록 일찍 죽거든?"

시지마가 그렇게 윽박질러도 비올라의 여유는 조금도 흔들리지 않는다.

"자주 듣는 말이야. 하지만 그렇게 말하는 사람일수록 나보다 일찍 죽는단 말이지."

비올라의 여유가 모종의 명확한 근거를 기반으로 하는 건지, 아니면 단순한 허세인지, 그것도 시지마는 간파할 수 없다. 캐럴의 실력도, 그 장비가 정말로 고성능인지도, 엄밀하게는 교전할 때까지 모른다.

짜증을 얼버무리듯 시지마는 혀를 크게 찼다.

"볼일은 끝났다. 얼른 나가."

"그렇게 서둘러서 쫓아내지 않아도 되잖아. 잠시 이야기하지 않을래?"

"나가."

하는 수 없다는 기색으로 비올라가 자리에서 일어나고, 캐럴과 함께 응접실을 나선다.

자신의 제안을 받아들이지 않으면 파멸시킨다. 그렇게 협박한 상대를 잠자코 내보내야 한다는 사실에, 시지마는 불쾌함을 드러냈다.

◆

　셰릴이 아키라와 함께 거점으로 돌아오자 아리시아가 손님이 있음을 알렸다. 그 손님은 토메지마로, 셰릴에게 아키라와의 중개를 부탁하고 싶다고 했다.

　함께 들은 아키라가 조금 신음한 다음에 셰릴에게 부탁한다.

　"셰릴. 그 중개 말인데, 나 대신 이것저것 들어볼 수 없을까?"

　아키라는 그렇게 말하고 지난번 토메지마와의 협상을 셰릴에게 간단히 설명했다. 그리고 자신이 뭔가 오해했거나 지레짐작한 것이 있을지도 모른다며, 그 부분의 자세한 내용을 대신 들어달라고 부탁했다.

　셰릴은 아키라의 부탁을 거절할 이유가 없다. 웃으며 흔쾌히 승낙한다.

　"알겠어요. 맡겨만 주세요."

　"부탁할게. 나는 근처 방에 있을 거니까, 무슨 일이 생기면 연락해 줘."

　아키라와 헤어진 셰릴은 이것도 자신의 실력을 아키라에게 알리는 중요한 일이라며 기운을 북돋웠다. 그리고 토메지마가 기다리는 방에 들어선다.

　"기다리게 했군요. 이야기해 주세요."

　패기를 내뿜을 정도로 환하게 웃는 셰릴의 모습에, 토메지마가 조금 움츠러들었다.

토메지마는 셰릴과 얼추 이야기를 마쳤다. 이제는 결과만 기다릴 뿐. 맞은편 자리에서 정보단말을 통해 아키라와 이야기하는 셰릴을 보면서 기도한다.

"그래요. 네. 토메지마 씨는 딱히 카도르를 살려달라고 할 마음은 없는 듯해요. 그가 죽어서 채권이 사라지는 게 아깝다거나, 그런 의도도 없는 것 같아요. ……………네, 알겠어요."

아키라와 이야기를 마친 셰릴이 숨을 내쉬었다. 토메지마의 긴장이 커진다.

그리고 셰릴은 토메지마에게 미소를 지었다.

"아키라는 당신의 사죄를 받아들이겠다고 했습니다. 카도르와 있었던 다툼에 관해서, 당신에게는 원한이 없다고 생각해도 되겠죠."

토메지마가 안도의 숨을 내쉰다.

"그, 그런가? 다행이야."

"유물판매점 참가도 문제없을 거예요. 카츠라기 씨에게 전해 두겠어요."

"고마워. 아, 이건 아키라에게 주는 위자료와 너한테 주는 중개료야. 받아줘."

토메지마는 그렇게 말하고 테이블 위에 지폐 다발이 든 두꺼운 봉투를 두더니 셰릴에게 내밀었다. 봉투의 내용물은 200만 오럼이다.

그러나 셰릴은 그걸 도로 토메지마에게 밀었다. 그래서 토메지마가 허둥댄다.

"부, 부족해?"

"아뇨. 아키라는 필요 없다고 했어요. 저도 아키라의 일로 중개료를 벌 마음은 없고요. 그러니 불필요해요."

"그래도, 말이지⋯⋯."

"마음이 개운하시지 않다면, 토메지마 씨는 저희 유물판매점에 협력해 주시려는 듯하니까, 그쪽 자금으로 써 주세요. 유물판매점이 성공하면 아키라도 기뻐할 거예요."

"그, 그래? 알았다. 그렇게 하지."

"그렇다면 죄송하지만, 오늘은 이쯤에서 끝내게 해주세요. 저도 바빠서요."

"아뇨. 별말씀을. 저야말로 갑자기 들이닥쳐서 죄송합니다. 그러면 먼저 실례하겠습니다."

카츠라기는 의지하지 못했다. 비올라에게 또 부탁할 배짱은 없었다. 그렇게 마지막 수단으로 셰릴을 찾아간 것이 성공했다며, 토메지마는 기분이 좋아졌다. 그 기분으로 셰릴에게 조금 공손한 태도를 보이며 방을 나갔다.

같은 자리에 있던 에리오와 아리시아는 그 모습을 보고 몹시 놀랐다. 나름대로 잘나가는 상인이 슬럼의 아이에게 머리를 숙였다. 그 사실이 지니는 의미는 컸다.

제130화 창고의 관계자들

셰릴은 유물판매점의 상품인 대량의 유물을 도시 시가지 지역과 슬럼의 경계에 있는 창고에 보관하고 있었다. 그 창고의 위치는 슬럼에 가깝다. 치안 등의 질서도 슬럼과 비슷하다.

그러한 장소에 대량의 유물을 보관하는 이상, 단단히 지키지 않으면 금방 강탈당한다. 카츠라기도 그 정도는 알아서 창고에 경비를 단단히 세웠다.

그 경비의 일원인 레빈이 창고에서 답답하게 한숨을 쉬었다.

"어쩌다가 이렇게 된 거지……."

그 이유는 레빈도 잘 안다. 하지만 그 이해가 현재 상황을 위로해 주지는 않았다.

요노즈카역 유적에서 아키라와 엘레나 일행에게 긴급 의뢰를 내는 바람에 빚을 지게 된 레빈 일행은 아키라에게 빚 독촉을 받는 것보다는 낫다고 판단해서 카츠라기의 제안에 따라 채무를 변통했다.

그 덕분에 아키라에게 진 빚은 다 갚았고, 매우 강력한 데다가 슬럼의 논리로 행동하는 헌터에게 무시무시한 빚 독촉을 받는 일이 없어졌다.

그러나 그 대가로 카츠라기가 제기한 엄격한 조건을 수용할 수밖에 없게 되었다. 장비와 탄약 등의 구매처 지정, 유물을 수집하러 가는 유적 선택, 유물 매각처 한정, 현재 위치의 정기 보고 등등.

물론 그 정도 조건이라면 막대한 빚을 진 헌터가 짊어지는 것치고는 드물지 않다. 유물을 판 돈을 빚을 갚는 데 안 쓰고 탕진하거나, 빚을 떼어먹고 도망치기라도 하면 곤란하기 때문이다. 그래서 레빈 일행도 조금 빡빡하다고 여기면서도 조건을 받아들였다.

그걸로 끝이라면 레빈 일행도 다소 시간이 필요할지라도 빚을 다 갚을 수 있었다. 그러나 그때 카츠라기의 책략이 발휘되었다. 카츠라기는 레빈 일행의 유물 수집에 그들의 실력으로는 조금 힘에 부친 난이도의 유적을 지정하고, 금리 인하와 함께 고성능 장비 구매를 교묘하게 권했다.

나는 이자로 돈을 벌 마음은 추호도 없다. 너희가 죽으면 나도 곤란하니까 돈은 나중에 줘도 상관없다. 좋은 장비만 있으면 빚도 쉽게 갚을 수 있을 것이다. 그러니 빚을 다 갚을 때까지 우리 가게를 애용해 달라.

레빈 일행은 그렇게 말하며 친절하게 웃는 카츠라기를 필사적으로 고개를 유치하려는 장사꾼으로 보고, 나쁜 제안이 아니라고 여겨서 제안을 받아들였다. 장비를 사려고 빚을 더 늘렸다.

그리고 고성능 장비를 얻은 레빈 일행이 버는 돈은 정말로 늘어났다. 이러니저러니 해도 강화복도 없이 요노즈카역 유적 소동에서 살아 돌아온 실력을 지닌 자들이다. 그들에게 강력한 장비가 더해지면 유물 수집 효율이 올라가는 게 당연했다.

그리고 카츠라기는 레빈 일행을 매우 칭찬했다. 그리고 칭찬과 훨씬 좋아진 성과에 들뜬 레빈 일행에게, 더 어려운 유적에서의 유물 수집과 더 좋은 장비의 구매를 권했다.

그 뒤로는 똑같은 일이 반복되었다. 레빈 일행이 번 돈은 그대로 카츠라기의 가게 매출이 되고, 빚은 좀처럼 줄어들지 않기 시작했다. 그리고 유물 수집도 항상 순조롭지는 않다. 빚을 갚는 속도가 점점 느려진다.

그런데도 카츠라기는 자꾸 새 장비를 권했다. 다음 유물 수집에서 만회하면 된다. 다음에는 더 많이 벌면 된다. 그러기 위해서라도, 다음에는 실패하지 않게끔, 더 강력한 장비를 마련하는 게 좋다. 그렇게 말하며 장비 구매를 보챘다.

고성능 장비의 힘. 그것이 낳는 돈벌이의 맛. 그걸 맛본 레빈 일행은 자제심을 잃었다. 도박에서 돈을 잃어도 다음 판돈을 더 키워서 대박이 나면 문제없다. 그런 심리로 장비를 위해 빚을 늘려나간다.

레빈 일행이 슬슬 위험하다고 느꼈을 때는 이미 늦었다. 레빈 일행의 빚은 이미 상당히 많은 유물을 매각했는데도 다 갚기는 커녕 처음의 2배가 넘게 늘어나 있었다.

그래도 고성능 장비 덕분에 강해진 건 사실이다. 그 무력으로 채권자에게 뻗대는 것도 이런 종류의 문제에서는 드문 일이 아니다.

하지만 레빈 일행은 그럴 수 없었다. 카츠라기가 만약 섣불리 빚을 떼어먹으려고 했다간 아키라에게 추심을 부탁할 거라고 말했기 때문이다.

옴짝달싹할 수 없게 되었다. 이 시점에서 레빈 일행은 불어난 빚을 갚기 위해서 좌우지간 하염없이 돈을 벌어야만 했다.

이렇게 되면 어쩔 수 없다. 마음을 고쳐먹고 돈을 갚자. 그렇게 생각하고 의욕을 되찾은 레빈 일행에게 새로운 사태가 발생한다. 유물판매점 계획에 휘말려 창고 경비를 지시받은 것이다.

막대한 빚을 진 레빈 일행에게는 거부권이 없었다.

현재 상황에 대한 인식이 레빈의 한숨을 더 크고 무겁게 한다. 강력한 장비가 있어도 창고 경비여서는 돼지 목에 진주다. 계약상 멋대로 유물을 수집하러 갈 수도 없다.

이렇게 퇴물 헌터 같은 나날을 보내려고 헌터가 된 게 아니라며, 레빈은 불만을 쌓고 있었다.

그 레빈의 시야에 아이들의 모습이 들어온다. 그 아이들은 모두 똑같은 차림을 했는데, 얼핏 보면 비슷한 강화복 차림 같기도 하다.

그러나 실제로는 강화복은 고사하고 방호복조차 아니다. 아키라의 강화복과 비슷하게 생겼을 뿐, 평범한 옷이다. 무거워 보이는 배낭을 짊어진 아이도 있지만, 부푼 것처럼 보여도 실제로는 가볍다. 그냥 무겁게 보이기만 할 뿐이다.

그 아이들은 셰릴의 조직원이다. 무력 면에서 허세를 부리려고 셰릴의 지시로 아키라인 척하며 경비요원 사이에 있었다. 의상에 가까운 장비는 카츠라기와 그 동업자들이 준비했다.

레빈도 경비요원으로서 그 사실을 알고 있다. 그리고 기껏해야 허수아비고, 경비 인력으로는 전투에 아무런 도움도 안 되는 인원이라는 마음이 자신의 현재 상황과 맞물려 레빈의 심기를 조금 건드렸다. 그래서 어쩌다가 근처에 있던 아이를 향해 조금 언성을 높이고 말았다.

"야! 노닥거리지 마!"

"그것참 미안한걸……."

레빈이 말을 건 아이는 그렇게 말하고 언짢은 얼굴로 레빈을 봤다. 그 순간, 레빈이 당황한 얼굴로 주춤거렸다.

그 아이는 가짜 아키라가 아니라 진짜 아키라였다.

◆

아키라는 셰릴의 부탁으로 유물판매점의 창고를 찾았다. 다만 볼일은 없다. 굳이 말하자면 창고에 있는 것 자체가 볼일이다. 가짜 아키라 사이에 진짜도 있다. 그 인식을 퍼뜨리기 위한 공작의 일환이었다.

좌우지간 창고에 있고, 그다음에는 적당히 지내면 된다. 셰릴에게 그런 말을 들은 아키라는 정말로 적당히 시간을 보내고 있었다.

그 모습은 경비를 게을리하고 창고에서 노닥거리는 일부 아이

들과 다를 바가 없었다. 그렇기에 레빈이 화낼 정도로는 자연스
럽게 녹아들어서 딱 좋은 공작이 되었다.

　창고 안의 선반에 진열된 유물을 대충 둘러보던 아키라가 자
신과 똑같은 차림을 한 다른 아이들을 보고 슬쩍 신음한다.
　『알파. 애들이 내 가짜로 통한다면, 나도 이 녀석들과 똑같이
보인다는 뜻이겠지?』
　『그렇겠지』
　『그렇지. 소매치기한테 걸릴 만도 해……』
　똑같은 차림을 한 타인을 통해서 자신을 객관적으로 본 아키
라는 상대의 실력을 겉으로만 판단하는 것이 얼마나 어려운지
를 새삼스럽게 이해했다.
　물론 그러한 객관화도 결국은 아키라의 주관에 지나지 않는
다. 이거라면 소매치기가 노려도 어쩔 수 없다고 아키라가 생각
했을 뿐, 실제로는 비록 허세일지라도 어느 정도의 효과는 존재
했다.
　『역시 큰 총이 필요해. 시비를 거는 놈들을 일일이 해치웠다
간 끝이 없어.』
　『겉모습만 중시해서 장비를 선택해도 곤란하지만 말이야. 희
망과 일치하는 총은 이미 주문했으니까 천천히 기다리자.』
　『그래. 그때까지 느긋하게 지낼까.』
　아키라는 이미 새 장비의 주문을 마쳤고, 이제는 시즈카의 가
게에 물건이 오기만을 기다리는 상태다. 그 장비 일체가 도착해

서 헌터 활동을 재개할 때까지는 휴식을 겸해서 황야에 나서지 않고 셰릴의 유물판매점 준비를 거들 작정이었다.

창고 안 선반에는 아키라의 유물 말고도 카츠라기와 그 동업자들이 준비한 유물도 다수 진열되어 있다. 그걸 포함해서 다종다양한 유물이 늘어선 선반은 마치 전시회처럼 보이기도 한다. 다른 헌터가 수집한 유물을 볼 기회가 거의 없는 아키라는 그것들을 흥미진진하게 구경하고 있었다.

그때 아키라는 자신과 마찬가지로 창고 안의 유물을 흥미진진한 눈으로 보는 자를 눈치챘다.

"이 유물은, 요노즈카역 유적의 물건 같은데……. 그렇다면, 그때의 그 녀석들은 역시…… 응?"

상대도 아키라를 눈치챘다. 그리고 조금 놀란 기색을 보인다.

"너는……."

그 인물은 아키라가 셰릴의 조직원들과 함께 요노즈카역 유적에서 유물을 수집할 때 마주쳤던 헌터, 데일이었다.

"오랜만이군. 아니지…… 나를 기억해?"

"그래. 분명…… 데일……이었지?"

"맞아. 이런 데서 우연히 만날 줄이야……라고 생각했는데, 꼭 그렇지도 않을까?"

그렇게 의미심장하게 말하는 데일의 태도를 보고, 아키라가 의아한 표정을 짓는다.

"무슨 소리야?"

"그 태도가 연기라면 대단한걸. 아니지, 혹시 진짜로 모르는 건가?"

괴이쩍은 표정을 짓는 아키라에게 알파가 조언한다.

『아키라. 전혀 모르는 건 오히려 이상하니까 그대로 시치미를 떼는 척해.』

『뭘 말이야?』

『이 사람은 그때 우리가 요노즈카역 유적에서 유물을 수집했다는 걸 눈치챈 거야. 그때 수집한 유물이 이 창고에 있다는 것도 말이지.』

그래서 아키라의 표정에도 변화가 생긴다. 데일도 그걸 눈치챘다.

『아키라. 얼굴에 너무 드러났어.』

『그렇게 말해도…….』

『어쩔 수 없어. 적당히 얼버무리자.』

데일이 예상이 맞았다며 웃는다.

"역시 그랬군?"

"일단 충고하겠어. 섣불리 캐내려고 들지 않는 게 좋아. 나한테 알아내려고 한 건 그냥 넘어갈 테니까."

"미발견 유적의 정보는 쉽사리 퍼지지 않는 법이지. 그걸 그 시점에서 알았다면 꽤 정확한 정보를 구할 수 있는 신분의 사람이 있을 거다. 그 셰릴인가 하는 여자인가? 그 여자는 꽤 비싸 보이는 옷을 입었으니까, 어딘가의 기업 사람이라도 이상하지 않을……."

"그러니까 그런 이야기를 나한테 하지 마. 내가 흘렸다고 오해하면 큰일이 난다고. 자꾸 떠들면 나도 그만한 대처가 필요해져."

아키라가 데일을 슬쩍 겁준다. 그러자 데일도 주춤거렸다. 조금 허둥대는 얼굴로 고개를 젓는다.

"알았어. 알았다고."

그런 다음에 부탁하듯이 슬쩍 웃었다.

"하지만 나도 헌터야. 그렇게 엄청난 정보를 구할 수 있는 신분인 사람과는 연줄을 만들고 싶다고. 그건 알겠지?"

"그렇게 말해도……."

"그때는 쓰레기 중개업자 때문에 그딴 일을 해야 했고, 이번에도 다른 쓰레기 중개업자 때문에, 이렇게 말하면 미안하지만, 이렇게 수상한 창고에서 경비를 서게 되었다고. 그걸 한탄했더니 이런 우연이 생겼단 말이지. 이 기회를 놓치고 싶지 않아. 부탁할게. 응?"

필사적으로 부탁하는 데일의 모습을 보고, 아키라가 슬쩍 고민한다.

예전에 아키라 일행이 요노즈카역 유적의 황야에서 데일 일행과 마주쳤을 때, 그 자리에 있던 규바는 아키라를 협박하려고 했지만, 데일은 언성을 높여서 규바를 제지했다.

그걸 기억하는 아키라는 은혜라고 부르기에는 약한 무언가가 있는 만큼, 데일의 부탁을 매몰차게 거절하는 것을 주저하고 있었다.

그 주저가 아키라에게 다른 생각을 낳게 한다. 데일은 이미 어중간하게 이것저것 알고 말았다. 그걸 수습하는 것은 자신이 아니라 셰릴이 할 일이겠지. 그렇게 생각해서 데일의 대처를 셰릴에게 맡기기로 했다.

"잠깐만 기다려……. 일단 셰릴에게 연락해 볼게."

아키라는 그렇게 말하고 정보단말을 꺼내 그대로 셰릴에게 연락했다.

데일이 놀라움과 기대감을 얼굴에 드러낸다. 밑져야 본전으로 부탁한 본 건데, 예상보다 일이 잘 풀릴 낌새가 보여서 기대가 급격히 커진다.

그리고 셰릴과 이야기를 마친 아키라가 정보단말을 두로 집어넣었다.

"지금 이쪽으로 오겠대. 나머지는 네가 알아서 해."

"그러냐! 잘됐군! 고맙다!"

데일은 매우 기뻐했다.

한편, 아키라는 왠지 사기를 친 것 같아서 기분이 조금 미묘해졌다.

물론 그걸 상대에게 가르쳐 줄 정도로 선량하지도 않았다.

◆

아키라에게 호출받은 셰릴은 기분 좋게 창고로 갔다.

아키라에게는 적대 세력을 속이기 위해 가짜 사이에 있게 했는데, 자신이 그 아키라의 곁에 있어서는 간단히 들키고 만다. 그래서는 안 된다고 여겼기에 셰릴은 한동안 일부러 거점에서 일하려고 했다.

하지만 아키라가 부른다면 어쩔 수 없다며 그 구실을 마음껏 이용해 기분 좋게 아키라를 만나러 간다. 그래도 활짝 웃으며 아키라의 곁에 있으면 자신이 아키라의 위치 발신기가 된다고 생각해서 애써 표정을 바로잡았다.

그 상태로 데일이 있는 곳까지 온 셰릴이 신분이 더 높은 자의 분위기를 내며 미소를 짓는다.

"데일 씨. 오랜만이에요. 저한테 할 이야기가 있다고 들었는데요."

셰릴의 몸을 감싼, 얼핏 봐도 값비싼 것임을 알 수 있게 지은 옷. 부하인 것처럼 슬그머니 한 발짝 물러난 아키라의 움직임. 그것들이 셰릴의 연기를 더욱 돋보이게 한다. 그 분위기에 압도당한 데일이 무심코 움츠러들 만큼.

"그, 그래……."

셰릴이 어딘가의 기업 영애라는 데일의 예감, 오해는, 더욱 확고해졌다.

데일과 담소하는 셰릴의 모습을 한 발짝 물러난 곳에서 보던 아키라는, 그런 셰릴의 수완에 슬쩍 전율하고 조금 딱딱한 표정을 지었다.

『뭔가, 대단한걸…….』

사전에 알지 못했더라면 자신도 셰릴이 슬럼의 주민임을 절대로 몰랐을 것이라며, 아키라는 셰릴의 연기에 감탄을 넘어서 조금 공포를 느꼈다.

　게다가 셰릴은 교묘한 말재간으로 데일에게서 다양한 정보를 빼내고 있었다.

　유물에 표기된 구세계 기업 로고의 의미, 그 로고가 붙은 유물의 가치와 시세, 나아가 현대에 똑같은 로고를 찍어서 만든 가짜 유물을 구분하는 방법 등, 원래라면 막대한 정보료가 필요한 정보조차 말과 맞장구와 미소만으로 끌어내고 있다.

　더군다나 셰릴은 자신의 정확한 정보를 데일에게 전혀 주지 않는다. 그것도 단순히 얼버무리거나 입을 다무는 게 아니라, 아주 자연스럽게, 비밀 유지의 의무와 입장의 차이, 일시적인 고용자에게는 전할 수 없다는 등의 그럴싸한 이유로 상대가 불신이나 어색함을 느끼게 하지 않고, 상대에게 주는 정보를 제한하고 있었다.

　자신을 선전하려는 데일이 더 공손한 걸 빼더라도, 셰릴의 그러한 기술은 협상의 초짜인 아키라조차 알 만큼 차원이 달랐다.

　알파도 슬쩍 웃으며 동의한다.

『정말 대단하네. 이거라면 유물판매점도 잘될 거야.』

『그러네…….』

　눈앞에 있는 사태를 사소한 일로 취급한 알파의 태도를 보고, 아키라도 침착함을 되찾았다.

　(뭐, 조심하면 괜찮겠지.)

어쩌면 자신도 셰릴의 손바닥 위에서 놀아나는 게 아닐까? 그렇듯 희미하게 샘솟은 불안은 아키라의 마음속에서 괜한 걱정으로 처리되었다.

셰릴이 아키라도 놀란 그 기술로 아키라를 공략하려고 하는데도 터무니없는 난관에 부딪혀 좌절하고 있다는 사실을, 아키라는 전혀 눈치채지 못했다.

◆

투덜대면서 경비를 서는 레빈에게 웃으며 말을 거는 자들이 있었다.

"이봐, 레빈. 우울한 낯짝이군."

"너희냐……. 하자와. 콜베. 무슨 일이야?"

언짢은 표정을 지은 레빈에게 하자와가 슬쩍 웃는다.

"그렇게 보지 말라고. 도와주러 왔는데?"

"도와줘? 아아, 너희도 경비에 동원된 거냐."

"그런 셈이지. 이러면 너희도 편해질 거다. 더 기뻐하라고."

"두 명이 늘어나 봤자 말이지……."

자신들이 경비에서 잠깐 빠져도 괜찮을 인원이라면 그걸 근거로 경비를 일주일 정도 주기로 교대하고, 그동안 유물을 수집하러 갈 수도 있으리라. 하지만 겨우 두 사람이 늘어나면 그것도 불가능하다. 그렇게 생각한 레빈은 못마땅한 표정을 지었다.

그런 레빈에게 콜베가 말한다.

"아니, 조금 더 있어."

"그래?"

"그래. 꼬마가 네다섯 명은 있을 거다."

레빈이 한숨을 쉰다. 한순간의 기대가 금방 물거품이 된 만큼, 한숨을 푹 쉬었다.

"꼬맹이를 더 늘려서 어쩌라는 건데. 저렇게 많은데도 허수아비가 부족하다는 거야? 뭘 생각하는 거야. 아니면 그거냐? 전부 아키라처럼 강한 꼬맹이냐?"

그런 불평도 같이 쏟아낸 레빈의 태도를 본 콜베가 슬쩍 쓴웃음을 짓는다.

"그런 녀석이 몇 명이나 있을 리가 없잖아. 하지만 그럭저럭 싸울 수 있는 꼬맹이라던데? 토메지마가 그러더군."

"그래? 뭐, 허수아비 꼬맹이라도 어느 정도는 멀쩡한 놈을 안 두면 위험하단 건가."

아무튼 그 정도의 추가 전력으로는 경비 일에서 빠질 수 없겠다며, 레빈의 표정은 여전히 착잡했다.

◆

창고 안에는 셰릴의 조직원이 아닌 아이가 아키라 말고도 있었다. 토메지마를 통해서 콜베, 하자와와 함께 경비에 동원된 소년들이다.

그 소년들도 다른 가짜 아키라와 비슷한 차림을 했다. 그러나 착용한 것은 평범한 옷이 아닌 강화복이고, 총도 개조를 마친 AAH 돌격총이며, 정보수집기도 장비했다. 겉모습은 비슷해도 장비는 전혀 다르다.

그리고 실제로 헌터로서 황야에서 활동 중이라는 점에서도 다른 아이들과는 전혀 다른, 명확한 전력이었다.

그중 한 명인 티오르가 창고 안을 어슬렁거리고 있다. 그 행동에서 단순히 경비를 게을리하는 것과 다른 수상함이 은근슬쩍 드러나는 것은, 켕기는 짓을 한다는 본인의 자각이 드러났기 때문이다.

티오르는 뒷돈을 받고 창고의 유물을 조사하고 있었다. 정보수집기가 티오르의 시선에 연동해서 유물을 확인하고, 그 정보를 기록해 나간다.

(이거, 역시 위험한 물건이겠지?)

창고의 위치는 슬럼. 경비요원도 분위기가 별로 멀쩡하지 않은 자가 많다. 돈에 혹해서 너무 위험한 일에 손댄 게 아닐까? 티오르는 조금 후회하고 있었다.

그때, 뒤에서 누군가가 말을 건다.

"처음 보는 얼굴이네. 누구야?"

들키면 위험한 짓을 하고 있음을 아는 만큼 티오르의 놀라움은 커서, 무심코 뒤돌아본다.

그러자 더욱 큰 놀라움이 티오르를 엄습한다. 그곳에는 아키라와 데일을 거느린 셰릴이 있었다.

"차림은 그렇지만, 내 부하는 아니지? 나도 일단은 모두의 얼굴을 기억해. 네 얼굴은 몰라."

티오르는 대답하지 못했다. 셰릴이 미소를 지으면서도 수상한 자를 추궁하는 눈으로 본다.

"그리고 내 부하한테는 여기에 멋대로 들어오지 말라고 했어. 이런 데서 뭘 하는 거야?"

티오르는 이번에도 대답하지 못했다. 셰릴의 표정이 조금 딱딱해진다.

하지만 그 뒤, 셰릴은 괴이쩍은 표정을 짓더니, 이어서 조금 곤혹스러운 기색을 보였다.

"저기, 내 말이 안 들려……?"

셰릴에게 넋이 나간 티오르는 이야기를 듣고 있지 않았다. 첫눈에 반했다.

데일이 티오르의 어깨를 흔든다.

"야, 말이 안 들려?"

"헉……?! 어? 어?"

티오르는 그제야 정신을 차렸지만, 이번에는 허둥대는 탓에 멀쩡하게 대답하지 못했다.

그렇듯 익숙한 티오르의 태도, 자신에게 넋이 나간 자들이 자주 보이는 태도에 독기가 빠진 셰릴은 슬쩍 한숨을 쉬고 경계를 낮췄다. 고압적인 웃음이 아니라, 쓴웃음이 섞인 표정을 짓는다.

"그래서? 너는 누구야?"

"아, 저는 티오르입니다! 처음 뵙습니다!"

"아…… 저기 말이지? 그걸 물어보는 게 아니야. 모르겠어?"

"어? 저기, 아, 네! 그게 말입니다. 토메지마란 사람의 소개로 오늘부터 여기 경비에 추가되었는데, 못 들으셨습니까?"

"아하, 그 사람들 일행이구나. 여기 들어가지 말라는 말을 못 들었어?"

"죄, 죄송합니다……."

듣지 않아서 사죄한 건지, 알면서도 들어와서 사죄한 건지, 어느 쪽으로도 해석할 수 있는 말이었다. 하지만 독기가 빠진 셰릴은 추궁하는 것을 게을리했다.

"아무튼 여기서 나가. 알았지?"

"네, 넵!"

티오르는 허둥지둥 그곳을 떠났다.

티오르가 사라질 때까지 지켜본 셰릴이 의식을 바꿔서 데일에게 미소를 짓는다.

"이 근처에 보관 중인 유물이 가격대가 높은 물건이에요. 당신의 안목이 얼마나 되는지 확인하기 위해서, 감정해 주시길 부탁드려요."

"맡겨 주십시오. 헌터 활동으로 먹고살 수 없게 되면 유물 감정으로 먹고살려고 생각할 정도로는 안목에 자신이 있습니다. 나를 고용하면 도움이 될 겁니다."

"기대해 보겠어요."

그대로 유물 감정을 시작한 데일이 가볍게 말한다.

"아까 꼬마 말인데, 셰릴 양에게 넋이 나갔던데요."

"그런 것 같네요. 다행히 좋은 외모를 타고난 편이어서, 자주 있는 일이에요."

셰릴은 대수롭지 않게 대답했다. 아키라를 공략하려고 그 방면의 기량을 갈고닦고 있기도 해서, 그렇게 말할 정도의 근거는 있었다.

"자주 있는 일입니까. 대단하군요. 뭐, 그만한 용모라면 신기하지도 않지만 말입니다."

"신기하지 않다, 놀랄 일도 아니다, 그런 정도로는 자주 있는 일이라는 뜻이에요. 누구한테나 통한다는 뜻은 아니에요."

"그렇다면 잘 통하지 않는 상대라도 있는 겁니까?"

가볍게 말한 데일에게, 셰릴은 대답하지 않았다.

화제를 잘못 골랐다고 느낀 데일도 그것으로 잡담을 접고 감정 작업에 집중했다.

아키라만이 대화가 끊긴 이유를 모르고 조금 의아해했다.

알파는 그 옆에서 평소처럼 웃고 있었다.

창고 밖으로 나온 티오르가 숨을 크게 내쉰다.

"위, 위험해라……. 괘, 괜찮았을까?"

원래라면 티오르는 그때 끝장이 났어야 했다. 그 자리에 있었던 이유를 추궁당해, 뒷돈을 받고 창고를 염탐한 것을 들켰을 것이다.

그러나 티오르가 셰릴에게 첫눈에 반한 것이 그 상황을 뒤집었다. 여자에게 익숙하지 않은, 어떻게 보면 순수한 소년이, 매우 매력적인 소녀가 갑자기 말을 거는 바람에 당황하고, 허둥대는 모습이 티오르의 수상한 부분을 가리고 경감시켰다.

물론 그것으로 출입금지 장소에 있었다는 사실이 사라진 건 아니다. 그래도 뒷돈을 받고 셰릴의 창고를 염탐하러 왔다는, 알려지면 치명적인 부분은 간파당하지 않고 넘어갔다.

출입금지 장소에 멍청한 아이가 들어왔을 뿐. 티오르는 셰릴에게 너무나도 강렬하게 반하는 바람에 고작 그런 인물로 취급받아 죽을 고비를 넘겼다.

물론 티오르는 그런 자각이 없다. 자신이 얼마나 위험한 상황이었는지도 모르고, 셰릴의 모습을 떠올리며 느슨한 표정을 짓는다.

"참 예뻤지. 그런 아이도 있구나."

티오르의 얼굴은 사정을 알게 된 토메지마가 호통을 치러 올 때까지 풀어져 있었다.

◆

슬럼과 황야의 경계에 있는 큰 저택의 한곳, 실내장식의 질에서 그곳에 사는 인간의 막대한 재력을 쉽게 상상하게끔 하는 방에서, 조직의 간부 분위기를 드러낸 자들이 큰 테이블을 둘러싸고 있었다.

수중에 있는 정보단말, 장착형 투영장치, 테이블에 딸린 입체

영상, 확장시야 표시장치 등, 각자가 다양한 수단으로 똑같은 영상을 보고 있다.

그것은 셰릴의 창고 영상으로, 티오르의 정보수집기에서 송신된 것이었다.

"이 유물, 양이 참 많군."

"질도 좋아. 대체 어떻게 구했는지."

"그야 뒷배로 있는 아키라란 헌터겠지."

"그런 건 알아. 어느 유적인지를 말한 거야."

"물건들로 봐서는 요노즈카역 유적이겠지. 그것도 몰라?"

"아앙? 네놈이야말로 무슨 소리를 지껄이는 거냐. 그 소동 속에서 챙길 양이 아니잖아. 게다가 비올라의 정보로는, 그 녀석은 첫날 소동에서 도란캄의 긴급 의뢰를 받아서 유물 수집을 거의 하지도 못했다던데? 안 그러냐, 비올라?"

테이블을 둘러싼 자들의 시선이 동석한 비올라에게 쏠린다. 슬럼을 폭력으로 지배하는 양대 조직 중 하나, 그 간부들의 시선이 쏠리는데도 비올라는 태연하게 웃었다.

"엄밀하게는 그곳에 있던 레빈이란 헌터의 긴급 의뢰야. 그리고 아키라는 도란캄 소속의 다른 헌터의 부탁으로 따로 움직였어. 뭐, 아키라가 장시간 유물을 수집할 여유가 없었다는 의미에서는 똑같은 거지만."

비올라가 설명을 수정한 남자가 조금 언짢은 태도를 보인다.

"흥. 요점만 맞으면 돼. 중요한 건 그 아키라란 녀석이 요노즈카역 유적에서 그만한 유물을 모을 수 없었다는 사실이다."

"하지만 실제로 유물이 있잖아?"

"그러니까 그걸 어떻게 구했냐고 하는 거잖아. 네 귀는 고장 났냐? 이 자리에 앉았는데도 수리비도 못 낼 정도로 쪼들려?"

"아앙?!"

성질을 내고, 도발하고, 그대로 노성이 오갈 듯한 분위기가 고조된다.

그때, 상석에 앉은 도람이라는 남자가 테이블을 슬쩍 쳤다.

그 작은 소리가 격앙하던 자들이 정신을 번쩍 차리게 했다. 말 다툼을 벌이던 자들이 곧바로 입을 다물고, 의자에 앉은 자세를 구태여 바로잡는다. 그렇게 자신들은 태도를 고쳤다고 보스에 게 드러내고 있었다.

도람은 슬럼의 양대 조직 중 하나인 해리어스의 보스다. 허수 아비이거나 권위가 없는 보스가 아니라 거대 조직에서 명확하 게 군림하는 강자라는 사실은 슬그머니 긴장하면서 식은땀을 흘리는 간부들의 태도만 봐도 명확했다.

도람의, 그 지위에 어울리는 목소리가 울린다.

"그 아키라란 녀석에게는 그만한 유물을 모을 힘이 있다는 게 중요하다. 그리고 그 힘으로 이번과 동등한 질과 양의 유물을 앞으로도 그 유물판매점에 제공할 가능성이 있다는 거다. 그리 고 무엇보다도 그 유물판매점의 이익이 에존트 놈들에게 갈 우 려가 있다는 거다. 안 그런가?"

"그, 그렇습니다."

"그걸 어떻게 할지 회의하는 거다. 중요하지도 않은 부분에서 흥분하지 마라. 알았지?"

"아, 알았습니다."

도람이 시선을 움츠러든 간부들에게서 비올라에게로 옮긴다.

"그래서 말이다. 뭔가 다른 정보는 없나? 예를 들면 아까 저녀석도 말한 유물을 입수한 방법이라든지. 그걸 우리가 아는지 모르는지에 따라서도 대처가 달라진다."

"그렇게 말해도 말이지."

"하지만 그 녀석들의 조직에 네 수하를 잠입시키는 데는 성공했지? 그러니까 창고 안의 정보를 가진 거지. 안 그런가?"

"그걸 잠입시킨 게 오늘이야. 아무리 그래도 다른 정보가 그렇게 금방 들어오진 않아. 들키지 않게 공을 들였으니까."

"흐음."

진위를 가늠하는 시선과 이를 흘리는 미소가 테이블을 사이에 두고 상대를 흔들고, 어지럽혔다.

한편, 티오르는 자신이 조사한 내용이 도람의 조직에 흘러간 것을 전혀 모른다. 또한 토메지마도, 토메지마에게 티오르를 소개한 다른 중개업자도, 마찬가지로 이 사실을 전혀 모른다. 티오르에게 조사를 부탁한 자도 비올라와는 직접 관계가 없다.

티오르를 고문해서 입을 열게 해도, 비올라나 도람의 조직으로 이어지는 정보는 조금도 나오지 않는다. 그러한 공작, 노력이 충분히 이루어졌다.

"그나저나 왜 굳이 외부의 꼬마를 잠입시켰지? 조직의 꼬마에게 돈을 쥐여주면 안 됐나?"

"얼마 전이라면 그래도 됐을 텐데 말이야. 아키라가 야잔의 조직을 궤멸시켰잖아? 그걸로 거기 아이들은 모두 아키라를 무서워해서, 정보를 팔고 싶다는 아이가 없어졌어."

"흠. 그나저나 야잔은 왜 죽었지? 누가 아키라에게 그 녀석들을 밀고했나?"

"글쎄. 적어도 나는 아니야."

"흠."

비올라의 감각으로도 아키라가 그 시점에서 야잔을 죽이러 간 것은 이상했다.

배신자인 제브라 일당을 죽인 직후에 야잔을 죽이러 가는 건, 모종의 방법으로 사전에 정보를 입수하지 않으면 어려운 일이다. 그렇다면 아키라는 그 정보를 얻을 모종의 수단이 있는 게 아닐까? 비올라는 그렇게 의심하고 있었다.

티오르를 잠입시킬 때 철저하게 공을 들인 것도 그 점을 고려한 까닭이다. 자신들의 존재가 절대로 노출되지 않게끔, 몇 겹이고 신중하게 손을 쓴 것이다.

한편, 도람은 비올라를 의심했다. 아키라가 비올라의 존재를 눈치채지 않게 하려고, 아키라에게 야잔의 정보를 흘려서 죽이게 한 게 아닐까? 그렇게 생각했다.

그걸 이번 상황에 대입하면 아키라는 자신들을 공격할 것이다. 그걸 포함해서 의심하고 있다고, 도람은 눈빛으로 비올라에게 말하고 있었다.

거대 조직의 보스가 의심하는 눈으로 보는데도 비올라는 여유로운 미소를 거두지 않는다. 다른 간부들은 전전긍긍하고 있었다.

"뭐, 그건 아무래도 좋다. 그래서 말인데, 뭔가 다른 정보는 없나? 내가 모를까 봐서? 시지마한테는 서비스로 그 아키라가 30억 오럼짜리 현상수배급을 해치운 남자라는 사실을 가르쳐 줬지?"

"어머, 기껏 서비스해 줬는데. 입이 싼 남자네. 정말 곤란해."

시지마의 조직은 구역의 위치 관계에서 판단했을 때 슬럼의 양대 조직 중 하나인 에존트 패밀리에 가깝다. 그리고 시지마에게 그 이야기를 직접 들었는지, 아니면 시지마의 측근에 내통자를 심었는지, 비올라는 일일이 지적하지 않았다.

"이봐, 우리한테도 서비스해 주라고. 저쪽에는 서비스해 줬잖아. 그래도 되겠어?"

네가 에존트 패밀리만 편애하면 적으로 보겠다. 그런 식으로 암암리에 협박한 도람에게 얼굴을 조금 찡그린 뒤, 비올라는 하는 수 없다는 듯이 한숨을 쉬었다.

"알았어……. 그러면 그 정보를 조금 보충해 줄게. 그 30억 오럼의 현상금 말인데, 도란캄이 도시와 협상해서 크게 부풀린 외부 선전용 금액이야. 실제로는 더 적지 않을까?"

"30억은 도란캄의 선전 공작인가. 하지만 실제로 아키라는 6억을 받았다고 들었는데? 그건 어떻게 된 거지?"

"아키라에게 6억을 준 건 사실이야. 하지만 표면상으로는 30억이라고 했으니까. 그 정도는 줘야 이상하지 않잖아?"

"30억 오럼짜리 현상수배급을 해치울 정도로 강하지는 않단 말인가?"

"애초에 혼자서 해치운 것도 아니고, 해치울 때 주로 싸운 건 도란캄의 헌터 둘이야. 아키라는 지원 사격만 했다고 하고, 숨통을 끊은 건 맞아도 반쯤 우연이어서, 본인도 어떻게 해치웠는지 의아하게 여겼다고 해."

"흠. 그것 말고는?"

추가 정보를 보채는 도람에게 비올라가 고개를 가로젓는다.

"서비스는 이걸로 끝이야. 더 알고 싶다면 받아야 할 걸 받아야겠어."

도람은 냉철한 얼굴로, 비올라는 미소를 지으며, 말없이 눈도 돌리지 않고 상대를 가만히 본다.

다른 간부들도 입을 다물고 있다. 이럴 때 괜히 끼어들었다간 도람의 분노를 살 게 뻔하기 때문이다.

그리고 도람이 먼저 표정을 풀었다.

"그 정도로 궁금한 것도 아니니, 그쪽은 이제 됐다. 돈은 주겠지만, 그건 에즌트 놈들을 조사하는 비용이다. 먼저 준 돈도 있지만, 추가해 주지. 조사해라."

"알았어. 돈을 잘 주는 손님이라서 다행이야."

"그렇다면 지금부터는 우리 식구끼리 이야기하지. 너는 나가 봐라."

도람의 부하들이 곧바로 비올라의 좌우에 선다.

"그래? 그러면 잘 있어."

비올라는 전혀 동요하지 않고 일어섰다. 그리고 그대로 방 밖으로 안내받았다.

간부 한 명이 조금 험악한 얼굴로 도람을 본다.

"보스. 저 여자를 신용해도 되겠습니까?"

"조금도 믿을 수 없지."

"네? 그렇다면 왜……."

"저 여자는 조금도 믿을 수 없지만, 정보는 믿을 수 있다. 자기가 제공하는 정보의 정확성이 우리가 살려두는 가치라는 걸, 저 성질 고약한 여자는 잘 안다."

"그건, 그렇지만……."

"덧붙이자면, 믿을 수 있는 건 정보뿐이다. 감상이나 추측, 짐작은 믿을 수 없지. 아까도 되물어본 부분이 있지? 그렇게 말하는 부분은 믿지 마라."

도람의 지적을 들은 자들이 비올라가 한 말을 떠올린다. 그리고 그 부분을 무의식중에 올바른 정보라고 판단한 자들이 인상을 썼다.

"항상 틀렸다고 말할 순 없지만 말이다. 그게 고약한 부분이기도 하다. 제공하는 정보만큼은 항상 정확하다. 저 여자가 다른 정보를 숨기고, 그 내용과 맞물리면 다른 의미가 되더라도, 제공하는 부분만큼은 정확하지. 저 여자의 정보는 그런 것까지 생각해야 비로소 진짜 의미가 있다. 그러니 우리도 다른 해석을 전제로 다시 확인해 봐라."

"알겠습니다. 준비하겠습니다."

"뭐, 불장난을 좋아하는 저 여자를 너희가 경계하는 건 이해한다. 그 불장난으로 에존트 놈들을 불태우는 동안에는 눈감아 줄 뿐이다."

가볍게 말한 도람이 눈을 가늘게 뜬다. 보스의 위엄이 주위에 짙게 드러난다.

"우리한테도 불이 번질 것 같으면 바로 죽인다. 그걸 가늠하기 위해 다시 확인하는 거다. 잘 처리해라."

"아, 알겠습니다."

"그러면 이 유물판매점을. 아니지. 메인은 아키라란 헌터인가. 그걸 어떻게 할지 정하겠다. 큰 항쟁을 앞두고 있으니 가능하면 이쪽으로 끌어들이고 싶지만, 에존트 놈들에게 이용당할 바에는 뭉갠다. 그걸 염두에 두고 의견을 말해라."

도람의 의향을 염두에 둔, 간부들의 필사적인 회의가 시작되었다.

◆

비올라가 저택 밖으로 나가자 곧바로 캐럴이 차로 데리러 왔다. 그대로 곧장 해리어스의 거점에서 멀어진다.

"비올라. 호위 없이 괜찮았어?"

"문제없어. 오히려 저건 내가 호위를 데려오면 심기가 불편해지는 인간이니까. 혼자가 더 안전해."

"어머, 호위가 없어야 더 안전하다니. 나로는 역부족이란 소리야?"

그렇게 말하고 짓궂게 웃는 캐럴에게 비올라도 흥겹게 웃으며 받아친다.

"무슨 소리를 하는 거야. 캐럴한테 호위 일을 시키면 추가 요금을 듬뿍 청구할 거면서."

"돈을 못 벌게 하면 나도 삐칠 건데?"

"이걸 어쩐다. 뭐, 조금만 더 기다려 봐. 이것저것 준비하고 있으니까."

"또 불장난하게?"

"당연하지."

무척 즐겁게 웃는 비올라의 얼굴에서 캐럴은 그 불장난의 규모를 거의 정확하게 짐작할 수 있었다.

그런데도 불쾌함을 드러내지 않을 정도로는, 캐럴도 비올라와 동류였다.

제131화 이해할 수 없는 침입자

셰릴의 창고에 시지마가 살벌한 차림을 한 부하들을 데리고 찾아왔다. 그 모습을 보고 아키라로 위장한 아이들이 허겁지겁 길을 텄다.

시지마가 혀를 찬다.

"이봐, 무슨 짓이냐. 나한테 길을 양보하지 마."

"어? 하지만……."

"너희는 아키라로 위장했을 텐데? 아키라가 그런 짓을 할 것 같냐? 쫄지 말고 더 당당하게 있어라."

"죄, 죄송합니다."

"말투도 고쳐라."

"아, 알았어."

언짢은 얼굴로 경고를 마친 시지마는 그대로 현지 부하들이 있는 곳으로 갔다. 셰릴과 협상해서 유물판매점 계획에 편승한 시지마는 자기 조직의 무력요원을 단단히 무장시켜서 파견했다.

"그래서? 상황은?"

"보스. 그게……."

부하에게 설명을 들으면서 안내받은 장소에는 시체가 쌓여 있었다. 창고의 유물을 노리다가 처분당한 자들이다.

그 시체의 숫자를 본 시지마가 인상을 쓴다.

"오늘 하루만으로 이만큼?"

"네."

"뭐가 어떻게 된 거야……."

시체는 합쳐서 다섯 구. 시지마의 감각으로는 말도 안 되는 숫
자였다.

슬럼의 유물판매점이 큰돈을 낳는 이상, 그 경영에는 당연히
뒷배가 필요해진다.

가게의 돈벌이에 어울리는 뒷배가 없으면 유물이든 돈이든 가
게든 다 빼앗긴다. 따라서 어떤 의미로는 뒷배의 힘이 그 가게
에서 버는 돈의 상한이기도 했다.

시지마도 소규모 유물판매점의 뒷배가 되어서 사실상 그 가
게를 경영하고 있다. 그곳의 돈벌이는 조직의 자금과 힘이 되지
만, 그래도 현재의 규모를 유지하는 게 한계였다.

그리고 그것은 경영의 재능보다도 무력 면에서의 문제가 더
컸다. 어중간한 무력으로는 규모가 더 큰 조직에 찍혀서 짓밟힐
가능성이 커지기 때문이다.

그런 의미에서 셰릴이 유물판매점 협력을 요청한 것이 시지마
에게는 반가운 일이기도 했다. 아키라 정도의 전력을 자기네 유
물판매점의 뒷배로 이용할 기회이기도 하기 때문이다.

셰릴의 가게와 시지마의 가게를 잘 혼동하게 하거나, 혹은 공

동 경영의 형태로 가져가면 아키라의 관리를 셰릴에게 맡기면서 30억 오럼짜리 현상수배급을 격파한 힘만을 활용할 수 있다. 그렇게 생각한 시지마는 원래부터 아키라가 옆에 있어서 거절하기 어려운 상황인 것도 있어서 셰릴의 제안을 오히려 적극적으로 받아들였다.

그리고 나중의 이익을 위해서라도 우선 셰릴의 유물판매점을 궤도에 올리려고 했는데, 그걸 도중에 자빠뜨릴지도 모르는 사태가 갑자기 발생했다.

모니카가 30억 오럼짜리 현상수배급이 된 것은 이미 공표가 끝났다. 당연히 이미 격파가 끝났다는 이유로 현상수배급 속보가 뜨지 않는 바람에 모니카의 존재는 잘 알려지지 않았다. 도란캄의 홍보에서는 자신들의 성과로 퍼뜨리니까 아키라의 이야기는 나오지 않는다.

그래서 시지마는 아키라가 30억 오럼짜리 현상수배급을 격파한 팀의 일원이라는 것과 셰릴의 뒷배로서 창고를 경비한다는 정보를 슬럼에 퍼뜨렸다.

이렇게 함으로써 창고의 유물을 노리는 자살자가 격감하고, 창고는 안전해질 터였다.

시지마가 눈앞에 쌓인 시체를 보고 인상을 쓴다.

"뭐가 어떻게 된 거야……. 30억 오럼짜리 현상수배급을 해치운 헌터가 뒷배가 됐는데? 그 창고를 노리는 멍청이들이 왜 이렇게 많지? 정보는 퍼뜨렸을 텐데. 안 퍼졌나?"

"몇 놈을 고문해도 입을 열게 했는데, 아는 놈과 모르는 놈이 반반입니다."

"아는 놈이 있었다고? 그건 어떤 바보 자식이지?"

"듣자니 이야기를 별로 믿지 않은 것 같습니다. 잘될 줄 알았답니다."

시지마가 골치 아프다는 듯이 표정을 구긴다. 하지만 원인을 모르고 이해할 수 없는 사태에서 일단은 근거가 있는 사태가 되자 침착함을 되찾았다.

"정보의 신빙성 문제인가……. 소매치기 사건 때 퍼뜨린 아키라의 정보가 이상하게 왜곡된 채로 남았나? 제기랄! 성가시군. 다음 바보는 적당히 고문한 다음에 살려 보내서 소문을 퍼뜨리게 해라. 산 채로 잡으려고 하지 않아도 돼. 우연히 산 녀석으로 해라."

"알겠습니다."

"그래서, 셰릴은? 어이쿠, 여기서는 셰릴 아가씨인가."

그렇게 말하고 슬쩍 웃은 시지마에게 부하 남자도 덩달아서 웃는다.

"셰릴 아가씨라면 안에서 기다리고 있는뎁쇼? 보스."

"그것참. 그러면 더 기다리게 해서는 안 되겠군."

시지마는 셰릴과 사전에 이야기해서 좋은 집안의 영애처럼 행동하는 셰릴에게 맞춰 자신들도 그렇게 연기할 것을 부하들에게 지시했다.

어디까지나 연기라며, 시지마는 부하들과 함께 장난치듯 웃었다. 상대에게 아키라와 같은 무력이 있다고 해도 셰릴의 조직과는 어디까지나 협력 관계이며, 산하에 들어간 건 아니다. 시지마는 부하와 자신에게 그런 태도를 보였다.

창고 안 회의실에서 시지마는 셰릴과 현재 상황의 문제점을 가볍게 이야기하고 공유했다.

"그래서 말이다. 현재로서는 아직 큰 문제가 안 생겼지만, 일찌감치 대처하고 싶다."

"일찍 대처하는 것은 반대하지 않아요. 하지만 어떻게 하죠? 30억 오럼짜리 현상수배급을 격파한 실력자가 아니면 대처할 수 없는 습격자를 아키라가 해치우는 게 가장 확실하겠지만, 우리가 그런 습격을 기대하는 건 목적과 수단을 잘못 보는 거예요."

"그건 맞는 말이지만……."

잔챙이를 해치워도 아키라의 실력을 증명할 수 없다. 오히려 잔챙이를 대처하는 데 동원되는 수준이라고 우습게 보일 우려도 있다. 이래저래 어려운 일이라며, 시지마와 셰릴은 의견을 주고받고 있었다.

"아무튼 저도 카츠라기 씨를 통해서 좋은 방법이 없는지 물어볼게요."

"부탁하마. 아, 그 녀석들 이야기가 나와서 말인데. 토메지마란 녀석은 이미 불렀나?"

"네. 금방 올 거예요."

그리고 때마침 토메지마의 방문을 알리는 연락이 왔다.

셰릴에게 호출받은 토메지마는 안내받은 방에 있는 시지마를 보고 조금 놀랐다. 딱 봐도 특정 업종의 사람인 데다가, 흔한 피라미가 아닌 분위기를 풍겼기 때문이다.

그러나 토메지마 자신도 그런 사람들과 접점이 있어서 조금 놀란 반응으로 그친 게 아니다.

(뭐, 셰릴 양도 겉으로는 슬럼에 있는 조직의 보스로 통한다고 하니까 이런저런 사정이 있겠지.)

한쪽에서는 슬럼 조직의 보스로 통한다. 한쪽에서는 어떤 기업의 영애로 통한다. 셰릴은 그런 변명을 잘 나눠서 씀으로써, 자신의 신분을 편리하게 조작하고 있었다.

그리고 토메지마도 쉽사리 속아 넘어갔다. 그렇기에 아키라와의 협상의 중개를 부탁하려고 슬럼에 있는 셰릴의 거점을 찾아갔을 때도 그런 곳에 셰릴이 있는 것을 이상하게 여기지 않았다.

아키라처럼 실력이 뛰어난 헌터가 슬럼의 일개 약소 조직의 후원자가 되었다. 그렇게 너무 이상한 상황도, 모종의 이유로 조직을 세운 셰릴이 자기가 준비한 인원인 아키라를 배치했다고 생각하면 앞뒤가 맞는다.

그렇게 생각한 토메지마는 셰릴이 뭔가 사정이 있는 어딘가의 영애라는 것을 조금도 의심하지 않았다.

(카츠라기는 그 유물을 아키라의 연줄로 구했다고 말하지만,

그만한 질과 양을 생각하면 사실은 셰릴 양의 연줄이겠지. 실제로 유물을 수집한 게 아키라라고 쳐도, 그걸 카츠라기에게 넘길 이유는 없을 거야.)

카츠라기가 정말로 아키라와 그런 연줄이 있다면 아키라의 장비 조달에도 관여하고, 유물을 거래하는 조건으로 장비값을 깎아주는 협상도 해야 정상이다.

그러나 아키라는 장비를 다른 가게에서 사고 있다. 카츠라기에게서는 회복약 정도만 산다. 토메지마는 그걸 카츠라기가 투덜거리는 걸 들은 적이 있어서 역시 실제로는 셰릴의 연줄이라고 강하게 생각하게 되었다.

"셰릴 양. 잠시 할 이야기가 있다고 들었는데, 무엇입니까?"

"사실은 여기 시지마 씨가 토메지마 씨에게 잠시 물어보고 싶은 게 있다고 부탁해서요."

그 말을 들은 토메지마가 시지마를 보자 시지마가 조직 보스의 위엄을 담은 눈으로 노려봤다. 토메지마는 무심코 움츠러든다.

"시지마 씨. 유물판매점의 자금을 제공해 주시는 분을 겁주면 곤란해요."

"실례했군……."

셰릴과 시지마의 가벼운 대화도 시지마와 셰릴 중 누가 더 지위가 높은지를 토메지마에게 각인시켰다. 토메지마가 안도하고 이야기를 시작한다.

"그래서? 나한테 뭘 물어보고 싶다는 거지?"

"그래. 대단한 건 아니다. 비올라는 알겠지? 그 성질 고약한 여자 말이다. 너는 요전번에 아키라와 협상 때 그 비올라에게 중개를 부탁했다고 들었다. 그게 맞나?"

"그렇지. 물론 그때 협상은 실패해서, 다시 셰릴 양에게 중개를 부탁해야 했지만……."

"비올라에게 대가로 얼마나 줬지? 대답해라."

"미안하지만…… 그런 건 말할 수 없어. 나한테도 비밀을 지킬 의무가 있다고."

"얼마 전에 네 중개로 경비에 참가한 꼬마가 창고의 출입금지 구역을 뒤지고 다녔다는 말을 들었다. 대답하지 않으면 네가 비올라랑 손잡고 우리의 뒤를 캔다는 뜻이 되는데."

"그, 그건 그 꼬마가 멋대로……!"

"그 여자가 얼마나 악질인지는 너도 알 텐데. 의심하면 끝이 없다는 걸 알아도, 의혹을 풀 노력도 안 하면 의심하고 싶어진단 말이다."

비올라가 얼마나 악질인지는 토메지마도 잘 안다. 반론하지 못하고 입을 다문다.

시지마가 계속해서 말한다.

"사실은 그 꼬마들이 경비에 추가된 날부터 창고를 습격하는 바보들이 늘어나서 말인데? 시체 처리가 골치 아프다고. 네가 대답해 주지 않으면 우연의 일치로 넘어갈 수 없단 말이지."

토메지마가 도움을 청하려고 셰릴을 본다. 하지만 셰릴은 미소만 짓고 끼어들지 않는다. 그래서 토메지마도 포기했다.

"알았어……. 말하지. 하지만 다른 데서 말하진 말라고? 나한 테도 입장이 있으니까. 비올라에게는 융자를 도와달라는 부탁을 받았어."

"이봐, 그 여자와 거래하면서 그딴 게 조건이 될 것 같아?"

"금액과 융자해 주는 곳, 사용 목적이 문제라고. 에존트 패밀리와 해리어스가 조만간 한바탕할 것 같다는 소문은 당신도 들었겠지? 내 추측도 섞인 거지만, 그 돈은 아마도 그쪽 비용일 거야."

양대 조직에 직접 융자한 건 아니지만, 산하 조직과 그 관계자, 또는 승자에게 편승하고 싶은 조직 등에 다른 중개업자를 통해서 돈을 빌려주고 있다. 토메지마는 그런 식으로 간단히 설명했다.

"아무리 그래도 어디에 줬는지는 말할 수 없어. 구체적인 액수도 말이지. 그건 제발 봐달라고."

"나도 안다. 네가 에존트 패밀리와 해리어스 중 어디를 거들었는지는 모르겠지만, 그게 드러나면 나머지 한쪽에게 찍히지. 나도 안 물어볼 거고, 알고 싶지도 않다."

몰랐다와 알면서 모른 척했다는 의미가 크게 다르다. 에존트 패밀리가 이기든 해리어스가 이기든, 시지마도 그 항쟁과는 거리를 두고 싶었다.

"좋아. 꼬마가 저지른 일에 비올라가 엮이지 않았다면 문제없다. 의심해서 미안하군."

정말로 관계가 없을지 어떨지는 시지마도 모른다. 그러나 본인은 관계가 없다고 여기는 이상, 토메지마를 더 의심해도 의미가 없었다.

오해가 풀린 토메지마는 안도의 한숨을 쉬었다. 그리고 혹시 몰라서 물어본다.

"일단 물어만 보는 거지만, 너는 어디 편이지? 말하기 싫으면 상관없지만, 말할 수 있는 입장이라면 나도 이래저래 생각해야 하는데."

시지마의 일파가, 혹은 셰릴도 포함해서 이 유물판매점 관계자가, 에존트 패밀리와 해리어스 중 한 곳에 명확하게 속했다면 토메지마도 대응이 필요했다.

"묻지 마라. 이게 대답이다. 말려들기 싫다고만 말해두지."

"충분해."

양대 조직의 항쟁에는 엮이기 싫다. 승패가 정해진 다음에 승자에게 머리를 조아리면 된다. 시지마도 토메지마도 그 점에서는 동의한다고 생각했다.

◆

아키라는 시즈카에게 주문한 물건이 도착했다는 연락을 받고 곧장 시즈카의 가게로 향했다. 가게 뒤편, 창고 쪽에 황야 사양 차량을 대자 시즈카가 웃는 얼굴로 맞이한다.

"아키라. 어서 와. 이쪽이야."

창고를 개방한 시즈카를 따라서 아키라도 차에서 내려 창고에 들어간다. 그대로 시즈카가 안내한 곳에는 옷장처럼 문이 달린 기계적인 선반이 떡하니 있었다.

시즈카가 그 선반 앞에 서고, 손에 든 단말을 조작해서 문을 연다. 그리고 아키라에게 조금 호들갑스러운 느낌으로 공손히 머리를 숙였다.

"이렇게 가게에 찾아와 주셔서 감사합니다. 이것이 주문하신 물건, 아키라 님의 강화복입니다."

선반이 자동으로 열린다. 시즈카는 웃으며 선반 내부를 아키라에게 손으로 가리켰다. 안에는 검정 바탕의 강화복이 부속품인 방호 코트를 걸친 상태로 수납되어 있었다.

강화복은 두꺼운 보디수트 느낌으로, 디스플레이 장치를 겸하는 헤드기어 비슷한 머리 장비가 달려서 몸통 부분과 목 뒤쪽으로 이어져 있다.

방호 코트는 검은 바탕에 육각형 금속판을 붙인 것처럼 만들어졌다. 안쪽에 총기류와 예비 탄약 등을 수납하는 전제로 만들어진 구조라서 사이즈가 꽤 넉넉하다.

강해 보인다. 그리고 비싸 보인다. 그런 분위기를 한눈에 느끼게 하는 한 단계 위의 강화복을 본 아키라가 기쁜 나머지 무심코 작게 소리를 낸다.

"오오."

그런 아키라의 반응에 시즈카도 만족스러운 표정을 지었다. 조금 아이 같은 아키라의 반응을 흐뭇하게 느끼면서 평소처럼 상품을 설명하기 시작한다.

"TL계 2A형 2N 강화복, 제품명 네오프톨레모스. 옵션을 포함해서 4억 오름. 비싼 만큼 성능이 좋은 물건이야."

1억 미만 가격대의 강화복과는 말 그대로 자릿수가 다른 출력의 신체 능력과 함께 포스 필드 아머 도입에 따른 높은 방어력을 갖췄다. 나아가 그 신체 능력을 완전히 활용하기 위한 기능도 추가되었다.

정보수집기와의 통합형은 아니지만, 옵션인 정보수집기는 이 강화복에 특화된 설계로, 망원과 집음 등 각각의 성능도 어지간한 전용 기기보다 고성능이다.

방호 코트도 포스 필드 아머 기능이 있어서 방어력이 높고, 중화기 등을 장착할 수 있을 만큼 튼튼하다. 육각형 금속판을 포스 필드 아머로 고정함으로써 간이 서포트 암처럼 사용할 수도 있다.

전용 격납 선반에는 간단한 자동 유지보수 기능도 딸렸다. 강화복과 방호 코트 모두 다소의 손상 정도라면 수리를 맡길 필요가 없이 격납 중에 수복할 수 있다.

한 세트에 4억 오름. 지금껏 아키라가 사용했던 강화복을 싸구려로 말하고도 남을 성능을 갖췄다.

한차례 설명을 마친 시즈카가 미소를 짓는다.

"아키라. 바로 입어 볼래?"

"네."

새 강화복으로 갈아입으려고 속옷 바람이 된 아키라는 자신을 지긋이 보는 시즈카의 낌새를 눈치챘다.

"시즈카 씨? 무슨 일 있나요?"

"응? 아키라도 많이 성장한 것 같아서."

"그래요? 음. 저는 잘 모르겠는데요……."

실제로 아키라의 체격은 예전과 비교해서 알아보지 못할 정도로 좋아졌다. 이미 아키라의 몸은 슬럼에서 막 나왔을 무렵의 영양실조 아이와 다르다. 갑옷처럼 근육질인 건 아니지만, 단련한 튼튼함이 눈에 띈다. 오래된 상처도 사라졌다.

"응. 키도 컸고, 몸도 예전에 봤을 때보다 훨씬 좋아졌어."

"뭐, 이래 보여도 돈을 벌어서 잘 먹게 되었고, 헌터 활동으로 단련했으니까요. 그 덕분일지도 몰라요."

시즈카에게 칭찬받았다고 느낀 아키라는 조금 자랑스럽게 대답했다.

아키라는 가볍게 대답했지만, 그 뒤에 있는 사정도 짐작한 시즈카는 미소를 지은 얼굴을 아주 조금 흐렸다.

마주치면 저주해야 마땅한 고난을, 넘어서면 축복해야 마땅한 곤경을, 아키라는 가볍게 흘려넘기고 있다. 그것에 익숙해졌기 때문이다. 어느 정도인지는 차이가 있더라도 비슷한 일을, 지금껏 여러 번 반복했다는 증거다.

아마도 헌터가 되기 훨씬 전부터. 그것이 체념과 달관으로 바뀌고, 원래 그런 것이라며 자각하지 못할 정도의 익숙함으로 변할 만큼.

시즈카는 그렇게 짐작했다. 그리고 잘 맞는 자신의 직감은 그 짐작을 긍정했다.

그토록 고생하고, 이토록 돈을 번 것이다. 이제는 헌터를 그만둬도 좋지 않을까? 그런 말이 입 밖으로 나올 뻔했지만, 시즈카는 입을 다물었다. 말해도 소용없음을, 왠지 모르게 잘 알았기 때문이다.

시험 삼아서 농담처럼 말하는 짓도 안 한다. 말하면 아키라는 그걸 심각하게 받아들인다. 그리고 불필요한 부담을 주게 된다. 시즈카는 그것도 잘 알았다.

마음속 감정이 시즈카의 밝은 분위기를 아주 조금 흐리게 한다. 타인의 감정에 둔감한 아키라지만, 평소와 다른 시즈카의 낌새를 눈치챌 수는 있었다. 의아한 기색으로 말을 건다.

"시즈카 씨……?"

시즈카는 그 말에 정신을 차렸다. 웃으며 아무렇지 않은 척한다.

"미안해. 조금 넋을 놓고 봤구나. 잘 단련한 남자의 몸은 나도 좀처럼 볼 일이 없거든?"

"그, 그래요……?"

부끄러워하는 기색이 전혀 없는 시즈카의 태도에서 아키라도 단순히 놀리는 것임을 알았다. 그래도 얼굴이 조금 빨개졌다.

"눈에 해로우니까 얼른 입자. 자, 팔을 들고."

아키라는 시즈카가 시키는 대로 새 강화복을 입었다.

착용자의 체형에 맞춰 변화하는 강화복이 아키라의 몸을 단단히 감싼다. 방호 코트도 아키라의 신장에 맞춰 신축했다. 거울로 그 모습을 보며 아키라도 만족하는 반응을 보인다.

"응. 아키라. 멋져."

"고맙습니다."

그렇게 말하고 살짝 머리를 숙이는 아키라에게, 시즈카가 웃으면서도 조금 엄격한 투로 말한다.

"이걸로 아키라도 한층 강해진 셈인데, 너무 까불진 마. 무리하라고 있는 장비가 아니라, 무리하지 않으려고 있는 장비라고 생각하렴."

"네. 알아요."

"강화복만 먼저 도착해서 줬는데, 헌터 활동을 시작하려면 총도 도착한 다음에 하렴. 완벽하게 준비한 상태로 시작하는 거야. 알겠지?"

"물론이에요. 스스로 무리하진 않아요."

고개를 확실하게 끄덕이는 아키라를 보고, 시즈카도 만족스럽게 웃는다.

"잘 말했어. 헌터는 몸이 재산이라고 해. 소중히 여겨야 해. 힘내렴."

"네. 힘낼게요."

시즈카의 말로 기분이 좋아진 아키라는 기운차게 웃었다.

"그 헌터 활동을 힘내는 건, 장비가 다 오면 해야 한다?"

"알아요……."

그렇게 단단히 당부하는 말을 들어서, 아키라는 얼굴에 띤 웃음을 쓴웃음으로 바꿨다.

◆

집에 돌아온 아키라는 차고에 강화복 선반을 설치하고, 강화복도 벗어서 안에 넣었다.

"알파. 이러면 되겠지?"

『그래. 강화복 조정은 내가 할게.』

강화복 선반의 시스템은 아키라의 정보단말을 통해 이미 알파가 제어하고 있다. 강화복의 제어 프로그램을 고치는 것도 그 선반을 통해 알파가 실시하기로 했다.

"좋아. 이제 총이 도착하기만 기다리면 되나. 도착하면 다시 미발견 유적을 찾아야……. 찾을 수 있을까?"

황야를 아무리 뒤져도 좀처럼 찾을 수 없어서 미하조노 시가지 유적 탐색으로 바꾼 것을 떠올린 아키라가 슬쩍 신음한다.

『그거 말인데. 아키라, 이번에는 쿠즈스하라 시가지 유적의 중심부로 가자.』

"응? 하지만 예전에 내 실력으론 위험하니까 안 된다고 했잖아?"

『그때의 아키라는 말이지. 6억 오럼을 투자해서 장비를 조달한 지금이라면 괜찮아. 아키라 자신도 강해졌으니까.』

"그렇구나. 알았어. 다음은 쿠즈스하라 시가지 유적 중심부로 가자."

자신은 그만큼 강해졌다. 아키라는 그렇게 여기고 기뻐하면서도, 다음 탐색 장소가 그만큼 단단히 준비하지 않으면 위험한 곳이라고 느껴서 그곳에 도전하기 위해 조금 의욕을 북돋을 필요가 있었다.

『욕심을 부리자면 고성능 바이크도 있으면 좋겠어. 차량으로 이동하기 어려운 곳도 있을 테고, 걸어서 이동하긴 힘드니까.』

"그렇다면 어떻게든 조달해 봐야지. 장비값으로 예금을 거의 다 썼으니까 비싼 건 못 사지만, 다른 곳에서 유물을 수집하면 괜찮겠지."

『의욕이 넘치는구나. 좋은 일이야.』

"무리하진 않을 건데? 시즈카 씨도 당부했으니까."

『알아.』

알아도 무리할 수밖에 없는 상황이 지금껏 얼마나 있었을까. 그렇게 말하는 듯한 알파의 미소에 아키라는 쓴웃음으로 대응했다.

◆

슬럼의 한 창고, 격납고처럼 생긴 곳에 10여 명의 남자가 모여 있었다.

모두가 단단히 무장해서 장비만 보면 흔한 헌터 같다. 하지만 윤리와 양심을 황야에 내버린 헌터 특유의 살벌한 분위기다.

황야에서 몬스터를 사냥하고 유적에서 유물을 모으는 것보다도, 흔히 말하는 범죄 조직에 고용되어 사람을 사냥하는 것에 맛을 들인 자들. 똑같은 퇴물 헌터라도 무력 면에서는 헌터로서 손색이 없고, 윤리와 양심에만 문제가 있는 퇴물 헌터들이다.

그중 한 사람에게 연락이 온다.

"자루모. 나설 차례다."

"응? 벌써? 큰일을 벌이는 건 더 나중이라고 들었는데?"

"뭘, 전초전 같은 거다. 애초에 그걸로 죽으면 전면전에서 쓸
모가 없겠지만."

그대로 일할 내용이 자루모에게 전해진다.

"알았어. 그나저나 얼마나 하면 되지?"

"마음대로 해라. 이게 놈들에게 위협이 될지, 아니면 다른 놈
들에게 위협이 될지는 너희와 놈들이 얼마나 애쓰는지에 달렸
다."

"즉, 완전히 뭉개도 된다는 거군? 봐줄 필요가 없어도 된다면
편해서 좋군. 이봐, 뭉개도 된다면 놈들의 유물은 우리에게 주
는 보수로 치고 챙겨도 상관없지?"

"상관없다."

"오케이! 말이 잘 통해! 곧장 준비하겠다! 기대하라고!"

통신을 끊은 자루모가 다른 자들에게 웃으며 소리친다.

"애들아! 일이다! 전면전에서 고용주가 비싸게 고용하길 바란
다면 여기서 확실하게 실력을 보여줘라! 죽기 살기로 돈을 벌자
고!"

자루모의 선동으로 다른 남자들이 들끓었다. 거칠고 난잡한
함성이 창고에 울려 퍼진다.

격납고 같은 그 창고에는 원래라면 슬럼 같은 곳에는 존재할

수가 없는 물건, 높이 8미터 정도의 인형병기가 떡하니 있었다.

◆

다시 셰릴의 창고를 찾은 시지마가 자기 머리를 부여잡는다.

"늘어나다니, 이게 무슨 일이냐?"

창고 밖에 쌓인 시체. 격퇴한 습격자와 침입자의 산은 예전보다 훨씬 높았다.

시지마의 부하가 표정을 험악하게 굳히고 고개를 흔든다.

"모르겠습니다. 보스가 지시한 대로 몇 놈은 고문하고 풀었습니다. 경비하는 인원도 늘리고, 눈에 띄는 무장을 단 황야 사양 차량도 세웠는데……."

"그래도 이런가. 이건 이미 아키라가 무시당하는 차원의 이야기가 아니군."

"그렇습니다. 우리까지 무시한다고 쳐도, 이 시체를 보면 주저하겠죠. 그런데도 유물을 훔치러 오다니 정상이 아닙니다."

시지마가 인상을 더욱 험하게 쓴다.

"몇 놈은 입을 열었겠지? 동기는 뭐냐? 여기를 노린 이유가 뭐라고 했지?"

"빚입니다. 훔친 유물을 팔아서 갚을 작정이었나 봅니다. 그야 유적에 가는 것보단 여기가 더 기회가 있겠지만……."

시지마도 부하의 의견에 동의했다. 자신들이 무시당한다는 이유만으로는 그냥 넘어갈 수 없는 찜찜함이 있었다.

"보스. 뭔가 위험합니다. 우리는 일단 물러나도 되지 않겠습니까?"

원래라면 시지마도 헛소리하지 말라고 소심해진 부하를 질타했을 것이다. 하지만 지금은 망설였다. 그러고 나서 고개를 가로젓는다.

"안 된다. 그랬다간 내 체면에 문제가 생긴다. 대처할 수 없을 정도로 습격당해서 물러난다면 또 모를까, 지금 물러나면 다른 놈들이 깔볼 거다. 그럴 순 없다."

"그렇다면 그 뭐냐. 아키라를 집에 돌려보내지 말고 여기서 살게 할 수 없습니까? 뭔가 그 녀석이 여기 없을 때만 노리는 것 같습니다. 아니, 그냥 그런 것 같다는 거지만."

그게 사실이라면 창고에 아키라가 있는지 없는지, 침입자들이 그 정보를 입수한다는 뜻이다. 그와 동시에 그만한 수고를 들이는 자가 상대의 배후에 있다는 뜻이기도 하다. 시지마의 가슴속에서 불길한 예감이 커졌다.

"알았다……. 내가 셰릴에게 말하지."

"부탁합니다. 보스."

위험한 일에 끼어들었을지도 모른다. 시지마는 그렇게 생각하면서 창고에 들어가고 직접 그 이야기를 하고자 셰릴을 불렀다.

◆

자살과 다름없는 침입자가 늘어나는 불온한 낌새가 있기는 해도, 그 침입자들은 레빈 일행에게 시시한 상대에 불과하다. 레빈은 오늘도 귀찮다는 듯이 창고를 경비하고 있었다.

　그 레빈과 함께 경비 중이던 하자와가 잡담하는 와중에 별생각 없이 아키라를 화제에 올렸다.

　"그나저나 그 녀석이 이렇게 성공할 줄이야. 정말 대단해."

　하자와는 과거 도시 주변 순찰 의뢰에서 아키라와 같은 차량에 탄 적이 있다. 그리고 그때 인상에 깊게 남은 일이 있어서 아키라를 기억하고 있었다.

　감탄하듯이 말하는 하자와와는 다르게 레빈은 시큰둥하게 말한다.

　"그래, 정말 대단하지."

　"불만이 많나 보군. 아키라가 목숨을 구해줬다며?"

　"그야 그렇지만. 그 녀석이 긴급 의뢰에서 5000만 오럼을 부르지 않았더라면 나는 이 지경이 안 됐다고."

　하자와가 레빈의 강화복을 보고 슬쩍 웃는다.

　"그 일로 빚을 왕창 진 건 알았는데 말이야. 잘된 일 아닐까?"

　"뭐가?"

　"너는 아무리 돈을 벌어도 항상 술과 여자에 날려서 장비값도 안 남았으니까 말이다. 그런 네가 이렇게 좋은 장비를 쓰게 된 건, 어떻게 보면 빚에 묶인 덕분이잖아?"

　"그렇다고 해도, 빚을 지고 기뻐할 마음은 안 생겨."

　투덜대는 레빈이 하자와에게 따지고 든다.

"너야말로 왜 이런 데서 경비를 서는데? 드디어 황야에 나가는 것도 무서워졌냐?"

하자와가 쓴웃음을 짓는다.

"너무 그러지 말라고. 나도 요새는 유적에서 멀쩡하게 돈을 버는데?"

하자와는 그렇게 말하고 자기 강화복을 손으로 가리켰다. 그걸 살 만큼, 지금의 하자와는 돈을 벌고 있었다.

"흥……. 겁쟁이는 그만뒀냐. 그렇다면 더더욱, 왜 창고 경비 의뢰를 받은 거야."

"돈이 떨어지면 정도 떨어진다고 했던가? 예전처럼 돈을 벌게 되니까 끊겼던 관계가 다시 생겨서 말이다. 그런 인연인 셈이지."

"흐응."

실력은 있지만 마음이 약했던 자. 실력은 있지만 씀씀이가 헤펐던 자. 아키라와의 만남으로 좋든 나쁘든 미래가 바뀐 자들은 아키라를 화제로 삼아 잡담을 계속했다.

◆

티오르가 창고 경비를 계속하면서 한숨을 쉰다.

"오늘도 없네."

셰릴에게 첫눈에 반한 티오르는 어떻게든 셰릴과 가까워지고 싶었다.

하지만 현시점에서 셰릴과의 접점은 없다시피 한 상태다. 유일한 접점은 이 창고 경비뿐. 그것도 얼마 전 일로 목이 날아갈 뻔하고, 토메지마에게 싹싹 빌어서 어떻게든 좋게 넘어갔다.

티오르도 일단은 아이치고는 싸울 수 있는 귀중한 전력이다. 게다가 해고하면 증거 인멸로 오해받을 수 있다는 토메지마의 불안도 있어서, 티오르의 목은 아슬아슬하게 날아가지 않았다.

그래도 창고 안으로의 출입은 금지당하고, 앞으로 또 멋대로 들어갔다간 인생이 끝장나는 수준의 위약금을 물게 하겠다며 단단히 협박당한 상태로 계약해야 했다. 셰릴과의 접점을 잃기 싫은 티오르는 그걸 마지못해 받아들였다.

"지금은 노력할 수밖에 없나. 일에 전념해서 인정받으면 셰릴과 더 가까워질 수 있을지도 모르니까."

그걸 희망으로 삼고 계속해서 경비를 서는 티오르는 셰릴이 이곳을 찾아올 때 볼 수 있지 않을까 싶어서 주변을 두리번두리번 살피는 바람에 조금 수상쩍은 인물처럼 보였다.

그때 시지마의 차에 탄 셰릴이 나타났다. 차에서 내리는 셰릴에게 푹 빠진 티오르가 표정을 확 푼다.

"역시 예쁘단 말이지."

티오르의 사랑은 점점 커지고 있었다.

그런 티오르의 모습을 멀리서 보는 자가 있었다. 자루모다.

함께 있는 부하 남자가 고글 타입의 정보단말기에 표시된 내용을 보고 웃는다.

"좋아. 꼬맹이의 정보수집기 로그를 조사했다. 보아하니 아키라는 없나 보군."

그 말을 들은 자루모는 왠지 모르게 맥이 빠진 기색을 보였다.

"뭐야. 없나."

"음……? 잘된 일이잖아?"

의아해하는 남자에게, 자루모도 마음을 바꾼 것처럼 흥겹게 웃는다.

"그렇군. 좋아! 시작하자!"

그 지시로 자루모 일행이 움직인다. 여러 대의 트럭이 셰릴의 창고를 향해 힘차게 달리기 시작했다.

제132화 4억 오름짜리 강화복

　시지마에게 호출받아 창고에서 회의 중이던 셰릴이 그 의제에 난색을 보인다.

　"일단 아키라에게 말해 보기는 하겠지만, 어려울걸요? 여기는 창고이지, 사람이 생활하는 곳이 아니니까요."

　"그건 안다. 하지만 말이다……."

　회의 주제는 아키라를 창고에 상주시킬 수 없는지를 묻는 것이었다. 셰릴과 시지마 역시 어려울 것으로 알지만, 격퇴한 침입자들의 시체가 자꾸 쌓이는 것도 사실이어서 어떻게든 할 수 없을지 인상을 쓰고 있었다.

　그 분위기를 날리는 사태가 발생한다. 몹시 험악한 얼굴로 나타난 에리오가 셰릴에게 소리친다.

　"보스! 습격이야! 큰일이야!"

　셰릴은 한순간 '또?'라고 생각했지만, 허둥대는 에리오를 보고 이전과는 다르다고 판단했다.

　"침착하게 보고해. 습격자 중에 아키라를 부르지 않으면 위험할 정도로 강한 사람이 있어?"

　"아니야! 몬스터의 습격이야! 더군다나 어중간한 피라미가 아니라고!"

"뭐라고?!"

예상을 너무 벗어난 사태에, 셰릴과 시지마는 놀라움을 감추지 못했다.

◆

사태의 발단은 창고에 돌진한 대형 트럭이었다. 경비의 경고를 무시하고 돌격하고, 총질을 당해도 멈추지 않더니, 그대로 창고 근처의 황야 사양 차량에 격돌하고 나서야 겨우 정지했다.

곧바로 시지마의 부하들과 셰릴의 부하들이 총을 겨누고 트럭을 에워싼다.

"지랄하고 자빠졌네! 뒈지고 싶냐!"

"얼른 내려! 지금이라면 고문만 하고 끝내주마!"

협박을 겸한 항복 권고의 노성에도, 트럭 운전수는 전혀 반응하지 않는다. 그런 소란 속에서 트럭 짐칸에서 요란한 소리가 울렸다.

"뭐지? 뭔 소리지?"

"짐칸에서 나는데. 이봐, 짐칸이……."

짐칸 문에서 잠금장치가 풀리고, 천천히 열리기 시작한다. 그리고 다 열리기 전에 안쪽에서 문을 부수고 거대한 육식 짐승이, 생물형 몬스터가 튀어나왔다.

"몬스터?!"

경비를 서던 자들도 적의 습격을 각오했지만, 상대는 인간으로 예상했다. 그런데 갑자기 몬스터가 출현해서 혼란에 빠진다.

"쏴……쏴 죽여……?!"

정신을 차리고 총을 쏘려고 했지만 이미 늦었다. 놀라움과 혼란으로 움직임을 멈췄던 자들을 몬스터가 거대한 몸으로 덮쳐든다. 가까이 있던 사람의 몸을 발톱으로 찍고, 다른 사람의 머리를 물어뜯었다.

한 남자가 미친 듯이 몬스터를 총으로 쏜다. 전부 명중했지만, 치명상과는 거리가 멀다. 몬스터는 총탄에 맞은 충격으로 살점을 뿌리고 피를 흩날리면서도, 분노의 포효를 지르고 주위에 있는 자들을 덮쳤다.

트럭은 한 대가 아니었다. 계속해서 나타나 창고와 주위 차량에 격돌하고, 짐칸에서 몬스터를 내보낸다.

짐칸에 한 마리밖에 실을 수 없는 대형 몬스터도, 열 마리 넘게 욱여넣은 소형 몬스터도, 근처에 있는 자들을 닥치는 대로 공격했다.

그리고 원래라면 주위에 퍼져야 하는 몬스터 무리는 짐칸에 설치된 유도기 효과로 그 자리에 머무르고 있었다.

◆

레빈이 주위 몬스터를 제거해 나간다. 시지마의 부하들은 헌터가 아니지만, 레빈은 헌터다. 이러한 곳에서 갑자기 몬스터가 출현하는 바람에 당황하면서도, 그것만으로는 공포를 느끼지 않는다. 평범하게 격퇴하러 나선다.

"정말이지. 뭐가 어떻게 된 거야……."

그리고 주위에 있는 적을 다 제거한 다음, 일단 트럭 운전석에서 늘어진 남자를 용의자로서 확보하려고 했다.

그때, 남자가 갑자기 움직여서 레빈에게 총구를 겨눈다. 남자는 기절한 척했을 뿐, 레빈의 빈틈을 노리고 있었다.

하지만 남자가 방아쇠를 당기기 전에 레빈과 동행한 하자와가 쏴 죽였다.

"레빈. 너무 방심한 거 아니냐?"

"흥. 죽이지 않고 생포하려고 했을 뿐이야. 나 혼자서도 대처할 수 있었어."

뻔뻔하게 큰소리치는 레빈을 보고, 하자와는 문제없겠다며 슬쩍 웃었다.

◆

셰릴을 통해서 카츠라기와 그 동업자들에게 고용되는 형태로 경비에 참가한 데일이 몬스터를 해치우면서 주위에 있는 아이들에게 소리친다.

"싸우지 못하는 녀석은 창고 안으로 피난해라! 여기서 아우성치고 있어도 아키라의 위장은 안 돼! 있는 것만으로도 방해된다!"

멋대로 자리에서 이탈하면 위험하지 않을까. 그렇게 생각해서 움직이지 않던 아이들이 움직일 이유를 찾아서 서둘러 창고로 피난하기 시작한다.

데일이 그걸 지원한다. 아이들을 덮치려고 하는 몬스터를 우선해서 쏘고, 격파했다.

"제법 강하군……. 이것들은 어디 몬스터지?"

몬스터 사냥용 총탄을 몸통에 많이 맞는데도 죽지 않고, 움직임을 굼뜨게 한 다음에 머리를 집중적으로 쏴야 겨우 숨통이 끊긴다.

그만한 생명력을 지닌 생물형 몬스터는 도시 주변에 서식하지 않는다. 있어도 순찰 의뢰 등으로 제거된다. 따라서 도시에서 꽤 멀리 떨어진 황야에만 있다.

그러한 몬스터를 포획하고, 트럭으로 여기까지 운반하는 것은 이만저만한 고생이 아니다. 누가 무엇을 위해서 이런 짓을 하는지, 데일은 전혀 알 수가 없었다.

그걸 기묘하게 여기면서도 좌우지간 할 일에 전념한다. 상황은 이미 슬럼의 총격전, 작은 충돌의 영역을 벗어나 헌터의 영역이 되었다. 그래서 헌터로서 일했다.

그리고 다른 헌터들의 상황은 어떤지를 생각하고 비교적 가까이 있을 콜베의 상태를 확인하러 나섰다. 그런 데일의 얼굴이 괴이쩍게 일그러진다.

"저 녀석은 대체 뭘 하는 거야……?"

콜베는 조금 떨어진 곳에서 싸우고 있었다. 이미 주위 몬스터를 다 해치웠는지 지금도 소리를 지르면서 대형 몬스터의 사체에 대고 총질하고 있다.

"죽어! 뒈져! 뒈지라고!"

육식 짐승의 사체가 가까운 거리에서 강력한 총탄을 계속해서 맞는 바람에 원형을 잃어가고 있다. 그런데도 콜베는 총을 쏴대고 있었다.

데일이 황급히 콜베에게 달려간다.

"이봐! 뭐 해! 이미 죽었어!"

그렇게 조금 거칠게 부르자 콜베도 제정신을 차렸다. 총질을 멈추고 숨을 헐떡이고 있다. 딱 봐도 평정심을 잃은 상태였다.

"이봐…… 괜찮아?"

"그, 그래……. 미안하군. 괜찮아…….."

콜베는 그렇게 말했지만, 데일이 봐도 초췌해진 기색이 뚜렷했다.

"무슨 일인지는 모르겠지만, 멀쩡하게 싸울 수 없다면 창고 안에 있는 녀석들을 지원하러 가. 그쪽에는 꼬마들만 있으니까."

"알았어…………. 미안하다. 밖을 부탁하지."

"좋아. 조심하라고."

데일은 그 말을 남기고 다른 몬스터를 해치우러 떠났다.

남겨진 콜베는 한숨을 푹 쉬고, 잠시 그 자리에 머물렀다. 그리고 머리를 살짝 짚으면서 조금 휘청거리는 발걸음으로 창고를 향해 이동하기 시작한다.

그런 콜베를 습격자 중 하나가 노리고 있었다. 이 정도의 전투에서 허둥대는 하수라고 얕잡아보고, 웃으며 방아쇠를 당기려고 한다.

하지만 다음 순간, 반대로 콜베에게 미간을 꿰뚫려 즉사했다.

적을 아무렇지도 않게, 조금 전과는 딴판으로 침착하게 죽인 콜베는 사람이라면 문제없이 죽이는 자신에게 다시금 한숨을 크게 쉬었다.

◆

셰릴의 조직원 중, 아키라로 위장하는 용도로만 데려와서 싸울 수 없는 자는 창고 안으로 피난했다.

하지만 어설프게나마 전력 취급으로 데려온 자들은 도망칠 수가 없었다. 에리오를 비롯한 조직의 무력요원들이다. 시지마의 부하들과 함께 겁을 내면서도 응전하고 있다.

"제기랄! 에리오! 어떻게 된 거야! 왜 몬스터가 있어?!"

"내가 알까 보냐! 닥치고 쏘기나 해! 아키라 씨가 올 때까지만 버텨! 잔탄은 신경 쓰지 말고 마구 갈기라고!"

"언제?! 언제 오는데?!"

"조금만 더 기다리면 돼……!"

실제로는 에리오도 아키라가 언제 올지 모른다. 하지만 지금은 그렇게 대답할 수밖에 없었다.

에리오 일행은 차림새만 아키라에게 맞춘 다른 아이들과는 달리 조직의 무력요원으로서 단단히 무장했다. 싸구려이긴 해도 강화복을 입었고, 총도 카츠라기의 주선으로 좋은 것을 받았다.

하지만 그것만으로 헌터처럼 싸울 수 있다면 아무도 고생하지 않는다. 에리오 일행은 공포를 삼키면서 차량 뒤에 숨고, 어설프게 움직여 싸우는 게 한계였다.

그런 에리오 일행의 눈에 들어오는 곳에는 힘차게 나서서 몬스터를 해치우는 다른 소년들이 있었다. 티오르 일행이다. 헌터라서 그런지 이런 상황에서도 움츠러들지 않고 싸우고 있다.

특히나 티오르는 기운이 넘쳤다. 지금 활약하면 셰릴에게 인정받을 수 있다. 반한 사람과 가까워질 계기가 될 수 있다. 그런 마음으로 죽을힘을 다하고 있었다.

에리오 일행이 그 모습을 보고 중얼거린다.

"저것들…… 굉장한걸."

"그래. 역시 헌터는 달라. 저기, 에리오. 여기는 쟤들한테 맡기고 우리는 창고로 돌아가지 않을래?"

그렇게 말한 동료를 에리오가 본다. 도망치고 싶은 마음이 얼굴에 드러났다. 무력요원이 그래서 되겠냐는 생각도 들지만, 한편으로 그 마음을 이해한다는 생각도 들었다.

"그래……. 너희는 잠시 돌아가서 보스에게 상황을 보고해. 그러고 나서 보스의 지시에 따라."

"에리오. 너는?"

"나는 남겠어. 아무리 그래도 우리가 전부 이탈하면 위험하니까 말이지. 시지마네 인간들도 싸우고 있는데 우리만 내빼면 아키라 씨가 뒷배라도 시지마에게 조직이 넘어갈 거야."

그러니까 너희도 남아서 싸워라. 그런 말은 에리오도 차마 할 수 없었다. 몬스터의 습격이 얼마나 무서운지는 에리오 자신도 잘 알기 때문이다.

그래도 자신은 남겠다고 말할 수 있었다. 자기 자신을 위해서, 그리고 사랑하는 아리시아를 위해서, 에리오는 자기 조직을 지키려고 했다.

에리오의 동료들이 서로 눈치를 살핀다. 그러고 나서 반은 창고로 돌아가고, 나머지 반은 그 자리에 남았다.

예상보다 많이 남은 동료들의 마음을 느끼고, 에리오가 힘껏 웃는다.

"괜찮아. 아키라 씨가 올 때까지 버티면 돼. 얼마 남지 않았어. 해보자!"

패기가 담긴 호령에 맞춰, 에리오 일행은 그대로 열심히 싸워 나갔다.

◆

별로 좋다고 말할 수 없는 상황에, 시지마는 창고 안에서 인상을 험악하게 쓰고 있었다.

"셰릴. 아키라는 어떻게 됐지?"

"지원은 이미 요청했어요. 이쪽으로 오는 중이라고 하니까, 금방 도착할 거예요."

"그런가. 그때까지 어떻게든 버틸 수밖에 없군."

그때 시지마의 부하가 허둥지둥 보고하러 나타난다.

"보스! 적이 창고 안에 침입했습니다!"

"몬스터가 창고에 들어왔다고?! 바깥 녀석들은 뭘 한 거냐!"

"아닙니다! 유물을 노린 놈들입니다! 밖의 소란을 틈타 쳐들어왔어! 쪽수도 많고, 어중간한 쓰레기와 다릅니다! 단단히 무장했습니다!"

"뭐라고?!"

창고 안팎의 소동은 커지기만 한다. 그러한 사태에서, 시지마와 셰릴은 조직의 보스로서 그 역량을 시험받고 있었다.

◆

창고에 침입한 습격자들은 진열된 유물을 보고 기분 좋게 웃었다.

"기대를 넘어서는 양이로군."

"그야 유물판매점을 시작하려고 했으니까. 어느 정도 재고가 없으면 말이 안 되지."

"좋았어! 싹싹 긁어가자고!"

남자들이 근처 유물을 닥치는 대로 대형 가방에 쑤셔 넣기 시작한다. 그동안에도 시지마의 부하들이 격퇴하러 나타나지만, 장비와 실력의 차이로 손쉽게 처리된다.

그 와중에 한 남자가 자루모에게 연락했다.

"자루모. 너는 여기 안 오고 뭐 해?"

"나는 아키라를 대비해서 대기 중이야. 왜? 나를 불러야 할 정도로 고전 중이냐?"

"농담하지 말라고. 유물을 챙기는 즐거움에 동참하지 않겠냐고 물어본 거다."

"미안하군. 내 것까지 꽉꽉 쑤셔 넣으라고. 고용주가 만족할 만큼 말이야."

"알았어."

남자는 웃으며 통신을 끊고, 유물을 챙기는 즐거운 작업을 재개했다.

창고 안의 남자와 통신이 끊긴 뒤, 자루모가 대담하게 웃는다.

"이제야 왔나. 조금 늦은 거 아니냐?"

그리고 다른 남자에게 지시한다.

"왔다! 기동시켜라!"

그 지시에 따라 자루모의 등 뒤에서 거대한 인영이 움직인다.

"자, 솜씨를 구경해 보실까."

즐겁게 웃는 자루모의 확장시야는 황야 사양 차량으로 서둘러 이동하는 아키라의 모습을 비추고 있었다.

◆

셰릴의 창고가 습격당했다고 연락받은 아키라는 서둘러 현장으로 가고 있었다.

"셰릴이야? 그래, 이미 그쪽으로 가고 있어. 조금만 더 가면 도착해. 서두르고 있어. 추가 정보가 없으면 끊겠다. 그래, 도망치든 농성하든 해서 어떻게든 버텨. 끊는다."

아키라는 셰릴과의 통화를 끊고 딱딱해진 얼굴로 조수석에 있는 알파를 봤다.

『알파. 저쪽 상황은 어때?』

『경비하는 헌터는 몬스터를 상대하느라 한계야. 시지마의 부하들은 습격자들에게 밀리고 있어. 어려운 상황이야.』

『아무튼 서두를 수밖에 없나……. 새 강화복의 성능을 확인할 기회가 이렇게 일찍 올 줄이야. 기왕이면 총도 도착하고 나서 오면 좋았을 텐데.』

그렇게 말하고 쓴웃음을 짓는 아키라에게, 알파가 웃으며 대답한다.

『뭐, 오늘은 4억 오럼짜리 강화복의 성능을 실감하는 기회로 삼자. 적을 엄청난 총으로 해치워서는 강화복의 힘을 실감하기 어렵잖아?』

『그렇군. 보였다! 오오, 진짜 요란한걸…….』

정보수집기의 망원 기능으로 표시한 창고 주변의 전투 상황은 이미 슬럼의 항쟁 수준에서 일탈했다. 경비를 맡은 헌터들이 강력한 몬스터와 싸우는 광경은 황야의 전투를 방불케 할 정도로 격렬했다.

아키라가 차에서 일어나 AAH 돌격총과 A2D 돌격총을 겨눈다. 그리고 집중하고, 단단히 노려서, 멀리 떨어진 표적이 머리의 내용물, 두개골 속 뇌에 조준을 맞췄다.

불규칙하게 흔들리는 차에서 발사된 총탄은 그 악조건을 아랑곳하지 않고 몬스터에 명중했다. 나아가 적의 두개골에 구멍을 내고, 탄두에서 전파하는 충격으로 뇌를 들쑤신다.

몸에 구멍이 나도 그 뛰어난 생명력으로 전투 능력을 잃지 않는 생물형 몬스터도, 그 몸뚱이를 움직이는 지휘계통의 기반을 잃으면 어쩔 도리가 없다. 그대로 쓰러지고, 숨을 거뒀다.

이 사격을, 아키라는 자기 힘으로 해냈다.

『잘했어. 아키라도 이 정도는 자기 힘으로 할 수 있게 됐구나. 대단해.』

『운전은 알파에게 맡겼으니까. 완전히 내 힘으로만 한 건 아니지만 말이야.』

『그래서 확실한 발전이야. 아키라는 틀림없이 강해지고 있어. 이런 느낌으로 가자.』

알파에게 칭찬받은 아키라의 기분이 조금 좋아진다. 그리고 그대로 다른 몬스터도 해치우려고 다음 표적을 조준하기 시작했다.

그 아키라의 표정이 괴이쩍은 느낌으로 변한다.

『저건…… 어?』

셰릴의 창고에서 조금 떨어진 곳에 트럭이 한 대 서 있다. 그 짐칸이 좌우로 열린다. 나타난 것은 드러누운 거대한 인간형 물체. 하얀 인형병기였다.

『저건 인형병기지……? 왜 이런 데 있어?』

슬럼에 어울리지 않는 대형병기의 등장에 아키라가 당황한다. 그사이 하얀 기체는 몸을 일으켜 짐칸에서 내리더니, 짐칸에 함께 수납 중이던 인형병기용 거대 총기를 손에 들었다.

그리고 그 총구를 아키라에게 돌린다.

『피해!』

그 지시와 동시에 알파의 운전이 차의 진로를 크게 틀었다. 아키라는 그 관성에 버티면서 잽싸게 몸을 숙였다.

그보다 조금 늦게 하얀 기체가 발포한다. 포탄 수준의 대형 탄환이 대구경 총에서 발사되고, 허공을 가르며 날아간다. 그리고 아키라가 피해서 뒤쪽에 있던 건물을 직격. 한 방에 가옥을 무너뜨렸다.

아키라가 무심코 인상을 험악하게 쓴다.

『이런 데서 쐈어……! 뭘 생각하는 거야……!』

아키라의 집에서 창고로 가는 최단 루트는 하위 구획을 지나는 길인데, 서두른다는 이유로 그 루트에서 황야 사양 차량으로 속도를 내면 통과 지역의 민간 경비회사를 자극해서 제지당할 우려가 있었다.

그래서 아키라는 다소 우회하더라도 한차례 황야로 빠지는 루트로 창고를 향했다. 그래서 아키라의 뒤에는 슬럼이 있고, 그 건물이 무너지든 말든 하위 구획의 민간 경비회사가 경비하는 범위는 아니다.

그렇다고 해서 이런 장소에서 인형병기를 쓰는 일은 있을 수 없다. 그것이 아키라의 감각, 상식이었다.

슬럼의 조직이 대규모 혈전을 벌여도 총을 쓰는 전투다. 병기가 나서는 일은 없다. 그 상식을 뒤엎는 사태에, 아키라는 경악했다.

한편, 알파는 평소처럼 얼굴에 웃음을 띠었다. 대수롭지 않은 일처럼 가볍게 제안한다.

『적으로 확정이네. 마침 잘됐어. 저걸 해치워서 새 강화복으로 몸풀기를 하자.』

『어? 저걸 해치워……? 인형병기인데?』

아키라와 인형병기의 체격 차이는 어른과 아이를 넘어서 거인과 아이 수준이다. 그런 상대에게 도전하는 건 아무래도 무리라고 생각해서, 아키라는 조금 당혹스러웠다.

하지만 알파는 여유롭게 미소를 띠고 있다.

『무슨 소리를 하는 거니? 얼마 전에 구세계 장비를 쓰는 상대를 해치웠잖아? 그것과 비교하면 대단한 상대가 아니야.』

『아니, 그렇다고 해도…….』

『그렇다면 이렇게 생각해. 저게 현상수배급이면 현상금이 얼마나 될까? 1000만? 2000만? 그리고 아키라는 지금껏 몇억 오럼짜리 현상수배급과 몇 번을 싸웠을까? 그것과 비교하면 겁먹을 요소가 하나도 없지?』

아키라는 그 말을 듣고 다시 하얀 기체를 봤다.

현상수배급 토벌전 때와는 장비와 인원이 다 다르다고 반박할 수도 있다. 하지만 강화복만 따지자면 오히려 성능이 훨씬 좋아졌다. 자신의 실력도 그때보다 좋아졌다고 단언할 수 있다.

그리고 무엇보다도 알파가 말한 인식으로 다시 본 인형병기는 무서워할 적이 아니었다. 알파도 평소처럼 웃고 있다. 그렇다면 아키라가 겁낼 이유는 하나도 없다. 기운을 내고 웃는다.

『그렇지. 해볼까! 4억 오림짜리 강화복이야! 몸풀기 상대도 저 정도는 되어야지!』

그런 아키라의 태도를 본 알파도 기쁜 듯이 대담하게 웃었다.

대형 탄환을 쏘는 사정으로 연사 속도는 떨어지지만, 하얀 기체가 차례차례 쏴대는 탄이 주위 건물을 날려 버리는 상황에서 아키라와 알파가 웃는다.

집중에 따른 체감시간 조작으로 시간이 천천히 흐르는 세계, 날아가는 건물 잔해가 천천히 떨어지는 가운데, 아키라는 음성을 거치지 않은 수단인 염화로 알파와 평범하게 대화하고 있었다.

입으로 직접 말하면 수십 초는 걸릴 대화나 언어를 통한 정보 전달이라도, 염화라면 한순간에 가능하다.

그러나 그걸 실현하려면 일반적인 음성으로는 들을 수 없는 매우 빠른 말에 의식이 따라가게 할 필요가 있다. 안 그러면 언어는 의미를 인식할 수 없는 잡음이 되고, 말하거나 들을 수도 없게 된다.

알파는 전혀 문제없다. 수십 초 분량의 음성을 한순간으로 압축해도 완전한 응대가 가능하다.

아키라는 그런 알파와 정상적으로 이야기하고 있다. 그것은 아키라가 그 한순간에 자신의 의식을 감각적으로는 통상적인 시간 감각과 거의 똑같은 상태로 끌어올릴 수 있다는 증거다.

그만한 체감시간 조작 기술을, 아키라는 이미 몸에 익혔다.

『자, 아키라. 가자.』

『그래!』

그 대답과 함께 아키라는 차에서 힘차게 뛰어내렸다. 그대로 달려서 인형병기와의 거리를 좁힌다.

차량에서는 알파가 운전해도 세세하게 회피하는 데 한계가 있다. 피탄 면적도 크다.

그러나 아키라 혼자라면 아슬아슬하게 회피할 수 있다. 피탄 면적도 작다. 게다가 지금의 아키라라면 단시간으로는 직접 뛰는 것이 차보다 빨랐다.

강화복의 신체 능력으로 대지를 질주한다. 어지간한 사람이라면 너무 빠른 속력 때문에 정밀한 조작이 불가능하고, 달리려고 해도 동작이 이상해진다. 하지만 아키라는 체감시간 조작에 따른 고속 전투의 정밀 동작으로 그 신체 능력을 제어했다.

나아가 강화복의 접지 기능이 아키라의 움직임을 보조한다. 강화복의 발바닥에는 포스 필드 아머 기능이 달렸다. 이 기능이 이동할 때 발이 닿는 곳을 포스 필드 아머로 보강하며, 이로써 경이적인 신체 능력과 비교해서 너무 연약한 지면이라도 너무 강한 각력으로 바닥을 날리지 않고 추진력을 낼 수 있다.

게다가 포스 필드 아머를 조정함으로써 발바닥과 바닥을 부분적으로 결합해서 접지력을 강화할 수도 있다. 이건 고속 이동

때의 제동만이 아니라 수직 벽을 걷거나 천장을 주행하는 등, 여러 가지 응용이 가능하다.

그 기능을 활용하고, 아키라는 하얀 인형병기를 향해 고속으로 달리며 좌우로 불규칙하게 움직여서 상대의 조준을 흐트러뜨리고 있었다.

하얀 기체가 아키라를 노린다. 하지만 목표의 크기가 차량 전체에서 본인으로 급격히 작아진 데다가 표적은 고속으로 이동하면서 조준하기 어렵게 자꾸 움직이고 있다. 발사된 탄환은 아키라를 크게 빗나가서 슬럼의 지면에 큰 구멍만 냈다.

나아가 아키라가 달리면서 확장탄창의 용량을 살린 연사로 인형병기를 쏜다.

아키라가 쏜 것은 기갑 특화형으로 불리는 철갑탄이다. 총에 맞아 몸에 구멍이 나도 맹렬히 돌진하고, 그 부상조차 단시간에 회복하는 경이적인 생명력을 지닌 생물형 몬스터에는 큰 효과를 보이는 탄이 아니다.

그러나 부상 부위의 재생이 아니라 단단한 장갑이 위협적인 기계형 몬스터에는 그 관통력이 큰 효과를 보인다. 장갑을 관통하고, 그 내부에 있는 정밀 부품을 파손시켜 동작 불량을 일으킨다. 그것은 인형병기라도 마찬가지다.

나아가 아키라는 하얀 기체의 손가락 부분을 집중적으로 노렸다.

인형병기용 총에도 방아쇠는 있지만, 그것은 기체의 감각적인 조작을 보조하는 기능인 경우가 많다. 방아쇠를 당기지 않아도 기체의 조작으로 발포할 수 있는 것이 많고, 기체의 손가락이 파괴되어도 총은 쏠 수 있다.

그러나 웨펀 암처럼 기체와 일체인 종류가 아닌 이상, 총을 쥐어서 고정하는 건 틀림없다. 기체의 손이나 손가락이 파손되면 총의 고정이 느슨해지고, 조준도 심하게 어긋난다.

조준이 크게 흐트러진 총탄은 피할 필요도 없다. 아키라는 그대로 손쉽게 하얀 기체와의 거리를 다 좁혔다. 이어서 도약하고, 상대의 동체 부분에 매서운 발차기를 날린다.

원래라면 아무리 세계 차도 인형병기와의 중량 차이로 아키라가 반동에 날아간다. 하지만 아키라의 강화복은 그걸 뒤집을 수 있었다.

강화복의 접지 기능을 응용해서 공중의 공기를, 소량이지만 무색 안개 성분을 포함한 기체를 포스 필드 아머로 고정하고, 단단한 발판으로 바꾼다.

나아가 강화복의 신체 능력과 방어력 향상에도 사용하는 포스 필드 아머 기능으로, 이른바 물리적인 무게, 물체를 당기는 힘을 늘림으로써 관성이 실린 아키라가 일시적이나마 날아가기 어렵게 한다.

그러한 기능의 상승효과로, 아키라는 근본적인 질량 차이를 뒤집고 인형병기를 걷어차 날렸다. 하얀 기체가 자기보다 큰 차에 격돌하듯이 날아가고, 지면에 세게 나자빠졌다.

착지한 아키라가 무심코 웃는다.

『이 강화복…… 인형병기를 걷어차서 날릴 수 있네. 4억 오럼

값을 하는걸.』

『그 장비를 잘 활용할 실력이 있으니까 가능한 거야. 그만큼 강해졌다고 생각하렴.』

상대에게 접근할 때의 움직임과 사격, 조금 전의 발차기 동작에는 알파의 서포트가 포함되지 않았다. 아키라는 그걸 자기 힘으로 해냈다.

그러나 강화복의 접지 기능 등의 세세한 조작은 알파가 했다. 원래라면 그것도 자기 힘으로 해야 비로소 아키라의 실력인 거지만, 아키라도 지금은 칭찬받기로 했다.

『그래. 몸풀기는 잘했다고 생각하자.』

일어나려고 하는 하얀 기체를 걷어차서 방해하고, 더불어서 상대의 총도 걷어찬다. 그리고 또 발차기를 날린다.

그곳에서는 거인과 아이의 싸움에서 아이가 거인을 압도하는 비상식적인 광경이 펼쳐졌다.

◆

데일과 레빈 등 창고 주위에서 싸우던 자들은 인형병기에 혼자 돌격해서 상대를 걷어차는 아키라의 싸움에 반쯤 넋이 나가 있었다.

데일이 놀라면서도 납득한다.

"저 녀석, 저렇게 강했나. 셰릴 양이 호위는 한 명으로 충분하다고 할 만하군."

내가 가장 신뢰하는 든든한 경호원. 예전에 셰릴은 환하게 웃으며 아키라를 그렇게 표현했다. 그걸 떠올린 데일은 아키라가 이토록 강하면 셰릴의 그 태도도 당연하다며 새삼스럽게 납득했다.

그리고 그토록 강한 헌터를 고용할 자금력이 있는 이상, 셰릴은 역시 어딘가의 기업 영애일 게 분명하다고, 셰릴에 대한 오해를 더욱 키웠다.

한편, 레빈은 자기 머리를 부여잡고 있었다.

"최악의 경우, 내가 빚을 안 갚으면 저런 녀석이 돈을 받아내러 오는 건가……."

그렇게 됐을 때의 자신을 상상하고, 레빈은 무심코 질색하는 표정을 지었다.

하자와는 인형병기를 압도하는 힘을 부러워하면서도 자기 자신을 바꾸게 한 아키라의 강함, 그리고 몸을 사리지 않고 돌진한 헌터의 성장, 성공이 왠지 모르게 기뻤다.

그리고 그것과 상관없이 레빈의 마음을 헤아리고 쓴웃음을 짓는다.

"레빈. 빚을 떼먹지 않게 잘해 보라고."

"시끄러워!"

레빈은 언짢은 투로 말을 내뱉었다.

◆

아키라는 인형병기를 자빠뜨리긴 했지만, 아직 해치운 건 아니다. 그러나 이제는 상대가 움직이지 못하게 하고서 조종석을 쏘아대면 끝날 일이기도 했다.

아키라가 사용하는 총탄은 미하조노 시가지 유적의 공장 구역을 조사하려고 준비한 것에서 남은 탄약이다. 위력도 강하고, 양도 많다.

그래도 수십 발 정도의 소량을 쏴서 기체를 격파할 수는 없지만, 계속해서 쏴대면 탑승자를 보호하기 위해 튼튼하게 만들어진 조종실을 탑승자와 함께 벌집으로 만들 수 있다.

조종실 문은 기체의 등에 있고, 지면에 나자빠진 상태라서 노릴 수 없다. 아키라는 기체의 가슴 부분에 서서 두 손에 든 총을 아래로 겨누고 방아쇠를 당겼다.

버둥거리는 기체를 밟아서 억지로 붙잡고 연사한다. 철갑탄을 하얀 기체에 폭풍처럼 퍼붓는다.

튼튼한 장갑이 우그러지고, 일그러지고, 물러진다. 그 탄환이 기체 표면을 뚫고 조종석에 도달하는 건 시간문제다. 그것도 분단위 예상으로는 늦을 정도로 짧다. 앞으로 몇 초면 인형병기를 쓰러뜨렸다는 말이 자빠뜨린 게 아닌 격파의 의미로 바뀐다.

그때였다. 아키라가 갑자기 그 자리에서 펄쩍 뛰었다. 그 직후에 총탄이 그 자리를 가로지른다. 적의 저격이다.

아키라는 총탄을 피하면서 저격수가 있는 방향으로 연사했다. 그리고 쓰러져 있는 인형병기 뒤에 몸을 숨기며 인상을 험악하게 쓴다.

『알파. 해치웠어?』

『아쉽게도 피했어.』

저격수는 아키라의 반격을 예측하고 재빨리 이동했다. 아키라의 사격은 상대를 스치지도 않았다.

『그런가…….』

방금 움직임은 어지간한 상대라면 문제없이 해치울 수 있었다. 아키라는 이미 그렇게 이해할 수 있을 만큼의 실력을 몸에 지녔고, 그렇기에 적의 실력을 이해해서 얼굴을 찡그린다.

그때 범용 통신으로 아키라에게 말을 거는 자가 있었다.

"안녕하신가. 아키라. 백토를 쉽게 쓰러뜨리다니, 제법인걸."

"넌 누구야? 백토는 또 뭐고?"

"나는 자루모다. 방금 너를 쏜 사람이지. 백토란 그 기체를 말한다. 염가판이지만, 가격치고는 제법 고성능 물건이거든?"

자루모는 아키라에게 가벼운 투로 즐겁게 대답한 뒤, 이번에는 하얀 기체의 조종사를 향해서 언짢은 소리를 낸다.

"보제! 네놈은 쉽게 쓰러지지 말라고! 백토를 타고 싶다고 해서 태워줬더니, 그 꼴은 뭐야!"

"미, 미안해……."

"지원해 줄 테니까 똑바로 일해! 고용주한테 욕먹고 싶냐!"

질타를 마친 자루모가 다시 즐거운 투로 아키라에게 말한다.

"그러면 2라운드를 시작해 보실까. 지금부터가 진짜거든?"

통신은 그걸로 끊겼다. 아키라의 표정이 험악해진다. 일단은 인형병기를 혼자서 쓰러뜨린 자에게 그토록 여유를 부릴 상대가 덤비는 거라며 경계를 강화했다.

『알파. 위험할 것 같으면 서포트해 줘.』

알파는 이미 아키라에 대한 서포트를 최소한으로 억제하고 있다. 과도한 서포트는 예전에 비교해서 장비와 실력 모두 비약적으로 향상한 아키라의 추가적인 성장을 방해하기만 한다고 판단했기 때문이다.

그래도 불필요한 고전은 알파도 바라지 않는다. 평소처럼 웃는다.

『물론이야. 나만 믿어.』

자신만만하게 웃는 알파의 얼굴을 보고, 아키라도 표정에서 험악함을 거둔다. 그 대신에 웃어서 기운을 북돋웠다.

◆

창고 밖의 싸움이 본격적으로 넘어가려고 할 즈음, 창고 안의 싸움에도 움직임이 있었다.

경비를 맡은 헌터들은 창고 밖 몬스터를 해치우느라 바빠서 창고 안에 침입한 습격자들을 격퇴하는 데까지는 손이 닿지 않는다.

그러나 시지마의 부하들로는 습격자들과 실력 차이가 너무 커서 손쓸 수가 없는 상황이다.

"제기랄! 어쩌면 좋지?!"

"큰일이다! 저 유물이 얼마인지 알아?! 이대로 유물을 빼앗겼다간 보스든 아키라든 우리를 죽일 거야!"

"그렇다면 네가 돌진해!"

"말도 안 되는 소리를 하지 말라고!"

상황이 전혀 좋아지지 않는 호통이나 쳐대는 것이 남자들의 한계였다.

그때 창고 안 대응으로 돌려진 콜베가 나타난다. 그리고 남자들 옆을 그냥 지나쳐 습격자들이 있는 곳으로 태연하게, 귀찮아하는 얼굴로 걸어간다.

"이, 이봐……."

그 터무니없는 태도에 남자들이 무심코 말리려고 했지만, 콜베는 뒤돌아보지도 않고 그대로 나아갔다.

습격자 중에서 한 사람이 콜베를 알아챘다. 하지만 그 남자의 얼굴에는 경계심이 아니라 비웃음이 드러나 있었다.

"이봐, 콜베! 오랜만이야!"

"누구냐……?"

조금 괴이쩍은 표정을 짓는 콜베를 보고, 남자가 콜베를 깔보면서 말을 내뱉는다.

"흥. 네놈이랑 같이 구질구질하게 유물이나 모으던 빚쟁이 얼굴은 까먹었다 이거냐?"

"아하…… 집단 유물 수집 작업의 참가자인가. 죽지 않은 걸 보면 빚을 갚고 탈출한 것 같은데. 헌터를 때려치우고 강도가 된 거냐. 멍청한 것."

"그때 널 죽이고 튀었으면 더 빨리 탈출했을 텐데 말이야. 다 봤거든? 네가 밖에서 허둥대는 꼬락서니를 말이야. 몬스터한테 잡아먹힐 뻔해서 겁쟁이가 되고 싸울 수 없게 되었다는 이야기가 진짜였나 보지?"

귀찮아하는 듯했던 콜베의 얼굴이 언짢게 변했다. 정곡을 찔렀다고 여긴 남자의 비웃음이 강해진다.

"그런 겁쟁이가 꼴에는 감시역이라고, 우리보다 강할 줄 알고 빌빌대며 필사적으로 유물을 모았단 말이지. 완전히 속았군."

반박하지 않는 콜베를 남자가 더욱 비웃는다.

"그런 네가 여기 있는 건 놀랐지만, 이제는 무서워서 황야에도 못 나가게 된 거냐? 밑바닥까지 떨어졌구먼!"

몬스터와의 싸움이 트라우마가 되어서 황야에 못 나가게 되는 바람에 폐업하는 헌터는 드물지 않다. 흔한 낙오자를 향한 조소가 다른 남자들에게도 퍼졌다.

그때 콜베가 한숨을 쉬고 중얼거린다.

"모르겠군……."

"아앙? 뭐가?"

"뭐, 네 말이 맞아. 나는 예전에 유적에서 몬스터한테 잡아먹힐 뻔하고, 무서워져서 멀쩡하게 싸울 수 없게 됐지. 진짜 고생했다. 한때는 헌터를 폐업하기 직전까지 갔지."

콜베가 속마음을 토하듯이 말을 잇는다.

"하지만 헌터를 그만둘 마음은 없었다. 그래서 재활 대신에 집단 유물 수집 작업의 감시역 제안을 받아들였지. 유적에는 들어갈 수 없고, 혼자 황야에도 못 나가고, 몬스터와도 멀쩡하게 싸울 수 없지만, 그걸 황야에서 다른 녀석들에게 시킬 순 있었으니까."

쌓이고 쌓인 속마음을 토해내도 콜베의 표정은 밝아지지 않는다. 고개를 푹 숙인다.

"그렇게 해서 나도 조금은 익숙해지고, 슬슬 괜찮다고 생각한 말이지. 그런데 네 말대로, 그런 추태다. 나를 잡아먹으려고 했던 몬스터와 비슷하게 생겨서 그랬긴 하지만, 변명할 순 없지. 나도 조금 충격이었다."

콜베는 고개를 숙인 채로 다시 한숨을 푹 쉬었다. 그리고 고개를 든다. 몹시 언짢은 표정이었다.

"그러니까, 미안하지만, 이건 화풀이다."

다음 순간, 콜베는 남자와의 거리를 단숨에 좁히고, 머리를 붙잡아 바닥에 처박았다. 남자들 모두가 전혀 반응하지 못할 만큼 빠른 움직임이었다.

"이, 이 자식이……!"

콜베를 낙오자 헌터로 여기고 방심했던 남자들이 그제야 정신이 번쩍 들어서 반격에 나선다. 모두가 콜베에게 총을 쏘고, 창고 안에 총탄을 뿌렸다.

그러나 콜베에게는 스치지도 않았다.

"모르겠군. 이봐, 여기는 황야가 아니고, 너희도 몬스터가 아니잖아? 그런데도 왜 너희가 그렇게 까불 수 있는지, 나는 도무지 모르겠어."

콜베는 그렇게 말하면서, 추가로 두 남자를 기절시켰다. 남자
들의 표정이 초조함으로 심하게 일그러진다.

"시비는 너희가 걸었다. 봐주진 않겠어."

총성과 비명이 창고에 울려 퍼진다. 그 비명에 콜베는 포함되
지 않았다.

시지마의 부하들은 조금 떨어진 곳에서 눈치를 보고 있었다.

얼마 후 총성과 비명이 울려 퍼지고, 시간이 지나자 소리가 사
라졌다. 남자들이 어떻게 할지 말없이 서로 눈치를 보는 가운
데, 콜베가 돌아왔다.

"몇 명은 살려뒀다. 그것들의 심문은 너희가 알아서 해."

콜베는 그 말을 남기고 떠나갔다.

남자들이 현장에 가자 바닥에 널브러진 습격자들이 보였다.
반 정도는 죽었고, 나머지 반도 방치하면 죽을 목숨이었다.

시지마의 부하들은 곧바로 동료를 불러 습격자들을 확보하기
시작했다. 죽지 않았다면 이것저것 알아내기 위해서라도 죽이
지 않을 필요가 있었다.

"그나저나 이걸 혼자서 정리했나……. 아키라도 그렇지만,
역시 헌터는 굉장한걸."

"그래. 황야에서 몬스터와 사투를 벌일 정도는 되는 거겠지."

시지마의 부하들은 콜베가 만든 참상을 보고 전전긍긍하면
서, 콜베가 들으면 매우 울적해질 소리를 했다.

제133화 이레귤러

아키라는 하얀 인형병기를 걷어차 움직임을 방해하면서 기체 뒤에 숨어 자루모의 대응을 살피고 있었다.

그리고 정보수집기가 큰 반응을 포착한다. 그것은 아키라를 향해 날아오는 두 대의 황야 사양 차량이었다. 나아가 그 차량 뒤에 있는 자루모의 모습을 포착하고 아키라의 확장시야에 표시한다.

아키라가 곧바로 그 차량을 쏜다. 철갑탄은 문제없이 차를 벌집으로 만들 수 있지만, 차량을 두 대나 관통하면 탄도가 뒤틀리고 위력도 떨어진다. 그 너머에 있는 자루모에게 치명타를 가할 수 없다.

게다가 차량을 격추할 수도 없었다. 피탄 충격으로 속도가 줄어들고 전체가 벌집이 되면서도, 인형병기를 방패로 삼기 어려운 각도로 날아온다.

하는 수 없이 아키라는 그 자리에서 뛰어서 차량을 피했다. 이미 너덜너덜해진 차체가 지면과 격돌하면서 요란하게 일그러지고, 뜯어지고, 사방에 튄다.

차량 두 대의 잔해가 주위의 허공에 퍼지는 가운데, 고속 전투의 의식으로는 잔해가 공중에 떠 있는 가운데, 아키라와 자루모가 자잘한 차폐물 틈새로 상대와 시선을 맞춘다. 아키라는 기운을 북돋기 위해서, 자루모는 이 전투를 즐기듯이, 양쪽 모두가 웃으면서 상대에게 총을 겨눴다.

매우 가까운 거리에서 총격전이 시작된다. 마치 격투전의 연장으로 총을 쓰는 것처럼 사선을 빼앗고 빼앗기는 공방이었다.

고속 이동으로 적의 사선에서 빠져나가고, 자세가 흐트러지면서도 자신의 총구를 상대에게 겨눠 연사한다. 뒤로는 피할 수 없다. 상하좌우, 때로는 앞으로, 상대의 사선을 피하며 쏴댄다.

격렬한 공방 속에서, 피하고 빗나가는 연사에 의해 두 사람을 중심으로 한 탄막이 주위에 흩날린다. 원형으로, 구형으로, 면제압을 사방팔방으로 밀어붙인다.

하지만 두 사람에게는 무수한 선에 불과하다. 그 선을 하나씩 피하며 치명적인 일격을 가하고자 치열하게 몰아붙인다.

그리고 회피할 수 없는 일격을 먼저 상대에게 가한 사람은 아키라였다. 절대로 피할 수 없는 타이밍에 날아간 탄환이 자루모를 덮친다.

하지만 자루모는 그 일격을 간파했다. 그 사선에 주먹을 두고, 주먹에 있는 역장 장벽(포스 필드 실드) 발생장치를 기동하고, 판 모양의 작은 포스 필드를 사선에서 비스듬하게 발생시켜 탄환을 효율적으로 빗겨내 방어한다.

이 실드는 별로 튼튼하지 않다. 생성 타이밍과 각도를 조금만 실수하면 총탄은 실드를 관통한다. 고속 전투 중에 이를 실현하는 것은 매우 어렵다.

하지만 자루모는 그걸 손쉽게 성공시켰다. 발생한 충격변환 광이 밝히는 여유로운 웃음도 이게 우연의 산물이 아님을 시사 했다.

놀라는 아키라를 자루모가 총으로 쏜다. 방금 일격에 회피가 아닌 방어를 선택하고, 그 방어를 완전히 성공한 만큼 단단히 조준한 일격은 아키라에게 회피할 여지를 주지 않았다. 강력한 생물형 몬스터를 즉사시키는 걸 넘어서 분쇄하는 위력을 지닌 총탄이 아키라에게 명중한다.

하지만 아키라는 피해가 거의 없다. 알파는 그 사격을 완전히 간파했고, 방호 코트의 포스 필드 아머 출력을, 명중하는 한순간만, 명중한 곳에만, 한계치까지 끌어올렸다.

그렇게 함으로써 매우 효율적인 방어를 실현하고, 피탄의 피해를, 방호 코트를 구성하는 육각형 금속판 하나의 파손으로 그치게 했다.

승패를 정할 줄 알았던 일격을 손쉽게 방어한 것에 아키라와 자루모가 덩달아 경악한다.

그래도 전투는 멈추지 않는다. 오히려 양쪽 모두가 죽음의 선에 더 다가갔다. 서로 사선이 스치고, 총탄이 바로 옆을 지나가는 위치를 잡아 아슬아슬한 공방을 계속한다. 피하지 못해서 명중하고, 하지만 방어하고, 반격한다. 어지럽게 퍼지는 죽음의 선을 헤치고, 죽을 고비를 돌파한다.

그래도 아키라는 움츠러들지 않는다. 그러나 웃을 여유는 없었다.

『알파! 이 녀석은 저 인형병기보다 강한데?!』

『아키라도 그러니까 놀랄 부분이 아니잖아?』

『그럴지도 모르겠지만!』

이어지는 공방 속, 아키라의 발차기가 자루모를 직격한다. 4억 오럼짜리 강화복의 신체 능력으로 날린 위력이 자루모를 밀어내고, 그 얼굴에서 대담한 웃음을 앗아갔다.

아키라가 곧장 총으로 추가타를 날린다. 그러나 막혔다.

『발차기보다 총의 화력이 부족한가……. 그야 장비의 값을 생각하면 당연하지만…….』

총이 활개 치는 동부에서, 일부러 격투전에 임하는 자들. 그들에게 한 발짝 다가간 것 같아서, 아키라는 기분이 조금 이상했다.

『아키라. 앞으로는 조금 힘들어질 거야. 정신 단단히 차려.』

그리고 그 이유를 묻기도 전에 근거가 제시되었다. 아키라가 그 자리에서 잽싸게 뛴다. 잠시 후 대형 탄환이 명중하고, 포장된 지면을 날렸다.

쏜 것은 하얀 인형병기다. 아키라가 자루모와 싸우는 동안에 몸을 일으켜 총을 줍고 겨냥한 것이다. 자루모가 아키라에게 접근전을 시도한 것도 아키라가 방해하는 것을 막기 위함이었다.

그걸 깨달은 아키라가 얼굴을 찡그린다.

『저 녀석은 일부러 발차기에 맞은 건가…….』

상대는 하얀 기체의 전선 복귀가 끝나서 발차기의 충격을 이용해 거리를 벌렸다. 그렇게 판단하고 인상을 험하게 쓰는 아키라에게, 알파는 평소처럼 웃는 얼굴을 보인다.

『그렇다고 해도 그 일격으로 큰 타격을 입힌 건 사실이야. 한 방 먹은 건 아니니까 안심하렴.』

『그런가……. 좋아. 다시 힘내자.』

앞으로는 2 대 1. 더군다나 한쪽은 인형병기이고, 나머지 한쪽은 그 인형병기보다 강한 개인. 아키라는 일반적으로 생각하면 충분한 위협이라고 여겼다.

하지만 알파는 평소처럼 웃었다. 그래서 아키라도 그렇다면 아무 문제도 없다고 다시 기운을 북돋운다. 오른손에 쥔 총으로 자루모를, 왼손에 쥔 총으로 하얀 기체를 겨누고, 일부러 웃으며 방아쇠를 당겼다.

◆

자루모는 인형병기와 합쳐서 2 대 1이라는 변칙적인 싸움을 계속하며 즐겁고 여유롭게 웃고 있다. 하지만 그것은 겉으로만 그런 것으로, 마음속을 반영한 것은 아니었다.

(강해……! 구세계 장비를 쓰는 자를 이긴 건 상대 장비의 불량 덕분이다. 자료에는 그렇게 나왔는데…… 이건…… 자기 실력으로 이긴 건가?)

아키라의 장비가 그때와는 다르다는 사실을 빼더라도, 자루모가 그렇게 여길 만큼 아키라는 강한 모습을 보였다.

자루모가 아키라의 발차기를 거리 조정에 이용한 건 사실이지만, 일부러 맞은 건 아니었다. 피할 수 없다고 판단해서 활용한 것이다.

그리고 예상보다 위력이 강했다. 장비에도 영향을 주는 바람에 움직임이 굼떠지고, 2 대 1로 호각이라는 상황에 내몰리고 말았다.

(창고의 아이들은 외부의 적이 오인하게끔 저 녀석의 장비를 모방한 차림을 했다. 그런데 지금의 장비와는 일치하지 않아. 즉, 저 녀석이 장비를 갱신한 건 최근이라는 뜻이지. 그 단기간에 새 강화복을 이토록 잘 다루게 된 건가? 엄청난 적응력이군.)

맨몸과는 전혀 다른 신체 능력으로 완전하게 움직이는 것은 몹시 어렵다. 자칫하면 걷는 것조차 힘들어진다. 인간은 그만큼 무의식중에 자신의 움직임을 자기 몸에 맞춰서 섬세하게 조정하고 있다.

값비싼 강화복에 탑재된 자동 보정 기능이라면 매우 뛰어난 신체 능력에 맞춰 자동으로 힘의 균형을 조정할 수 있다. 하지만 그것도 간단한 동작일 때나 그렇다.

아키라의 강화복, 네오프톨레모스에 탑재된 자동 보정 기능에는 자신과 문제없이 사투를 벌일 정도의 고속 전투에 버틸 성능이 없다. 그 지식이 있는 만큼, 자루모는 아키라의 실력에 매우 놀랐다.

자루모를 그토록 놀라게 한 아키라의 움직임은 죽을 고비를 몇 번이고 헤치면서 단련한 아키라 자신의 실력이기도 하다. 하지만 그보다도 알파의 서포트 효과가 더 컸다.

알파는 강화복을 통해서 아키라의 몸을 움직이는 서포트는 하지 않는다. 그러나 강화복의 제어 프로그램을 고쳐서 기본 성능을 향상시키고, 나아가 아키라 전용으로 조정했다.

아키라 자신의 실력과 아키라의 움직임에 특화된 제어 프로그램. 그 상승효과로 아키라는 새 강화복을 사용한 첫 실전에서 인형병기를 압도하는 움직임을 보였다.

◆

하얀 기체가 쏘는 대형 탄환이 지면에 명중하고, 착탄 지점을 날려 버린다. 그걸 피한 아키라가 AAH 돌격총을 연사한다.

기체는 가슴의 파손 부위를 감싸며 철갑탄의 탄막에서 최대한 벗어나려고 한다. 어지간한 총탄 정도는 튕겨내는 장갑도 유적의 경비기계조차 파괴할 수 있는 총탄을 대책 없이 자꾸 맞아도 될 정도로 강인하지는 않다. 사격을 잠자코 맞다간 파괴된다.

자루모는 아키라의 회피와 사격을 방해하는 것을 노리듯 사격한다. 그러나 아키라는 그것도 회피한다. 나아가 A2D 돌격총을 자루모에게 겨눈다.

자루모는 그 사선에서 가까스로 벗어났다. 하지만 철갑탄 연사에 섞여서 발사된 유탄의 폭발도 피할 수는 없다.

A2D 돌격총에 장착한 유탄발사기는 단발용이다. A4WM 유

탄기관총처럼 연사할 수 없다. 그리고 단발 유탄은 자루모가 정통으로 맞아도 상처가 나지 않는다.

하지만 자세는 흐트러진다. 그때 철갑탄을 연사당한다. 자루모는 필사적인 회피와 포스 필드 실드로 어떻게든 그 공격을 버텼다. 카운터로 반격할 여유는 없었다.

아키라가 슬쩍 신음한다.

『유탄이 남아서 써 봤는데, 연사는 안 되고, 일일이 장전해야 하고, 단발은 미묘한걸.』

『그러네. 그렇다면 A4WM 유탄기관총을 다시 살까.』

『하지만 휴대하는 총을 늘리는 건 조금 그런데. 아직 도착하진 않았지만 큰 총을 샀으니까…….』

『평소에는 휴대하지 않고, 차에 싣기만 하면 돼. AAH 돌격총과 A2D 돌격총은 강화복 없이도 쓸 수 있는 총으로 만들었으니까. 강화복이 필요한 총이 한 정 더 있어도 괜찮을 거야.』

『그렇군. 그렇게 할까.』

2 대 1이 되었지만, 상대는 모두 움직임이 굼떠졌다. 이거라면 이길 수 있다. 무의식중에 그렇게 판단한 아키라는 알파와 간단히 대화할 여유도 생겼다.

사실 이대로 가면 아키라의 승리가 확실했다. 아키라는 싸우면서 강화복의 신체 능력에 익숙해지기 시작했고, 그만큼 강해지고 있었다. 익숙해진 만큼 회피와 공격의 정밀성이 높아진다.

그 숙련은 자루모 일행을 확실하게 몰아붙이고 있었다.

◆

이대로 가면 진다. 그렇게 여긴 자루모는 고민하기 시작했다.

(일단 후퇴할까? 완전히 뭉갤 작정으로 습격했지만, 딱히 그게 목적인 것도 아니지⋯⋯.)

습격으로는 어중간하다. 그래도 셰릴의 조직을 위협한다는 점에서는 문제없는 내용으로, 아키라의 실력도 확인할 수 있었다. 표면상의 목적은 달성했다고 판단할 수 있었다.

그러고 나서, 그렇다면 후퇴해야 할지 다시 생각한다.

결론은, 후퇴하면 안 된다.

(아니지⋯⋯ 반대다. 지금 죽일 수 있다면 여기서 죽여야 해.)

아키라의 강함은 예상 밖이다. 아키라의 장비가 갑자기 갱신된 것도 예상 밖이다. 그 결과, 후퇴를 생각할 수밖에 없는 상황이 된 것도 예상 밖의 사태다.

예상 밖이란 사태를 상정하는 자들에게 확률적으로 있을 수 없는 일, 그 사태가 발생할 확률이 매우 낮다는 뜻이기도 하다.

그리고 세상에는 그 확률을 망가뜨리는 자, 이레귤러가 있다. 자루모는 감각적으로 그걸 알았다. 그리고 그런 자들을 혐오했다.

(예상 밖의 사태를 일으키는 존재, 이레귤러는 적은 게 좋아.)

쿠즈스하라 시가지 유적 지하상가에서 있었던 일과 그 뒤에 벌어진 전투. 요노즈카역 유적 소동과 현상수배급 토벌전 소동. 미하조노 시가지 유적의 이변과 공장 구역에서 발생한 사태. 그것들은 전부 일반적인 감각으로는 예상 밖의 일이다.

아키라는 그렇듯 예외적인 사태에 엮인다. 그것이 본인의 의지가 아닐지라도, 말려들고, 일으켰다. 그리고 살아남았다.

그것이 자루모에게 한 가지 우려를 낳게 했다.

언젠가 아키라가 자신들의 대의(大義)를 방해하게 됐을 때, 또 뭔가 예상 밖의 사태가 발생하는 게 아닐까? 그 탓에 아키라를 완전히 죽일 수 없게 되지 않을까? 그것이 뭔가 치명적인 사태를 일으키지 않을까? 그렇게 생각하고 만다.

하지만 동시에, 지금이라면 완전히 죽일 수 있다고 생각한다.

예상 밖의 실력도, 예상 밖의 장비도, 이미 확인을 마쳤다. 이로써 예상 밖의 사태는 더 생길 일이 없다. 이 기회를 놓치면 다른 기회에서는 또 다른 예상 밖의 사태에 놀아날 우려가 있다.

지금이라면, 그게 없다. 그렇게 생각한다.

(우리의 대의를…… 예상 밖의 사태로 주저앉힐 수는 없다!)

그렇기에 지금 여기서 죽인다. 자루모는 그렇게 판단하고, 자신의 이번 목적을 아키라의 말살로 바꿨다.

◆

갑자기 움직임이 변한 자루모의 낌새를 느낀 아키라가 괴이쩍은 표정을 짓는다. 지금까지는 자신이 하얀 기체에 접근하는 것을 방해하면서 일정 거리를 유지했는데, 그걸 그만두고 단숨에 거리를 좁힌 것이다.

아키라는 곤혹과 경계를 얼굴에 드러내면서도 이 기회를 놓치지 않고 하얀 기체에 바짝 접근했다.

　이로써 인형병기의 사격을 봉쇄하고, 기체를 방패 삼아 자루모를 쏠 수 있다. 자신은 유리해졌다. 아키라는 그렇게 여기면서도 그걸 호락호락 허용한 자루모의 행동을 이상하게 여겼다.

　그대로 거리를 좁히는 자루모를 기체 뒤에서 사격한다. 자루모는 그걸 포스 필드 실드로 막으며 접근한다. 그 실드는 온몸을 방어할 수 있을 정도로 크고, 철갑탄 연사에 버틸 정도로 튼튼했다.

　아키라가 더욱 이상하게 여긴다. 이런 식으로 포스 필드 실드를 쓰면 대량의 에너지를 소비하고, 금방 사용할 수 없게 된다. 그것은 지금껏 싸우는 모습을 봐서도 명백하다. 아키라는 자루모의 행동이 에너지 소비에 걸맞은 것으로 보이지 않았다.

　실제로 자루모의 포스 필드 실드는 에너지 고갈로 금방 사라졌다. 하지만 그 직전, 자루모는 힘차게 도약해서 하얀 기체에 올라탔다. 그리고 등으로 돌아가 조종실 문을 열고, 안에 있는 보제를 붙잡아 밖으로 내팽개쳤다.

　좌우지간 아키라는 보제를 쏴서 전투불능 상태로 만들었다. 그리고 나서 더욱 곤혹스러워한다.

　자루모의 행동은 본인이 인형병기에 타기 위함인 것을 알았다. 하지만 아키라는 그것이 한때 인형병기를 쓰러뜨린 자가 기체 가까이 접근한 상태에서, 2 대 1이라는 우위를 버리면서 취할 행동으로 보이지 않았다.

그러나 알파는 얼굴에서 미소를 거두고 조금 딱딱한 표정을 지었다.

『아키라. 상대는 합리적으로 행동했다고 생각하고 경계해.』

그렇게 경고받은 아키라는 머릿속에서 불필요한 혼란을 몰아내고 전투에 집중했다. 그리고 상대의 움직임을 봉쇄하고자 하얀 기체의 다리를 걷어차려고 한다.

회피당했다.

『헉?!』

그 기체는 덩치에서 생각할 수 없을 만큼 기민한 움직임으로 살짝 도약해 아키라의 발차기를 회피했다. 그리고 낙하하는 기세로 자세를 낮추고는 지면을 긁어내듯이 돌려차기를 날린다.

거대한 금속 다리가 자신에게 쇄도하는 것을, 아키라는 반사적으로 도약해서 피했다.

하지만 그 발차기는 반쯤 페인트였다. 하얀 기체가 공중에서 움직임이 느려진 아키라에게, 돌려차기의 관성을 상반신에 싣고 위력을 높인 손바닥을 날린다.

허공을 가르는 일격이 꽂히고, 아키라가 날아간다. 강화복과 방호 코트의 방어는 늦지 않았지만, 피를 통할 정도로는 몸에 충격이 전해졌다.

추가 공격이 날아든다. 기체는 발차기와 손바닥 공격을 위해 총을 위로 던진 상태였다. 그리고 공격을 마친 기체가 낙하한 총을 잡고, 재빨리 겨누고, 아직 허공을 나는 아키라를 노린다.

기민한 움직임으로 자신을 겨누는 대구경 총구와 눈이 마주친 아키라가 얼굴을 실룩거린다.

『피해!』

포탄 수준으로 큰 탄환이 사출되는 것과 거의 동시에, 아키라
는 온 힘을 다해 허공을 박찼다.

강화복의 접지 기능으로 공중에 생성한 포스 필드 아머의 발
판을 부술 기세의 각력이 반동으로 아키라를 그 자리에서 이탈
시킨다. 맞으면 끝장인 일격을, 아키라는 거대한 물체가 가까운
대기를 가르는 풍압을 느끼며 가까스로 회피했다. 그대로 착지
하고, 재빨리 달린다.

『큰일 날 뻔했어! 알파! 저 기체, 갑자기 엄청 강해졌는데?!』

『조종사가 바뀌어서 그런 거야.』

『그렇다고 저렇게 달라져?』

『나와 처음 만났을 적의 아키라가 지금 장비로 지금의 아키라
와 싸운다고 했을 때, 장비가 똑같다고 호각으로 싸울 것 같니?
그것과 같은 거야. 물론 내 서포트가 없는 상태로 말이거든?』

납득했지만, 아키라는 쓴웃음을 지었다. 그것과 같은 것이라
면 저 인형병기 조종사의 실력도 과거에 초짜였던 자신에서 지
금의 자신 정도로 달라졌다는 뜻이니까.

그리고 실제로 그만큼 달라진 것도 방금 막 체험한 참이다. 인
형병기의 움직임은 완전히 달라졌다.

아키라가 자포자기 기미로 소리친다.

『그렇구나! 그러면 지금 장비로, 지금의 나로, 알파의 서포트
도 있는 내가 더 강하다는 거구나!』

『당연하지. 위험할 때는 내가 잘 서포트할 테니까 안심하렴.』

『꽤 아픈 걸 맞았고, 아까는 진짜 위험했던 것 같은데……?』

『신장비 덕분에 아픈 걸로 끝났고, 피하라고 잘 알려줬잖아?』

그 정도 서포트로 이길 수 있는 상대이며, 진다면 아키라의 의지가 부족한 것이다. 암암리에 그렇게 말하는 듯 웃음을 띤 알파를 보고, 아키라가 쓴웃음을 흘린다. 그리고 다른 방향으로 자포자기했다.

『그렇구나! 그러면 그렇게 잘 서포트해 줘!』

『나만 믿어.』

『부탁할게!』

알파는 그 정도 서포트로 이길 수 있는 상대라고 했다. 그렇다면 이길 수 있다. 지금 와서 의심하진 않는다. 그렇게 생각한 아키라가 웃는다.

체감시간 조작 중, 염화를 통해서 실시간으로 한순간에 이루어진 대화에서, 아키라는 다시 기운을 차렸다. 그리고 그대로 의기양양하게, 움직임이 완전히 달라진 하얀 인형병기에 과감하게 맞선다.

거인과 아이, 체격 차이가 너무 심한 자들의 공방이 다시 시작되었다.

상대와의 거리를 좁힌 아키라에게, 조종사가 자루모로 바뀐 하얀 기체도 덩달아 거리를 좁힌다. 양자의 거리는 순식간에 좁혀졌다.

하얀 기체가 아키라에게 발차기를 날린다. 단순히 발로 찍는 것도, 돌멩이를 차는 듯한 것도 아니다. 탁월한 격투 기술이 느껴지는 예리한 발차기가 쇳덩어리의 질량을 실어서 아키라를 향해 날아든다.

아키라는 그걸 지면에 닿을락 말락 도약하듯 가속해서 회피한다. 거대한 기둥이 빠르게 지면을 찍는 듯한 거인의 발차기를 강화복의 신체 능력과 접지 기능에 따른 튼튼한 발판을 합쳐 실현한 속도로 피하고, 그대로 기체의 다리 사이를 빠져나갔다.

다음으로 아키라는 위로 뛰어서 상대의 등으로 가서 조종석을 쏠 작정이었다. 하지만 막힌다. 아키라의 움직임을 예측한 자루모는 총을 등 뒤로 돌리면서 총구를 지면으로 향했다. 그리고 곧바로 발포한다. 대형 탄환이 한순간에 꽂히고, 포장된 지면을 분쇄하면서 날렸다.

이미 도약 태세였던 아키라는 그대로 위로 날아가 회피했다. 그러나 상대의 등에 달라붙는 짓은 도저히 못 하고, 체공 상태가 된다.

그때 하얀 기체가 뒤돌려차기를 날린다. 자신의 발밑을 사격한 직후여서 자세와 바닥도 불안정한 상태지만, 그래도 가벼운 가옥 정도는 충분히 분쇄하는 위력이다. 정통으로 맞으면 아키라도 무사할 수가 없다.

하지만 아키라는 거인의 발차기를 도로 걷어찼다. 포스 필드 아머로 단단하게 만든 다리에 강화복의 신체 능력을 실어서 온 힘을 다해 날린 발차기는 상대의 자세가 흐트러진 것도 있어서 다시금 질량의 차이를 뒤집었다. 격렬한 충격으로 하얀 기체의 다리가 지면에서 떨어지고, 살짝 날아가 바닥에 나자빠진다.

그러나 하얀 기체도 곧장 자세를 바로잡는다. 옆으로 구르면서 총을 쏘고, 아키라가 그걸 회피하느라 정신이 팔릴 사이에 일어섰다.

그리고 아키라와 하얀 기체는 서로의 빈틈을 살피듯 대치하고 잠시 움직임을 멈췄다.

아키라가 인상을 쓰고 한숨을 쉰다.

『인형병기는 이렇게 기민하게 움직일 수 있었어? 어떻게 조종하는 거야…….』

아키라는 인형병기의 조종 방법이 차를 운전하는 것과 비슷하다고 생각해서, 그만큼 놀라고 있었다.

『그건 의체 조작과 비슷한 방법을 쓴 거겠지. 몸의 크기가 다를 뿐이야.』

『아하. 어쩐지 인간처럼 움직이더라. 뭐, 이름도 인형병기라고 하니까 원래 그런 거려나……?』

강화복을 입어서 신체 능력만 강화했는데도 정상적으로 움직일 수 없었던 경험이 있는 아키라는 신체 능력만이 아니라 덩치까지 수십 배가 된 상태로 저토록 잘 움직일 수 있을지, 완전히 납득하지 못한 기색이었다.

『기체의 움직임에 관해서는 단순히 조종사의 기량 문제겠지. 실제로 조종사를 교대할 때까지는 커다란 인형을 움직이는 느낌이었으니까. 아무나 할 수 있는 게 아니야.』

『그런 건가.』

세상에는 대단한 사람이 있다. 좌우지간 아키라는 그렇게 이해하기로 했다.

아키라와 하얀 기체가 타이밍을 맞춘 것처럼 동시에 움직인다. 마치 거인이 대인전 훈련을 받은 것처럼 움직이는 인형병기를 상대로, 아키라도 강화복의 초월적인 신체 능력을 활용해 빨라진 움직임으로 대항한다.

크기가 전혀 다른 총탄이 오가고, 빗나간 탄이 주위에 튄다. 작은 탄이 벽에 구멍을 내고, 큰 탄이 가옥을 분쇄한다. 거인과 인간의 발차기가 충돌하고, 서로 밀쳐내고, 다시 때린다. 밟힌 지면이 금가고, 꺼지고, 깊은 균열을 새긴다.

주위에 파괴를 뿌리며, 거인과 인간은 호각세를 보였다.

그 와중에 데일이 아키라에게 통신을 연결했다. 알파를 통해서 통신을 받는다.

『뭐야? 미안하지만, 구원 요청이라면 그쪽을 도우러 갈 여유가 없는데?』

『아니, 우리가 지원하려고 연락한 건데…….』

『그쪽은 다 정리했어?』

『아직이다. 하지만 그 녀석을 잡는 게 먼저잖아?』

『그렇다면 지원은 필요 없어. 최소한 그쪽을 다 정리한 다음에 말해. 끊는다.』

아키라는 데일과의 통신을 끊고 얼굴을 조금 찡그린 다음, 하는 수 없다는 듯이 작게 한숨을 쉬었다.

『알파. 서포트를 늘려줘.』

『어머, 벌써 한계야? 울며 보채긴 아직 이른데?』

『후다닥 해치우라고 불평하는 소리를 들었으니까 말이야. 게다가 해치웠지만 일대가 궤멸했습니다, 같으면 잔소리를 한가득 들을 것 같아. 나는 일단 습격받은 창고를 구원하러 온 거니까.』

포탄처럼 큰 탄환은 빗나가면서 창고에도 맞았다. 유물 보존용으로 선정한 만큼 비교적 튼튼하니까 그것만으로 창고가 폭삭 주저앉는 일은 없다. 하지만 가벼운 피해인 것도 아니다.

또한 아키라 일행이 창고 주변에서 싸우는 상태에서 창고가 아직 무사한 건 자루모가 아키라의 살해를 우선하기 때문이다. 창고 파괴를 우선할 경우, 제아무리 아키라라도 어쩔 도리가 없다.

『그렇다면 어쩔 수 없겠네. 알았어. 몸풀기를 마치고, 빠르게 해치우자.』

알파가 웃으며 그렇게 말하자 아키라의 확장시야가 갱신되었다. 각종 지시, 이동 루트와 그 시점에서의 행동 등이 알아보기 쉽게 표시된다.

『아키라. 이 지시대로 움직여. 그러면 이겨.』

『알았어.』

그러자 알파가 대담하게 웃는다.

『뭐, 아키라의 실력으로는 지시대로 움직일 수 없더라도, 그때는 내가 강화복을 조작해서 서포트해 줄게. 안심하렴.』

『그것참 고맙네요!』

최대한 자기 힘으로 해라. 암암리에 그런 말을 들은 아키라는 자포자기 기미로 힘껏 웃고는, 승부를 내기 위해 가속했다.

◆

자루모가 아키라의 행동에서 미묘한 변화를 느끼고 이상하게 여긴다.

(뭐지……?)

아키라가 알파의 지시대로 움직이기 시작해서 생긴 위화감이다. 물론 그 변화는 겉으로 봤을 때 아주 희미하다. 갑자기 다른 사람처럼 움직임이 변한 건 아니다. 그걸 눈치챈 자루모의 감각은 그만큼 예민했다.

그러나 그 예민함이 자루모를 구하는 일은 없었다.

다시 거리를 좁힌 아키라에게 하얀 기체로 예리한 발차기를 날린다. 하지만 회피당했다. 더군다나 이전보다 더 정밀하게, 아슬아슬하게 피했다. 이것은 아키라가 의식해서 발차기를 피한 게 아니라, 알파가 지시한 이동 루트에 따라서 움직인 결과로 회피했기 때문이다.

그만큼 아키라는 재빨리 거리를 좁히고, 자루모는 상대적으로 움직임이 늦어졌다.

(큰일이다……!)

자루모가 초조해하면서 기체를 조작하고, 한 손으로 총을 등 뒤로 돌렸다. 이것은 기체의 다리 사이를 빠져나가 등에서 조종석을 공격하려고 하는 아키라의 움직임을 봉쇄하고자 지금껏 여러 번 반복한 공방이다.

하지만 이번에는 늦을지도 모른다. 그렇게 생각하면서도 자루모는 최대한 빨리 기체를 움직여 총구를 지면에, 그곳에 있을 아키라에게 돌리려고 했다.

하지만 아키라는 그곳에 없었다. 아키라는 기체의 등 뒤로 돌아가지 않고 그 반대편, 기체 정면으로 도약했다.

(아뿔싸! 가슴의 파손 부위를 노리는 건가!)

아직 보제가 기체를 조종할 때 생긴 가슴 부위의 파손은 매우 심각한 상태지만, 원거리 사격 정도라면 방어에 차질이 없고, 근거리 공격은 자루모가 조종해서 막았다.

그러나 지금은 아키라에게 한발 뒤처진 상태다. 서둘러서 아키라를 쏘려고 한 탓에 기체의 자세가 흐트러졌고, 한 손은 총을 들어서 못 쓴다. 그래도 자루모는 나머지 한 손으로 기체의 가슴 부위에 있을 아키라를 향해 손바닥을 날렸다.

그러나 아키라는 그곳에 없었다. 거대한 손바닥은 기체의 가슴 앞 공기를 휘젓는 데 그쳤다.

(아니라고?! 그렇다면 녀석이 노리는 건…….)

그때, 자루모의 시야에 아키라의 모습이 불쑥 나타났다. 그 영상은 기체의 헤드 카메라의 것이다. 아키라의 목표는 기체의 머리였다.

4억 오럼짜리 강화복이 낳은 신체 능력이 실린 매서운 발차기가 하얀 기체의 머리를 직격한다. 머리는 일격에 크게 부서지고, 그곳에 탑재된 각종 센서도 같이 날아갔다.

인형병기는 머리가 부서져도 전투불능 상태가 되지 않는다. 그곳에 제어장치가 있는 것도 아니고, 각종 센서는 머리 말고 다른 곳에서 설치되기 때문이다.

하지만 의체 사용자가 자기 몸을 움직이듯이 인형병기를 조종할 경우, 머리에 설치된 각종 센서의 중요성이 커진다. 눈과 귀에 해당하는 센서가 배나 무릎에 있는 상태로는 멀쩡하게 조종할 수 없기 때문이다. 인형병기를 자기 몸처럼 움직이려면 고감도 센서를 머리에 설치할 필요가 있다.

그 기체의 머리 센서를 파괴당한 자루모는 일시적으로 눈과 귀를 잃었다. 기체의 다른 부분에 달린 센서로 대체하고, 그걸 위한 조정을 마치는 데 자루모에게 필요한 시간은 몇 초다. 원래라면 충분히 빠른 셈이다.

그러나 아키라와의 전투 중에 상대의 위치를 몇 초나 모르는 건 충분히 치명적이다.

자루모는 아키라를 떨쳐내려고 기체를 크게 움직이면서 아키라가 있을 법한 장소, 기체 머리, 가슴, 등 등을 공격한다. 하지만 어디에도 그럴싸한 느낌은 없었다.

(없다고⋯⋯?! 어디지?!)

센서 전환이 끝나고, 자루모가 아키라의 위치를 파악한다. 장소는 기체 머리의 위쪽, 그 상공으로, 그곳에 떠 있는 대형 탄환을 향해 온 힘을 다한 발차기를 날리기 직전이었다.

탄환은 하얀 기체가 쏜 것이다. 지면에 쏜 다음, 다른 사격의 충격으로 파헤쳐진 지면에 굴러다니는 것을 아키라가 알파의 지시대로 이동하며 주웠다.

그리고 아키라의 매서운 발차기가 탄환에 꽂힌다. 그 충격으로 날아간 탄환이 아래에 있는 기체의 머리를 직격한다.

기체의 머리는 아키라의 발차기와 그곳에 아키라가 있다고 가정해서 이루어진 기체 자신의 공격으로 이미 강도를 완전히 잃었다. 그런 곳에 추가로 대형 탄환을 맞으면 원형이 남지 않는다. 한순간에 꿰뚫린다.

탄환은 그대로 목 부분의 장갑 틈새에서 동체 부분으로 돌입하고, 조종실에 도달, 탑승자인 자루모에게 명중했다.

피탄으로 몸의 오른쪽 반을 잃은 자루모가 이미 기능이 정지한 인형병기 안에서 경악한 표정을 짓는다.

"이, 이 정도의 힘을 숨겼나……. 미, 믿기지 않는군……. 예상 밖인 것도 정도가 있다. 이, 이 녀석은 대체……? 저, 전해야 한다……! 이 사실을, 동지에게……!"

그때, 아키라가 조종석 문을 뜯고 자루모에게 총을 겨눴다.

철갑탄의 폭풍이 그 표적을 분쇄한다. 동료에게 연락하려고 했던 자루모의 의식은 터져 날아가는 머리와 함께 그 기능을 정지했다.

조종사를 잃은 거인도 그대로 주저앉는다. 크게 부서진 기체가 요란한 소리를 내며 지면에 자빠졌다.

◆

　자루모를 해치운 아키라가 숨을 내쉰다. 그 옆에서는 알파가
만족스럽게 웃고 있었다.

　『이겼네. 수고했어.』

　『별말씀을. 그래서 이건 나를 얼마나 서포트한 결과야?』

　알파에게 서포트를 늘려 달라고 부탁하자마자 참으로 간단하
게 승리한 것도 있어서, 아키라는 그것이 조금 궁금했다.

　『그건 서포트 종류의 가치 판단에 따라 달라. 듬뿍 서포트했
다고 할 수 있고, 전혀 서포트하지 않았다고도 할 수 있어.』

　『그렇다면 강화복을 통한 동작 보조만 따지면? 접지 기능의
조정은 별개로 치고.』

　『그렇다면 20퍼센트 정도겠네. 온전히 자기 힘이라고는 말할
수는 없어도, 애썼다고 보는데?』

　동작 보조가 그 정도로 그쳤는데도 지시에 따라서 움직이기만
해서 자루모를 쉽사리 해치웠다면 그 지시의 가치가 그만큼 크
다는 것을 의미한다.

　원래라면 그 지시의 내용도 스스로 떠올려야 한다. 얼핏 단순
해 보이는 알파의 지시에 얼마나 큰 의미가 담겼는지. 지금의
아키라의 실력으로는 그걸 해석하는 것도 아직 어렵다.

　『그것참 고맙네…….』

　아키라는 자신의 부족함을 이해하면서도, 좌우지간 지금은
칭찬을 듣기로 했다.

제134화 야츠바야시 진료소

자루모를 해치운 아키라가 창고로 간다. 다른 습격자들 격퇴가 끝나지 않았다면 도와주려고 했는데, 아무튼 그쪽도 정리가 끝난 상태였다.

그래도 정신없는 상황이 계속되고 있다. 습격으로 다수의 사상자가 발생하고, 창고에 보관 중이던 유물 일부도 전투의 여파로 피해를 봤다. 그 피해 상황의 확인과 대처를 위해 여러 사람이 분주히 뛰어다니고 있다.

아키라와 합류한 셰릴이 공손하게 머리를 숙인다.

"아키라. 고맙습니다. 덕분에 어떻게든 해결했어요."

"무사하면 됐어. 뭐, 무사하다고 말해도 될지는 모르겠지만."

주위 상황을 보고 그렇게 말한 아키라에게, 셰릴은 조금 슬퍼하는 얼굴로 고개를 저었다.

"아뇨. 아키라가 구원하러 달려와 주셔서 이 정도의 피해로 그친 거예요. 습격자만이 아니라, 몬스터도 습격한 데다가, 인형병기까지 출현하다니…… 도무지 예상할 수 없었어요."

"그래. 정말이지 어쩌다가 일이 이렇게 된 걸까."

그리고 셰릴은 의식을 전환하듯이 미소를 지었다.

"그러니 모두 아키라에게 고마워해요. 정말 감사합니다."

아무튼 셰릴의 조직을 후원자는 자로서 일을 잘 처리할 수 있었다고, 아키라도 마음을 놓았다.

"아키라. 지금부터 부상자를 진료소로 옮길 건데요, 따라와 주실 수 있을까요? 이렇게 말하긴 뭐하지만, 치료비로 무시당하고 싶진 않으니까요."

"알았어."

이것도 후원자가 할 일이라며, 아키라는 셰릴과 동행하기로 했다.

창고 밖에서 중상자들에 차에 실려 나간다. 그중에는 에리오도 있었다. 곁에 있는 아리시아가 비통하게 외치고 있다.

"에리오! 정신 차려!"

"괜찮아⋯⋯. 이 정도로⋯⋯ 죽진 않아⋯⋯."

배를 다친 에리오의 얼굴은 출혈로 창백해졌다. 애인을 걱정하게 하지 않으려고 어떻게든 웃으며 한 말도 몹시 약하다. 그래서 아리시아의 표정이 더욱 비통해진다.

함께 있는 나샤와 루시아도 이래서는 살 수 없다며 슬픈 표정을 지었다.

그런 에리오 일행을 본 아키라는 조금 의아해하고, 곧바로 깨달았다.

"아, 중상인가."

그 정도 부상으로 호들갑이 심하다고 느끼는 자신이 더 이상하다는 것을 깨달은 아키라는 에리오가 다 죽어가는 것임을 이해하고 회복약을 꺼냈다.

그리고 자신이 있는 것을 눈치채고 조금 놀란 에리오의 입에 회복약 캡슐을 밀어 넣는다.

그제야 아리시아가 뒤늦게 아키라를 알아봤다.

"아, 아키라 씨……."

"회복약이야. 비싼 거니까 잘 들어."

실제로 회복약은 가격에 걸맞은 효과를 발휘했다. 진통 작용으로 금방 통증이 가라앉고, 몽롱했던 의식도 또렷해진다. 부상 치료도 빠르게 이루어진다. 안색은 아직 나쁘지만, 에리오의 얼굴에 죽을상이 사라졌다.

그 효과를 느낀 에리오도 놀란다.

"굉장해……."

"에리오…… 괜찮아?"

"그래, 괜찮아. 이 정도는 안 죽는다고 했잖아?"

이번에는 에리오의 웃음이 애인을 안심시키는 효과를 충분히 발휘했다. 아리시아가 울면서 에리오를 부둥켜안는다.

"다행이야!"

에리오도 아리시아를 살며시 끌어안는다. 두 사람만의 세계가 펼쳐졌다.

아키라가 묘하게 어색함을 느끼며 나샤에게 회복약을 상자째로 건넨다.

"다 죽어가는 녀석이 더 있으면 써. 최소한 진료소까지는 버틸 응급조치가 될 거야."

"아, 알겠습니다. 고맙습니다. 루시아. 가자."

"으, 응."

아직 아키라를 거북하게 느끼는 나샤와 루시아는 서둘러 아키라에게 머리를 숙이고, 지시받은 일을 구실로 도망치듯이 그 자리를 떠났다.

세릴이 쓴웃음을 짓는다.

"뭐라고 할까, 죄송해요……."

"아니, 당연한 거겠지."

아키라는 쓴웃음을 지으면서 세릴과 함께 자신의 차를 타고는 그대로 진료소로 향했다.

◆

슬럼의 한곳에 있는 진료소 주변은 일종의 중립지대다.

수중에 돈이 없어서 외상으로 치료나 진찰을 해주는 병원은 슬럼 주민들에게 매우 고마운 곳이다. 사정이 있어서 하위 구획의 병원에 못 가는 자들에게도 마찬가지다. 그 귀중한 시설을 조직 사이의 항쟁 등으로 잃지 않게끔, 암묵적인 협정이 체결되어 있었다.

아키라가 그 진료소 앞에서 미묘한 표정을 짓는다.

"세릴. 진료소가, 여기야?"

"네. 여기예요. 마음은 이해하지만…… 여기가 맞아요."

"그렇군……."

그 진료소는 몹시 수상쩍게 생겼다. 진료소보다 연구소에 가까운 건물로, 용도를 모를 기재가 지붕에 설치되어서 수상한 연구를 매일 되풀이한다고 공언하는 듯한 분위기를 풍긴다.

간판에는 다 닳아서 흐릿해진 글씨로 야츠바야시 진료소라고 적혀 있었다.

아키라 일행이 진료소에 들어서자 하얀 가운을 걸친 남자가 녹색 액체가 가득한 주사기를 환자에게 놓으려고 하고 있었다. 침대에 누운 남자 환자가 희미하게 빛나는 녹색 액체를 보고 허둥댄다.

"이봐?! 그건 무슨 액체야?!"

"회복약이다."

"회복약이 그런 색이야?! 그리고 뭔가 빛나는데?!"

"자작이니까."

"자작?! 잠깐! 그만둬! 그런 걸 쓰지 마!"

"돈도 없으면서 좋알대지 마! 걱정하지 말라고! 효과는 확실해! 흔한 싸구려와는 달라!"

하얀 가운을 걸친 남자가 다짜고짜 환자에게 주사를 놓고 녹색 액체를 주입한다. 겁에 질린 표정을 지은 남자가 작게 비명을 질렀다.

"좋아. 이제는 한동안 얌전히 쉬도록. 몸 건강히 살라고."

회복약의 효능은 확실했다. 남자 환자의 표정에서 고통스러운 기색이 사라진다. 그러나 정체 모를 약을 투여받았다는 불안은 사라지지 않아서, 남자는 미묘한 표정을 짓고 자동으로 움직이는 침대에 누워서 병실로 이동되었다.

그때 하얀 가운의 남자가 아키라와 셰릴이 온 것을 알아챘다.

"미안하지만, 지금은 바빠서 말이지. 자기 힘으로 여기 올 정도의 경상이라면 나중에 와라."

"아뇨. 우리는 부상자가 아니에요. 지금 들어온 사람들의 치료비 협상으로……."

셰릴은 협상을 시작하려고 하지만, 그 전에 하얀 가운의 남자가 아키라를 보고 놀란다.

"너는…… 오랜만이군!"

진료소의 의사는 예전에 아키라가 야라타 전갈 소굴 소탕 의뢰를 받았을 때 쿠즈스하라 시가지 유적의 간이 진료소에서 아키라를 치료한 야츠바야시였다.

아키라 일행은 일단 야츠바야시에게 할 말을 마쳤다. 야츠바야시가 환자를 치료하면서 대답한다.

"알았다. 치료비는 일단 외상으로 달아두지. 돈을 못 받을 것 같으니까 치료하지 않는 짓은 안 해. 구체적인 금액은 나중에 상담하지."

셰릴은 야츠바야시에게 머리를 깊이 숙였다.

"고맙습니다."

"뭘, 유물판매점이 번창하면 듬뿍 받아내마. 이런 데 있으니까 돈을 잘 주는 환자는 늘려야겠지."

농담처럼 말하는 야츠바야시에게, 셰릴도 쓴웃음 기미로 웃음을 지었다. 그리고 아키라를 보고 미소를 짓는다.

"아키라. 저는 잠시 병문안을 하려고 하는데요. 아키라는 어떻게 할 건가요?"

"응? 아아, 나는 여기서 기다릴게."

"알겠습니다."

아키라의 회복약 덕분에 죽지 않은 자들이 직접 고맙다고 말하게 하는 것이 좋을지도 모른다. 셰릴은 그렇게 여기고 권해 봤지만, 아키라가 내키지 않은 듯해서 물러났다. 중요한 건 아키라의 의지이며, 다른 건 별로 중요하지 않기 때문이다.

셰릴이 자리를 비우고 아키라와 야츠바야시가 남는다. 다음 환자에게 녹색 액체를 주입했을 때, 야츠바야시가 아키라를 흥미롭게 바라봤다.

"그나저나 아키라는 치료를 안 받나? 인형병기와 싸웠는데. 멀쩡하진 않겠지?"

"피를 조금 토한 정도의 경상이니까 괜찮아. 회복약도 썼으니까."

"아니, 무슨 소릴. 피를 토한 시점에서 중상인데? 그 감각은 위험할걸?"

"예전에는 그 정도면 경상이라고 안 했어?"

"그건 그 정도가 경상일 만큼 몸을 개조한 녀석들을 말한 거지. 그러한 처치를 받은 것으론 안 보이는데."

"아니, 그러니까 회복약이⋯⋯."

"고성능 회복약이 있더라도, 그 치료 효과를 안전선으로 보고 익숙해지면 부상을 잘못 판단할 수 있지. 옆구리가 날아간 정도라면 금방 나으니까 찰과상, 같은 식으로 생각해서 회복약을 아끼고 무리하다가 죽는 거야."

짚이는 구석이 있는 아키라는 복잡한 표정을 지었다. 그걸 본 야츠바야시가 신나게 웃는다.

"진찰 정도는 받아봐라. 헌터가 아니더라도 몸은 재산이지. 생체든 기계든 점검은 중요하거든?"

시즈카도 비슷한 소리를 한 것을 떠올리고, 아키라는 고개를 끄덕였다.

"알았어. 부탁할게."

"좋아! 맡겨만 주라고!"

강화복을 웃통만 벗은 아키라를, 야츠바야시가 수상쩍은 기기를 쓰면서 진찰한다.

"잔류 나노머신 수치가 꽤 높군. 이런 종류는 금방 몸 밖으로 배출되니까 쉽사리 남지 않을 텐데……. 뭐냐, 초인이라도 되려는 건가?"

"초인? 잔류 나노머신 수치가 높으면 왜 초인이 되는 건데?"

의아한 기색으로 되물은 아키라의 태도에, 야츠바야시가 슬쩍 웃음을 터뜨렸다.

"되물어보는 걸 보면 초인 육성 단련과 비슷한 짓인지도 모르고 하는 건가. 터무니없는 녀석일세."

동부에는 강화복도 입지 않고 맨몸으로 전차를 때려서 날리는 식의, 비정상적으로 신체 능력이 뛰어난 자가 있다. 이른바 초인으로 불리는 자들이다.

그 소질을 지닌 자는 의외로 많다. 하지만 대부분은 그걸 개화하는 일 없이 생애를 마친다.

초인의 소질이란 단련으로 도달할 수 있는 신체 능력의 상한이 생물적인 틀을 무시할 정도로 높은 것을 의미한다. 즉, 단련하지 않거나 평범한 방식으로 단련하면 몸에 생기는 신체 능력이 일반인과 크게 다르지 않다. 초인적인 신체 능력을 얻으려면 초인적인 단련이 필요하다.

그 단련 방법의 하나로, 회복약을 쓴 과부하 훈련이 있다. 평범한 사람은 확실하게 죽는 과부하를, 회복약을 다용해서 억지로 극복함으로써 단련의 밀도를 초인의 영역으로 도달하게 하는 훈련 방법이다.

물론 그 훈련으로 반드시 초인이 되는 건 아니다. 소질이 없으면 지옥 같은 고통을 맛보고, 값비싼 회복약을 다용해서 막대한 비용을 짊어지며, 나아가 신체 능력의 향상은 상식적인 범위에 그치는 초라한 결과를 낳는다.

따라서 이 방법으로 초인이 되는 자는 매우 드물다. 최전선에서 혹독한 전투를 되풀이하는 헌터가 그 전투에 따른 부하와 회복약 다용으로 초인에 이르는 결과가 확인된 바 있다는 정도다. 그걸 훈련으로 재현한 자도 있기는 하지만, 그냥 전례가 있다고 넘어갈 정도로 매우 적다.

그리고 단순히 초인 수준의 신체 능력이 필요하다면 강화복이든, 신체강화 확장 처리든, 사이보그 시술이든, 대체할 수단은 얼마든지 있다. 대부분 그쪽을 선택하므로, 소질이 있어도 초인에 이르는 자는 매우 적었다.

아키라는 그러한 이야기를 흥미진진하게 듣고 있었다.

"그렇구나. 하지만 소질만 있는 사람이 그렇게 많아?"

"그렇지. 본인만 모르지 꽤 많다고 하더군. 결국 초인의 소질이 뭐냐고 했을 때, 구세계의 고도로 발전된 생체 조정 처리가 아이에게 이어진 것이라는 설도 있으니까. 그런 의미에서는 태반의 동부 사람에게 소질이 있다고 할 수 있지. 물론 정도의 차이는 있지만."

유전 등으로 이어받은 자. 그 생체 조정 처리를 재현해서 현대인에게 시험한 자. 구세계 회복약을 복용한 자. 물과 공기와 음식에 포함된 미지의 나노머신의 영향. 나아가 그것들이 맞물려서 발생한 돌연변이. 이른바 초인의 소질, 구세계의 고도로 발전된 신체 개조와 동등한 무언가를 얻을 기회는 동부에 널렸다.

"그래서 동부를 뮤턴트의 세상, 생물병기 후예들의 영역으로 말하는 자도 있지. 뭐, 그런 의미에서 동부의 인간은 모두 뮤턴트 같은 거고, 생물형 몬스터는 정말로 그런 거니까 말이야. 아주 틀린 말은 아니다."

구세계의 기술은 인간의 정의를 재정의하고, 재설계하고, 재구축하는 영역에 도달했다. 어떻게 보면 동부의 인간도 구세계 기술의 산물이자, 구세계의 유물이다.

그리고 그 귀중한 유물에는 비싼 값이 매겨진다. 구영역 접속자 등은 특히나 그렇다. 그 해석이 끝나서 흔해 빠진 기술로 전락할 때까지, 그 가치가 떨어지는 일은 없다.

아키라가 조금 복잡한 표정을 짓는다.

"난 슬럼의 배급식으로 끼니를 해결한 시기가 꽤 긴데, 그런 것도 영향을 주거나 할까?"

"뭐, 없다고는 할 수 없겠군. 그건 일종의 임상시험이니까. 이상한 걸 먹은 탓에 기묘한 변이가 발생한 결과, 초인의 소질을 손에 넣었을 가능성은 확률상으로 존재하겠지."

야츠바야시가 그렇게 말하고 나서 고개를 가로젓는다.

"하지만 그걸 기대하진 마라. 위험한 변이가 발생할 확률이 훨씬 더 높다. 그걸 사전에 검지하기 위한 임상시험이니까."

"그야 뭐, 그렇겠지."

"만약에 그걸로 모종의 신체 개조와 비슷한 힘을 얻더라도, 그런 변이는 기본적으로 미해명 기술이다. 그만큼 위험하지. 추천하지 않아."

그리고 야츠바야시가 유쾌하게 웃는다.

"나로서는 해명을 마친 기술을 이용한 신체 개조를 추천하지. 어때? 잠깐 해보고 가지 않겠나? 아쉽게도 보험은 적용할 수 없지만, 지금이라면 임상시험 보상과 상쇄해서 싸게……."

"싫어."

아키라는 즉각 거절했다. 야츠바야시가 못마땅한 표정을 짓는다.

"그렇게 싫어하지 않아도 되지 않나. 괜찮대도. 나도 다소는 안전성 확인을 마쳤다고."

"다소가 아니라 완전하게 확인해 줘. 게다가 임상시험 보상과 상쇄한다면 그 시점에서 안전성을 확인하지 않은 거잖아."

"그러지 말고. 그야 리스크는 있지. 하지만 헌터 활동은 리스크가 따르지 않나? 높은 확률로 강인한 육체를 얻을 수 있다고. 몸이 약해서 황야에서 죽는 걸 생각하면, 싼 리스크 같은데."

"싫어."

아키라는 다시 단호하게 거절했다. 그 태도를 본 야츠바야시가 한숨을 쉰다.

"왜 다들 그렇게 싫어하는지……. 이 회복약도 그렇군. 흔한 고급품에도 뒤지지 않는 성능인데, 묘하게 평가가 박해서 돈이 없는 사람에게 쓰지 않으면 임상 데이터도 수집할 수 없군. 이렇게 싸고 고성능인데, 뭐가 불만이지?"

"녹색으로 빛나서 그런 거 아닐까……?"

"멋지지 않나!"

아키라가 한숨을 쉰다.

"아무튼 진찰 결과를 말해 줘. 잔류 나노머신 말고는 문제가 없어?"

"그래. 그 정도군. 잔류 나노머신 제거약을 줄 테니까 먹고 가라. 10만 오럼이다. 덤으로 회복약도 끼워 주지."

"녹색 약은 필요 없어."

야츠바야시가 노골적으로 입술을 비죽거린다.

"서비스 상품에 토를 달지 마."

"됐으니까, 제거약만 내놔."

아키라의 태도를 본 야츠바야시가 못마땅한 기색으로 한숨을 쉬었다. 그리고 제거약만 아키라에게 주고, 화풀이하듯 말한다.

"좋아. 네 태도가 그렇다면 너희 환자들한테 내 회복약을 듬뿍 써 주마."

"그걸 협박하는 말로 쓸 정도면 회복약으로서 문제가 있는 거 아니야……?"

"시끄러워! 싸게 완치해 주마!"

일반적으로 생각하면 셰릴에게 반가운 소리를 하는 거니까 아키라는 괜히 더 말하지 않았다. 그리고 돌아온 셰릴과 함께 진료소를 뒤로했다.

창고로 돌아가는 길에 셰릴이 병문안 이야기를 화제로 삼는다.

"습격으로 사상자가 많이 생겼지만, 빈사였던 사람은 아키라의 회복약 덕분에 진료소까지 버틸 수 있었고, 치료받는 사람도 팔다리가 떨어진 것만 아니면 문제없이 완치될 거래요."

"그렇구나. 다행이네."

"네. 다만 녹색 액체를 회복약이라고 투여하는 바람에 불안해하는 사람이 많았어요. 괜찮을 것 같기는 하지만……."

"그, 뭐냐, 나도 예전에 그 회복약을 쓴 적이 있는데 말이지. 괜찮……았거든?"

녹색 회복약의 효과는 그 뒤에 바로 있었던 격전 탓에 아키라도 잘 안다. 회복약 효과가 미묘하고 부상이 거의 낫지 않은 상태로 싸웠더라면 죽어도 이상하지 않았기 때문이다.

그런데도 괜찮다고 단언하지 못하고 조금 미묘하게 말한 건, 아키라 자신은 그 뒤에 병원에서 따로 완벽하게 치료받았기 때문이다.

만약 그 녹색 액체에 뭔가 부작용이 있더라도, 6000만 오럼이나 들어간 치료로 다 나았으리라. 그렇게 생각한 만큼, 아키라의 말투는 확신이 부족하고 어정쩡했다.

셰릴이 그런 아키라의 태도를 보고 쓴웃음을 흘린다.

"그러면 나중에 그렇게 말해둘게요. 아키라도 써 봤다고 하면 안심할 테니까요."

회복약으로는 충분한 효과가 있다고 해도 빛나는 녹색 액체를 옹호하는 건 제아무리 아키라라도 어려우리라. 셰릴은 그렇게 여기고 웃고 있었다.

◆

아키라와 셰릴이 진료소에 있을 무렵, 창고에서는 시지마가 습격자들을 심문하고 있었다.

시지마는 몹시 언짢고 불쾌한 표정을 짓고 있었다. 한편, 습격자들은 건들거리는 태도를 유지하고, 얼굴에는 비웃음조차 띠고 있었다. 고문에 가까운 거친 취급을 받는데도 어떻게 보면 여유를 부리고 있었다.

그런 습격자들의 태도가 시지마의 심기를 불편하게 하고, 불안을 더 키운다.

"맞는 것도 질렸겠지. 말하면 편하게 죽여 주마. 우리를 습격한 이유는 뭐지? 누구의 지시로 여기를 습격했지? 대답해라."

"커다란 창고에 유물이 한가득 있다는 말을 들어서 습격한 거라고."

"맞아. 유적보다 가깝고, 별로 어려워 보이지도 않았으니까. 예상보다 어려웠던 건 실수였지만."

시지마가 남자를 힘껏 걷어찬다. 죽어도 상관없다며 반쯤 죽일 작정으로 찼다. 하지만 남자는 걷어차여 얼굴이 피범벅이 되는데도 태연하게 웃었다.

"네놈들끼리 몬스터 운반과 인형병기의 조달이 가능할 리가 없잖아! 대답해!"

상대를 일방적으로 고문하는 자, 그리고 일방적으로 고문받는 자. 그만큼 다른 신세인데도 정신적인 우위는 오히려 정반대였다. 시지마의 부하들은 씩씩대며 언성을 높이고, 습격자들은 그런 시지마와 부하들을 무시하듯 조롱했다.

시지마도 마음속 혼란이 표정에 드러나기 시작했다. 그걸 어떻게든 분노로 덮어씌워 속이려고 하지만, 알아볼 사람은 다 안다. 그리고 습격자들은 알아볼 줄 아는 사람이었다.

허둥대는 시지마의 모습이 습격자 중 한 사람의 여유를 오만으로 바꿨다. 그 남자가 무심코 말을 흘린다.

"어차피 너희는 끝장이야. 그 녀석들을 화나게 했으니까."

그걸 들은 다른 남자들도 덩달아 입을 연다.

"그래. 너희도 곧 있으면 죽을 거다. 그때까지 벌벌 떨라고."

"왜냐면 너희는……."

남자들도 자신들이 살 수 없다는 걸 안다. 그래서 시지마와 부하들을 골탕 먹이려고, 자신들이 하는 말을 들은 상대의 반응을 즐기듯 비웃으며 시지마에게 고한다.

"에존트 패밀리에 시비를 걸었으니까."

"해리어스와 적대했으니까."

"뭐라고?!"

"어?"

"어?"

시지마가 경악하는 목소리와 두 남자의 허를 찔린 목소리가 겹쳤다. 그리고 두 사람이 괴이쩍은 표정으로 동료와 서로 얼굴을 본다.

"잠깐만, 해리어스잖아?"

"무슨 소리야? 에존트 패밀리잖아?"

"이 녀석들이 시작하는 유물판매점이 성공하면 그 이익이 에존트 패밀리로 흘러가. 그러니까 그걸 방지하려고 해리어스가……."

"아니지. 그 이익을 선물로 바치고 이것들이 해리어스에 붙는다는 거잖아? 그래서 에존트 패밀리가 우리를 고용하고……."

이야기가 엇갈리는 두 남자가 당황하면서 서로 언쟁하는 가운데, 다른 습격자들도 곤혹스러운 기색으로 이야기에 끼어든다.

"너희는 대체 무슨 소리를 하는 거야? 여기 유물과 뒷배 헌터를 죽인 실적으로 우리의 힘을 선전하는 계획이잖아?"

"그래. 그렇게 하면 해리어스가 우리가 요구하는 돈을 주겠다고 자루모가 ……."

"아니, 에즌트 패밀리에 선전하는 거잖아? 자루모는 그렇게 말했는데……."

"어? 넌 무슨 소리를……."

"어? 너야말로 무슨 소리를……."

남자들은 이미 시지마와 부하들을 잊고 언쟁을 벌이고 있었다. 그 광경을 본 시지마가 자기 머리를 부여잡는다.

"뭐가 어떻게 된 거야……."

이미 사태는 당사자인 습격자들도 모르는 상태가 되었다. 영문을 모를 상황이지만, 그것만큼은 시지마도 잘 이해했다.

그때 부하가 연락했다.

"보스. 비올라가 왔습니다. 어떻게 할까요?"

비올라는 정말 성질이 고약한 여자지만, 정보상으로서의 실력은 진짜다. 이 사태에 관해서도 뭔가 정보를 쥐었을지도 모른다. 그렇게 생각한 시지마가 결단한다.

"들여보내……!"

아무튼 이 영문 모를 사태를 파악하고 싶은 시지마는, 어쩌면 이 사태를 부른 사람이 비올라일지 몰라도 쫓아낼 수 없었다.

자신들 앞에 나타난 비올라에게, 시지마는 우선 귀찮아 죽겠다는 얼굴을 보였다.

"그래서? 무슨 일로 왔지? 보다시피 난 바쁘다. 무슨 일인지 모르겠지만, 짧게 해라."

"그래? 그러면 다음에 다시 올게. 잘 있어."

비올라는 대수롭지 않게 대답하고 동행한 캐럴과 함께 떠나려고 했다. 그걸 시지마가 인상을 쓰고 말린다.

"기다려! 용건 정도는 말하고 가라……."

"말하자면 길어질 것 같아서. 갑자기 찾아와서 미안해. 다음에 봐."

정말로 가려고 하는 비올라에게 시지마가 인상을 더 쓰고 혀를 찬다. 그리고 이를 악문 것처럼 일그러진 얼굴로 어떻게든 입을 연다.

"미안하다. 이러면 되나?"

"뭐, 좋아. 이걸로 반성했으면 더는 시시한 허세를 부리지 마."

비올라는 여유롭게 웃고 있었다.

상대가 쉽사리 떠나려고 한 것은 시지마가 반드시 붙잡을 줄 알고 한 연기다. 그것은 시지마도 잘 알았다.

그러나 붙잡지 않을 경우, 이 성질 고약한 여자는 정말로 돌아가고, '그때 나를 돌려보내서 네가 이런 꼴을 보는 거야' 같은 상황을 반드시 만든다.

그렇게 자신의 방문을 환영하지 않았던 자가 맞이한 말로의 사례에 한 줄을 추가한다. 다른 협상을 자기 뜻대로 진행하기 위한 재료로 삼는다.

그것도 시지마는 잘 알았다. 그래서 비올라를 붙잡을 수밖에 없었다.

이 협상 자리가 누구의 양보로 성립하는가. 그걸 계산하려고 허세를 부리는 바람에 시지마는 협상을 시작하기 전부터 비올라에게 우위를 넘겨주고 말았다.

냉정함을 유지하기 위해서 한숨을 푹 쉰 다음, 시지마가 다시 이야기를 시작한다.

"그래서 무슨 일로 왔지?"

"영업이야. 습격자의 환금을 청부받으려고."

"환금이라……."

동부에도 손해 배상이라는 개념이 존재한다. 습격자들에게 이번 손해에 대한 배상을 청구해서 막대한 빚을 지게 할 수는 있다.

그러나 실제로 돈을 벌기는 어렵다. 막대한 액수가 적힌 차용증에 동의 서명을 받아낸다고 한들, 그 시점에서는 종잇조각과 마찬가지다.

그 차용증을 근거로 도시의 멀쩡한 곳에 있는 집이나 창고에서 값비싼 물건을 압류하려고 해도 경비회사로부터 도둑 취급을 받을 뿐이다. 은행 등도 상대해 주지 않는다. 계좌에 있는 돈에는 손댈 수 없다.

채권으로서 팔아치우는 것도 불가능하다. 사려는 사람이 없다. 다중 채무자의 채권을 사들여서 본인의 동의 없이 빚을 갚는 조건으로 임상시험 명목의 인체실험에 동원하는 기업조차 그렇게 정당성이 없는 채권을 사지 않는 기업 윤리를 지녔다.

애초에 통기련이 그걸 허용하지 않는다.

동부에서 범죄란 궁극적으로 통기련에 대한 적대 행동을 의미한다. 그것에는 동부의 경제활동에 대한 공격도 포함된다.

통기련은 동부에서 건전하고 공평하고 자유롭고 평화로운 경제활동을 방해하는 모든 요인을 허가하지 않는다고 선언하고 있다. 실제로 단속할지 어떨지는 넘어가더라도, 그러한 규칙 등을 정식으로 공포하고 있다.

그리고 그 공평과 자유의 기준은 현저하게 한쪽으로 치우쳐 있다. 예를 들어서, 단순한 절도나 살인보다는 고액의 사기나 다단계 수법이 더 무거운 죄다. 통기련은 후자가 경제에 미치는 영향이 더 크다고 판단하기 때문이다.

정당성이 없는 빚을 누군가에게 지우는 것도 무거운 죄에 해당한다. 그러나 그 정당성의 증명은 좀처럼 쉽지 않다. 그걸 느슨하게 했다간 적당한 자를 붙잡고 적당한 이유로 거액의 채무를 떠밀어 팔아치우는 사태가 빈번하게 발생할 것이다. 황야나 슬럼이라면 더더욱.

즉, 총구를 머리에 들이대고 쓰게 했을지도 모르는 차용증은 정상적인 경제권에서 아무런 의미가 없다. 따라서 시지마가 습격자들에게 할 수 있는 일이라곤 본디 상대를 고문하다가 죽이는 것밖에 없다.

그러나 비올라가 나타남으로써 그 전제가 바뀌기 시작했다.

비올라가 말하는 환금이란, 배상금의 정당성을 증명하는 자료 등의 작성과 교섭, 사유재산 압류 절차의 대행, 채권 판매처와의 협상 등을 포함한 모든 환금 작업을 의미한다.

정당한 채권자가 정당한 절차를 밟아서 압류를 요구하면 은행이나 헌터 오피스도 계좌 압류를 거부할 수 없다. 부족한 채권을 헌터 오피스에 매각할 수도 있다.

정당성의 증명이 어려울 뿐, 증명만 할 수 있다면 습격자들에게 거액의 부채를 지우고 팔아치우는 것도 얼마든지 가능하다. 그리고 비올라는 그것이 가능하다고 여겨지는 실력과 악평이 있었다.

시지마가 습격자들을 힐끔 본다. 이대로 고문당하다 죽을 것을 알면서도 건들거리던 습격자들의 얼굴에 초조함이 드러났다.

"비올라. 그래서 네 몫은 얼마지?"

"그러네. 수수료로 50 대 50은 어때?"

"50? 이봐, 그건 욕심이 너무 과하지 않아?"

"무슨 소리야. 아주 싼 거야. 원래라면 80은 받아야 하는 걸, 나랑 당신 사이라서 50으로 해준 건데?"

"흥. 나도 아는 환금상이 있다. 이놈들을 죽이지 않고 팔아치우더라도 그쪽에 부탁하면 되지. 네가 그토록 돈을 벌게 해줄 이유는 없는데."

시지마가 이런 쪽으로 아는 환금상이 있는 건 사실이다. 그러나 말하는 건 완전히 허세다. 비올라도 그걸 쉽게 간파한다.

"무리야. 당신도 알 건데?"

"그건 너와 똑같은 환금 효율을 기대하지 않으면 될 일이다.

그래도 수수료가 10분의 1 정도라면 나한테도 충분한 돈이 들어오지."

시지마는 왠지 발악하는 것처럼 대답했다. 그러나 비올라는 유쾌하게 고개를 흔든다.

"그런 게 아니야. 아, 당신 입으로 말하기 어려우니까 내가 말하길 바라는 거구나? 알았어. 그렇다면 말해 줄게."

상황을 이해하지 못하는 시지마의 부하들이 곤혹스러운 표정을 짓는 가운데, 앞으로 들을 말을 이해하고 있는 시지마의 얼굴이 진실이 드러나는 두려움으로 험악해진다.

그리고 비올라의 입에서 그 선고가 나온다.

"도시와 합의를 마친 습격 관계자들의 환금을, 보통 환금상이 받아줄 리가 없잖아?"

시지마의 부하들이 경악하는 가운데, 먼저 눈치챈 시지마의 얼굴이 심하게 일그러졌다.

제135화 환금

난데없이 나타나 습격자들의 환금을 제안한 비올라에게 이번 습격에 도시가 관여했다는 말을 듣고, 시지마는 무심코 비올라를 노려봤다.

"비올라. 넌 얼마나 파악한 거지?"

"단순한 추측이야. 뭐, 도시와 합의를 마쳤다는 건 과장일지도 모르지만. 그래도 인접 지역의 경비회사와는 확실하게 이야기가 됐어."

비올라가 즐거운 기색으로 그 근거를 보탠다.

"안 그러면 아무리 여기가 그들의 치안 보증 지역 밖이라도, 코앞에서 몬스터를 넘어서 인형병기까지 날뛰는 걸 무시할 리가 없잖아? 내 말이 틀렸어?"

시지마가 입을 다문다. 그것은 긍정과 같은 뜻이며, 외면하고 싶었던 사실을 들이대는 바람에 생긴 침묵이었다.

이번 습격이 정말로 도시와 합의를 마치고 실행됐을지는 시지마도 확증이 없다. 그러나 하위 구획의 치안 유지를 위탁받은 민간 경비회사가 도시와 연계하는 건 안다. 큰 소동이 발생할 경우, 사후 보고일지라도 도시에 보고할 의무가 있다는 것도.

그리고 그 민간 경비회사가 이만한 소동이 발생했는데도 왜 움직이지 않았는지, 나중에 도시에서 추궁할 걸 알면서 왜 침묵했는지. 그걸 생각하면 최악의 결론은 비올라가 지적한 대로 처음부터 도시와 합의가 됐기 때문이다.

즉, 습격자들의 배후에 있는 누군가는 도시와 이야기할 수 있을 정도의 힘을 지닌 사람일 가능성이 매우 크다. 몬스터 운송과 인형병기의 조달 등도 그만한 힘이 있다면 가능하다. 앞뒤가 맞는다고, 시지마는 그렇게 생각하고 있었다.

하지만 시지마는 자신이 그만한 사태에 휘말린 것을 인정하기 싫었다. 그래서 알면서도 외면했다.

그러나 부하들 앞에서 드러나고 말았다. 더 외면할 수 없다.

"좋다……. 이 녀석들의 환금은 너한테 부탁하마."

비올라가 기쁜 듯이 웃는다.

"당연히 그래야지. 맡겨만 줘. 목돈으로 만들어 줄게. 그렇다면 저들의 신병을 이 자리에서 전부, 생사를 불문하고 장비든 뭐든 다 합쳐서 한꺼번에 가져갈게. 더 괴롭혀도 안 되거든? 건강할수록 비싼 값에 팔리니까. 알았지?"

"잠깐만."

"왜? 협상해도 수수료는 안 낮출 건데? 원래 80인 걸 벌써 50으로 낮춘 거니까."

"아니, 나 혼자 정할 일이 아니니까 말이다. 셰릴에게도 확인해 보마. 잠깐 기다려라."

골탕을 먹이려는 건지, 발악하는 건지, 단순히 희생자를 늘리고 싶은 건지, 시지마는 자신도 잘 모르는 채로 셰릴에게 연락했다.

사정을 들은 셰릴의 목소리가 시지마의 정보단말에서 간이 스피커처럼 창고에 울린다.

"알겠습니다. 환금은 맡길게요. 하지만 인형병기는 대상에서 제외해 주세요."

그걸 들은 비올라가 웃는 얼굴을 조금 굳혔다.

"그 인형병기가 가장 비싸게 환금할 수 있을 것 같은데, 팔지 않아도 되겠어? 대파했고, 너희는 수리할 연줄도 없잖아? 파는 게 이득인데?"

"상관없어요. 아키라가 그걸 해치운 증거로 남기겠어요."

"그건 걱정하지 마. 내가 소문을 잘 퍼뜨려 줄게. 혼자서 인형병기를 해치울 정도로 실력이 뛰어난 헌터가 후원자로 있다고 말이야."

"아뇨. 소문이 잘 퍼지지 않는 바람에 아키라가 소매치기의 표적이 되거나, 창고가 자꾸 습격당하기도 했으니까. 부서진 인형병기는 눈에 띄는 증거로 남기겠어요."

"그렇게 말해도……."

이상하게 물고 늘어지는 비올라의 태도를 시지마가 괴이쩍게 여긴다. 그리고 한 가지 우려를 떠올렸다.

"이봐, 비올라. 네가 여기 온 목적이 그 인형병기의 회수는 아니겠지?"

"회수……? 무슨 말이야?"

"질문을 바꾸지……. 그 인형병기를 어떻게 환금할 셈이냐?"

"그건 비밀이야. 환금 수단의 정보는 소중한 장사 밑천. 그 정보를 팔아도 되지만, 비싼데?"

그렇게 말하고 대담하게 웃는 비올라를 보고, 시지마는 추궁을 포기했다. 설령 습격자들의 배후에 있는 누군가와 비올라가 한통속이라고 해도, 이 자리에서는 절대로 드러나지 않는다. 그렇게 확신할 만큼 눈앞에 있는 여자는 성질이 고약하다는 것을 알기 때문이다.

"뭐, 됐다……. 셰릴은 안 된다고 하는군. 인형병기는 두고 가라."

"하는 수 없네……. 그 인형병기는 비싸게 팔릴 것 같아서 좋은 뜻으로 말해 준 건데, 후회해도 난 모른다?"

"안 된다고 말한 사람은 셰릴이라고. 설득은 셰릴과 아키라에게 해라. 안 그래?"

"그러네……."

그렇게 말하고 비올라는 의미심장하게 싱긋 웃었다.

시지마가 속으로 안도의 한숨을 쉰다. 이로써 최악의 일이 생겨도 비올라의 제안을 거절한 탓에 생기는 후회는 셰릴과 아키라에게 향한다. 지금은 그렇게 생각하고 좋게 넘어가기로 했다.

◆

아키라가 셰릴과 함께 창고로 돌아오자 연행되는 습격자들이 눈에 들어왔다. 사지를 구속당하고, 눈에서 생기가 잃은 채로 트럭에 실린다.

그 밖에도 비올라가 준비한 자들에 의해 습격자들의 기체와 차, 나아가 몬스터의 사체까지, 습격자들과 관계가 있는 것이 인형병기를 제외하고 전부 운반되고 있었다.

인형병기 안에서 작업하는 자에게 시지마의 부하가 호통을 친다.

"야! 그 기체는 손대지 마! 그건 환금 대상이 아니라는 말을 못 들었냐!"

"말이 많네! 이걸 조종한 녀석의 시체를 모으는 거라고! 습격자는 생사를 불문하고 모으라는 말을 들었단 말이야! 의체의 부품이나 뇌수도 말이지! 조종석에 다 튀어서 끔찍하거든?! 거참, 좀 깨끗하게 죽일 순 없냐!"

남자 작업자가 밖에 얼굴을 내밀고 똑같이 호통친다. 그 말이 아키라의 귀에도 들어간다.

"미안한걸. 그 녀석이 너무 강해서 깨끗하게 죽일 여유가 없었어."

"어? 어어, 그, 그래? 하, 하하……."

남자는 얼버무리듯 웃은 다음 곧바로 작업을 재개했다. 그리고 일을 마치자마자 시체 주머니와 함께 후다닥 자리를 떴다.

그때 캐럴이 나타난다. 서둘러서 떠나는 남자의 모습을 보고 슬쩍 웃는 소리를 낸 다음, 아키라를 향해 즐겁게 웃었다.

"아키라. 저 사람은 그냥 작업원이니까 너무 겁주면 안 돼."

"아, 그럴 작정은 아니었는데……."

"그렇다면 예전에도 말했지만, 조금만 더 말투에 신경을 쓰는 게 좋아. 아키라는 강하니까, 뭘 말해도 윽박지르는 게 될 때도 있어. 조심하는 게 좋아. 아키라를 위해서도."

"알았어……. 조심할게."

말썽꾸러기 아이를 조금 놀리면서도 부드럽게 타이르듯 말하는 캐럴에게, 아키라는 쓴웃음 기미로 웃었다.

셰릴은 왠지 모르게 친근한 두 사람의 대화를 보고 놀랐다. 캐럴을 비올라의 수행원 정도로만 여겼던 만큼, 놀라움이 컸다.

"아키라. 저기, 이 사람하고는 아는 사이인가요?"

"그래. 미하조노 시가지 유적에서 같은 팀이었어."

"캐럴이야. 잘 부탁해."

"아, 그래요."

캐럴에 웃으며 악수를 청하자 셰릴은 조금 망설이면서 손을 잡았다. 그러자 캐럴이 셰릴을 평가하듯이 본다. 셰릴도 웃으며 캐럴을 쳐다본다.

"아키라. 꽤 귀여운 아이잖아. 애인이야?"

"응? 어, 그런 셈이야."

셰릴 조직의 후원자로서, 명목상 그런 관계다. 캐럴이라면 그 정도도 알아보겠지 싶어서 아키라는 가볍게 대답했다.

"네. 애인이에요."

셰릴은 똑똑히 그렇게 대답했다. 자신은 정말로 아키라의 애인이라고, 그것이 사실이라고, 단언했다.

"그렇구나."

캐럴은 아키라의 생각과 셰릴의 희망도 정확히 간파했다. 그래서 셰릴에게 사양할 필요는 없다고 봤다.

"그나저나 아키라는 이걸 혼자서 해치웠구나. 대단해."

"미하조노 시가지 유적에서 모니카와 싸웠을 때와 비교하면 편했어. 캐럴도 혼자서 이길 수 있지 않을까?"

"음. 불가능하다고는 말하지 않겠지만, 좋아서 이거랑 혼자 싸울 마음은 안 생겨."

"나도 그래."

"그러면 왜 혼자 싸웠어?"

"그러게…… 오늘은 뭐, 새 강화복으로 몸풀기를 하기 딱 좋아서 그랬어."

아키라는 살짝 농담하듯이 웃고 말했다. 캐럴이 웃음을 터뜨린다.

"엄청 거창한 몸풀기네."

"그야 4억 오름짜리 강화복이니까. 흔한 싸구려의 몸풀기와는 달라."

"고작 몸풀기로 여기를 습격한 자들의 운명이 끝장난 거구나. 자업자득이라고는 해도 비올라에게 팔리다니, 불쌍해 죽겠어."

캐럴은 그렇게 말하고 습격자들이 생사를 불문하고 실린 트럭으로 시선을 돌렸다. 그 눈에는 습격자들에 대한 동정이 조금이나마 확실하게 담겨 있었다.

아키라도 덩달아 트럭을 본다.

"저 녀석들, 그렇게 험한 꼴을 보게 되는 거야?"

"그럴 거야. 아, 그러고 보니 아키라는 그런 상식도 부족한 편이었지. 알려줄게."

동부에도 인권이란 개념은 존재한다. 그러나 그 효력은 보유한 재산에 크게 영향받는다.

부유한 자는 귀한 인권으로 안전한 방벽 안에서 건전하고 문화적인 생활을 누리고, 빈곤한 자는 그 천한 인권으로 슬럼의 뒷골목에서 겁에 질려 산다. 그만큼 보유한 재산에 따른 영향이 크다.

그것은 어떻게 보면 재산이 없는 자라도 그 정도 인권은 있다는 뜻이기도 하다. 그렇다면 재산이 마이너스인 자, 갚을 수 없는 빚을 진 자는 어떤가 하면, 마이너스인 만큼 비인도적인 대우를 받으며 빚을 갚아야 한다.

그 대우의 구체적인 사례로 언급되는 것이 회복약의 인체 실험이다.

복용하기만 해도 출혈이든 골절이든 다 치료하는 고성능 회복약의 효과는 엄청나지만, 그 기능에 문제가 있으면 비참한 사고가 발생할 수 있다.

치료용 나노머신이 온몸을 파괴하는데도 치료 효과로 죽지 않고, 사지는 물론 내장까지 무질서하게 몸 안팎을 안 가리고 생성되어 인간의 원형을 잃으면서도 의식이 남아 지옥 같은 고통을 맛보는데도, 문제를 조사하기 위해 살려둔다.

부채액에 따라서는 그런 처지가 되기도 한다. 그게 아니더라도 부채액에 걸맞은 말로가 기다리고 있다.

그걸 들은 아키라는 조금 겁먹었다.

"그런 꼴을 당하는 거야……? 무서워라……."

"저 사람들도 지면 죽는다는 정도의 각오는 했겠지만, 나쁘게 말하자면 고작 그 정도의 각오밖에 없었다고도 말할 수 있어. 그야 비올라만 슬금슬금 튀어나오지 않았더라면 그 정도 각오로 충분했을 테니까, 저 사람들은 운이 없었어."

비올라는 온갖 수단을 총동원해서 정당한 부채를 습격자들에게 지울 것이다. 창고와 유물의 피해 금액, 중상자 치료비와 사망자 배상금, 아키라를 포함한 경비들에게 줄 보수 등을 정당성이 있는 범위에서 최고액을 산출해 채권화한다.

당연하지만 그토록 거액의 빚은 갚을 수 없다. 따라서 채권으로는 비싸도 액면가의 10분의 1 정도로 싸게 팔린다. 그리고 채권을 사들인 쪽은 습격자들을 채권액에 맞게 대우한다. 그 뒤로 채무자들을 기다리는 것은 죽는 게 차라리 나은 비인도적 취급이다.

"이렇게 말하긴 뭐하지만, 저들은 진 순간에 자살해야 했어. 뭐, 그만큼 각오하기도 어렵겠지만."

"무섭네."

"무서워. 아키라도 빚은 조심해야 하거든? 돈을 잘 버는 헌터일수록 돈을 빌리기 쉬워지니까 말이야. 못 갚으면 큰일일걸?"

"단단히 명심할게."

그 뒤에도 아키라와 캐럴은 잡담하며 즐겁게 웃었다. 셰릴도 웃는 얼굴이었지만, 표정에는 조금 그늘이 있었다.

그때 캐럴에게 연락이 온다.

"아, 호출이 왔어. 아키라, 다음에 또 봐."

캐럴은 그 말을 남기고 자리를 뜨더니 창고에서 나온 비올라와 함께 자취를 감췄다.

셰릴이 조금 불안한 얼굴로 아키라를 본다.

"아키라. 저기, 평범한 지인치고는 무척 친해 보이네요."

"뭐, 함께 죽을 고비를 넘긴 사이니까."

"죽을 고비, 인가요……."

납득할 만한 대답이기는 했다. 그러나 자신은 똑같이 할 수 없다는 이해가 셰릴을 조금 우울하게 했다.

"카츠라기도 그래. 같이 몬스터 무리에 습격받아서, 죽기 직전에 겨우 살았어. 그런 사이니까 카츠라기도 내 부탁을 듣고 셰릴을 도와주는 거겠지."

"그런가요……."

아키라가 진심으로 그렇게 말한 건 셰릴도 이해했다. 그러나 셰릴에게는 둘 다 함께 죽을 고비를 넘긴 사이라도, 캐럴과 카츠라기에 대한 아키라의 태도가 똑같게 여겨지지 않았다.

◆

셰릴의 창고를 나선 캐럴과 비올라가 습격자들을 태운 트럭으로 황야를 이동하고 있다.

"비올라. 우리가 가는 곳은 짐칸에 실은 저들을 팔 곳이지?

그런데 왜 황야야?"

"글쎄. 장소는 상대가 희망한 거야."

"즉, 엄청나게 수상한 상대라는 거구나."

"맞아. 그러니까 너를 호위로 고용한 거야. 비싼 보수를 냈으니까 힘내."

"아, 그러세요. 너야말로 수지에 안 맞는 상황이면 버리고 도망칠 줄 알아."

"알았대도."

친구이지만, 둘 다 악녀다. 보수에 맞게 일하는 자와 알맞은 보수를 내는 자의, 어느 한쪽이 실수하면 파탄하는 관계다.

그러나 양쪽 모두가 상대의 신뢰도, 어느 정도로 상대가 자신을 배신할지를 가늠하는 것에도 익숙했다. 따라서 관계는 유지된다.

"캐럴. 네 다음 사냥감은, 그 아키라란 아이야?"

"사냥은 무슨. 우량 고객 개척이라고 말해 줘."

"미안해. 하지만 그런 어린아이에게 손대다니 말이야. 그쪽 취미가 있었어?"

"남의 취미에는 토를 달지 말자. 서로 말이지."

"알았어."

가벼운 대화를 통해서 비올라는 캐럴이 아키라를 심심풀이로 노리는 게 아님을 이해했다. 또한 비올라의 취미에 아키라를 끌어들이는 것을 캐럴도 용인했다고 판단했다.

실제로 캐럴은 그걸 용인했다. 그 결과로 아키라가 죽어도,

혹은 비올라가 죽어도, 어쩔 수 없는 일이었다고 넘어갈 마음이었다.

캐럴과 비올라는 지정 장소에 약속 시간 5분 전에 도착했다. 트럭에서 내리고 거래 상대를 찾는다. 하지만 확인할 수 없다.

"비올라. 여기 맞지?"

"그래. 틀림없어."

한동안 기다린다. 그러나 아무도 모습을 드러내지 않는다. 주위를 색적하는 캐럴의 정보수집기에도 반응이 전혀 없다.

"이 시점에서 내 색적 범위에 반응이 없으면 시간에 맞춰 도착하기 힘들 거 같은데……."

"약속 시간까지는 기다릴 거야. 그다음에는 도시로 돌아가 다른 환금 수단을 준비해야지. 그 타이밍에 나한테 연락할 정도의 상대라서 괜찮다고 생각했는데, 과대평가였나 보네."

거래 시간에 지각하는 자는 실력과 신용 중 하나가, 또는 모두가 부족하다. 그러한 자와는 거래할 수 없다. 파멸시킬 예정인 상대나, 그러기 위한 거래가 아닌 이상.

비올라는 그렇게 생각하며 이번 거래는 이미 백지가 되었다고 판단했다.

캐럴이 몹시 의아한 표정을 짓는다.

"이 거래, 비올라가 주선한 게 아니야? 솔직히 말해서 그 습격에도 처음부터 관여했으니까 그렇게 일찍 시지마에게 협상하러 찾아간 줄 알았는데."

"아니야. 나는 그 습격과 관계가 없어. 뭐, 습격은 예측했고 결판이 나면 협상하러 가려고는 했어. 하지만 습격자들의 생사를 불문하고 사들이겠다고 제안한 건 상대야. 연락이 온 건 아마도 습격자들이 진 직후야."

"아하, 비올라가 인형병기의 매수에서 물러난 건 습격자들의 신병이 목적인 걸 들키지 않으려고 그런 거구나."

"그런 셈이야. 뭐, 그것도 헛수고였던 것 같지만. 캐럴, 근처에 반응은 있어?"

"없어. 약속 시간까지 앞으로 30초야. 거참, 이런 장소로 따라오게 하면 민폐가……."

다음 순간, 캐럴은 몹시 험악한 얼굴로 비올라의 앞에서 재빨리 총을 겨눴다.

"캐럴?!"

"색적에 반응이 있어! 어떻게 된 거지?! 내 정보수집기의 색적 범위에 갑자기 나타났어! 이 위치에서 놓칠 리가……!"

캐럴의 총구가 향한 곳에서 주위 풍경의 일부가 일렁였다. 그리고 그 자리에 검은 코트를 걸친 남자가 나타난다. 한눈에 사이보그임을 알 수 있는 금속이 드러난 머리의 눈이 캐럴과 비올라를 가만히 보고 있었다.

"총을 내렸으면 좋겠군. 적대할 의사는 없다. 너희의 거래 상대다. 비올라와 그 호위일까?"

캐럴이 총을 내리고 대담하게 웃는다.

"위험하니까 위장 상태로 다가오지 말았으면 좋겠는데?"

"미안하군. 눈에 띄고 싶지 않아서 말이지. 너희가 충분히 반응할 수 있는 거리에서 위장을 풀었다. 관대하게 봐주길 바란다."

"거참…… 어쩔 수 없네."

캐럴은 겉으로 태평하게 웃으면서도, 속으로는 조금 겁먹을 정도로 남자를 경계하고 있었다.

광학 위장으로 모습을 감췄더라도 색적은 광학으로만 하는 게 아니다. 그리고 상대가 모습을 드러낸 것은 캐럴의 정보수집기의 성능이라면 확실하게 발견할 수 있는 위치였다.

그러나 상대는 그 존재를 캐럴이 조금도 감지하게 하지 않았다. 즉, 그만한 장비와 실력을 지녔다는 증거다. 기습당했다면 아무것도 못 하고 죽었을 것이다. 그 두려움이 캐럴에게 식은땀을 흘리게 했다.

"자, 거래하지. 상품은 트럭에 있을까?"

비올라가 협상인의 얼굴로 웃으며 대응한다.

"맞아. 짐칸 문의 잠금장치는 풀었어. 확인해 봐."

남자가 트럭을 본다. 그리고 시선을 비올라에게 돌렸다.

"확인했다. 문제없군. 입금할 계좌를 알려줘라. 현금이라도 상관없지만, 그때는 금액의 문제상 시간이 조금 걸린다."

"계좌 입금이라도 상관없어. 이 계좌로 부탁해."

비올라가 정보단말을 조작해서 계좌를 지정한다. 그러자 곧장 입금 통지가 떴다.

"입금했다. 확인해라."

"확인했어. 문제없어."

"거래는 성립했군. 그렇다면 이쯤에서 실례하지. 혹시나 해서 충고하지만, 내 뒤를 밟지 않는 것을 강하게 추천한다."

"물론이야. 약속대로 우리는 한동안 이 자리에 머물 테니까 트럭째로 가져가."

그 뒤에 남자는 트럭에 타고 도시가 아니라 황야 너머로 이동했다.

그걸 지켜본 캐럴과 비올라가 안도의 숨을 내쉰다.

"비올라. 조금 위험한 다리를 건넌 거 아니야? 버릴지 말지 조금 고민했거든?"

"무슨 소리야. 문제없었잖아? 게다가 이런 거래에는 위험이 따르는 법이야."

"그러다가 죽어도?"

"헌터를 하는 캐럴에게 들을 소리는 아니야. 나는 이래 보여도 안전하게 돈을 벌려고 하는데? 적어도 유적에서 죽는 헌터보다는 말이야."

비올라는 웃으며 반박했다. 부정할 수 없다며, 캐럴도 즐겁게 웃고 대답한다.

"하긴 그러네."

위험한 거래를 마친 비올라와 캐럴은 약속대로 그 자리에 한동안 머문 다음, 도시에서 호출한 차를 타고 돌아가려고 했다.

그때, 황야 저편에서 폭발이 일어난다. 캐럴의 정보수집기에도 반응이 뚜렷할 만큼 큰 폭발이다.

"비올라. 저 폭발, 그 트럭일까?"

"그렇겠지."

"입막음? 증거 인멸?"

"아마도."

"우리랑 관계가 있을까?"

"없어."

"좋아. 가자."

자신들은 관계가 없다. 그 확인을 마친 캐럴과 비올라는 그대로 전부 잊고 도시로 돌아갔다.

◆

비올라와 거래를 마친 뒤, 사이보그 남자는 황야에 트럭을 세웠다. 그리고 짐칸 문을 열어서 안에 들어간다.

짐칸 안에는 습격자들이 생사를 불문하고 실렸다. 아직 살아 있는 자들이 공포에 질린 눈으로 보고 있었다.

남자는 짐칸에서 시체 주머니를 열고 안에서 작은 기계를 꺼냈다. 집적회로나 기억장치로도 보이는 작은 기계에는 뇌의 일부가 들러붙어 있었다.

그리고 그걸 조심스럽게 챙기고는 겁먹은 눈으로 자신을 보는 자들에게 말한다.

"안심해도 된다. 나는 기업의 하수인이 아니다. 동지에게 협력해 준 자네들을 허투루 대우할 생각은 없다."

"그, 그래?"

거액의 빚을 지우고 팔아치우는 건 아닐 것 같다며 생존한 습격자가 희망을 찾아내 웃는다. 하지만 다른 자는 괴이쩍은 표정을 지었다.

"기업의 하수인이 아니야? 동지? 무슨 소리를……."

다음 순간, 사이보그 남자가 생존한 습격자를 총으로 쐈다. 모두 일격으로 머리가 날아가고, 고통받을 틈도 없이 죽었다.

"더는 기업에 이용당해서 고통받을 필요가 없다. 편안히 쉬어라."

남자는 그 말을 남긴 다음 트럭에 폭탄을 설치하고 떠난다. 그 강력한 폭발은 짐칸과 함께 트럭을 산산조각으로 날렸다.

『나다. 그래. 동지는 회수했다. 문제없다. 다음 몸을 찾아주길 바란다.』

이 폭발로 이번 거래를 아는 얼마 안 되는 인물인 비올라와 캐럴이 남자의 목적을 추측하더라도, 그것은 습격자들의 말살이며, 입막음이며, 증거 인멸이 된다.

모든 것은 은폐되었다. 지금까지 그랬던 것처럼.

◆

습격자들을 격퇴했다고는 해도 현장인 창고 주변의 상황은 여전히 정신없다. 그러나 셰릴이 조직의 보스로서 현지에서 직접 지휘할 필요가 없을 정도로는 사태가 수습되었다.

그걸 확인한 시점에서 셰릴은 거점으로 돌아갔다. 아키라에게도 동행을 청하고, 자기 방에 들어온 시점에서 한숨을 쉰다.

그리고 아키라를 끌어안았다. 하지만 그것은 사랑하는 자에 대한 포옹이 아니라, 매달리는 자의 애원이었다.

타인의 감정에 둔감한 아키라도 셰릴의 낌새가 평소와 다른 것을 눈치챈다.

"셰릴. 왜 그래?"

"죄송해요……. 조금 지쳤어요."

"그런가…….."

아무튼 아키라는 셰릴이 들러붙은 상태로 근처에 있는 소파에 앉았다.

"그 뭐냐, 차분해질 때까지 마음대로 해."

"고맙습니다…….."

셰릴은 조금 우울한 투로 대답하고 아키라를 더 세게 끌어안았다.

캐럴과 담소하는 아키라를 봤을 때, 셰릴의 이성은 마음속 깊은 곳에서 끓어오르는 것을 필사적으로 억제하고 있었다.

이 감정에 따라서 행동해서는 안 된다. 그것은 자신을 파멸에 한 발짝 다가가게 한다. 불안도 질투도 분노도 공포도 걱정도 슬픔도 판단력을 흐트러뜨린다. 흐트러진 판단은 실패를 부르고, 실패가 쌓이면 아키라가 자신을 버리는 요인을 만든다. 그렇게 자기 자신을 타일러서 버텼다.

셰릴은 아키라의 변덕이 끝나는 것을 두려워하고 있다.

그리고 이해하고 있다. 아키라는 딱히 착한 사람이 아니다. 아키라는 자신을 사랑하지 않는다. 몸에도 관심이 없다. 자신들을 구한 대가도 크게 기대하지 않는다. 자신들과 동료 의식도 없다.

아키라가 셰릴을 구한 이유와 근거는, 변덕이라고 할 정도로 두루뭉술하고 어슴푸레한 것에 불과하다.

셰릴이 봐도 캐럴은 진짜 미인이고, 그 차림새도 남자가 혹할 만큼 매력적이었다. 더군다나 아키라를 유혹하는 것처럼 보였다.

그리고 아키라는 헌터로서 셰릴이 모르는 곳에서도 평범하게 다른 사람과 엮이고 있다. 셰릴은 그 당연한 사실을 지금껏 외면하고 있었다.

하지만 오늘, 외면하던 걸 목격했다.

누군가가 아키라를 유혹하고, 내일에라도 아키라의 애인이 될지도 모른다. 그렇게 되면 아키라의 변덕은 싹 사라진다. 셰릴은 버림받을 것이다.

아키라를 유혹하는 캐럴을 보고, 유능한 헌터를 꾀려고 하는 매력적인 여성을 보고, 셰릴은 직시하고 싶지 않았던 두려움에 직면했다.

아키라가 셰릴에게 조금이라도 집착한다면, 그것이 셰릴의 몸이든 마음이든 지위든 재산이든 능력이든 다 좋으니까 원해 주기만 한다면, 셰릴의 불안은 수그러들었을 것이다. 그걸 위해서라면, 바라기만 한다면, 셰릴은 기꺼이 전부 바쳤다.

그러나 아키라는, 아무것도 바라지 않는다.

셰릴의 마음을, 모든 것을 지탱해 주는 아키라의 변덕은, 셰릴의 노력이 결실을 볼 때까지, 변덕이 아닌 요소로 아키라가 셰릴과의 접점을 유지하려고 하는 날까지, 계속될 수 있을까?

그 불안에서 도망치려고, 셰릴은 아키라를 꼭 끌어안고 있었다.

제136화 야나기사와의 볼일

원래의 경비 범위를 넘어선 기계형 몬스터가 유적에 넘쳐나서 발생한 미하조노 시가지 유적의 소동은, 쿠가마야마 시티의 사태 진정화 노력도 있어서 지금의 거의 수습되었다.

그러나 이전 상태로 돌아간 건 아니다. 공장 구역은 부분적으로 출입이 제한되고 시내 구역은 세란탈 빌딩 주변이 간이 방벽으로 완전히 봉쇄된 상태다.

그리고 그 세란탈 빌딩 쪽에는 건물 정면 출입구를 뒤덮듯이 간이 거점이 세워져 있었다. 건물 안에서 출현하는 기계형 몬스터를 방지하는 목적이다.

원래는 세란탈 빌딩 접수처를 겸한 층을 제압해서 간이 거점으로 삼을 예정이었다. 하지만 적의 물량에 밀려서 건물 밖으로 철수하고, 출입구 봉쇄만이라도 실현하고자 튼튼한 간이 방벽을 가까스로 설치했다.

그 뒤로도 격렬한 공방을 되풀이하고, 건물 출입구의 폭밖에 안 되는 좁은 전선을 유지하기 위해서 인원과 물자가 투입되었다. 그 결과로 세란탈 빌딩 출입구를 틀어막는 간이 거점이 탄생했다.

그리고 현재 간이 거점에서 세란탈 빌딩 봉쇄 처리를 계속하

는 것은 도란캄이자, 카츠야의 부대를 중심으로 한 사무 파벌의
인원이었다.

　휴식 중의 유미나가 한숨을 크게 쉰다.
"방해만 됐네……."
세란탈 빌딩 주변 제압 작전에서, 카츠야의 부대는 탁월한 연
계로 큰 성과를 거뒀다. 그것은 작전을 지휘한 쿠로사와가 절찬
을 넘어서 미심쩍게 여길 정도였다.
　그러나 모두가 빠짐없이 크게 활약한 건 아니다. 정밀한 행동
을 요구하는 고도의 연계에 따라가지 못해서 부대 행동을 저해
하는 자도 어느 정도 나타났다.
　그리고 유미나는 그렇게 발목을 잡은 쪽이었다.
"이 종합지원 강화복은, 나하고 안 맞는 게 아닐까?"
　새로운 장비로서 지급된 강화복은 도란캄의 사무 파벌 간부이
자 카츠야의 상사이기도 한 미즈하의 연줄로 기령이라는 기업
에서 제공한 물건이다.
　미즈하는 이것이 아직 정식 출시 전인 최신 장비라고 카츠야
일행에게 설명했지만, 요컨대 아직 개발 중인 상품으로, 시제품
의 현장 테스트에 참여하는 형식으로 최신 강화복을 구한 것에
불과하다.
　순수하게 기뻐하는 카츠야의 옆에서, 유미나는 그렇게 안전
성이 부족한 장비를 자신들에게 쓰게 하는 거냐고 불만과 불안
을 조금 느꼈다.

그러나 강력한 장비인 건 사실이고, 그걸 마련한 사람은 자신들의 상사이자 후원자. 더군다나 자신들은 과합성 스네이크 토벌전에서 추태를 보인 직후이기도 해서, 사용하는 것을 반대할 수 없었다.

그리고 그 강화복을 착용한 카츠야 부대의 활약은 그걸 제공한 기령도 놀라게 할 정도였다.

최종적으로는 건물 밖으로 철수하게 됐지만, 세란탈 빌딩 내부 돌입에 성공하고, 건물 안에 남겨진 다수의 헌터를 구출하는 데 성공, 전선을 한때나마 상층부 주변으로 밀어내는 등, 충분한 성과를 냈다.

그 사실을 떠올린 유미나가 마음속 감정을 떨쳐내듯이 고개를 슬쩍 흔든다.

"무슨 생각을 하는 거야……. 내가 발목을 잡은 걸 장비 탓으로 하면 어쩌자고. 그렇게 생각하면 안 돼. 나답지 않아. 정신 똑바로 차려."

그때 카츠야가 나타났다. 조금 딱딱하고, 왠지 기운이 없는 유미나의 모습을 보고 걱정하듯 말을 건다.

"유미나. 무슨 일 있어?"

"아무 일도 아니야. 카츠야. 요즘 발목을 잡는 일이 많아져서 미안해."

그런 걸 신경 쓴 거냐고, 카츠야는 부드럽게 미소를 지었다.

"누구라도 실수할 때가 있어. 그럴 때 서로 돕는 게 동료잖아? 그리고 무슨 일이 생기면 내가 해결할게. 괜찮아."

"그래······. 고마워. 카츠야."

유미나도 웃으며 대답했다. 그래서 카츠야도 이젠 괜찮겠다며 고개를 끄덕였다.

유미나가 카츠야의 배려를 기쁘게 여긴 건 사실이다. 그 점에 거짓은 없다.

그러나 유미나는 카츠야의 위로를, 자신이 발목을 잡는 것은 카츠야도 사실로 여긴다는 식으로 받아들이고 말았다.

그리고 그걸 깨달으면서, 부정해 주기를 바란 자신의 마음도 깨달았다. 그것이 무엇보다도 유미나에게 상처를 줬다.

그때 소년들이 나타난다. 그러자 카츠야는 살짝 당황한 듯, 상대와의 거리감을 가늠하지 못하는 기색을 보였다.

"무슨 일이야······?"

"아, 아까 미즈하 씨가 연락해서요. 여기에 도시의 높으신 분이 오니까 조심하라고 합니다."

"그렇군······. 알았어. 고맙다."

"아, 네."

소년들도 카츠야와 마찬가지로 상대와의 거리감을 못 잡아서 곤혹스러운 기색을 보였다.

소년들은 카츠야 파로 전향한 예전 B반의 헌터들이다. 대우는 나쁘지 않고, 토가미도 옮긴다는 이야기를 들어서, 카츠야의 밑에 직접 들어가는 게 아니라 토가미를 끼고 그 아래에 들어가는 형태라면 괜찮겠다며 미즈하의 제안을 받아들였다.

그러나 그 뒤로 토가미는 미즈하의 제안을 정식으로 거절했다. 지금 와서 B반으로 돌아갈 수도 없게 된 소년들은 이렇게 된 이상 어쩔 수 없다며, 찜찜한 구석은 있어도 카츠야에게 순종적인 태도를 보였다.

카츠야도 소년들이 B반 출신이라고 해도, 미즈하의 제안으로 같은 부대에 들어오고, 더군다나 순종적인 낌새를 보이는 자들에게 과도한 불쾌함을 느끼지는 않았다. 다 같이 사이좋게 지내지는 못하더라도, 시내 구역의 부대 행동에서 문제를 일으키지는 않았다.

소년들도 다소 발목을 잡기는 했지만, 카츠야의 부대에서 함께 작전을 무난하게 잘 수행했다. 미즈하가 영입을 제안한 만큼, 토가미 정도는 아니어도 소년들의 실력은 좋았다.

그리고 카츠야와 동료들의 탁월한 실력을 목격한 소년들은 그 평가를 수정했다. 사무 파벌에 우대받고, 고성능 장비와 편한 의뢰로 헌터 랭크만 올려서 까부는 멍청이. 장비만 잘 갖춘 초짜. 젊은 신인 헌터에 대한 악평 그 자체. 그런 인식을 고쳤다.

작전 중의 장비는 기령에서 제공한 것으로, 카츠야와 소년들 모두 똑같은 물건을 사용했다. 그렇게 똑같은 조건에서 압도적인 강함을 보인 카츠야와 이에 맞춰서 고도의 연계를 보이는 동료들. 소년들도 그런 카츠야 부대의 실력과 자신들의 미숙함을 인정할 수밖에 없었다.

또한 슬럼 출신자는 그 가혹한 태생 때문에 강자를 신봉하는 경향이 강하다. 소년들이 시카라베 같은 도란캄의 고참을 인정하는 것도 마음에 들지는 않지만 강하다는 평가 때문이다.

강함이 뒷받침하는 오만은 허용된다. 강하기 때문이다. 강하면 까불어도 용납된다. 품성과 양심이 몸을 지키는 데 도움이 안 되는 세상에서는 그게 통했다.

그리고 카츠야에 대한 인식을 고친 지금, 그 평가 기준으로 카츠야를 다시 판단하면 뛰어난 실력에 비해서 너무 겸손한 녀석, 이 된다. 그렇게 강하면서 동료들을 의욕적으로 구하려고 하는 자세도 좋게 보였다.

그러한 이유로 소년들이 적대감과 조롱이 아닌 호감과 동경하는 눈으로 보면 카츠야도 기분이 나쁘지 않다. 소년들에 대한 태도를 바꾼다. 그러면 소년들도 카츠야를 더 좋게 평가한다.

그런 선순환으로 예전에는 대립했던 것도 있어서 아직 어색한 감이 있지만, 카츠야와 B반 출신자들의 관계는 서서히 개선되고 있었다.

유미나가 소년들에게 묻는다.

"높은 사람이 온다고 해도 누군지 모르겠는데, 시찰하러 올 때 보기 흉하지 않게 잘 꾸미라는 뜻이야?"

"뭐…… 그런 게 아닐까?"

"그래……."

유미나는 소년들의 태도에서 자꾸 자세한 내용을 물어봤다간 괜한 실랑이가 벌어질지도 모른다고 생각해 이야기를 그만뒀다. 정보단말로 미즈하에게 연락해서 확인해 본다.

소년들은 그런 유미나를 싸늘한 눈으로 보고 있었다. B반 출신자들은 카츠야와 그 동료들에 대한 평가를 수정했지만, 그것은 자신들이 발목을 잡았던 부대 행동에서 발목을 잡지 않은 자들에게만 그런 것이다. 자신들처럼 발목을 잡은 자들은 포함되지 않는다.

오히려 그런 자들에 대한 평가는 더 나빠졌다. 처음부터 A반이었으면서 발목이나 잡는 실력밖에 없냐고 더욱 멸시하게 되었다.

소년들도 카츠야가 보는 앞에서는 노골적으로 태도에 드러내지 않으려고 조심하고 있다. 그러나 의도하지는 않아도 어느 정도는 겉으로 드러내고 있었다.

그리고 유미나도 그걸 모를 사람이 아니다.

유미나와 B반 출신자들의 관계가 불편한 건 카츠야도 잘 알았다. 그러나 지금도 B반과는 대립 중이니까 B반 출신자들과 친해지기 어렵다고만 생각했다.

본인과 B반 출신자들의 관계가 개선 중이어서, 카츠야의 인식은 그 정도 선에서 그쳤다.

◆

세란탈 빌딩의 간이 거점에 야나기사와가 쿠가마야마 시티의 간부 자격으로 나타났다. 야나기사와는 정장 차림이지만, 데려온 부하들은 모두 단단히 무장했다.

"하하, 갑자기 와서 미안해. 나도 바쁘지만, 조금 시간이 생겨서 볼일을 마치려고 말이야."

맨 앞에서 걷는 야나기사와의 옆, 미즈하가 이 기회에 도시 간부와 연줄을 만들고자 친근하면서도 필사적으로 대응하고 있다.

"아뇨, 천만에요. 저희도 쿠가마야마 시티와 앞으로도 양호한 관계를 구축하고 싶어서 시찰 안내를 요청했는데, 설마 야나기사와 님께서 오실 줄은 몰랐습니다. 갑작스러운 일이라서 놀라기는 했지만, 불편하다고는 조금도 생각하지 않습니다."

"그 점은 진짜 미안해. 내 소재지는 일단 기밀 취급이야. 그래서 사전에 연락하기 어렵단 말이지. 있는 곳이 특정되니까."

"아뇨. 괜찮습니다."

아무리 도시 간부라고는 해도 그런 종류의 사전 연락도 못 하는 것은 이상하지 않을까? 미즈하는 그렇게 여겼지만, 상대의 지위가 압도적으로 높은 탓에 섣불리 질문하지 않았다.

야나기사와 일행은 그대로 간이 거점 안쪽, 세란탈 빌딩의 출입구를 틀어막은 간이 방벽 앞으로 이동했다. 그곳에서는 카츠야와 부대원들이 정렬해서 대기하고 있었다. 유미나가 미즈하에게 어떻게 하면 되는지를 물어봤기 때문이다.

이것은 미즈하가 야나기사와의 목적을 세란탈 빌딩 주변의 봉쇄 상황에 대한 시찰로 여겼기 때문이다. 미즈하는 도란캄이 책임을 지고 세란탈 빌딩 봉쇄를 유지하고 있음을 드러내고, 그 주력인 카츠야의 부대를 도시의 간부에게 선전하고자 의욕을 냈다.

그러나 야나기사와의 관심과 볼일은 그런 게 아니었다. 간이 방벽을 슬쩍 손짓하면서 미즈하를 향해 유쾌하게 웃는다.

"저거, 열어주겠어?"

"네? 아뇨, 저건 봉쇄용이어서 여닫는 구조가 아니라…… 아, 아뇨! 네! 바로 치우겠습니다! 잠시 기다려 주세요!"

미즈하는 야나기사와의 갑작스러운 요구를 이상하게 여겼지만, 도시 간부의 의향에 따르는 것이 우선이라고 판단해 허둥대면서도 작업을 서둘러 시작하게 하려고 했다.

그러나 야나기사와는 기다리지 않았다.

"아, 시간이 걸린다면 됐어."

그리고 뒤에서 대기하는 부하들을 돌아본다.

"넬리아. 열어줘."

부하 중에서 몸이 의체로 된 여성이 앞으로 나온다. 얼굴은 예쁘고, 목부터 위의 살결도 곱다.

그러나 목 아래의 피부 같은 부분은 고무와 금속의 광택을 냈다. 노출 부위가 조금 많은 보디수트에서 보이는 것도 생체가 아니라 기계로 된 사지다.

그 여성은 쿠즈스하라 시가지 유적을 공격한 유물 강탈범의 일원으로 아키라와 교전한 뒤에 도시의 부대에 구속당한 넬리아였다.

넬리아가 언짢은 얼굴로 야나기사와의 옆을 지나 간이 방벽 앞에 선다. 그리고 장비한 블레이드를 두 손으로 잡고 한순간에 무수한 참격을 날렸다.

전차포조차 거뜬하게 막는 벽이 잘린다. 그리고 잠시 후, 그

제야 잘린 것을 깨달은 것처럼 조각조각 쪼개져서 바닥에 우수수 떨어졌다.

그걸 멀리서 보던 카츠야와 동료들이 경악한다. 세란탈 빌딩 출입구를 봉쇄하는 싸움에서 간이 방벽의 강도를 잘 알았기 때문이다. 미즈하도 반쯤 넋이 나갔다. 그러나 야나기사와의 부하들은 전혀 놀라지 않는다. 그리고 야나기사와는 유쾌하게 웃고 있었다.

"훌륭해! 대단한걸. 그러면 이만 가볼까."

야나기사와가 넬리아만 데리고 전진한다. 미즈하도 따라가려고 했지만, 파괴된 간이 방벽 앞에 선 야나기사와의 부하들이 가로막았다.

강력한 기계형 몬스터 대군에 굴해서 도란캄과 도시의 부대도 철수할 수밖에 없었던 세란탈 빌딩 안에 도시의 간부가 호위 한 명만 데리고 들어가 버렸다. 만약 무슨 일이 생기면 자신의 책임이 될 거라며, 미즈하는 발만 동동 구르고 있었다.

◆

간이 방벽은 파괴됐지만, 세란탈 빌딩의 정면 출입구는 건재하다. 이것은 유리 같은 재질로 된 문이 그만큼 튼튼해서 그런 것이 아니라, 넬리아가 그쪽에 손상이 가지 않도록 베었기 때문이다.

넬리아는 아키라와의 전투에서 목 아래를 잃었지만, 그 뒤로 야나기사와가 새로운 몸을 제공했다.

그 의체는 고성능으로, 함께 지급된 블레이드도 절삭력이 구세계 물건에 필적하는 물건이다. 어떻게 보면 예전에는 아키라 정도의 헌터에게 패배할 정도로 약했던 넬리아의 힘이, 넬리아의 뛰어난 기량에 어울리는 의체와 장비에 의해 급격히 상승했다.

그런 넬리아 앞에서 야나기사와가 건물 출입구로 이동한다. 아키라가 강화복의 힘으로 무식하게 비튼 자동문은 이번에 자동으로 열렸다.

"자, 들어와. 같이 안 있으면 안 열리니까."

그 말에 따라서 넬리아는 야나기사와와 함께 세란탈 빌딩에 진입했다.

세란탈 빌딩의 접수처를 겸한 홀은 예전에 아키라가 왔을 때와는 딴판으로 아주 깨끗한 상태다. 이 자리에서 펼쳐진 격전의 흔적은 조금도 찾아볼 수 없다. 고도로 발달한 자동수복 기능으로 단시간에 완전한 상태로 수복되었다.

그리고 야나기사와와 넬리아의 앞에 입체영상 여성이 출현한다. 이 건물의 관리 인격인 세란탈이다.

"세란탈 빌딩에 오신 것을 환영합니다. 해당 빌딩은 현재 휴관 중입니다. 방문 신청이 없는 분의 출입은 자제해 주시기를 바랍니다. 신청을 마치신 분이시라면 이름과 방문처를 말씀해 주세요."

"야나기사와입니다. 개인적인 일로 60층에 가려고 합니다."

"야나기사와 님. 죄송합니다. 해당 빌딩의 방문 예약에는 손님의 이름이 없습니다."

야나기사와의 웃는 얼굴이 조금 딱딱해진다.

"어라……? 이상하네. 똑바로 신청했을 텐데. 없다고?"

"죄송합니다. 해당 예약은 존재하지 않습니다."

머리를 깊이 숙이는 세란탈을 보면서, 야나기사와가 겉으로는 웃는 얼굴로 깊이 생각한다.

(어떻게 된 거지? 신청 절차는 올바르게 마쳤을 텐데……. 역시 비접속 상태로 신청하는 데는 무리가 있었나?)

그렇게 생각하고, 부정한다.

(아니야. 세란탈 빌딩에는 문제없이 들어왔어. 즉, 빌딩 방문 신청은 통과된 거다. 그렇다면 60층 방문 신청만 실패한 건데, 신청이 접수된 건 확인했을 거다. 하나만 실패하는 일이 있을 수 있나?)

그리고 세란탈이 한 말에서 더욱 추측해 본다.

(해당 예약은 존재하지 않는다. 신청 자체는 들어갔나? 설마 60층 예약만 나중에 취소된 건가? 그런 일이 가능한 건…….)

야나기사와의 표정이 한순간 험악해진다. 하지만 곧바로 원래대로 웃는 표정을 지었다.

(우선 60층에 갈 수 있는지를 확인하자. 가능하다면 아직 늦지 않았을 터…….)

야나기사와가 품에서 검정 카드를 꺼내 세란탈에게 제시한다.

"60층에 볼일이 있어. 안내해 줘."

그리고 웃는 얼굴에 약간의 긴장을 드러내며 상대의 대답을 기다린다.

세란탈은 야나기사와에게 공손하게 머리를 숙였다.

"알겠습니다."

(좋아……!)

야나기사와는 진심으로 웃었다.

야나기사와 일행이 세란탈의 안내로 60층으로 가는 엘리베이터를 탄다. 엘리베이터 문이 닫힐 때까지 세란탈은 방문객을 공손히 배웅했다.

넓은 엘리베이터 안에서, 안도해서 기분이 좋아진 야나기사와가 넬리아에게 슬쩍 말을 건다.

"그나저나 간이 방벽을 벤 기술은 참 훌륭하더군. 대단해. 다음에 같이 식사라도 할까?"

그 제안에, 넬리아는 차가운 눈으로 보면서 대꾸했다.

"싫어."

"매정하군. 도시 간부가 애용하는, 술과 요리가 다 최고급인 가게인데? 너하고는 이런저런 일이 있었지만, 과거에는 연연하지 않는다며? 그렇다면 좋지 않겠어?"

가벼운 투로 하는 말에 넬리아의 시선이 더욱 차가워진다.

"이렇게 시시한 농담이나 하는 당신은 과거가 아니라 현재의 존재잖아? 살갑게 대하기를 바란다면 내 대우를 더 개선해."

넬리아의 의체는 완전한 전투용. 식음 기능은 탑재하지 않았다. 야나기사와는 그걸 알면서 넬리아에게 식사 자리를 권했다.

"워워, 너무 화내지 마. 나도 권한은 높은 편이지만, 최근 가입한 너를 좋게 대우할 수는 없다고. 일에 전념해서 부채를 다 갚으면 나름대로 대우해 줄게."

유물 강탈범이었던 넬리아가 도시에 준 피해는 막대하다. 현재는 그 손해 배상으로서 짊어진 거액의 부채를 갚는다는 명목으로, 넬리아는 야나기사와의 밑에서 일하고 있었다.

"그나저나 왜 나만 데려왔어?"

"응? 내가 버튼을 꾹 누르면 네 머리가 날아가니까."

넬리아의 머릿속에는 폭탄이 있다. 형기와 같은 의미를 지니는 부채를 다 갚을 때까지 유지된다.

"그래."

넬리아는 그저 무뚝뚝하게 대답했다. 하지만 속으로는 조금 흥미가 생겼다. 앞으로 갈 60층은 그런 어설픈 입막음이 필수일 정도로 기밀성이 높은 곳이라는 뜻이기 때문이다.

그게 아니라면 야나기사와는 간이 거점에서 기다리게 한 다른 부하들도 데려왔을 것이다. 즉, 일회용이면서 나름대로 강한 전력으로 자신을 동행하게 했다. 그 정도는 넬리아도 이해했다.

◆

세란탈 빌딩이 60층은 하나의 큰 공간으로 구성되어 있었다.

바닥과 벽과 천장 모두가 새하얗고, 창문도 없으며, 공간 전체가 희미하게 빛남으로써 균일한 밝기를 유지하고 있다. 온통 새하얀 까닭에 거리감을 잡기 어려워서, 공간이 수직과 수평으로 무한히 펼쳐진 듯한 착각마저 드는 구조다.

넬리아는 그 공간의 벽에 기대서 야나기사와의 볼일이 끝나기를 기다리고 있었다. 공간 중앙에 서 있는 야나기사와의 모습은 넬리아에게 등밖에 보이지 않는다. 그러나 미세한 움직임을 통해서 대화 중임을 알 수 있었다.

(누구랑 무슨 이야기를 하는 건지…….)

넬리아는 이런 식으로 새하얀 공간이 확장현실용 시설임을 알았다. 가상현실 정도로 오감이 현실에서 동떨어지지 않고, 나아가 확장현실 측에서 가상현실과 동급으로 표시할 수 있을 때는 이러한 구조가 더 편리하다는 것을 지식으로 알고 있었다.

자신은 인식할 수 없는 누군가와 대화하는 야나기사와의 모습을 본 넬리아가 문득 아키라를, 엄밀하게는 아키라의 곁에 있던 한 여성을 떠올린다. 알파다.

사법 거래에 가까운 형태로, 넬리아는 유물 강탈범들에 관해서 아는 것을 전부 말했다. 형기는 곧 부채를 의미한다. 그걸 정보료로 최대한 상쇄하기 위해 적극적으로 정보를 제공했다.

그러나 알파에 관해서는 한마디도 안 했다.

아무리 생각해도 알파가 아키라를 지원했다는 사실. 아키라를 유혹할 정도로 넬리아가 아키라에게 호감이 생겼다는 사실. 도시에 구속당한 시점에서 아키라는 적이 아니게 되었다는 사실. 넬리아가 알파에 관해서 침묵한 데는 그러한 이유가 크게 작용했다.

그러나 가장 큰 이유는 넬리아가 야나기사와에게 알파에 관해 말하는 것 자체를 위험시했기 때문이다.

쿠즈스하라 시가지 유적에 출현하는 구세계의 망령. 그때 사용한 유물인, 유적의 지도에 접속하는 기기로만 볼 수 있었던 누군가. 아마도 구세계의 네트워크, 구영역의 존재.

그걸 안다는 사실을 조금이라도 흘리는 순간, 상대는 온갖 수단을 다 동원해서 그 정보를 얻어내려고 할 것이다. 넬리아는 그 위험성을, 케인에 관해서 자신을 몰아붙였을 때의 야나기사와에게서, 그 대화 속에서 느꼈다.

그리고 현재, 넬리아는 자신의 판단이 옳았음을 확신했다.

세란탈 빌딩 60층. 도달할 수 없다고 여겨졌던 상층부. 구세계의 영역. 야나기사와는 그곳에 손쉽게 발을 들였다.

나아가 60층의 풍경을 보고도 전혀 놀라지 않았다. 그리고 그대로 넬리아를 엘리베이터 근처에 대기하게 하고, 중앙으로 가서 넬리아가 인식할 수 없는 누군가와 대화하기 시작했다.

그 반응과 행동은 60층의 상황을 사전에 알아야 가능하다는 생각이 들었다.

(아마도 저 인간이 지금 대화하는 상대도 구영역의 존재. 그런 상대와 확장현실을 통해 뭔가 이야기하는 거야. 누구와? 무엇을? 뭘 위해서? 궁금하지만, 섣불리 물어봤다간 벌집을 건드리게 되겠지.)

머릿속에 폭탄이 있는 넬리아만 여기로 데려온 것도 그게 이유일 것이다. 넬리아는 그렇게 생각하면서 자신의 가슴속 호기심을 주체하지 못했다.

구영역에 부분적으로 접속할 수 있는 보조 기구를 장착한 야나기사와가 험악해진 얼굴로 확장현실 너머의 상대를 쳐다보고 있다.

『무조건 안 되는 겁니까?』

그 상대, 야나기사와의 시야에만 존재하는 여성이 똑같은 말을 되풀이한다.

『네트워크 접속을 확인할 수 없습니다. 네트워크 접속은 개인 식별을 위해 필수입니다. 접속 설정을 확인한 다음에 재접속을 시도해 주세요.』

야나기사와가 검정 카드를 제시해서 다시 부탁한다.

『사정이 있어서 네트워크 접속이 어려운 상태입니다. 지금 사용하는 접속기로 대용할 수 없습니까? 이 카드의 권한으로도 무리입니까?』

『개별 권한을 불러오는 데 실패했습니다. 네트워크 접속을 확인할 수 없습니다. 네트워크 접속은 개인 식별을 위해 필수입니다. 접속 설정을 확인한 다음에 재접속을 시도해 주세요.』

그 뒤로도 야나기사와는 시행착오를 계속했다. 하지만 대답의 내용이 조금 달라지기만 하고 결과는 똑같았다.

"제길……."

마침내 야나기사와는 포기했다. 험악한 얼굴로 악담을 내뱉고 보조 기구를 벗는다. 그와 동시에 여성의 모습도 야나기사와의 시야에서 사라졌다.

(어쩌지? 역시 치료해서 직접 접속이 가능하게 해야 할까? 하지만 내가 구영역 접속자로 돌아가면 놈들도 내 존재를 눈치챌 거야. 다른 구영역 접속자를 통해서 인증할까? 그 녀석이 나를 배신하면 어떻게 하지?)

고민하고, 망설이고, 야나기사와는 고개를 가로저었다.

(안 돼. 어느 쪽이든 아직 일러. 적어도 도박에 나서기에는 너무 일러. 하는 수 없군. 오늘은 물러날까.)

한숨을 푹 쉰 야나기사와가 엘리베이터로 돌아간다. 그러자 기다리던 넬리아가 즐겁게 웃었다.

"얼굴에서 웃음이 사라졌어."

야나기사와는 무표정으로 넬리아를 본 다음, 평소의 웃는 얼굴로 돌아갔다.

◆

야나기사와와 넬리아는 1층 홀로 돌아왔다. 넬리아는 그대로 나가려고 하지만, 야나기사와가 걸음을 멈춘다.

"왜 그래?"

"아니, 잠시 말이지."

뭔가 생각하는 침묵이 잠시 있고, 야나기사와는 검정 카드를 꺼내 제시했다.

"잠시 이야기하고 싶다. 괜찮겠지?"

세란탈이 야나기사와의 앞에 모습을 드러낸다.

"야나기사와 님. 해당 빌딩은 현재 휴관 중입니다. 볼일을 보셨다면 신속하게 퇴거해 주십시오."

"너와 협상하고 싶어."

"더 머물겠다면 침입자로서 대처할 수밖에 없게 됩니다."

"세란탈 빌딩의 방위와도 관계가 있는 이야기입니다. 꼭 들어주길 바랍니다. 지금부터 멋대로 이야기할 테니까, 일단 들어만 보시는 게."

"경고합니다. 퇴거해 주십시오."

넬리아가 블레이드를 꺼내 주위를 경계한다. 야나기사와는 그런 넬리아를 손으로 제지하며 검정 카드를 세란탈에게 다시 제시했다.

"이제 말하겠습니다."

그리고 야나기사와는 세란탈을 제지하듯이 검정 카드를 제시하면서 협상 전 설명을 시작했다.

경비 범위를 넘은 기계형 몬스터의 대량 출현으로 큰 소동이 벌어진 미하조노 시가지 유적. 하지만 잘 생각해 보면 비슷한 몬스터는 예전부터 확인된 바가 있다. 세란탈 빌딩의 방위기계다.

출현 장소는 세란탈 빌딩 주변 한정이고 다른 장소로 이동하지 않지만, 건물 방위를 위해서 인접 건물을 무차별 파괴하는 행위는 경비 범위를 넘은 기계형 몬스터와 다를 바가 없다. 예전부터 그랬다는 이유로 헌터들이 이상하게 여기지 않았을 뿐이다.

그리고 일반적으로 공장의 관리 시스템은 그런 식으로 원칙을 어기는 경비기계를 제조하지 않는다. 규약을 기계적으로 우직하게 지키며, 절대로 위반하지 않는다.

그렇기에 경비기계는 경비 범위를 준수하고, 그 밖으로 도망친 침입자를 추적하거나 공격하지 않는다. 미하조노 시가지 유적이 적의 난이도에 비해 비교적 안전하게 돈이 벌리는 유적이 된 데도 그런 이유가 있다.

따라서 세란탈 빌딩 방위를 위해 그런 종류의 규약을 융통성 있게 위반하는 기계를 제조하려면 마찬가지로 융통성 있게 판단하는 관리 시스템이 필요해진다.

그걸 바란 누군가가 공장 구역에서 한 공장의 관리 시스템에 간섭해 자아 발달을 촉진했다. 그리고 그 누군가의 의도대로 융통성이 있는 판단 능력을 얻은 관리 시스템은 규약을 위반할 수 있는 경비기계를 제조할 수 있게 되었다.

그것까지는 계획대로 되었다. 그러나 한번 융통성을 획득한 관리 시스템은 더욱 느슨해지면서 현지의 헌터를 멋대로 고용하게 되었고, 결국에는 폭주해서 지난번 소동을 일으켰다.

야나기사와는 이건 전부 추측이라며 처음에 말한 뒤에 이야기하고 있었다. 그리고 계속해서 말한다.

"신기하게도 지난번 소동에서는 시내 구역의 괴담인 시체의 부대를 공장 구역에서도 확인했다고 합니다. 그리고 해당 공장은 시스템 초기화가 끝난 거동을 보였다고 하더군요."

대놓고 말하지는 않지만, 그 관리 시스템에 간섭한 건 너라고, 그러니까 세란탈 빌딩 주변의 괴담과 똑같은 일이 그곳에서도 발생한 것이라고, 그리고 지금껏 여기에 배치한 방위기계, 세란탈 빌딩 방위를 위해서라면 같은 도시의 건물이라도 주저하지 않게 파괴할 정도로 규약을 융통성 있게 위반하는 기체의 제조는 이제 불가능하다고, 야나기사와는 웃으며 암암리에 말했다.

"나는 쿠가마야마 시티의 간부입니다. 현재 세란탈 빌딩 주변을 포위한 것도 우리이며, 당신은 그 점을 불쾌하게 여기겠지만, 어떻게 보면 건물 방위라는 의미에서는 잘된 일 아니겠습니까. 포위가 계속되는 한, 헌터들이 세란탈 빌딩에 들어오는 일은 없으니까."

이쯤에서 야나기사와는 검정 카드를 도로 집어넣었다. 그 상태로 제안한다.

"어떻습니까? 우리가 당신과 적대 관계인 건 맞습니다. 그러나 유연하게 판단할 수 있는 당신이라면 부분적인 협력도 가능하지 않겠습니까?"

그리고 세란탈의 대답을 기다렸다.

잠시 후, 대답이 들렸다.

"자세한 이야기를 듣겠습니다."

"고맙습니다."

야나기사와는 활짝 웃으며 대답했다.

◆

간이 거점에서 우왕좌왕하는 미즈하 앞에 야나기사와와 넬리
아가 돌아왔다. 미즈하가 성대하게 안도의 한숨을 쉬고 야나기
사와에게 뛰어간다.

"무사하셔서서 다행이에요! 걱정했습니다!"

"응? 아아, 미안해."

야나기사와는 대수롭지 않게 대답했다. 그리고 그 느낌으로
계속 말한다.

"나는 이만 가볼게. 너희도 이 거점을 포기하고 복귀해도 돼."

"어? 그, 그건 무슨 말씀이신지?"

"세란탈 빌딩의 관리 인격과 담판을 지었어. 차후 세란탈 빌
딩 주변의 봉쇄는 도시 방위대가 실시할 거야. 너희 일은 끝났
어. 수고했어! 잘 있으라고!"

야나기사와는 흥겨운 기색으로 그 말을 남기고 부하들과 함께
떠나갔다.

남겨진 미즈하는 한동안 멍하니 있었지만, 정신을 차리고 상
황을 파악하고자 서둘러 연락을 취하기 시작했다.

도시로 돌아오는 길, 넬리아가 야나기사와에 말을 걸면서 자
기 머리를 톡톡 두드려 안에 있는 폭탄을 가리킨다.

"위험을 감수했으니까, 나름대로 성과를 낸 거잖아? 이거, 어떻게든 안 돼?"

"안 돼."

"그렇다면 식음이 가능한 의체 정도는 쓰게 해주지 않을래? 그 정도는 되잖아?"

"음. 안 돼!"

"쪼잔하긴……."

불평하는 넬리아에게 야나기사와가 유쾌하게 웃는다.

"조금만 더 애써서 성과를 벌어 봐. 그 뭐냐, 조만간 할 일이 있잖아? 슬럼의 그거. 무사히 끝내면 그 성과를 근거로 멀쩡한 의체를 쓸 수 있도록 처리해 볼게."

"알았어……."

넬리아는 불만을 섞어 한숨을 쉬고 이야기를 마무리했다.

◆

야나기사와와 세란탈의 거래로, 세란탈 빌딩 주변은 쿠가마야마 시티가 항구적으로 봉쇄하게 되었다.

이로써 미하조노 시가지 유적의 소동도 일단락되고, 도란캄도 대규모 부대 파견을 종료한다. 헌터들도 차츰차츰 평소의 헌터 활동으로 돌아갔다.

그리고 공장 구역에서 일어난 불가사의한 사건. 특히나 아키라 일행이 원래라면 해치울 수 없는 모니카가 일반적으로는 생각하기 어려운 현상으로 쓰러진 것은 야나기사와의 머릿속에서 걷잡을 수 없게 된 사태를 수습하려고 강압적인 수단을 쓴 세란 탈의 소행이 되었다.

제137화 맹독이 발린 돈

창고 습격 소동이 있고, 아키라는 창고 옆에 댄 캠핑카에서 생활하게 되었다.

캠핑카는 카츠라기가 준비한 황야 사양으로, 렌탈 차량이지만 거주성도 나쁘지 않다. 그러나 뒷골목 생활이나 싸구려 숙소에서 묵던 시절이라면 또 모를까, 자기 집 생활에 익숙해진 아키라는 욕조도 좁고 불만이 많다.

그래도 습격 때 창고에 있었으면 피해가 많이 줄어들었을 것으로 여겼다. 그래서 장비 조달이 끝날 때까지의 짧은 기간이라면 참을 수 있겠다고, 아키라는 캠핑카 생활을 허용했다.

그런 아키라가 당분간 할 일은 창고 안팎을 어슬렁거리는 것이다. 아키라의 대역을 맡은 아이들의 차림새는 장비가 바뀐 아키라의 현재 모습을 아직 따라잡지 못했다. 그것이 끝날 때까지는 아키라가 직접 모습을 보여서 존재를 과시해야 한다.

훈련을 겸해서 정보수집기로 주위를 색적하며 걷던 아키라가 멈춘다. 그곳에는 부서진 인형병기가 매달려 있었다.

아키라가 조금 험악한 표정을 짓는다.

『지금 와서 할 말은 아니지만, 습격에 이런 걸 쓰다니 말이야. 슬럼은 언제부터 이렇게 흉흉한 곳이 됐지?』

뒷골목에서 살던 시절에도 총성이 신기하지 않고 종종 몬스터도 나타나는 슬럼을 흉흉한 곳으로 여기기는 했다. 눈에 띄는 헌터들의 강화복과 몬스터 사냥용의 강력한 총을 보고 무섭다고 느끼기도 했다.

그러나 그렇게 흉흉한 세상에서도 인형병기는 등장하지 않았다. 고향의 급격한 변화에 아키라는 새삼 놀랐다.

알파는 슬며시 웃고 있다.

『아키라가 슬럼을 빠져나온 뒤로 이런저런 일이 있었을지도 몰라. 아키라. 일찍 빠져나오길 잘했지?』

의미심장하게 웃는 알파의 얼굴을 본 아키라가 쓴웃음을 짓고 대꾸한다.

『그러게 말이야.』

헌터가 되고 나서는 고생이 많지만, 그날 헌터가 되려고 하지 않고 슬럼에 남았더라면 인형병기 습격에 휘말려 죽었을지도 모른다. 아키라는 그날의 선택에 감사했다.

그때 아키라가 정보수집기의 반응을 보고 시선을 돌린다. 반응의 움직임으로 봐서 적이 아닌 줄은 알았지만, 예상하지 못한 상대여서 조금 놀랐다.

상대도 아키라를 알아채고 놀랐다. 그 사람은 유미나였다.

유미나도 차마 아키라를 무시하지 못하고 그대로 다가온다.

"아…… 저기, 오랜만이네."

"아, 그래, 그렇군."

과합성 스네이크 토벌전 직후에 어색하게 헤어진 탓도 있어서, 아키라와 유미나 모두 왠지 멋쩍은 분위기였다. 그러나 유미나가 먼저 태도를 바꾼다.

"그때는 말하지 못했으니까, 다시 말할게. 그때 카츠야를 구해줘서, 나를 구해줘서 정말 고마워. 감사히 여길게."

유미나는 아키라에게 머리를 깊이 숙이고 진심 어린 감사를 전했다. 미안하다고 사과하는 건 조금 아니라고 여겨서 고마움만을 진지하게 드러냈다.

그러자 아키라가 웃으며 대꾸한다.

"천만에. 뭐, 그것도 일이야. 신경 쓰이는 일이 있다면 그만둬도 돼. 보수도 잘 받았으니까."

"그래? 고마워."

아키라와 유미나가 서로 웃는다. 서로에게 해묵은 감정이 없음을 알림으로써 분위기도 풀렸다. 평범하게 이야기하기 시작한다.

"그래서 유미나는 왜 여기 있는데? 이런 데 볼일이 있어?"

하위 구획과의 경계 부근이라고는 해도 여기는 슬럼. 유미나에게 볼일이 있을 것 같지는 않아서 아키라는 조금 신기하게 여겼다.

"일이야. 창고 경비 의뢰를 받았어. 아직 정식으로 수락한 건 아니고, 의뢰인과 상담한 다음에 판단할 거지만. 그 면담을 현장에서 한다고 해서 왔는데…… 아키라가 있을 줄은 몰랐어."

유미나는 가볍게 대답했지만, 아키라는 더욱 놀랐다.

◆

미하조노 시가지 유적에서 철수한 도란캄의 사무 파벌 헌터들에게는 장기 휴가가 주어졌다. 다들 위험한 유적에 나름대로 오래 주둔한 것도 있어서 몸과 마음 모두 느긋하게 쉬자며 마음껏 휴가를 보내고 있다.

그러나 유미나는 느긋하게 쉴 마음이 안 생겼다. 미하조노 시가지 유적에서 카츠야와 부대 사람들의 발목을 잡은 것이 아쉬워서, 휴가를 훈련에 쓰려고 했다. 그래서 놀러 가자는 카츠야의 말도 거절했다.

하지만 카츠야는 정 그렇다면 유미나의 훈련에 함께하겠다고 했다. 유미나는 카츠야가 휴가를 써서 자신의 훈련에 함께해 주는 것을 미안하면서도 기쁘게 여겼다.

그러나 카츠야 파의 중심인물이 휴가를 훈련에 쓴다고 의욕을 내면 다른 카츠야 파 사람들도 뒤따른다. 참가자가 늘어나 여러 팀으로 나눠 모의전이 가능해지면서 종합지원 강화복 테스트도 겸해 훈련을 실시하게 되었다.

그 모의전에서 유미나는 또다시 카츠야의 발목을 잡았다. 그걸로 끝이라면 그나마 다행인데, 카츠야와 같은 팀일 때만 발목을 잡는 느낌이 들었다.

그 시점에서 유미나는 자기 사정으로 모두의 휴가를 날릴 수는 없다며, 유미나 자신이 원인임을 알면서도 훈련을 중지했다. 그렇지만 단련은 하고 싶어서 훈련 대신에 뭔가 간단한 의뢰를 받으려고 했다.

유미나 혼자서.

카츠야와 같은 팀일 때만 발목을 잡는 건, 유미나 자신이 무의식중에 카츠야를 의지하려고 해서 그런 게 아닐까? 서로 의지하고, 돕는 게 아니라, 매달리려고 한 게 아닐까?

그런 불안을 떨쳐내기 위해서.

◆

유미나에게 창고 경비 의뢰를 받았다는 말을 들은 아키라가 놀란다.

"창고 경비……? 여기를?"

"면담은 현지에서 한다고 들었고, 지정한 장소도 여기가 맞을 텐데……. 그런 표정을 짓는 걸 보면, 뭔가 위험한 거야?"

"위험한 건 아니지만……."

아키라가 조금 망설이고 말을 고른다.

"딱히 네 실력을 무시하거나 할 마음은 없어. 정말이야. 그렇게 알고 들어봐. 그거, 괜찮은 거야? 여기 창고는 요새 저런 녀석이 습격한 직후인데……."

아키라는 그렇게 말하고 매달린 인형병기를 손으로 가리켰다.

그걸 보면 유미나도 놀랄 수밖에 없었다. 살짝 주춤거린다.

"응. 이건 조금 예상하지 않았어. 자세한 내용은 현지 면담에서 설명하겠다고 적었는데, 이걸 보고 돌아갈 사람은 고용할 마음이 없다는 뜻이었을까?"

아키라가 슬쩍 쓴웃음을 짓는다.

"그럴지도. 돌아가려고?"

그러자 유미나는 조금 씩씩하게 웃었다.

"뭐, 이야기 정도는 듣고 나서 정할래. 이걸 보고 겁먹어서 곧장 돌아갔다고 하면 도란캄의 체면이 안 서니까. 보수 협상이 잘 풀리지 않아서 그랬다는 정도는 되어야지."

"그런가."

아키라도 조금 즐거운 투로 웃으며 대꾸했다.

"그나저나 의뢰인은 토메지마란 사람인데, 소개해 줄 수 있을까?"

"안에 있을 거야. 이쪽으로 와."

아키라는 유미나와 함께 창고 안으로 들어갔다.

◆

창고 안에서는 셰릴, 카츠라기, 시지마가 테이블을 에워싸고 앞으로의 일을 상의하고 있었다. 셰릴 조직의 간부인 에리오 일행, 카츠라기의 파트너 달리스와 동업자인 토메지마, 시지마의 부하들도 제각기 뒤에서 이야기를 듣고 있다.

주요 과제는 앞으로의 경비에 관해서다. 아키라에게 캠핑카 생활을 부탁하는 데는 성공했지만, 그것도 기간 한정이다. 아키라는 장비 일체의 조달을 마친 시점에서 헌터 활동에 복귀한다. 그 뒤를 생각해야만 한다.

그러나 회의를 계속해도 뾰족한 수가 나오지 않아서 참석자들은 답답한 표정을 짓고 있었다.

어지간한 자들은 시지마의 부하들이나 레빈 일행으로 대처할 수 있다. 하지만 인형병기에 대처할 수 있는 자는 자신들 사이에서 아키라밖에 없다. 동등한 전력을 마련할 연줄도 없다. 회의는 난항 중이었다.

시지마가 포기한 얼굴로 제안한다.

"역시 에존트나 해리어스에 머리를 숙이고 보호받을 수밖에 없지 않을까? 매출의 절반 정도는 가져가겠지만, 그렇게 하면 전력을 해결할 수 있겠지. 협상은 내가 하마."

셰릴도 복잡한 얼굴로 타협하는 모습을 보인다.

"이런 상황이니까요. 어쩔 수 없을지도 몰라요. 하지만 어느 쪽에 부탁하죠? 지난번 습격은 어느 한쪽의 소행일지도 모르죠?"

"몰라. 심문한 녀석들이 대답한 내용도 죄다 뒤죽박죽이었고, 진실을 알던 자루모란 녀석은 아키라가 죽였으니까."

카츠라기는 난색을 드러낸다.

"나는 아키라를 설득해서 경비를 계속 맡기는 게 낫다고 봐. 협상은 내가 하지."

"그게 가능하면 제일 좋겠지만, 그건 어렵다고 하지 않았던가요?"

"쭉 하라는 것도 아니야. 에존트 패밀리와 해리어스란 녀석들은 조만간 한바탕한다는 소문이 있다며? 지는 쪽에 붙었다간 큰일이야. 그러니까 그 결판이 날 때까지. 그 정도 기간이라면 아키라도 받아주지 않을까?"

"그것도 포함해서, 그게 가능하다면 말이죠."

세 사람이 끙끙댄다. 기대하고 싶지만, 확실성이 부족한 건 모두가 잘 알았다.

그때 셰릴의 부하가 보고하러 나타났다. 도란캄의 헌터가 의뢰에 관해서 면담하러 찾아왔다는 말을 듣고 카츠라기가 조금 놀란 표정을 짓는다.

"토메지마. 너, 도란캄에 경비 의뢰를 냈어?"

"그래. 밑져야 본전이라고 생각해서 내 봤어. 거기는 요새 방벽 안팎으로 관계가 끈끈해졌다고 들었으니까. 그런 도란캄의 헌터도 경비에 있다고 소문을 내면 좋겠다고 생각한 거야."

그렇게 대답한 토메지마도 놀란 기색을 보였다.

"하지만 도란캄은 요새 도도한 척한다고 들었으니까, 슬럼에 있는 창고 경비는 받지 않을 줄 알았는데 말이야. 좋은 의미로 예상이 틀어졌군."

아키라를 설득하는 것보다는 가능성이 있어 보인다며 모두가 고개를 끄덕였다. 그대로 손님을 들이라고 지시한다.

먼저 아키라와 유미나가 들어온다. 예상 밖의 인물이 등장하면서 셰릴은 놀라움을 감추지 못했다.

(왜 저 사람이 여기에……?!)

유미나도 셰릴을 보고 똑같은 감상을 느꼈다.

유미나와 셰릴에게, 상대는 좋아하는 남자와 이상하게 친한 사이다.

더군다나 셰릴은 지난번 캐럴과 아키라의 친근한 분위기를 본 탓에, 유미나는 최근 카츠야의 발목만 잡은 탓에, 그런 감정에 대한 흔들림이 커졌다.

약간의 동요를 드러낸 셰릴과 유미나의 낌새를 본 다른 사람들이 의아하게 여긴다. 그때 추가 인물이 등장한다.

"이봐! 멋대로 들어가지 마!"

"비켜!"

셰릴의 부하들이 제지하는데도 아랑곳하지 않고 들어온 인물은 카츠야였다. 아이리도 따라왔다.

"카츠야? 왜 여기에……."

"유미나! 무사해?! 왜 갑자기 혼자 의뢰를 받는 짓을……."

카츠야는 유미나를 걱정해서 달려왔다.

지금껏 헌터 활동에서 쭉 함께했던 동료가 갑자기 혼자 의뢰를 받았다. 게다가 그 동료는 요새 조금 기운이 없는 듯했다. 카츠야가 유미나를 걱정할 이유는 그것만으로 충분했다.

나아가 경비 장소는 슬럼이다. 뭔가 좋지 않은 일에 휘말린 게 아닐까 싶어서 유미나와 직접 이야기하고자 현지로 향했다.

더군다나 그 불길한 예감이 적중한 것처럼 현지에 있는 창고 주위에는 경비를 서는 시지마의 부하들과 마치 퇴물 헌터처럼 질이 떨어지는 자들이 있었다. 그 시점에서 카츠야는 반쯤 유미나를 구출하려고 창고 안에 돌입했다.

그리고 유미나를 찾아서 안도했을 때, 아키라도 함께 있는 걸 보고 놀란다.

"너는……! 응? 셰릴?!"

"카츠야 씨?"

카츠야는 유미나가 아키라와 함께 있는 것보다도 슬럼의 창고 같은 곳에 셰릴이 있다는 사실에 놀랐다.

"토메지마 씨의 의뢰를 받은 게 카츠야 씨의 팀인가요?"

"어……? 아니, 그런 건…….''

"그렇다면 어째서…….''

그때 등장인물이 더 추가된다.

"이봐?! 너희는 뭐야?!"

시지마의 부하들이 제지하는 것도 듣지 않고 들어온 것은 미즈하와 그 호위였다.

"카츠야! 당장 돌아오렴! 너는 이제 이런 데 와서는 안 되는 사람이라고 했잖니?!"

카츠야는 카츠야 파의 중심인물이며, 방벽 안쪽의 주민들도 지지하는 인간이다. 그런 자가 슬럼처럼 수상쩍은 곳에 있으면 그것만으로도 이상한 소문이 돌 수 있다. 미즈하는 그렇게 생각해서 카츠야를 만류하려고 왔다.

그런 미즈하가 카츠라기와 셰릴을 알아챈다.

"세, 셰릴 양?"

"미즈하 씨. 오랜만이네요."

셰릴이 웃으며 보자 미즈하가 주춤거린다. 카츠라기는 그렇다 쳐도, 아마도 방벽 안쪽의 주민이면서 카스야와 절친한 사람이 있는 곳을 나쁘게 말한 건 위험하다며 초조해했다.

계속해서 난입자가 나타난다.

"카츠라기! 습격으로 부서진 유물은 보상하기 어렵다니 대체 무슨 소리냐?! 이 자식, 역시 우리를 속인 거냐?!"

난입자는 카츠라기의 동업자로, 이번 유물판매점 계획의 참가자다. 셰릴과 아키라에 관해서 기업의 영애와 헌터의 실력 등을 설명받고 반신반의로 참가했었다. 그리고 지난번 습격 소동을 듣고 불안을 느껴 의심이 더욱 커지는 바람에 이 자리에 난입했다.

"이봐! 그 이야기는 나중에 하라고 했잖아! 이런 데까지 쳐들어오지 말라고!"

"시끄러워! 카츠라기! 설명해!"

유물판매점을 명목으로 한 유물 되팔이 사기에 당한 게 아닐까 의심한 남자는 언성을 높이며 설명을 요구했다. 그 남자와 함께 온 다른 동업자들도 입은 다물었지만, 의심이 섞인 눈으로 카츠라기를 보고 있었다.

계속해서 새로운 자가 나타나는 바람에 자리가 혼란스럽다. 모두가 정확한 상황을 파악하지 못한 채 경악하고, 허둥대고, 의심하고, 곤혹스러워했다.

그때 마지막 난입자가 나타난다.

"실례할게."

그 난입자에게 이목이 쏠리면서 혼돈으로 치닫던 자리가 잠시 질서를 되찾았다. 두 사람을 모르는 사람은 캐럴의 선정적인 차림새에, 아는 사람은 성질이 고약한 비올라의 등장에, 무심코 할 말을 잃고 쳐다본다.

비올라와 캐럴은 여러 의미로 주목받으면서 셰릴과 회의 참석자들이 앉은 테이블로 왔다.

허둥대던 셰릴도 두 사람의 출현으로 정신을 차렸다. 아키라의 앞에서 꼴사나운 모습을 보일 수 없다며 비밀이 있는 영애의 모습을 훌륭하게 연기한다.

"비올라 씨. 갑자기 찾아와도 곤란한데요."

"미안해. 볼일을 마치고 금방 갈 테니까 화내지 마. 캐럴."

캐럴이 비올라의 지시에 따라 여기로 가져온 큰 트렁크 네 개를 테이블 위에 놓았다. 그리고 그것을 이 자리에 있는 모두에게 보여주듯이 연다.

트렁크 안에는 돈다발이 가득했다.

여러 사람이 무심코 소리를 낸다. 계좌에 기재된 숫자나 대량의 돈다발이나 액수가 같다면 가치는 똑같다. 그러나 큰돈이라는 의미에서는 돈다발에 물리적인 설득력이 존재한다. 그것에는 숫자상으로 큰돈을 다루는 데 익숙한 자라도 감탄하게 할 만한 확실한 근거가 있었다.

비올라가 즐겁게 웃는다.

"부탁받은 환금이 끝난 걸 가져왔어. 가져가."

주위에 있는 여러 사람이 갑자기 출현한 큰돈에 대한 감정을 드러내는 가운데, 셰릴은 정신력을 총동원해서 침착함을 지켰다. 계속해서 영애를 연기하면서 눈앞에 있는 큰돈을 싸늘한 눈으로 본다.

"이게 전부인가요?"

셰릴의 대답을 듣고, 비올라가 협상의 주도권을 쥐려는 것처럼 호들갑스러운 태도로 대담하게 웃는다.

"환금이 끝난 걸 가져왔다고 했잖아? 빠르게 환금하려면 시간이 오래 걸리는 법이야. 알겠어?"

"그렇군요."

셰릴은 큰돈에 대한 동요를 온 힘을 다해 은폐하면서 가볍게 대답하고는 트렁크 하나를 손으로 가리켰다.

"그렇다면 시지마 씨. 하나를 가져가세요. 경비 업무와 보상 등으로 돈이 많이 들겠지만, 지금은 이걸로 해주세요."

"그러지……."

습격자들을 환금한 돈을 어떻게 분배할지는 아직 정하지 않았다. 따라서 억지를 쓰려고 하면 얼마든지 할 수 있다. 그러나 시지마는 셰릴이 경비 업무라고 말한 시점에서 포기했다.

습격 때 발생한 피해는 셰릴보다 시지마가 더 크다. 평소에 주로 창고를 경비하는 것도 시지마의 부하들이다.

그러나 경비를 서면서 주로 습격자들을 격퇴한 것은 카츠라기가 데려온 레빈 일행이고, 토메지마가 데려온 콜베 일행이며, 무엇보다도 인형병기를 해치운 건 아키라다.

괜히 억지를 썼다가 그 점을 세게 찔리면 제시받은 4분의 1도 너무 많다며 오히려 줄어들 위험이 있다. 어쩌면 아키라가 전부 가져갈 수도 있다.

그 점을 고려하면 나중에 분배 문제로 아키라와 실랑이가 벌어져도 4분의 1로 정한 사람은 셰릴이라고 책임을 떠넘길 수 있으니까 나쁘지 않다. 시지마는 그렇게 판단했다.

"셰릴 양. 오늘은 더 회의할 분위기도 아니겠지. 이만 돌아가 보겠다."

"그러네요. 그러면 다음에 다시 하죠."

시지마는 부하에게 턱짓해서 트렁크를 챙기게 한 다음, 그대로 부하들과 함께 돌아갔다.

"우리도 가볼게. 잘 있어."

비올라와 캐럴도 이어서 떠나간다. 그 뒷모습을 눈으로 좇던 자들도 모습이 사라지자마자 시선을 테이블 위에 있는 돈으로 돌렸다.

"자, 카츠라기 씨. 나머지를 가져가 주세요."

"어? 아, 네. 고맙습니다."

카츠라기가 셰릴의 연기에 맞춰 말투를 고친다. 아키라에게 줄 돈도 정해야 하니까 잠시 맡긴다는 것 정도는 알았다. 좌우지간 트렁크를 닫으려고 한다.

하지만 그때 카츠라기에게 호통을 쳤던 남자가 끼어들었다. 멋대로 트렁크에 있는 돈다발을 움켜쥔다.

"이봐! 무슨 짓이야!"

남자는 제지하는 카츠라기를 무시하고 돈다발을 조사했다.

눈앞에서 벌어진 사태가 사기를 위한 연출이라면 돈다발에서 보이는 부분만 진짜고 나머지는 종이 뭉치가 아닐까 생각한 것이다. 그러나 전부 진짜 지폐였다.

그렇다면 트렁크 위쪽을 채운 돈다발만 진짜고, 아래를 채운 것은 가짜가 아닐까 의심해서 조사한다. 그러나 전부 진짜였다. 그렇다면 다른 트렁크는 어떨까 싶어서 그쪽도 조사해 본다. 돈다발을 닥치는 대로 조사했지만, 전부 진짜였다.

"진짜다……."

남자는 돈다발을 쥔 채로 움직임을 멈추더니 속마음을 짙게 반영해서 그 말만 중얼거렸다.

그때 셰릴이 노골적으로 한숨을 쉰다. 남자는 몸을 떨고 요란하게 반응했다.

"뭘 의심하는지는 모르겠지만, 마음은 편해지셨나요?"

"아, 아니, 그게……."

그 흐름에 카츠라기가 편승한다.

"이 자식! 아무리 그래도 셰릴 양한테 너무 무례하잖아! 이젠 됐다! 바라는 대로 보상해 주마! 그리고 너는 이제 유물판매점 계획에서 빼마! 달리스! 끌어내!"

달리스가 남자를 붙잡아서 질질 끌고 간다.

"카츠라기! 기다려! 미안해! 내가 잘못했어……."

강화복의 힘으로 꼼짝도 못 하고 끌려 나가는 남자는 갑자기 눈앞에 나타난 큰돈, 수중에 들어올 유물판매점의 이익을 자신의 실수로 잃은 것을 후회하며 쫓겨났다.

추가로 셰릴이 토메지마에게 지시한다.

"토메지마 씨. 도란캄과의 협상은 맡기겠어요. 이런 데가 아니라 적절한 곳에서 부탁드려요."

"아, 알겠습니다. 그렇다면, 저기, 미즈하 씨라고 했죠? 자세한 이야기는 장소를 옮겨서 합시다. 다른 도란캄의 분도 함께, 일단 밖으로 가시죠."

토메지마의 말을 들은 미즈하 일행은 이 자리에 계속 머무르는 것을 용납하지 않는 분위기를 감지하고, 좌우지간 토메지마와 함께 얌전히 퇴장했다.

카츠라기도 다른 동업자들과 함께 나간다. 무거운 트렁크를 비틀거리면서 옮기는 상인들은 그 무게에서 유물판매점의 이익을 느끼고 흐뭇하게 웃었다.

트렁크의 내용물은 습격자들을 환금해서 나온 돈이다. 하지만 비올라는 환금이라는 말만 했고, 상인들은 그걸 유물을 환금한 것으로 판단했다. 자신들에게 말하지 않은 곳에서 유물판매점 계획이 잘 굴러가고 있는 것이리라. 상인들은 그렇게 생각하고 안도했다.

◆

창고를 나선 유미나 일행은 그대로 도란캄의 거점으로 돌아가게 되었다. 미즈하와 토메지마가 상담해서 거점에서 협상하기로 한 것이다.

이동 중, 아직 창고에서 놀란 여운이 남은 카츠야가 도란캄의 차 안에서 다시 그걸 화제로 올린다.

"그나저나 엄청나게 많은 돈이었지. 그 트렁크 하나에 1억으로 치면 4억? 아니, 그 크기면 더 들어갈까?"

"몰라. 하지만 최소 4억은 맞을 거야."

아이리가 슬쩍 대답했다.

유미나도 평소라면 카츠야의 말에 맞장구를 치겠지만, 지금은 그럴 기분이 아니었다. 이야기를 바꾼다.

"그보다도 카츠야. 내가 혼자 의뢰를 받았다고 미즈하 씨까지 데리고 막으러 온 거야?"

"아니, 그런 건…… 미즈하 씨는 내가 데려온 게 아니라, 저기, 막으려던 것도 아니고, 지금까지 쭉 함께 의뢰를 받았는데, 갑자기 유미나 혼자 한다고 하니까, 그래서……."

"걱정했어."

생각을 정리하지 못해서 이것저것 말하던 카츠야의 말을 아이리가 한마디로 요약했다.

"그렇다고……."

유미나는 이것저것 따지려는 자신을 억지로 막고 입을 다물었다. 이어서 숨을 내쉬고, 정신을 차린 다음, 미소를 짓는다.

"걱정해 줘서 기뻐. 하지만 조금은 단계를 밟아도 되지 않을까? 카츠야도 부대 지휘를 맡으면서 걱정된다고 충동적으로 돌진하는 건 안 좋다고 배웠잖아? 그 점은 조심해."

"아, 그렇지. 미안해."

"응."

유미나는 그걸로 이 화제를 마무리했다. 그리고 미즈하에게 말을 돌린다.

"그래서 말인데요. 미즈하 씨. 이 의뢰는 어떻게 될까요?"

"그건 세세한 이야기를 들어야 할 거야. 상대의 사정은 잘 모르겠지만, 그 창고 밖에는 대파 상태의 인형병기도 있었으니까. 지금은 뭐라고 말할 수 없어."

"아, 그러네요. 알겠습니다."

그 이야기도 이쯤에서 일단락한 카츠야 일행은 그 뒤로 차 안에서 잡담했다.

그 와중에 유미나가 차 밖을 보며 생각한다.

(레이나도…… 이런 기분이었을까…….)

레이나는 팀에서 빠질 때 자신이 카츠야가 그토록 걱정하고 지켜야 할 정도로 한심하냐며 감정이 북받친 상태였다.

지금이라면 그 마음을 이해할 것 같다며, 유미나는 그늘진 미소를 카츠야에게 보이지 않도록 얼굴을 밖으로 돌렸다.

◆

창고를 나선 뒤, 캐럴은 의아한 눈치로 비올라를 봤다.

"비올라. 환금 수수료로 반을 빼고도 그 액수면, 계좌에 그렇게 많이 들어온 거야?"

습격자들을 정체 모를 인물에게 넘긴 거래는 제법 위험한 도박이었지만, 끝까지 성공한 것을 고려해도 액수가 조금 많은 게 아닐까. 캐럴은 그렇게 생각했다.

비올라가 쉽게 대답한다.

"아, 그거? 전부 줬으니까 그런 거야."

"전부? 왜? 갑자기 자선활동에 눈떴어?"

캐럴의 터무니없는 농담에 비올라도 웃으며 받아친다.

"설마. 받을 건 다 받을 거야. 그걸 언제 받을지 정도는 조정해 줘도 괜찮을 것 같아서."

지난번 거래는 단순히 습격자의 신병만 팔아치운 것이다. 사유재산 등의 환금은 아직 남았다. 그걸 포함해서 전체 환금액 중 절반을 수수료로 받는다는 점은 변함없다.

따라서 나머지 환금액이 전부 수수료로 떼이더라도, 셰릴 쪽 사람들이 나머지 환금액도 그 절반을 받을 수 있다고 여기더라도, 그건 사소한 해석 차이이며 상대의 착각이다. 비올라는 그렇게 말을 덧붙였다.

그리고 추가로 덧붙인다. 다시 습격 소동이 있고 비올라 자신이 그 환금 작업을 대행한다고 쳤을 때, 또다시 똑같은 거금을 얻을지 모른다고 셰릴 쪽 사람들이 멋대로 기대하는 것도 상대의 사정이라고.

그걸 들은 캐럴도 납득했다. 왠지 즐거운 기색으로 쓴웃음을 짓는다.

"여전히 취미가 고상하셔라."

"어머, 너무해라. 상대가 자금 조달에 곤란해할 것 같으니까 이유를 대서 내가 받을 돈을 나중으로 미룬 건데. 슬퍼."

양대 조직이 항쟁을 위해 자금을 조달하고 있는 현재의 슬럼 상황에서, 어중간한 조직이 큰돈을 보유했다는 의미는 크다.

그리고 큰돈을 벌어서 기고만장해져 미래의 돈을 기대해 돈을 탕진하고, 그런 다음에 그 돈을 못 얻었을 때는 더 비참한 결과를 낳는다.

셰릴에게 준 돈에는 그런 맹독이 발라져 있었다.

그리고 가령 셰릴이 해독에 성공해서 큰돈만 얻더라도 비올라는 상관없었다. 비올라로서는 단순한 장난이며, 진짜 공작도 아니기 때문이다.

창고에서 습격자들의 환금이 아니라 일부러 그냥 환금으로만 말하고, 사정을 모르는 자들이 유물 환금으로 착각하게 한 것도 딱히 셰릴을 도우려고 한 게 아니다. 단순한 취미다.

멋대로 착각해서 안심하거나, 허둥대거나, 엉뚱한 짓을 시작하는 자들을 상상하고, 즐기고, 그것이 나중에 다른 소동의 불씨가 된다면 또 즐길 수 있다. 그저 그뿐인 이야기였다.

◆

창고에서 아키라와 단둘이 남은 셰릴이 영애의 연기를 그만두고 한숨을 쉰다. 그리고 진지한 얼굴로 아키라를 봤다.

"아키라. 아까 돈 말인데요. 아키라한테는 얼마를 드려야 할까요?"

"글쎄⋯⋯."

아키라가 고민한다. 원래부터 새 장비 일체가 갖춰질 때까지 가볍게 함께할 작정이어서 보수가 엮이는 이야기가 될 줄은 몰랐다.

무엇보다 시즈카도 헌터 활동에 전념하려면 장비를 다 갖추고 나서 하라며 신신당부했다. 여기서 보수를 받으면 그 시점에서 경비 업무가 되고, 헌터 활동이 되지 않을까? 그렇게 생각했다.

그러나 헌터 활동이 아니니까 필요 없다고 하는 것도 아키라는 조금 아니라고 여겼다.

흔한 몬스터가 아니라 인형병기를 해치웠다. 무보수로 하는 건 너무 지나친 것 같다. 게다가 미하조노 시가지 유적에서 엘레나와 사라를 거들었을 때 아키라가 만만하게 부려 먹히는 게 아니냐고 알파가 의심한 것도 있어서 이럴 때 또 채산을 도외시하면 안 된다고도 생각했다.

아키라는 그것들을 고려하고, 조금 생각한 다음에 결론을 내렸다.

"셰릴. 내 보수는 유물판매점 투자로 돌려."

"투자, 말인가요?"

"그래. 뭔가 이래저래 고생이 많은 것 같지만, 내 유물을 비싸게 팔아 주지 않으면 나도 곤란하니까. 그걸로 어떻게든 해 줘."

그리고 셰릴에게 공짜로 주는 게 아니라며 조금 당부하는 느낌으로 슬쩍 웃는다.

"유물판매점이 잘되면 돈을 왕창 번다며? 그 이익으로 나중에 돈을 주면 돼. 기대할게."

아키라는 셰릴에게 그렇게 말하면서 알파를 힐끔 봤다. 평소처럼 미소를 짓는 알파의 태도에서 이걸로 문제없을 것 같다고 판단한다.

한편, 셰릴은 조금 놀란 기색을 보인 다음, 의욕을 키웠다.

"알겠습니다! 맡겨 주세요!"

"그, 그래. 부탁할게."

아키라가 무심코 주춤거릴 만큼, 셰릴은 강한 의욕을 보였다. 큰돈을 투자하고, 대가를 기대한다고 했다.

아키라가, 요구했다.

다른 사람이 보면 그게 다지만, 큰 결과를 기대받는 정신적 압박감의 부담을 쉽사리 날려 버릴 정도로, 셰릴에게 큰 기쁨을 주었다.

아무것도 요구받지 않는 자에서 요구받는 자로. 그것은 셰릴에게 큰 전진이었다.

그걸 이해하지 못하는 아키라는 의욕을 내는 셰릴의 옆에서 갑자기 변한 상대의 분위기에 당황하고 있다.

알파는 평소처럼 웃고 있었다.

◆

도란캄의 거점에서 이루어진 토메지마와 미즈하의 협상은 난항 중이었다. 다만 그것은 거절하고 싶은 토메지마와 받아들이고 싶은 미즈하의, 정반대 의도에 따른 것이었다.

"그런고로 이번에는 인연이 없었던 걸로 넘어가고 싶습니다만……."

"너무 그러지 마시고요. 몬스터만이 아니라 인형병기도 습격했다면서요? 경비의 질을 올려서 나쁠 건 없을 텐데요?"

"하지만 우리도 예산 문제가……."

"물론, 우리도 그걸 잘 압니다. 그러니까 그 조정을 이 자리에서……."

난항 중인 협상에서 토메지마는 몇 번이나 예산 사정을 말했지만, 실제 문제는 예산이 아니었다. 미즈하도 그걸 간파하고 집요하게 물고 늘어졌다.

그리고 토메지마도 솔직히 말하자면 카츠야 일행을 고용하고 싶었다. 카츠야 일행은 도란캄 사무 파벌의 주력이다. 그 실력은 흠잡을 데가 없다. 창고 경비로 고용하면 충분한 효과를 기대할 수 있다.

그러나 거절할 수밖에 없었다. 이동하는 중에 셰릴이 지시했기 때문이다.

아키라는 카츠야와 몹시 불편한 관계니까 카츠야를 고용하는 것만큼은 반드시 거절해라. 하지만 그걸 도란캄에 말하면 탈이 생기니까 예산 사정 때문에 그렇다고만 말해라. 그렇게 엄명을 내렸다.

"솔직히 말하자면, 예산 자체는 윤택합니다. 미즈하 씨도 창고에서 보셨을 테지만, 부족하진 않습니다."

"그러시겠죠. 이해합니다."

"하지만 무한정 써도 되는 건 아니죠. 비용에 따른 효과란 게 있으니까요. 아니, 카츠야 씨의 실력을 얕보는 건 아닙니다. 오히려 그 반대이죠. 그토록 뛰어난 실력에 걸맞은 보수를 계산하려면 비용에 따른 효과가 현저하게 나빠진다고 할까요……."

그때 토메지마는 자백하듯 한숨을 쉬었다.

"이번 의뢰는 사실 그 도란캄도 경비에 참가한다는 명목을 만들기 위한 겁니다. 그러니 예산도 도란캄의 헌터라면 누구든 좋다, 그런 수준의 금액밖에 안 됩니다. 카츠야 씨 정도의 실력자를 고용할 예산은 처음부터 준비하지 않았습니다."

"그래도 습격받은 건 사실이잖아요? 인형병기까지 습격했으니까, 경비에도 추가 무력이 필요하지 않을까요?"

"그 점은 문제없습니다."

실제로는 문제가 있지만, 이럴 때는 없다고 치고 이야기를 진행한다.

"그 인형병기는 우리가 고용한 헌터가 단독으로 무난하게 격파했습니다. 그런 의미에서 보면 우리의 무력은 아직 여유가 있습니다."

"그걸 단독으로, 말인가요? 좀처럼 믿기 어려운데요……."

"한번 보시겠습니까?"

토메지마는 정보단말을 꺼내 아키라가 하얀 기체와 싸우는 영상을 틀었다.

내용은 셰릴이 아키라의 실력을 퍼뜨리기 위해 감시 카메라 등의 영상을 바탕으로 편집한 깃이다. 아키라가 우세한 부분만 나온다. 그래도 혼자서 인형병기를 격파한 증거로는 충분한 내용이다. 미즈하도 놀랄 수밖에 없다.

"엄청나군요……."

"그럼요. 그만큼 그에게 가는 보수도 엄청나지만요."

셰릴이 아키라에게 구체적으로 얼마나 주는지는 토메지마도 모른다. 애매모호한 표현으로 상대가 상상하길 기대했다. 그러고 나서 말을 잇는다.

"당신이 카츠야 씨의 보수를 조정한다고 해도 한도가 있겠죠. 우리도 도란캄의 헌터를 부당하게 싼 금액으로 고용하고 싶진 않습니다. 그렇게 되면 그에게 줄 보수와 도란캄에 줄 보수, 그 합계는 우리가 허용할 수 있는 예산을 확실히 넘어갑니다."

그리고 토메지마는 미즈하에게 머리를 숙였다.

"이것이 우리에게도 예산 문제가 있다고 말한 이유입니다. 이해해 주시겠습니까?"

미즈하가 입을 다문다. 토메지마의 명분을 받아들여 카츠야를 고용하게 하려면, 거저나 다름없는 보수로 파견해야 한다. 그것은 도란캄의 간부로서 미즈하도 허용할 수 없었다.

그러나 이 좋은 기회를 눈 뜨고 놓치는 것도 피하고 싶었다. 신기할 정도로 카츠야에게 신뢰받는 셰릴과의 연줄. 그리고 아마도 그 셰릴이 경영하는 유물판매점과의 연줄. 양쪽을 전부 얻을 수 있는 기회다. 놓치고 싶지 않았다.

그리고 상황을 타개할 방안을 필사적으로 생각한 미즈하가 입을 연다.

"그렇다면 이렇게 하는 게 어떨까요?"

그 개요를 들은 토메지마가 감탄한 듯이 고개를 끄덕인다. 정말로 토메지마가 생각해도 문제가 없을 것 같았다.

다시 협상이 시작된다. 난항이 계속됐지만, 처음과 다르게 양쪽 모두 긍정적으로 받아들이게 되었다.

제138화 양과 질

이른 아침, 캠핑카에서 자던 아키라가 눈을 뜨고, 느릿느릿 강화복을 입고서 기지개를 켜며 차 밖으로 나온다. 그러자 휴대 식량이 눈앞에 나왔다.

"안녕. 아키라. 받아."

"고마워. 안녕. 유미나."

웃는 얼굴로 건네는 커피를, 아키라도 웃으며 받았다. 둘이서 함께 마시고 살짝 숨을 내쉰다.

"너는 벌써 일이 끝났어?"

"그래. 일을 마치고 돌아가기 전에 아키라와 잠깐 이야기해서 친목을 다져 보려고."

그 말에 별 뜻이 없음을 이해한 아키라가 쓴웃음을 짓는다.

"조직 생활도 참 힘들구나."

유미나도 쓴웃음 기미로 웃었다.

"그래. 하지만 조직의 혜택도 크단 말이지. 아무것도 모르는 사람이 험담할 정도니까 조금은 어쩔 수 없어."

개인으로 활동하는 헌터와 조직에서 활동하는 헌터는 그 차이에서 생기는 번거로움의 차이를 말하며 웃었다.

◆

셰릴이 거점에 있는 자기 방에서 한숨을 쉰다. 셰릴의 정보단말 화면은 즐겁게 웃는 아키라와 유미나를 보여주고 있었다.

이성은 지금 상황을 마지못해 받아들였다. 하지만 감정은 그 이성이 감정적으로 행동하면 파멸하니까 참으라고 강하게 타일러서 겨우 버텼다.

토메지마와 미즈하의 협상으로 셰릴은 창고 경비로 유미나를 고용하게 되었다.

비용은 카츠야의 부대를 고용하는 게 아니라 유미나 한 명만 고용하는 거니까 싸게 먹힌다. 또한 이건 종합지원 강화복의 테스트를 겸하며, 그 트러블에서 발생하는 피해를 허용하는 조건으로 보수를 더 깎았다.

그리고 장기 계약이 아니라 일용 계약. 나아가 도란캄 측이 일방적으로 파견을 즉각 중지할 수 있다고 하는, 참으로 황당무계한 조건을 대가로 지급액을 대폭 줄였다.

이러한 조건을 통해서 유미나를 고용하는 비용은 상식적이지 않을 만큼 저렴해졌다.

원래라면 있을 수 없는 싼값으로 카츠야 파의 유능한 헌터를 고용할 수 있다. 그리고 카츠야는 고용하지 않음으로써 셰릴의 지시도 지킬 수 있다. 토메지마로서는 흠잡을 데 없는 성과를 냈다고 여겼다.

실제로 셰릴도 이성으로는 그 성과를 인정했다. 아키라와 유미나가 친근하게 이야기하는 모습을 보고 미쳐 날뛰려는 감정을, 그 성과를 근거로 익누를 정도로는.

또한 셰릴은 유미나가 미즈하의 지시로 아키라와 친목을 다지려는 것에 불과하며, 요컨대 미즈하가 아키라를 통해 자신과의 연줄을 만들려고 한다는 사실을 간파했다.

더불어 유미나가 좋아하는 사람은 카츠야이며, 아키라에게 연애의 의미로는 관심이 없다는 것도 알았다. 그렇기에 유미나가 아키라를 향해 친근하게 웃어도 셰릴은 어느 정도 허용할 수 있었다. 참을 수 있었다.

하지만 그렇다고 아키라가 유미나를 향해 편하게 웃는 것을 셰릴이 허용할 수 있는 건 아니다. 따라서 사이좋은 두 사람의 모습을 볼 때마다 셰릴의 마음은 헤집어지고 있었다.

그런데도 셰릴은 유미나를 함부로 대할 수 없다. 그만큼 도란캄의 헌터가 창고 경비에 가담하는 의미는 크기 때문이다.

그리고 무엇보다도 아키라와 친한 사람을 함부로 대했다간 아키라에게 노여움을 살 우려가 있다. 셰릴은 그토록 무시무시한 짓을 도저히 할 수가 없었다.

일단 셰릴도 유미나의 근무시간을 아키라가 자는 시간대로 잡는 식으로 아키라의 노여움을 사지 않는 범위에서 두 사람의 접촉을 줄이려고 노력은 했다.

그러나 그 정도 공작으로는 한도가 있어서, 셰릴은 사이좋은 두 사람을 볼 때마다 한숨을 푹푹 쉬었다.

해리어스의 거점 회의실에서, 그 간부들이 셰릴의 창고 소동에 관한 정보를 열람하고 있다. 하얀 인형병기와 일대일로 싸우는 아키라의 영상을 보고 놀라움을 드러내며 소감을 늘어놓고 있었다.

　"이 자식…… 백토를 혼자서 이겼잖아. 아무리 염가판이라고 해도, 인형병기인데?"

　"이러니까 30억짜리 현상수배급을 이기지. 이 꼬맹이의 실력이 대단하지 않다고? 그년이, 헛소리나 지껄이고 말이야."

　"그래. 보스가 지적하지 않았다면 큰일 날 뻔했군."

　간부들은 명확해진 아키라의 실력, 그리고 추측으로 자신들에게 잘못된 정보를 흘리려고 했던 비올라에 관해서 앞다투어 말했다.

　하지만 보스인 도람은 그 사실에 아무런 관심을 보이지 않았다. 복잡한 얼굴로 다른 것을 생각한다.

　(이 자루모란 남자, 이렇게 강했나. 어째서 이런 실력을 지금껏 감췄지? 뭔가 목적이 있어서 진짜 실력을 드러내지 않고 내 조직에 잠입할 필요가 있었나? 그렇다면 왜 여기서 밝혔지? 지금까지 한 공작을 전부 망치는 한이 있더라도 이 아키라란 녀석을 죽일 필요가 있었나? 아니지, 그렇다면 다른 수단이 있었을 터…….)

　도람이 깊이 생각에 잠긴다. 하지만 한동안 생각하고 나서 고개를 흔들었다.

(모르겠군. 안 되겠다. 정보가 너무 부족해. 자루모는 아키라에게 죽었고, 다른 생존자도 행방불명 상태다. 지금은 조사할 방법이 없군. 신경이 쓰이지만, 당분간 미뤄야겠어.)

지금은 이 사안을 추측하는 것에 머리를 쓸 가치가 없다. 도람은 그렇게 판단하고 해당 사안에 대한 생각을 그만뒀다. 그리고 의식을 전환하고 테이블을 가볍게 때린다.

갑자기 간부들이 대화를 멈추고 자세를 바로잡았다. 조용해진 테이블에서 도람이 긴 테이블 맞은편에 앉은 깔끔한 정장 차림의 남자를 보고 웃는다.

"그래서? 보다시피 우리가 네 말장단에 넘어가 산 제품은 인형병기 주제에 헌터 하나를 못 죽인 것 같은데, 해명을 듣고 싶군."

그렇게 말하며 웃는 도람의 얼굴에는 해리어스 간부들을 떨게 할 정도의 압력이 배어났다.

그러나 정장 차림의 남자, 야지마 중철(重鐵)의 영업사원인 카자후제는 조금도 동요하지 않았다. 유감을 드러내는 태도를 조금 호들갑스럽게, 농담하듯 보여주며 살갑게 웃는다.

"해명? 무슨 말씀을 합니까. 보시다시피 훌륭한 성능 아닙니까? 염가판이라는 이유로 의심하기 쉬운 성능에 대한 불안도 이걸로 해소했습니다. 우리는 부디 이 자리에서 대량 주문을 받고 싶군요. 어떻습니까?"

"꼬맹이 하나도 못 죽이는 기체를 더 사라고?"

"농담이 심하군요. 저자는 30억 오럼짜리 현상수배급을 해치운 헌터입니다. 그걸 고작 1기로 저토록 몰아붙인 겁니다. 충분하지 않습니까."

윽박지르는 도람의 말을 가볍게 흘려넘긴 카자후제가 힘줘서 말한다.

"더군다나 저자의 강화복은 4억 오럼이나 하는 물건입니다. 하지만 염가판 백토는 무려 2억 오럼! 절반 가격으로 거의 호각인데요? 파격적인 성능, 파격적인 가격 아니겠습니까!"

"하지만 저 녀석이 쓴 총은, 확인한 바로는 AAH 돌격총과 A2D 돌격총이었는데? 그런 싸구려 총에 쓰러지는 기체에 2억이나 주라고?"

"거참, 다 아시면서. 4억짜리 강화복을 쓰는 헌터의 총인데요? 개조품일 게 뻔하지 않습니까. 강화복의 가격에 맞춰서 값비싼 개조 부품을 듬뿍 쓴 겁니다."

실제로 도람도 그 정도는 카자후제가 지적하지 않아도 추측할 수 있었다.

AAH 돌격총 정도로 인형병기와 맞붙은 것이다. 아마도 총에도 엄청난 고성능 개조 부품을, AAH 애호가가 강력한 몬스터를 어떻게든 AAH 돌격총으로 해치우려고 할 때 사용하는 확장 부품과도 같은 물건을, 두 총에도 조립한 것이리라. 그렇게 판단하고도 카자후제를 한번 흔들어 봤을 뿐이다.

밑져야 본전이라고 생각해서 시험 삼아 상대의 동요를 유도해 봤는데, 도람도 이토록 효과가 없을 줄은 미처 예상하지 못했다. 무의식중에 해이해졌나 싶어서 정신을 바짝 차린다.

"알았다. 그렇다면 협상을 시작하지. 몇 기나 준비할 수 있지?"

"네! 100기라면 입금 후 72시간 이내로 받으실 수 있습니다! 물론, 무장을 포함한 겁니다!"

"먼저 50기다. 나머지 50기는 보관해 둬라. 아니, 나중에 돈을 줄 테니 100기를 내놔라."

"죄송합니다. 제품은 입금 후에 인도합니다. 당사도 팔고 싶지만, 입금 없이 인도하면 자금 제공이 되니까 말입니다. 부디 이해해 주시길."

슬럼의 조직에 자금을 제공하면 기업 윤리가 문제시된다. 애초에 원래는 슬럼의 조직에 인형병기를 파는 시점에서 문제이므로, 위장하는 데도 한계가 있다. 기체 제공은 더미 회사를 통해 이루어지며, 그것도 선금이 필수다.

성과를 추구하던 영업사원이 대량 주문과 선금에 눈이 멀어서 고객 확인을 소홀히 했다. 앞으로는 조심하겠다. 그러한 명분이 외부 공작을 위해 필요하며, 반드시 입금을 확인하고 나서 인도해야 한다고, 카자후제는 살갑게 미안한 기색으로 사과했다.

그걸 들은 도람이 혀를 찬다.

"알았다. 우선 80기로 해주지. 그러니 나머지는 보관해 둬라. 추가 발주분도 우리 예약으로 잡아라. 다른 곳에는 팔지 말도록. 알았겠지?"

"감사합니다!"

카자후제는 호들갑스럽게 웃고 머리를 숙였다.

그 뒤로 염가판 백토 80기분의 대금을 치르고 나머지 기체의
보관과 예약 계약도 마친 시점에서 도람이 카자후제를 조금 매
섭게 본다.
　"이걸로 너희는 돈을 많이 벌었겠지. 조금 서비스했으면 좋겠
는데. 뭘, 조금 말실수하기만 하면 된다."
　"무슨 말씀이신지?"
　"우리는 야지마 중철에서 제안이 들어왔다. 고맙군. 아주 도
움이 됐다."
　"별말씀을. 저희가 더 고맙죠."
　"그래서 말이다. 에존트 패밀리에는 어디의 누가 이런 식으로
제안했지?"
　카자후제가 웃는 얼굴로 침묵한다. 도람도 웃는 얼굴로 카자
후제를 본다. 그리고 10초쯤 지나고, 카자후제는 하는 수 없다
는 듯이 숨을 내쉬었다.
　"제가 말했다고는 말하면 안 됩니다? 동종업계의 경쟁사라고
해도, 상부상조하는 구석도 있으니 말입니다."
　"그건 안다."
　"요시오카 중공의 영업사원이 에존트 패밀리에 접촉했다는
이야기는 들었습니다. 우리 회사와 마찬가지로 인형병기를 제
공했다고 하더군요. 다만 계약에는 성공했지만, 납품한 숫자가
매우 적다고 들었습니다."
　"흥. 놈들은 돈이 없나? 아니면 돈을 쓸 줄 모르는 건가?"
　"글쎄요. 그것까지는. 뭐 우리 회사는 해리어스의 발전에 기

대하고 있습니다. 쿠가마야마 시티의 지하경제를 해리어스에서 장악하는 날에는 부디 장기적인 관계를 부탁드립니다.”

“나만 믿어라. 에존트 놈들이 아니라 우리를 선택한 판단이 틀리지 않았다고 금방 가르쳐 주마.”

도람과 카자후제는 서로에게 웃으며 유의미한 거래를 마쳤다.

카자후제가 떠난 뒤, 도람이 곧장 간부들에게 지시한다.

“돈을 모아라. 최대한 많이. 팔 수 있는 건 다 팔아라. 산하 조직에서 돈을 더 쥐어짜라. 금융업자를 윽박지르는 한이 있더라도 융자하게 해라. 야지마 중철에서 한 대라도 더 많은 기체를 산다. 내 말 알아들었겠지?”

그 지시에 간부들이 망설이는 모습을 보였다. 조심조심 물어본다.

“알겠습니다. 하지만 보스, 꼭 그렇게 할 필요가 있습니까? 에존트 놈들이 준비한 인형병기는 적다고 하지 않았습니까? 80기도 너무 많은 듯한데…….”

“야지마 중철의 영업사원이 말했을 텐데. 선금에 눈이 멀어서 고객 확인을 소홀히 했다고. 즉, 우리가 안 사면 그만큼 에존트 놈들에게 흘러가는 거다. 선금에 눈이 멀어서 말이지.”

간부들이 도람의 설명을 듣고 그런 의미였냐며 술렁인다.

“하지만 보스. 그래도 상대의 기체는 숫자가 적습니다. 상대에게 조금 흘러간다고 해도, 80기나 준비하면 충분히 이기는 게…….”

"아니다. 내가 그 녀석에게 놈들은 돈이 없냐고, 아니면 돈을 쓸 줄 모르냐고 물어봤을 텐데. 그리고 서비스로 준 정보에서는 그걸 긍정하지 않았다."

'글쎄요. 그것까지는'. 카자후제가 짧게 대답한 말의 의미를, 도람은 정확하게 간파했다.

에존트 패밀리에는 돈이 있다. 그리고 야지마 중철의 영업사원은 상대에게 돈이 없는지, 아니면 돈을 쓸 줄 모르는 건지를 물어봤을 때 긍정하지 않았다.

즉, 에존트 패밀리는 그 질문에 긍정하지 않을 정도로는 요시오카 중공에 적절하게 돈을 썼다. 그런데도 납품이 적은 이상, 상대는 기체의 양이 아니라, 질을 우선했다. 도람은 카자후제와 대화에서 그걸 간파했다.

"우리는 기체의 양을, 에존트 놈들은 질을 중시한 거다. 그렇다면 우리가 이긴다. 아키라란 헌터는 혼자서 인형병기를 이길 정도로 강했지만, 혼자서는 그게 한계다. 백토가 하나 더 있었다면 창고는 궤멸했겠지. 싸움에서 양과 질을 따지면, 양이 이기는 법이다. 충분한 양이 있다면 말이지."

도람의 설명을 들은 간부들의 열기가 고조된다.

"야지마 중철이 현재 준비할 수 있는 기체를 전부 입수한 시점에서 에존트 놈들을 없앤다. 그러려면 돈이 필요하다. 충분한 기체를 준비하기 위해서."

그리고 도람의 입에서 에존트 패밀리를 궤멸시킬 구체적인 시기가 나옴으로써, 간부들의 눈빛이 달라졌다.

"그러니 닥치는 대로 돈을 모아라. 수단을 가리지 마라. 산하 유물판매점의 유물을 전부 팔아도 좋다. 최대한 빚을 져도 좋다. 그 정도는 우리가 에존트 놈들을 없애고 도시 지하경제를 완전히 장악하면 어떻게든 된다. 그러니까 해라. 주저하지 마라."

마지막으로 도람이 테이블을 세게 친다.

"시작해라!"

"네!"

간부들은 일제히 자리에서 일어나 한목소리로 복종의 뜻을 천명했다. 그리고 도람의 지시에 따라 황급히 움직이기 시작한다.

도람 자신은 그 자리에 남아 복잡한 얼굴로 생각에 잠겼다. 부하들에게 돈을 긁어모으라고 지시했지만, 그것이 어렵다는 것은 본인이 가장 잘 알기 때문이다.

양대 조직이 조만간 대규모 항쟁을 시작한다. 그것은 슬럼에서 이미 널리 알려진 사실이다. 그리고 이미 양쪽 모두 그 항쟁의 비용을 대기 위해서 온갖 수단으로 돈을 모은 뒤다.

슬럼의 지하경제가 아무리 돈을 낳아도, 이미 그 경제권 자체에는 큰돈이 남지 않았다. 도람이 간부들을 아무리 닦달해도, 없는 돈이 생기지는 않는 것이다.

(어떻게 한다? 내 계산으로는 아슬아슬하게 모자란다. 어딘가에 뭉칫돈이 남아 있으면 좋을 텐데…….)

고민하는 도람의 시선에 한 간부가 깜빡 두고 간 정보단말이 들어온다. 그곳에는 아키라가 백토와 싸우는 영상이 일시정지 상태로 표시되어 있다.

그걸 보고, 도람은 얼굴에 웃음을 띠었다.

◆

슬럼 같지 않은 호화 저택에서, 에존트 패밀리의 보스인 로게르토가 요시오카 중공의 영업사원인 하라지와 이야기하고 있다.

"그래서 납품은 언제 되지?"

"입금이 끝나야 한다."

"계약금은 줬잖아."

"그딴 푼돈을 받고 납품할 것 같나? 그럴 리가 없잖아. 전부 선금으로 받지 않는 만큼, 우리도 양보하고 있는데?"

로게르토가 하라지를 노려본다. 해리어스와 쌍벽을 이루는 거대 조직의 보스가 내는 위압이다. 나아가 로게르토는 자신도 전선에 서는 무투파였다. 그 압력은 어지간한 헌터조차 몸을 떨 정도로 강하다.

그러나 하라지도 움츠러들지 않고 도로 노려본다. 손님에 대한 친절이 눈곱만치도 없는 그 태도는, 기업의 영업사원으로서는 문제가 있다.

그러나 이 경우에는 올바르다. 어느 한쪽이 물러나면 상대가 기고만장해진다. 하라지는 그걸 잘 알아서 요시오카 중공의 영업사원으로서 적절한 태도를 보였다.

한동안 눈싸움이 이어진 뒤, 먼저 로게르토가 혀를 찬다. 그리고 시선을 하라지의 옆으로 돌렸다.

"이봐, 비올라. 이 거래는 네가 중개한 거잖아. 뭔가 할 말은 없나?"

중개자로 동석한 비올라가 즐겁게 웃는다.

"그러네. 순순히 돈을 내는 게 좋지 않을까?"

"이 자식…… 그쪽에 붙을 작정이냐?"

"설마. 그럴 마음은 없어. 당신을 생각해서 하는 말인걸?"

"무슨 뜻이지?"

"해리어스가 야지마 중철과 대규모 거래를 마쳤나 봐. 이 백토란 기체를 100기 정도 조달했다는데. 납품이 끝나는 대로 공격하지 않을까?"

비올라는 그렇게 말하고 자신들이 앞에 있는 테이블 모양 디스플레이 장치가 재생하는 입체영상을 손으로 가리켰다. 그것은 아키라와 백토의 교전 기록이었다.

로게르토가 얼굴을 찡그린다. 비올라가 제공한 그 영상을 보고, 로게르토도 하얀 기체의 성능을 대략 파악했다. 그게 상대에게 100기나 있으면 자신들에게 멀쩡한 기체도 없는 상태로는 패배가 확실했다. 다시 혀를 찬다.

"알았다……. 내면 되잖아."

"현명한 판단이다."

로게르토는 하라지의 말에 언짢아하면서도 정보단말을 조작해 입금을 마쳤다. 하라지도 입금 확인을 마친다.

"좋아. 납품 작업을 진행시키지. 하지만 기체만이 아니라 무장도 사는 게 낫지 않을까?"

"뭐라고?"

"우리 회사의 고성능 인형병기라고는 해도, 주먹질로만 그 성능을 발휘하는 건 위험하지. 무장도 같이 사는 걸 추천한다."

"이 자식이……."

무장을 포함한 가격인 줄 알았던 로게르토가 흉악한 표정을 지었다. 그러나 하라지는 전혀 동요하지 않는다.

"그래서 어쩔 거지? 뭐, 기체를 사 줬으니까. 이제는 고객 대우다. 주문만 하면 입금 전이라도 납품 작업을 시작하지. 납품 자체는 입금한 다음에 하겠지만."

"불난 집에다 부채질이냐."

"미안하지만, 황야 요금이다. 너희 같은 녀석들에게 인형병기를 파는 거다. 우리도 정상적인 거래로 위장하려면 힘들게 공작해야 하거든. 비용이 든다고. 그래서? 주문할 건가?"

이미 본체 값을 낸 로게르토에게는 선택지가 없었다.

"무장 자료를 내놔라."

하라지의 조작으로 테이블형 디스플레이 장치에 기체의 무장이 표시된다. 대형 총과 접근전 무기, 미사일 포드 등을 다양하게 갖췄다.

"주문해 준다니 고맙군. 전부 추천하는데?"

"흥. 기대에 어긋나는 성능이라면 가만두지 않겠다."

이로써 거래의 흐름은 정해졌다. 지금부터는 로게르토도 하라지도 불필요하게 실랑이를 벌이지 않고 협상을 계속한다.

그 협상 동안에도 테이블형 디스플레이 장치의 반쪽은 아키라와 하얀 기체의 교전 상황을 틀어놓고 있었다. 로게르토는 영상에 나오는 적의 주력 기체인 염가판 백토의 성능을 확인하면서 구매할 무장을 상담했다.

비올라의 호위로 뒤에 서 있는 캐럴도 그 영상을 함께 보고 있었다. 하얀 기체를 아키라가 해치운 건 알았지만, 예상을 조금 벗어난 방법으로 해치운 것에 살짝 놀랐다.

캐럴은 아키라가 백토를 미하조노 시가지 유적 때와 동등한 무장으로 해치운 줄 알았다. AAH 돌격총과 A2D 돌격총, 그리고 강화복을 이용한 격투전만으로 해치웠을 줄은 차마 예상하지 못했다.

로게르토가 캐럴의 낌새를 눈치채고 말을 건다.

"참 열심히도 보는군. 그렇게 이 기체에 관심이 있나?"

"그래. 이렇게 말하긴 뭐하지만, 상대는 이런 걸 100기나 준비했는데 그쪽은 고작 1기로 괜찮아?"

그걸 들은 로게르토는 화내기는커녕 웃음을 터뜨렸다.

"뭘 모르는군. 이 정도는 100기가 있어도 아무런 문제도 안 된다고."

"어? 하지만……."

의아해하는 얼굴을 보이는 캐럴에게, 로게르토가 당당하게 웃는다.

"뭐, 네가 뭘 말하려는 건지는 알겠다. 네 기준은 이거지?"

로게르토는 그렇게 말하면서 테이블에 표시된 하얀 기체, 자루모의 조종으로 기민한 움직임을 보이는 백토를 손으로 가리켰다.

"물론 이게 100기라면 아무리 나라도 힘들다. 하지만 현실은 다르지. 내가 싸우는 건 이쪽이다."

로게르토는 그렇게 말하고 영상을 조작해서 하얀 기체와의 전반전, 보제라고 하는 남자가 조종해서 어설프게 움직이는 백토를 손짓했다.

"제아무리 대단한 기체라도 결국에는 조종사의 실력에 달렸다. 나는 안다. 이쪽 후반전의 조종사는 나 정도는 아니어도 실력이 뛰어나지. 그렇다면 해리어스 놈들은 이만한 조종사를 100명이나 갖출 수 있을까? 무리다. 아무리 애써도 다섯 명이 한계. 최소 0명이다."

로게르토가 해리어스를 무시하듯 비웃는다.

"그러니까 놈들은 기체의 질이 아니라 숫자를 중시했다. 어설픈 조종사밖에 못 구한다면 기체의 질을 낮추고 숫자를 늘려야 전력이 되기 때문이다."

그리고 이번에는 자랑하듯 웃는다.

"하지만 우리는 내가 있다. 고성능 기체의 성능을 충분히 발휘할 수 있는 조종사가 말이다. 그렇다면 기체는 하나만 있으면 된다. 그 강력한 기체로 쓸어버리면 될 일이지. 안 그래?"

그렇게 말하고 로게르토는 하라지에게 시선을 돌렸다. 하라지도 무뚝뚝하게나마 고개를 끄덕인다.

"우리 기체의 성능은 보증한다. 애초에 상대의 기체와는 가격 대가 근본적으로 달라. 그 전제로 봤을 때, 싸구려를 조종하는 초짜들에게 진다면 원인은 조종사의 실력이겠지."

캐럴도 납득한 것처럼 고개를 살짝 끄덕였다. 그걸 본 로게르 토도 기분이 좋아진다.

"그런 셈이다. 해리어스와의 항쟁은 우리가 승리한다. 놈들이 선수만 치게 하지 않는다면 말이지. 그러니 기체 납품을 서둘러 라. 늦어지면 가만두지 않을 거다."

윽박지르는 로게르토에게 하라지가 태연히 대답한다.

"그렇다면 무장을 빨리 골라. 안 정하면 납품 작업을 시작할 수 없다."

"나도 알아. 역시 이럴 때는……."

서둘러야 한다고 대충 고를 수는 없다. 로게르토는 그대로 신 중히 무장을 골랐다.

협상을 마친 로게르토가 복잡한 표정을 짓고 있다.

협상 자체는 무사히 끝났다. 급박한 상황에 바가지를 쓴 면은 있지만, 그건 허용 범위다. 하라지가 설명한 대로, 주문한 기체 는 원래 슬럼의 조직에 절대로 팔지 않는 물건이다. 그 점에서 는 로게르토도 만족했다.

그러나 로게르토를 안심하게 하는 건 아니다. 제아무리 강력 한 기체라도 해리어스 진영의 준비가 끝나기 전에 납품하지 않 으면 의미가 없기 때문이다.

그 요구에 대한 하라지의 답변은, 납품을 앞당기고 싶다면 그만큼 추가로 비용을 내라는 것이었다. 정비와 수송은 공짜가 아니고, 작업 인원도 조정해야 한다. 보챈다고 다 해결되는 것이 아니라며, 반쯤 어이가 없는 얼굴로 말했다.

그러나 에존트 패밀리는 당장 쓸 돈도 남지 않았다. 산하 조직을 반쯤 협박해서 돈을 긁어모으고, 연줄이 있는 금융업자로부터는 슬럼의 지하경제를 장악한 미래를 담보로 한계치까지 돈을 빌린 상태다. 돈줄은 이미 말랐다.

요시오카 중공의 영업사원인 하라지와 중개를 맡은 비올라는 이미 돌아갔다. 로게르토의 앞에 앉은 자들은 부하 간부들이다.

"보스. 역시 더는 무리입니다. 산하 조직은 다 쥐어짰고, 박쥐 놈들도 자꾸 건드리면 적으로 돌아설지 모릅니다."

"남은 수단은 해리어스 산하의 조직을 공격하는 건데, 지금 그랬다간 바로 전쟁이 날 겁니다. 그건 아무래도 위험합니다."

"게다가 놈들의 기체는 보스가 해치운다고 해도 보병을 무시할 수는 없습니다. 그걸 상대할 전력도 필요하고, 총과 탄약으로도 돈이 필요합니다. 더 줄일 수는······."

"그렇군······."

로게르토가 골머리를 앓는다. 알고는 있었지만, 짜증이 커졌다. 무심코 테이블을 친다.

"제길!"

의도한 바는 아니어도 테이블을 건드리는 바람에 그 디스플레이 장치에서 일시정지 상태로 있던 영상이 재생된다. 영상은 마침 아키라가 셰릴의 창고 주변에서 하얀 기체와 싸우는 모습을 틀고 있었다.

그걸 본 로게르토는 희미하게 괴이쩍은 표정을 지은 뒤, 뭔가 깨달은 것처럼 웃음을 띠었다.

◆

에즌트 패밀리의 거점을 나선 하라지가 함께 밖으로 나온 비올라에게 말한다.

"확인하지. 일정 조율은 너에게 맡기면 되는 거지?"

"그래. 내가 할게."

"그렇군. 그렇다면 연락을 기다리마."

하라지는 그 말만 남기고 떠나갔다.

즐겁게 웃는 비올라를 보고, 캐럴이 웃는 얼굴로 묻는다.

"무슨 일정이야?"

"응? 프레젠테이션. 부수입이야. 나도 좋은 자리를 잡아야지."

"그래?"

악우의 웃는 얼굴에서 대충 상상하면서도, 캐럴은 그걸 웃으며 받아들였다.

◆

도시의 하위 구획, 셰릴의 창고에 가까운 슬럼과 접하는 일대를 민간 경비회사의 경비병들이 중무장 상태로 경비하고 있다.

그중 한 사람이 본부에 연락하고 있었다.

"여기는 E27 지점. 정기 보고. 이상 없음."

"이상 없음. 확인했다. 계속해서 경계하길 바란다."

"확인했다. 경비를 속행한다."

내용이 거의 정해진 연락을 마친 듯, 경비병 남자가 무심코 덧붙인다.

"저기, 이게 이상이 없는 거 맞아……?"

"이봐, 네 입으로 이상이 없다며?"

"아니, 그래도 말이지……."

그렇게 말한 남자의 시야에는 지난번 소동의 여파로 무너진 가옥이 곳곳에 들어왔다. 인형병기가 날뛴 만큼 끔찍한 상태이며, 일반적으로 판단하면 충분히 이상이 있다.

그 광경은 남자의 정보수집기를 통해서 본부에도 전송되고 있었다. 그 본부에서 남자의 의문에 대해 마음은 이해한다는 투로 답신이 온다.

"괜찮아. 몬스터는 없잖아? 이상은 없는 거다."

"아무리 슬럼이 편의상 황야로 취급하는 곳이라고 해도, 바로 옆에서 인형병기가 날뛰었는데 이상 없음 취급으로 괜찮은 건가……."

남자는 지난번 소동 때도 이 부근을 비슷하게 중무장 상태로 경비했다. 몬스터가 출현할 우려가 있다는 정보에 따라 파견되고, 실제로 몬스터 출현도 확인했다.

물론 몬스터가 하위 구획으로 오지 않아서 교전은 발생하지 않았다. 그리고 함께 출현한 인형병기에 대해서는 대처할 필요가 없다는 연락이 와서 대처하지 않았다.

본부의 남자가 현장의 남자에게 말한다.

"괜찮아. 우리는 몬스터 출현에 대비해서 경비하고 있다. 그 예산도 도시에서 듬뿍 나오지. 다 그런 거야."

"인형병기는 못 본 척하라는 건가. 거참, 뭔 일인지."

"글쎄다. 우리가 신경 써도 소용없어. 이제 끊는다. 잡담이 길어지면 내 평가에도 영향을 주니까."

"그것참 미안하군. E27 지점. 경비를 속행한다. 이상."

본부와의 통신을 끊은 뒤, 현장의 남자가 투덜거린다.

"정말이지, 뭐가 어떻게 된 거야······."

도시 측의 사정인 것은 어렴풋이 상상할 수 있지만, 자세한 사정을 알아도 휘둘리는 자신들의 처지는 달라지지 않는다. 남자는 슬쩍 한숨을 쉬고 일을 재개했다.

◆

셰릴이 거점에서 몹시 딱딱한 표정을 짓는다. 그 원인은 눈앞에 앉은 두 인물, 에존트 패밀리와 해리어스의 간부들이었다.

"언제까지 입을 다물고 있을 거야?"

"우리도 한가하진 않은데?"

간부들은 서로에게 살기를 드러내며 셰릴을 압박하고 있다.

뒤에 있는 부하들도 일촉즉발의 임전 태세다.

"며칠만 생각할 시간을 주실 수는……."

"안 된다."

"안 된다."

두 간부가 똑같이 말하고 서로를 노려본다. 서로가 상대의 기한이 임박했음을 인식하고 그 자리의 긴장감을 키워나간다.

그토록 위험천만한 곳에서, 셰릴은 임시방편으로 고민하는 척할 수밖에 없었다.

셰릴에게 에존트 패밀리와 해리어스가 들이댄 요구는 똑같다. 자기편이 되어라. 그렇듯 몹시 알기 쉬운 내용이었다.

지금껏 셰릴의 조직은 두 조직에서 중립이란 이름의 박쥐 취급을 받았다. 그런데도 다른 중립 조직처럼 돈을 뜯기지 않은 것은 아키라의 실력이 미지수였기 때문이다.

대규모 항쟁 전이라고 하는 중요한 시기다. 섣불리 건드려서 예상 밖의 피해를 볼 수는 없다. 창고를 습격한 자루모도 그 점은 철저히 당부받아서, 명확한 증거는 단단히 말소했다.

그리고 지난번 습격으로 아키라의 실력이 확실해졌다. 그래서 두 조직의 보스들은, 상대보다 더 빨리 기체 납품만 끝내면 확실하게 이기는 이 상황에서는 아키라를 고려하더라도 셰릴의 조직을 강하게 압박할 가치가 있다고 판단하고, 곧바로 행동에 나섰다.

두 조직의 조직원들은 급습하듯이 셰릴의 거점으로 동시에 들이닥쳤다. 어느 한쪽이 늦는 바람에 이 자리에서 딱 마주치지 않았더라면 셰릴은 그대로 끌려가 협박이나 다름없는 설득을 받을 참이었다.

셰릴은 그 위기를 아슬아슬하게 피했지만, 몹시 난처한 상황은 계속되고 있다. 두 조직이 눈싸움을 벌이는 상황에서 어느 한쪽을 택하면 나머지 한쪽이 자동으로 적이 되기 때문이다.

더군다나 택한 상대가 자신들을 지킨다는 보장도 없다. 오히려 이용만 당하다가 버림받을 것이다. 수중에 있는 자금을 빼앗기고, 창고에 보관 중인 유물도 팔려서 항쟁 자금에 쓰일 것이다. 나아가 아키라를 전력으로 요구할 것이다. 그 정도는 셰릴도 눈치챘다.

그래도 둘 중 하나를 택하지 않고 전부 적으로 만드는 것보다는 낫다고는 추호도 생각하지 않았다. 그 시점에서 아키라에게 버림받는다고 생각했기 때문이다.

그 선택은 셰릴에게 있어서 아키라가 맡긴 돈과 유물을 자기 안전을 위해 버리고, 아키라에게 양대 조직의 하수인으로서 싸우게 시키는 것을 스스로 허용하는 것을 의미한다.

그걸 안 시점에서 아키라는 셰릴을 내친다. 그럴 의리는 없다며 주저하지 않고 버릴 것이다.

아키라를 마음의 지주로 삼은 셰릴에게 그보다 더한 공포는 없었다. 그 공포에서 도망치기 위해서 셰릴은 계속해서 임시방편에 의지하고 있었다. 다른 건 아무것도 할 수 없었다.

마치 시간을 끄는 것처럼 고민하는 셰릴의 태도에 쳐들어온 간부들이 의문을 느끼기 시작한다.

"야, 왜 시간을 끄는 거지?"

"아키라가 오는 걸 기다리는 거냐? 그런다고 해결이 될 것 같아?"

"아뇨. 그렇지는……."

실제로 셰릴은 아키라에게 연락하지 않았다. 사정을 말하고 어떻게 할지 물어봐도 아키라는 알 바가 아니라고 대답할 것으로 여겼기 때문이다.

조직의 보스는 셰릴. 자신은 그 셰릴에게 개인적으로 협력할 뿐. 그것이 아키라의 기본자세다. 셰릴도 그걸 이해하고 있다. 이 상황에서는 대처 방법을 물어보기만 해도 암암리에 아키라의 대처를 기대하는 것이라고 오해할 우려가 있었다.

당연하지만 기대하는 대처란 아키라의 유물과 전력을 양대 조직의 어딘가에 제공하는 것을 의미한다. 그 시점에서 아키라에게 버림받을 위험이 있으므로 이 상황에서는 섣불리 연락하기 어려웠다.

하지만 간부들은 그걸 모른다. 점점 의심이 커진다.

그리고 마치 그 해답인 듯한 일이 발생한다.

"실례할게."

나타난 것은 비올라와 캐럴이었다. 간부들이 셰릴과 비올라를 번갈아 본 다음, 찡그린 얼굴로 비올라를 본다.

"너인가……. 무슨 일로 왔지?"

"무슨 일로 오긴. 이 사람한테 잠깐 볼일이 있어서 왔지. 당신들은 여기서 뭘 해? 그렇게 한가해?"

"너하곤 관계없다. 꺼져."

"어머, 너무해라. 자꾸 이런 데서 놀면 나중에 상사한테 혼날 것 같아서 친절하게 말해 준 건데."

걱정해 주는데 그 태도는 너무하다고 하는 듯, 비올라는 반쯤 놀리는 얼굴로 깔깔 웃었다.

비올라의 태도를 본 간부들이 불쾌함을 드러낸다. 그러면서 동시에 머리를 굴렸다.

비올라는 은연중에 자신들이 시간을 낭비하고 있다고 했다. 조금 전까지 셰릴은 시간을 끄는 것처럼 굴었다.

그리고 이 성질 고약한 여자의 조언이나 제안을 무시한 자는 그것 때문에 피해를 본다. 나중에 이 여자에게 '그러니까 내가 뭐랬어.'라는 식으로 조롱받는 처지가 된다.

그렇다면 이 자리에 머물러서 볼 피해는 무엇인가. 자신들은 셰릴의 조직을 끌어들여서 창고의 유물을 팔게 하고, 인형병기 납품 자금으로 삼고자 여기 있다. 그렇다면 그 피해란 계획이 실패해서 보스의 노여움을 사는 것이다.

그렇다면 왜 실패하는가. 상대 조직원들도 셰릴을 끌어들이려고 자신들과 똑같이 여기에 있는데, 자신들만이 실패하는 이유는 무엇인가.

그렇게 생각한 간부들이 서로를 보고, 뭔가 깨달은 것처럼 표정을 바꿨다.

여기 있는 자들은 미끼. 상대 조직은 셰릴을 자기편으로 끌어들이지 않고 창고 습격을 선택했다. 그걸 상대에게 안 들키도록 셰릴을 설득하는 인원도 이 자리에 미끼로 파견했다.

그렇게 동시에 결론을 낸 간부들이 언성을 높여 부하들에게 지시한다.

"나간다! 창고다!"

"창고를 감시하는 놈들에게 연락해라!"

그리고 그대로 경쟁하듯이 밖으로 나갔다. 부하들도 곤혹스러운 눈치로 서둘러 뒤따라간다. 실내에는 셰릴과 비올라 일행만이 남겨졌다.

갑작스러운 사태에 넋이 나간 셰릴의 앞에서 비올라가 나간 자들을 지켜보며 고약한 웃음을 얼굴에 띠었다.

"거짓말은 한 적 없어."

그 말에 캐럴이 살짝 웃음을 터뜨렸다.

비올라가 돌아보고 셰릴에게 살갑게 웃는다.

"훼방꾼들은 나갔으니까 바로 이야기하자. 좋은 제안을 가져왔어. 들어줄래?"

"알겠어요……."

셰릴도 비올라가 몹시 성질이 고약한 인물임을 안다. 하지만 에존트 패밀리와 해리어스의 조직원들이 떠났다고는 해도, 상황은 이 자리에서 죽지 않게 되었다는 정도로만 개선되었을 뿐이다. 양대 조직이 압박하는 상황은 달라지지 않았다.

제안을 듣지 않는 선택지는, 셰릴에게 없었다.

제139화 준비 완료

셰릴은 비올라의 차를 타고 창고로 가고 있었다. 뒷좌석에 혼자 앉아 정보단말로 토메지마와 이야기하고 있다.

"그러면 도란캄과의 협상을 부탁할게요. 바로 시작해 주세요."

"맡겨만 주시죠! 이만 끊겠습니다!"

토메지마의 힘찬 목소리를 마지막으로 통화가 끊겼다. 셰릴이 숨을 내쉰다.

"비올라 씨. 의심하는 건 아니지만, 정말로 길어야 3일 뒤인가요?"

비올라가 운전석에서 즐거운 투로 대답한다.

"물론이야. 나도 정보상으로서 정보의 정확성에는 자신이 있어. 입수 경로는 비밀이지만, 신빙성이 높은 정보야. 거의 확실해."

"거의, 인가요?"

"아무리 나라도 예지 능력은 없거든. 미안해."

그 밝은 목소리에서 셰릴도 비올라가 그 예정을 확정 사항으로 여기는 것을 눈치챘다.

"아뇨. 주제넘게 말했어요. 죄송해요."

"괜찮아. 이 정보료는 예전 환금 수수료에서 내 몫에 추가할 거니까."

"그건 상관없지만…… 어째서 우리에게 협력하는 거죠?"

비올라가 셰릴에게 가져온 제안이란, 양대 조직이 압박하는 현재 상황을 셰릴의 조직이 빠져나갈 방법이었다.

양대 조직의 항쟁은 3일 이내로 시작된다. 그리고 시작되면 셰릴의 조직을 상대할 여유가 없어진다. 그리고 승자가 누가 되든 일시적으로 심각하게 피폐해질 것은 분명하다.

또한 승패만 정해지면 셰릴의 조직에 대한 압박도 약해진다. 협박에 가까운 압박은 셰릴의 조직이 보유한 유물을 환금해서 인형병기 납품 자금에 대기 위해서이며, 요컨대 조직 간 항쟁에서 승리하기 위해서이다. 승리한 다음이라면 협상의 여지도 생긴다.

즉, 앞으로 3일만 버티면 어떻게든 될 가능성이 크다. 그러기 위해서라도 일시적으로 창고 경비를 강화하는 게 좋다.

이미 유미나를 고용했다. 연줄은 있다. 3일이라는 단기간이라면 셰릴의 자금으로도 카츠야의 부대를 고용할 수 있으리라. 상대가 양대 조직이더라도 창고 습격을 단념시킬 정도의 압력이 된다.

비올라는 그렇게 말하고 셰릴에게 카츠야의 부대를 고용하라고 권했다.

셰릴은 그 제안에 따랐다. 문제는 두 개. 하나는 조직 간 항쟁이 정말로 3일 이내로 시작되는가. 이건 믿을 수밖에 없다.

나머지 하나는 카츠야의 부대를 고용할 돈이다.

물론 수중에 그만한 돈은 있지만, 그것은 아키라가 투자한 돈이며, 원래는 습격자들을 환금한 돈에서 아키라에게 줄 몫으로, 요컨대 아키라의 돈이다.

그 돈으로 카츠야를 고용하는 건 위험할지도 모른다. 그 사실은 셰릴도 잘 안다. 그러나 다른 돈은 없다. 하는 수 없이 아키라에게 사정을 설명하고 설득하기로 했다. 지금은 그 설득을 위해 창고로 이동 중이다.

잘 풀리면 이걸로 어떻게든 될지도 모른다. 셰릴은 그런 희망을 품으면서도 우려도 느끼고 있었다. 비올라가 자신에게 협력하는 이유를 모르기 때문이다.

성질이 고약한 인물임은 안다. 그러나 그만큼 처세를 잘한다는 것이기도 하다. 양대 조직과 적대하는 짓을 하면서 왜 자신을 돕는지. 셰릴은 이해할 수 없었다.

단순히 돈이나 이권이 목적이라면 양대 조직 중 하나에, 아니면 모두에 빌붙는 게 좋다. 보복이나 복수라고 보기에는 혐오나 증오 같은 감정이 전혀 느껴지지 않는다. 정의나 인정 같은 이유는 있을 수 없다.

아무리 자신에게 유리하다고는 해도, 동기를 알 수 없는 비올라의 도움에, 협력에 기대할 수밖에 없다. 그걸 알면서도 셰릴의 우려는 커지고 있었다.

왜 자신에게 협력하는가. 온갖 의문과 의심이 포함된 질문에 비올라가 웃으며 대답한다.

"나도 이런저런 사정이 있어. 뭐, 굳이 말하자면 그게 더 재미

있어서 그런 거야."

"재미있어요?"

"에존트 패밀리가 이기든 해리어스가 이기든, 어느 한쪽이 일방적으로 이겼다고 하면 시시하잖아. 모처럼 생긴 기회니까 즐겨야지."

셰릴도 상대의 감정을 간파하는 능력이 뛰어난 편이라고 자부한다. 아키라와 만나기 전부터 그 힘으로 슬럼에서 살아남았고, 그 뒤에도 아키라의 환심을 사려고 기술을 갈고닦았으니까.

셰릴은 그 기술로 비올라의 대답이 진심임을 간파했다.

즉, 비올라는 이번 소동을 정말로 즐거워하고 있다. 자신들을 돕는 것도 그래야 더 재미있어질 것 같기 때문이다. 자신들은 비올라에게 상황을 자기 입맛에 맞게 움직이기 위한 장기짝에 불과하다. 셰릴은 그걸 이해하고 복잡한 표정을 지었다.

"그런가요……. 아무튼 협력해 주셔서 고마워요."

"천만에. 함께 즐기자."

그렇게 말하고 즐겁게 웃는 비올라의 옆에서는 캐럴이 웃음을 참고 있었다.

◆

셰릴 일행이 창고에 도착하자 조금 언짢은 기색인 아키라와 이를 멀리서 보는 양대 조직의 구성원들, 아까 셰릴의 거점에서 나간 자들이 보였다.

셰릴은 아키라의 분위기에 다소 쭈뼛거리면서도 사정을 설명하고자 차에서 내려 아키라에게 갔다.

비올라와 캐럴도 차에서 내린다. 그러자 양대 조직의 간부 두 사람이 찾아왔다. 창고의 경비, 특히 아키라를 자극하지 않게끔 부하들은 거느리지 않았다.

"이봐, 비올라. 너 대체 무슨 짓거리야?"

"무슨 짓이라니? 뭐가?"

비올라는 상대의 하려는 말을 알면서도 대놓고 모른 척했다.

"지랄하지 마! 저 녀석의 거점에서 창고가 습격받을 것처럼 말했잖아!"

"어? 그런 소리를 한 기억은 없어."

"그러면 대체 무슨 의미로 말한 건데!"

"무슨 의미긴. 당신들의 목적은 창고의 유물이잖아? 그렇다면 아키라를 설득해야 하는데, 그런 데서 놀고 있으니까 조심하라고 말해 준 거잖아."

"거기 보스는 셰릴일 텐데……."

"무슨 소리야. 조직의 지휘는 셰릴이 해도 실질적인 권한은 아키라가 쥐고 있는걸. 창고의 유물도 아키라가 주라고 하면 셰릴은 아무한테나 줄 거고, 안 된다고 하면 셰릴도 어쩔 도리가 없어. 멋대로 줬다간 아키라에게 죽을 게 뻔하니까."

간부들은 무심코 서로의 얼굴을 봤다. 그리고 얼버무리듯 언짢은 얼굴로 혀를 찬다.

"헷갈리는 소리나 하고 말이야……."

"너희가 멋대로 착각한 거잖아? 그때 똑바로 들었으면 됐으면서."

"닥쳐!"

남자들은 내뱉듯이 말하고 언짢은 기색으로 떠나갔다.

캐럴이 비올라를 보고 슬쩍 웃는다.

"어차피 자기 멋대로 착각하게 이것저것 수작을 부린 거지?"

"뭐, 어느 정도는 말이지."

"여전하구나. 에존트 패밀리와 해리어스가 셰릴의 거점에서 딱 마주친 것도 그 수작의 성과야?"

비올라가 의미심장하게 웃는다.

"그건 나도 몰라. 우연일지도 모르는걸?"

"그래? 그러면 운이 좋았던 거네. 비올라의 운인지, 저 아이의 운인지는 모르겠지만."

그렇게 말하고 캐럴은 셰릴을 봤다.

운도 실력의 일부. 그것은 헌터가 아니어도 달라지지 않는다. 지금까지는 셰릴의 운이 셰릴을 살리고 있었다.

◆

셰릴에게 사정을 들은 아키라는, 카츠야의 부대를 고용하는 것을 순순히 승인했다. 너무 순순히 받아들여서 오히려 셰릴이 당황한다.

"저기, 괜찮겠어요?"

"그래. 돈을 어디에 쓸지 일일이 참견할 마음은 없어. 마음대로 해."

"고맙습니다. 낭비하진 않겠지만, 필요한 경비로서 쓸게요."

셰릴은 안도하면서 아키라의 반응을 살폈다. 언짢아 보이는 것은 셰릴이 여기 오기 전부터 그런 것으로, 아키라의 돈으로 카츠야를 고용하는 것과는 관계가 없음을 알면서도 일단 물어본다.

"기분이 언짢으신 것 같은데, 무슨 일이 있었나요?"

"응? 그래. 아까 저 녀석들이 몰려왔거든. 그래서 조금 말이지."

아키라는 그렇게 말하고 멀리서 이쪽을 쳐다보는 양대 조직 사람들에게 시선을 돌렸다.

"불편을 끼쳐서 죄송해요."

"아니, 그건 괜찮지만. 아니지…… 괜찮지는 않지만……."

셰릴에게 신경 쓰지 말라고 말하고, 아키라는 눈에 들어오는 남자들에게 불만을 돌렸다.

남자들은 아키라에게 쫓겨났지만, 전투는 발생하지 않았다. 애초에 상대의 조직이 먼저 창고를 습격했다는 가정으로 상대가 유물을 가져가는 것을 방해하려고 온 것이다. 창고가 습격당하지 않았다면 싸울 마음이 없었다.

그래도 아키라의 심기를 불편하게 하기는 충분했다.

"저기에 인형병기를 매달아 뒀는데도 저렇게 우르르 몰려드는 거야?"

그것은 아키라가 인형병기를 해치워도 억지력이 되지 않는다는 뜻이다. 적어도 아키라는 그렇게 해석했다.

얕보이고 있다. 혼자서 인형병기를 해치웠는데도 무시당하고 있다. 그 감각이 아키라를 언짢게 했다.

실제로는 딱히 아키라를 무시한 게 아니라, 거대 조직을 지배하는 보스 명령이 지닌 강제력 등, 거역할 수 없는 여러 이유에 따른 행동이다.

애초에 남자들은 창고에 아키라가 없을 줄 알았다. 그러니까 상대 조직이 창고를 습격하러 나섰다고 생각한 것이다. 그리고 아키라를 본 시점에서 허겁지겁 행동을 멈췄다. 정말로 무시했다면 그대로 습격했을 것이다.

즉, 지금의 아키라는 양대 조직의 구성원들에게 조직의 강제력이라는 배경이 있는데도 안이한 습격을 주저할 정도의 억지력이 있었다.

그러나 아키라는 지금껏 혼자 행동한 탓에 조직의 강제력에 대한 인식이 부족하고, 나아가 오랫동안 무시당한 경험도 있어서 부족한 인식만큼 강하게 무시당한다고 여기고 말았다.

셰릴도 아키라가 언짢은 이유의 근본까지는 도저히 알 도리가 없다. 그래도 아키라 자신을 무시하는 자들에 대한 분노라는 것 정도는 금방 알았다.

그러나 예전에 아키라가 얼마나 강한지를 한껏 칭찬했는데도 별로 반응하지 않았던 까닭에, 셰릴은 좋은 말이 잘 떠오르지 않았다.

그런 셰릴의 태도를 아키라가 알아챘다. 멋쩍은 기색으로 사과한다.

"아, 미안. 화풀이할 마음은 없었는데…… 미안해."

아키라는 조금 맥없이 한숨을 쉬었다.

그런 아키라의 모습을 보고, 셰릴은 조금 망설인 다음 결단하고, 한 걸음 앞으로 나섰다. 그리고 아키라를 천천히 끌어안는다.

"셰릴……?"

"예전에 아키라에게 안겨서 기운이 났으니까, 오늘은 제가 할게요. 어때요?"

"아니, 어떠냐고 해도……."

"사양하지 말고요."

"아니, 딱히 사양하는 건……."

"그렇다면 기운이 날 때까지 할게요."

셰릴은 일부러 환하게 웃으며 아키라를 끌어안았다. 그 표정은 위치 관계상 아키라에게 보이지 않는다. 하지만 잘 전해졌다.

대수롭지 않은 대화였지만, 아키라는 마음이 편해졌다. 표정을 풀고 피식 웃은 다음, 쓴웃음을 짓는다.

"저기, 기운이 났다고 말할 때까지 쭉 끌어안을 셈이야?"

"저는 상관없는데요?"

"나는 상관있어. 기운이 났으니까 떨어져."

"어쩔 수 없네요."

셰릴은 얌전히 떨어졌다. 서로 얼굴이 보이는 위치에서 셰릴이 조금 의기양양하게 미소를 짓는다. 아키라도 같이 웃어 줬다.

"뭐, 마음은 편해졌어. 고마워."

"천만에요. 말씀만 해주시면 언제든지 끌어안을 테니까 사양하지 말고 말해 주세요."

셰릴은 마음속 환희를 참느라 조금 고생했다. 마침 잘됐으니까 아키라가 거절하기 전에 다른 이야기로 넘어간다.

"다른 이야기를 하겠는데요. 저는 소동이 잠잠해질 때까지 거점에 돌아가지 않고 창고에 있으려고 해요. 그래서 부탁하고 싶은 게 있는데요. 아키라가 쓰는 캠핑카를 저도 써도 될까요?"

"그래, 좋아. 원래부터 너희가 준비한 물건이니까."

"고맙습니다."

셰릴은 아키라에게 고맙다고 말한 뒤, 다른 자들에게 상황을 전하려고 창고로 갔다. 그 표정은 조금 풀어져 있었다.

셰릴을 보낸 아키라가 가볍게 기지개를 켠다. 그리고 알파의 시선을 눈치챘다.

『왜……?』

『아무것도 아니야.』

알파는 정말로 아무 일도 아닌 것처럼 무덤덤한 표정으로, 무덤덤한 말투로, 그 말만 했다.

알파가 또 놀릴 줄 알았던 아키라는 김이 빠진 것처럼 조금 의아한 표정을 지었다. 그러나 딱히 놀림당한 것도 아니어서 섣불리 물어보지 않았다.

어설프게 놀리는 것을 피할 정도로 알파가 우려를 느꼈다는 것을, 아키라는 전혀 몰랐다.

그날 밤, 캠핑카를 써도 좋다는 언질을 받은 셰릴은 당연하다는 듯이 아키라와 함께 목욕하려고 했다.

하지만 좁으니까 안 된다는 말을 듣고 욕실에서 쫓겨났다.

◆

다음 날 아침, 셰릴은 창고 앞에서 아키라와 함께 도란캄의 부대가 오기를 기다리고 있었다. 야간 근무를 마친 유미나도 함께 있다.

도란캄의 차량이 보일 즈음, 아키라는 예정대로 창고에서 잠시 이탈하기로 했다.

카츠야의 부대를 고용함으로써 아키라가 창고에 상주해야 할 이유는 희박해졌다. 일단 집으로 돌아가 잠시 쉬고, 주문한 총을 시즈카의 가게에서 받은 다음에 다시 돌아오기로 했다.

"그러면 잘 있어. 셰릴. 나는 잠시 집에 다녀올게. 유미나. 다음에 보자."

아키라는 그 말만 남기고 곧장 그 자리에서 이탈해 자기 차에 탔다.

카츠야의 부대를 고용하는 것에는 찬성했지만, 자신이 카츠야와 마주치면 불필요한 다툼이 발생하기 쉽다는 것은 아키라도 잘 알았다.

또한 과합성 스네이크 토벌전 때는 카츠야에게 이상할 정도로 강한 짜증을 느꼈다. 카츠야를 섣불리 만나서 아키라가 먼저 문제를 일으키지 않기 위해서라도, 아키라는 일찍 집으로 돌아갔다.

아키라를 보낸 셰릴과 유미나가 무심코 서로를 본다.

"유미나 씨. 아키라와 카츠야 씨는 사이가 몹시 나쁜 것 같은데, 예전의 소매치기 사건의 영향이 그렇게 심한가요?"

"그런 이유도 있겠지만, 아마도 상성이 나빠서 그럴 거야."

"상성, 인가요."

"그래. 이유는 모르겠지만, 카츠야는 사람들에게 호감을 잘 사면서 미움도 많이 받아. 우리의 인솔자였던 시카라베 씨도 카츠야를 끔찍이 싫어했어. 아키라도 시카라베 씨와 비슷한 거겠지."

"그런가요……. 그렇다면 번거롭겠지만 여기 있는 동안 유미나 씨는 아키라와 카츠야 씨가 마주치지 않게 유도해 주시면 좋겠어요. 그걸 위해서라면 근무 시간과 장소는 마음대로 정해도 상관없어요. 필요하다면 제 이름을 대 주세요. 연락도 언제든지 해주고요."

"알았어."

셰릴과 유미나는 좋아하는 사람이 달라도 그 사람이 무사하기를 빌고, 성가신 일에 말려들지 않기를 바라는 점에서는 같다. 아무튼 이번 사태를 무사히 넘기기 위해서 공동 전선을 펼쳤다.

도착한 도란캄의 차량에서 카츠야 파의 부대가 내린다. 그리고 함께 내린 미즈하가 카츠야를 데리고 셰릴의 앞으로 왔다.

"셰릴 양. 이번에는 잘 부탁해요."

"아뇨. 저희야말로 잘 부탁드려요."

가벼운 인사치레를 끼고, 미즈하와 셰릴 사이에서 아슬아슬한 줄다리기 같은 대화가 이어진다.

미즈하는 이번 의뢰를 발판으로 셰릴과의 관계를 강화하고자 의욕을 내고 있다. 셰릴은 계속해서 영애를 연기하며 상대가 자신들을 어떻게 인식하는지 엿보고 있다.

카츠야는 그런 두 사람의 대화를 보고, 역시 셰릴은 이딘가 좋은 집안의 영애라고 또 속고 있었다.

그런 카츠야에게 유미나가 당부한다.

"카츠야. 셰릴은 오늘 우리의 의뢰인이니까 무례한 짓을 하면 안 되거든?"

"알았대도."

카츠야는 흔쾌히 대답했다. 하지만 유미나가 자꾸 당부한다.

"셰릴이 먼저 고용한 사람들하고도 다투지 마. 솔직히 말해 아키라가 있는데, 괜히 다투면 셰릴에게 실수하는 거니까 잊으면 안 돼."

카츠야는 그 지적을 듣고 그런 의미냐며 얼굴을 살짝 찡그렸다. 그러고 나서 기분을 바꾸고 웃으며 끄덕인다.

"알았어. 그 녀석한테는 접근하지 않을게. 이러면 되지?"

"응. 그 약속을 잘 지키는지 지켜볼 거야."

"괜찮대도."

카츠야는 유미나의 태도에서 걱정이 너무 심하다고 느끼고 웃으며 달랬다.

유미나도 카츠야가 거짓말한다고 여기지 않는다. 그러나 그 말을 믿을지 말지는 별개라고, 오랫동안 카츠야와 함께하면서 잘 알았다.

◆

집으로 돌아온 아키라는 우선 캠핑카 생활로는 다 회복할 수 없는 피로를 풀려고 잠깐 낮잠을 잤다. 그대로 낮이 될 때까지 잔 다음에 시즈카의 가게로 간다.

가게에 도착하자 시즈카가 웃으며 맞이해 주었다.

"어서 와. 아키라. 이쪽이야."

그대로 아키라는 가게 카운터가 아니라 창고 쪽으로 안내받는다. 그곳에는 길고 커다란 트렁크 케이스가 놓여 있었다.

시즈카가 그 케이스를 연다. 안에는 길이가 아키라의 키보다 큰 대형 총이 들어 있었다.

"주문한 상품. SSB 복합총이야."

그 총은 디자인부터 지금껏 아키라가 사용한 총과 달랐다.

SSB 복합총은 길고 두꺼운 직방체 형태로, 가늘고 긴 총신이 안 달렸다. 탄창과 에너지 팩을 다는 곳이 여러 군데 있으며, 개머리판이 없이 대형 총손잡이와 서포트 암으로 지지하는 구조다.

"거물 사냥용 확장 부품도 조립을 마쳤어. 그만큼 크기가 커졌지만, 고정용 서포트 암도 달렸으니까 아키라의 강화복이라면 괜찮을 거야."

연사 속도는 DVTS 미니건 이상, 단발 위력은 CWH 대물돌격총을 뛰어넘는다. 저격 성능도 1000만 오럼 정도의 저격용 총보다 정확성이 좋다. 이 총에는 없지만, 확장 부품을 쓰면 유탄과 소형 미사일도 사용할 수 있다.

1정에 1억 오럼. 지금까지 쓰던 총과는 성능의 기준이 근본적으로 다른, 고랭크 헌터용 총이다.

아키라가 시즈카에게 도움받으며 SSB 복합총을 정비한다. 서포트 암을 강화복에 장착하고 SSB 복합총을 달아서, 일단은 짊어지듯이 등에 고정했다.

다음으로 총을 겨눈다. 강화복과 연동하는 서포트 암이 SSB 복합총을 등에서 반시계 방향으로 돌아 앞으로 이동한다. 아키라는 그것이 완전히 정면에 오기 전에 총손잡이를 잡고, 총을 끌어당기듯이 총구를 앞으로 향했다.

이 모든 동작은 한순간에 끝났다. 강화복 위에 방호 코트를 걸친 상태지만, 동작에 지장은 안 생긴다. 방호 코트를 구성하는 육각형 금속판은 사용자의 조작으로 분리할 수 있으며, 서포트 암은 그렇게 분리되면서 생긴 틈을 지나 빠르고 매끄럽게 동작했다.

아키라가 SSB 복합총을 등으로 돌리고 웃는다.

"괜찮아 보여요."

"다행이야. 나도 그런 고급품은 처음 취급하니까. 작동 불량이 없는 것 같아서 안심했어. 그나저나……."

시즈카는 아키라의 모습을 다시 살펴보고 조금 복잡한 표정을 지었다.

"아키라는 벌써 이렇게 대단한 장비를 쓰게 되었구나."

그러나 곧바로 밝게 웃으며 아키라를 본다.

"정말 대단해. 아키라에게 AAH 돌격총을 판 게 요전번 일 같은데 말이야."

"그러네요. 나도 조금 놀랐어요. 하지만 그건 가게 단골이 성공해서 돈을 많이 쓰게 됐다고 기뻐해 주세요."

아키라는 가볍게 농담하듯이, 하지만 조금 기대를 담아서 말했다.

그러나 시즈카는 쓴웃음 기미로 미소를 짓고 아키라의 기대를 저버렸다.

"단골이라……. 아쉽지만, 아키라는 아직 단골 예정이야."

"아, 그런가요……."

아키라는 진심으로 아쉬워했다. 그만큼 이상하게 물고 늘어진다.

"저기, 시즈카 씨의 가게에는 자주 다니고, 이것저것 샀다고 보는데요. 단골 취급은 아직 멀었나요?"

"아니야. 아키라. 그런 뜻이 아니야."

의아해하는 기색인 아키라에게 시즈카가 부드럽게 말한다.

"우리 가게의 단골은 우리 가게에 오래오래 다니는 사람이야.

위험한 짓을 해서 크게 다치거나 죽지 않고, 무사히, 걱정을 끼치지 않고, 팔팔하게 말이야."

그 말을 들은 아키라는 비로소 자신이 단골 취급이 아닌 이유를 이해했다.

무사히 살아서 돌아와라. 너무 걱정을 끼치지 마라.

시즈카가 오랫동안 암암리에 그렇게 말한 것도 아니까 자주 걱정을 끼친 게 미안하면서도, 걱정해 준다는 사실이 기뻤다. 시선을 조금 이리저리 돌리면서 쑥스러워하는 것처럼 복잡한 표정을 짓는다.

그리고 시즈카가 쓴웃음을 섞어서 말을 보탠다.

"아키라 탓이 아니지만, 아키라는 무척 위태로워 보이니까."

"아뇨. 그건…… 그러네요."

몇 번이나 죽을 뻔한 걸 생각하면 부정할 수 없다며, 아키라는 얼버무리듯 말을 흐리며 고개를 끄덕였다.

"아키라. 꼭 단골이 되어 주렴."

이번에는 단단히 고개를 끄덕이고 대답한다.

"노력할게요."

"잘 말했어."

그런 아키라의 의지를 뒷받침해 주듯이, 시즈카는 만족스럽게 웃으며 대답했다.

볼일을 마친 아키라가 시즈카에게 인사하고 가게를 나선다. 시즈카는 그런 아키라를 웃으며 배웅했지만, 아키라의 차가 보이지 않게 되자 조금 딱딱한 표정을 지었다.

"괜찮으면 좋겠는데……."

4억 오럼짜리 강화복을 입고, 어색할 정도로 큰 총을 짊어진 아키라의 모습은 강한 힘으로 황야를 평정하는 고랭크 헌터다. 아키라는 그만한 힘을 단기간에 얻었다.

그러나 그 힘의 주인인 아키라 자신은 아직 그 힘에 따라가지 못했다. 시즈카에게는 그렇게 보였다.

분수를 모르는 힘을, 그 인식도 위태로운 채로 휘두르는 자의 말로는 힘에 휘둘려 파멸하는 것으로 정해져 있다.

이유가 무엇이든, 그것이 자기 가게의 단골이 된다는 정도의 이유라도, 시즈카는 아키라가 자발적으로 위험한 짓을 자제할 수 있게 되기를 빌었다.

잘 맞는 자신의 직감은 어렵다고 대답했다.

◆

집으로 돌아온 아키라는 창고로 돌아갈 준비를 하고 있었다. SSB 복합총과 서포트 암, 그리고 함께 주문한 강력한 탄약류와 다시 산 A4WM 유탄기관총 등을 짐칸에서 잠시 내리고, 총을 총좌에 달거나 탄약을 필요한 만큼 짐칸에 싣거나 하고 있다.

그때 알파가 말을 건다.

『아키라. 잠깐 여기를 봐.』

목소리가 들린 곳을 본 아키라는 무심코 괴이쩍은 표정을 지었다. 그곳에는 셰릴이 알몸으로 서 있었다.

물론 진짜가 아니라 알파가 아키라의 확장시야에 표시했을 뿐이다. 그 정도는 아키라도 간파했다.

"알파. 무슨 짓을…… 아."

그렇게 물어보려고 했을 때, 아키라는 예전에도 있었던 비슷한 일을, 엘레나와 사라를 너무 편애하는 거 아니냐고 알파가 의심한 것을 떠올렸다. 슬쩍 한숨을 쉬고 대꾸한다.

"그야 원래 예정으로는 장비 준비가 다 되면 헌터 활동을 재개하기로 했어. 하지만 조금만 더 셰릴을 도와줘도 되잖아. 게다가 그 상태라면 유물판매점이 성공했을 때 돈이 꽤 벌리는 거잖아? 투자야, 투자."

알파가 아키라를 가만히 바라본다. 그 시선을 느끼고, 아키라는 조금 생각한 다음에 말한다.

"그야 투자라고 해서 습격자들을 환금한 돈에서 내 몫을 전부 셰릴에게 준 건 지나쳤을지도 몰라. 하지만 알파도 안 말렸잖아?"

변명으로는 조금 부족할까. 그렇게 생각하면서도 아키라는 일단 말해 봤다. 그러자 알파가 셰릴의 모습을 지워서 이 대답으로 괜찮은 것 같다며 한숨을 쉬었다.

사실 알파는 아키라가 변명한 내용이 아니라 반응을 중시했다.

아키라는 셰릴의 알몸을 보고도 별로 놀라지 않았다. 나아가 아키라가 셰릴을 너무 우선하는 것으로 알파가 오해했다고 생각해서 변명했다.

알파는 아키라의 반응에서 현재로서는 허용 범위라고 판단했다. 만족한 듯이 미소를 짓는다.

『조금 지나친 것 같다고 알면 상관없어. 그리고 하나를 더 봐.』

"이번에는 또 뭔데. 시즈카 씨도 보여주면 진짜 화낼…… 으헉?!"

아키라가 다음에 본 것은 알파의 알몸이었다. 물론 단순히 알몸이라면 이미 익숙해진 것도 있어서 아키라도 지금 와서 크게 반응하지 않는다.

반대로 말하자면 익숙하지 않은 모습일 때는 아키라도 나름대로 반응한다. 알파는 자기 외모를 셰릴과 똑같은 연령으로 바꿨다.

『오랜만에 반응해 주네.』

만족스럽게 웃는 알파의 얼굴도, 소녀의 용모를 한 까닭에 평소와는 인상이 아주 달랐다. 눈에 띄는 풍만한 가슴이 여성임을 강조하지만, 전체적으로는 어른의 색기가 비교적 부족하고, 미모의 방향성이 미녀에서 미소녀로 기울어 있었다.

『이게 더 좋으면 앞으로는 이 모습으로 할까?』

알파는 조금 놀리듯이, 앳된 웃음을 얼굴에 띠며 아기라에게 다가갔다.

아키라가 얼굴을 조금 붉히며 언짢은 태도로 얼버무리듯 대꾸한다.

"그만해. 원래대로 돌아가. 혼란스러우니까."

『알았어.』

알파가 어른 모습으로 돌아간다.

"옷도!"

알파는 옷도 살려서 원래 모습으로 돌아갔다.

아키라가 한숨을 쉰다. 얼굴은 여전히 조금 빨갛다.

"거참. 대체 뭐야⋯⋯."

『아키라가 나를 만져서 즐기지 못하는 만큼, 외모의 종류를 늘리는 것도 좋을 듯해서.』

"그런 배려는 필요 없어."

아키라는 그 대답만 하고 토라진 듯이 작업을 재개했다. 토라진 것이 연기임을 들킨 것 같기도 하지만, 아무래도 좋았다.

그런 아키라를 보고, 알파는 기분 좋게 웃었다.

◆

아키라가 창고에 갈 때 창고 근처에서 도란캄의 부대가 길을 가로막았다. 단단히 경비하는 증거다. 곧바로 통과되었지만, 호의적이지 않은 시선을 느낀다. 경비 중인 카츠야 파의 헌터들에게 아키라는 심정적으로 적이기 때문이다.

창고에 돌아왔을 무렵에는 해가 지고 있었다. 캠핑카 옆에 차를 대자 마중을 나온 셰릴이 차량 짐칸에 실린 SSB 복합총을 보고 놀란다.

"아키라. 어서 오세요. 굉장한 총이네요⋯⋯."

"1억 오럼이나 했으니까."

셰릴은 조금 자랑하는 듯한 아키라의 태도에서 이걸 칭찬해도 아키라의 심기가 불편하지 않을 것으로 판단하더니, 활짝 웃으며 비위를 맞추기 시작한다.

"1억 오럼이나 하나요! 어쩐지 대단한 총 같았어요. 이런 총은 처음 보네요. 역시 아키라 정도로 대단한 헌터가 되면 4억 오럼짜리 강화복을 입는 만큼, 이런 총도 잘 어울리게 되는 거군요."

"그래? 그럴지도. 뭐, 이건 거물 사냥용 대형 총이니까, 겉모습만으로도 알아보기 쉬운 걸지도 몰라."

아키라가 좋은 반응을 보여서 셰릴도 얼굴을 활짝 폈다. 예전에 아키라가 얼마나 강한지를 칭찬했을 때는 굳이 말하자면 부정적인 반응을 보였다. 그래서 이번에는 장비 쪽으로 우회해서 아키라를 칭찬해 봤는데, 정답인 것 같다며 안심하기도 했다.

"알아보기 쉬운 것도 중요하네요. 적을 총으로 해치우는 힘도 중요하지만, 한눈에 알 수 있는 전력 차이로 적의 투지를 꺾어서 전투를 아예 발생시키지 않는 게 더 좋으니까요."

"그러게 말이야. 아, 맞다. 도란캄을 고용했으니까, 나는 어떻게 하면 되지? 예전처럼 적당히 어슬렁어슬렁 돌아다니면 위험할 것 같은데……."

아키라는 위험한 이유로 아까 카츠야 파 헌터들에게 잠깐 눈총을 산 것을 전했다.

아키라는 불필요한 다툼을 피하려고 말했을 뿐이다. 그러나 셰릴은 불쾌감을 드러냈다.

"알겠습니다. 불만을 전하고, 추가로 제 선에서 조정할게요."

진지한 태도로 그렇게 대답하면서 셰릴이 표정을 웃는 얼굴로 돌린다.

"그때까지 아키라는 이 캠핑카 근처를 경비해 주세요. 아키라의 굉장한 장비를 보여주기에도, 여기는 딱 좋은 장소니까요. 부탁할게요."

"알았어."

그렇게 말하고 슬쩍 웃음을 주고받은 다음 셰릴은 도란캄과의 조정을 위해 창고로 가고, 아키라는 주변 경비로 돌아갔다.

◆

캐럴은 도시의 하위 구획, 셰릴의 창고에서 가까운 복합 건물에서 침대에 앉아 손님을 기다리고 있었다.

부업 예약 시각에 손님들이 찾아온다. 해리어스의 간부와 그 부하들이다. 간부를 제외하고는 모두 무장했다.

"어서 와. 조금 많지 않아……?"

"신경 쓰지 마. 거사를 치르기 전에 기운을 북돋으려는 거니까. 조금 많아도 괜찮잖아?"

"뭐, 나는 괜찮지만……."

캐럴이 남자들 앞에서 강화복을 벗기 시작한다. 그리고 강화 내피의 앞쪽을 크게 풀어 헤쳤을 때 잠시 손을 멈추고 남자 간부를 봤다.

"안 벗어?"

"오늘은 그런 기분이야."

"그래?"

캐럴이 강화 내피를 벗고 알몸이 된다. 매혹적인 알몸은 이를 만드는 데 필요했던 막대한 비용에 걸맞게 색기가 넘쳤다.

남자들의 시선이 그 알몸에 꽂힌다. 작은 탄성마저 흘러나왔다. 그리고 그 표정에는 하나같이 아깝다는 감정이 짙게 드러나 있었다.

캐럴이 유혹하듯이 요염하게 웃는다.

"그러면 누구부터 할래?"

"우리 모두다."

남자 간부가 그렇게 대답하고 손을 슬쩍 든다. 그걸 신호로 부하들이 캐럴을 향해 총을 겨눴다.

캐럴이 딱딱한 표정을 짓는다.

"저기, 아무리 나라도 그런 플레이는 받아줄 수 없는데?"

남자 간부는 웃으면서도 아쉽다는 듯이 고개를 가로저었다.

"미안하군. 나도 그런 플레이는 취미가 아니지만, 보스의 지시라서 말이지."

남자들은 캐럴의 부업 손님으로 여기에 왔지만, 처음부터 캐럴을 죽일 작정이었다.

"너희는 에즌트 놈들한테도 빌붙었다지? 아니, 그것 자체는 별로 상관없다. 우리도 너희를 통해서 놈들의 공작을 파악했으니까. 그걸 위한 일이란 건 알아."

비올라가 에존트 패밀리와 내통한 것은 해리어스 측도 처음부터 알았다.

"하지만 요시오카 중공의 인형병기 판매를 에존트 놈들에게 중개하면 안 되지. 보스도 그건 그냥 넘어갈 수 없다고 하더군."

그런데도 살려둘 가치가 있어서 죽이지 않았다. 그리고 그 가치는 이미 사라졌다.

"게다가 우리 준비도 거의 다 끝났다. 너희를 이대로 살려두어도 놈들의 준비만 진행될 뿐이지. 그러니 이참에 죽여 두라고 하더군."

중개인이 죽으면 에존트 패밀리와 요시오카 중공의 협상이 틀어질 가능성이 있다. 그것만으로도 비올라와 캐럴을 죽일 이유는 충분했다.

"나도 말이야. 너처럼 좋은 여자를 죽이는 건 사실 싫다고. 하지만 보스의 지시란 말이지. 미안하군."

그 말을 마지막으로, 그때까지 웃으며 아쉬워하듯 말하던 남자의 얼굴이 진지해진다.

"죽여라."

남자의 부하들이 일제히 총을 쏜다. 무수한 탄환이 실내의 벽과 침대를 순식간에 벌집으로 만들었다.

그와 동시에 한 남자가 그 머리를 벽에 부딪혀서 즉사했다. 강화 처리를 받은 두개골을 눈에 띄게 변형시키고, 균열에서 피를 뿌리며 벽을 붉게 물들인다.

"뭣이?!"

남자들이 경악하면서 동료를 죽인 자에게 총을 다시 돌린다. 하지만 그사이 추가로 두 명이 죽는다. 매서운 발차기로 강화복의 방어가 뚫린 사람이 한 명, 머리가 목의 가동 범위를 넘어서 두 바퀴 돌아간 사람이 한 명이다.

죽인 사람은 캐럴이다. 사격이 시작되자마자 강화복 수준의 신체 능력으로 상대와의 거리를 단숨에 좁힌 다음, 무장하지 않은 알몸으로 남자들을 죽였다.

총성이 울려 퍼지고, 탄환이 실내에 흩뿌려진다. 그러나 캐럴에게는 스치지도 않는다. 가속제를 사용한 의식 속에서, 상대의 사선을 크게 피하며 총탄을 회피하고 있었다.

얼마 안 되는 시간에 남자들이 차례차례 죽는다. 강화복과 총을 장비한 자들이 알몸에 맨손인 캐럴에게 저항하지도 못하고 죽어 나간다.

그중에는 간부의 경호원답게 다른 남자들보다 훨씬 강한 자도 섞여 있었다. 하지만 캐럴에게는 일격에 죽이냐 죽이지 못하냐 수준의 차이밖에 없다. 가슴, 다리, 머리에 연이어서 공격당해 날아가고, 바닥을 굴러서 한동안 몸부림친 다음에 숨이 넘어갔다.

마지막으로 남은 남자 간부가 캐럴에게 차여서 벽으로 날아간다. 등을 벽에 세게 부딪히고, 벽에 무수한 균열을 낳은 다음 미끄러지듯 주저앉는다. 그 얼굴은 경악으로 가득했다.

"말도 안 돼······. 어떻게 맨몸으로 이토록······."

캐럴이 알몸을 피로 물들인 채 남자의 옆에 서서 웃는 얼굴로 내려다봤다.

"사실 난 신체강화 확장자야. 말하지 않아서 미안해."

캐럴의 매혹적인 몸은 고도의 신체강화 확장 처리로 만들어진 것으로, 그 미모는 어떻게 보면 알파처럼 만들어진 물건이다.

그리고 섬세하고 꼼꼼하게 조정해서 만든 색기와 똑같은 수준으로, 신체 능력도 어지간한 강화복을 능가하게 강화했다.

남자가 숨을 헐떡이며 대답한다.

"그 정도는…… 안 말해도…… 알아……. 하지만……."

"몸을 그만큼 강화했으면서 왜 강화복을 쓰냐고 말하려는 거지? 당신들처럼 착각해 주는 사람이 늘어나니까 그래. 그만한 고성능 강화복을 쓰니까 신체강화 확장자라도 맨몸의 신체 능력은 별로 대단하지 않을 거라는 착각 말이야."

캐럴은 강화복을 착용하지 않아도 착용했을 때와 거의 동급의 신체 능력을 보유했다. 위험한 유적에서 강화복을 벗고 부업 손님을 받는 것도, 알몸이어도 동급으로 싸울 수 있기 때문이다.

남자가 다 죽어가는 얼굴에 쓴웃음을 섞는다.

"한 방…… 먹은…… 셈인가……."

"뭐, 착각하고는 관계없이 강화복을 입는 의미는 일단 있거든? 병용해도 신체 능력은 크게 달라지지 않지만, 몸에 주는 부담은 줄어드니까 나노머신 소비를 억제할 수 있어. 비용과 효과의 의미에서는 미묘하지만."

"그러……냐……."

남자는 마지막으로 내뱉듯이 말하고 웃었다. 그리고 캐럴에게 마지막 일격을 맞고 그대로 숨을 거뒀다.

그때 안쪽 방에서 비올라가 나타난다.

"캐럴. 끝났어?"

"끝났어. 저쪽은 좀 있으면 시작한대."

"그러면 우리도 특등석으로 이동할까."

실내의 처참한 광경에 조금도 동요하지 않은 비올라에게, 캐럴도 피로 물든 알몸으로 태연히 불평한다.

"잠깐, 샤워 정도는 하자고."

"알았어."

캐럴이 벗은 옷을 챙기고 방을 나선다. 비올라도 그 뒤를 따른다. 방에는 남자들의 시체만이 남겨졌다.

제140화 대규모 항쟁 발발

동이 트기에는 아직 이른 시각. 캠핑카에서 자던 아키라를 알파가 깨운다.

『아키라. 일어나. 적이야.』

적. 그 말에 아키라가 눈을 번쩍 뜬다. 그러나 알파의 표정에서 긴급 사태가 아니라고 판단하고는 일단 침착함을 되찾았다.

『알파. 상황은?』

『인형병기가 다수 접근 중이야. 아직 거리가 있어서 결정적인 적대 행동은 보이지 않지만, 적으로 단정하고 행동하는 게 좋아.』

『알았어.』

캠핑카에서 나가기 전에 근처에서 자는 셰릴을 흔들어 깨운다.

"셰릴. 일어나."

셰릴은 잠이 덜 깬 상태였다. 하지만 아키라의 태도에서 위험을 감지하고는 머리를 살짝 흔들어 의식을 깨운다.

"아키라. 무슨 일이 있나요?"

"이상한 낌새가 있어. 일어나 있는 게 좋아."

알파가 적의 습격을 알려줬다고는 말할 수 없다. 아키라는 대충 말해서 얼버무렸다. 그래도 셰릴은 적이 습격했음을 어렴풋이 이해했다.

"알겠습니다. 다른 사람들한테는 제가 경계하라고 전할게요."

"부탁할게."

함께 캠핑카에서 나오고, 셰릴은 다른 사람들에게 상황을 전하러 창고로 갔다.

아키라는 자신의 황야 사양 차량 짐칸에 탔다. 그리고 총좌에서 SSB 복합총과 A4WM 유탄기관총을 빼서 장비했다. 서포트 암과 연결된 SSB 복합총을 보고 쓴웃음을 짓는다.

『벌써 이걸 쓸 차례가 왔나. 왠지 그럴 것 같았지만.』

한편, 알파는 자신만만하게 웃고 있었다.

『그건 이 총을 늦지 않게 조달했다고 치자. 지난번에는 새 강화복으로 몸풀기. 지금은 새 총으로 몸풀기야. 상대는 인형병기. 이 총의 표적으로는 딱 좋아. 숫자도 많으니까.』

아키라도 웃으며 대꾸한다.

『누구인지 모르겠지만, 나를 위해서 좋은 표적을 준비해 준 셈인가. 그러면 잘 써야지.』

『그렇게 생각해. 가자.』

아키라는 짐칸에서 도약해 밤의 슬럼을 내달렸다.

◆

창고에서 잠시 눈을 붙였던 카츠야가 잠에서 깬다. 잠시 후, 창고 주변을 넓게 경계하던 동료들에게서 연락이 들어왔다.

다수의 인형병기가 창고로 이동 중이라는 내용이다.

"알았어. 초계반은 창고로 후퇴. 부대의 무장을 대(對) 인형병 기용으로 전환해. 범용 통신으로 경고한 뒤, 상대가 이를 무시한 시점에서 적성 대상으로 판단해 요격한다."

동료들에게 그렇게 지시한 카츠야가 종합지원 강화복의 지원 시스템을 통해 곧바로 전송된 지시 수령 통지를 확인한다.

(빠라! 벌써 왔어! 이 종합지원 시스템은 역시 대단한걸.)

정말 편리하고 성능이 좋다며, 카츠야는 종합지원 시스템의 성능에 무척 만족했다.

실제로는 동료들의 통지가 전부 곧바로 도착한 건 아니다. 카츠야에게 도착할 때까지 걸린 시간은 오차가 심했다.

가장 빨랐던 것은 아이리의 통지다. 다음으로 카츠야의 부대에서 정밀한 연계를 보인 자일수록 통지가 일찍 도착한다. 가장 느린 사람은 유미나로, 바로 앞 사람보다 시간이 오래 걸렸다.

(뭐, 이 종합지원 시스템은 아직 개발 버전이니까 문제도 있다는 거겠지.)

카츠야는 그렇게 이유를 달고, 자신도 요격 준비를 시작하려고 했다. 그때 셰릴이 나타난다.

"셰릴. 동료들이 다수의 인형병기가 접근 중이라고 연락했어. 요격은 우리가 할게. 만약 셰릴의 관계자가 밖에 있다면 모아서 창고로 피난시켜 줘. 만에 하나의 일이 생기면 그대로 시내 구역으로 탈출시키겠어."

카츠야는 진지하게 말한 다음, 안심시키려는 듯이 셰릴에게 웃어 보였다.

"괜찮아. 우리가 있어. 애써 고용해 줬으니까. 잘해 볼게."

"고맙습니다. 부탁할게요."

카츠야는 셰릴의 미소에 다시 넋이 나갔지만, 셰릴이 떠나자 정신을 차렸다.

"좋아! 해보자고!"

그리고 셰릴에게 좋은 모습을 보여주기 위해서, 이번 의뢰에 대한 의욕을 더욱 끌어올렸다.

◆

한밤중의 슬럼을 여러 대의 하얀 인형병기가 이동한다. 해리어스가 야지마 중철에서 사들인 염가판 백토의 부대다.

그 대장기에 범용 통신이 들어온다.

"소속불명 기체에 고한다. 이쪽은 도란캄이다. 그쪽은 우리가 경비하는 건물에 과도하게 접근하고 있다. 즉각 물러나라. 더 접근할 경우, 적성 대상으로 보고 요격에 나선다. 반복한다. 즉각 물러나라."

기체의 조종사가 통신을 전환한다.

"보스. 저렇게 말하는데요……."

"시작해라."

"넵. 얘들아! 시작한다!"

그 호령으로 부대의 움직임이 명확하게 달라진다. 염가판이긴 하지만, 자루모가 조종했다고는 하지만, 아키라를 상대로 기민하게 교전한 유연성으로 하얀 기체들이 기계적인 움직임이 아니라 사람의 움직임으로 달려 나갔다.

그리고 총을 겨누고, 발포한다. 거인이 든 거대한 총에서 쏘아진 특대 탄환이 사람이 쓰는 작은 탄과는 비교도 안 될 위력으로 표적 근처에 있던 가옥을 요란하게 날려 버렸다.

◆

카츠야가 전선에서 대형 유탄기관총을 하얀 기체에 겨눈다.

하얀 기체도 곧바로 카츠야에게 총을 겨누려고 한다. 하지만 다른 방향에서의 사격, 카츠야의 동료들의 지원 사격에 의해 방지되었다.

인형병기와 싸울 용도로 준비한 대형 총의 사격은 그것만으로 기체를 크게 파손시키기 어렵더라도, 자세를 흐트러뜨리는 데는 충분한 위력이 있었다. 하얀 기체가 피탄의 충격으로 움직임을 멈춘다.

미끼로 앞에 나선 카츠야가 동료들의 지원 사격에 움직임이 흐트러진 기체에 유탄을 퍼붓는다. 무수한 폭발을 정통으로 맞은 기체는 그대로 크게 부서지고, 한때 2억 오럼이었던 잔해로 전락했다.

"좋아! 이걸로 3기째!"

카츠야는 무심코 다 이긴 것처럼 웃었다. 하지만 곧바로 표정을 바로잡는다.

"다음! 가자!"

적은 아직 많이 남았다. 들뜰 여유는 없었다.

카츠야의 부대는 산개해서 따로따로 움직이면서도 전체적으로는 지극히 효율적으로 기능하고 있었다.

부대원 모두의 정보수집기에서 취득한 데이터를 토대로 종합 지원 시스템이 일대 아군과 적군의 위치를 해석, 표시한다. 그리고 그 정보를 토대로 카츠야가 부대를 지휘한다.

부대원은 각자의 역할을 구태여 고정하지 않고, 때로는 미끼가 되고, 저격병이 되고, 돌격병이 되는 등 임기응변으로 적절한 행동을 취한다. 그것이 탁월한 지시와 맞물려 부대 전체의 효율을 더욱 강화한다.

또한 미즈하는 예상되는 적의 전력을 인형병기 5기 정도로 최대한 높게 잡았다. 그런 상황에서 적을 쉽사리 격파함으로써 세릴의 환심을 사고자 무장을 조금 과다하게 준비했다.

여기에 카츠야의 적절한 지휘가 가미됨으로써 카츠야의 부대는 설령 상대가 10여 기의 인형병기라도 문제없이 승리할 만한 전력을 갖추게 되었다.

그러나 그것이 카츠야와 동료들의 한계이기도 했다.

6기째를 격파한 카츠야의 얼굴은 여유롭게 웃는 것은 고사하고 험악하게 일그러져 있었다.

그 표정의 이유는 두 가지. 첫째, 적의 기체가 예상보다 강했다. 하얀 기체는 염가판이라고는 해도 야지마 중철이 쿠가마야마 시티의 도시 방위대 도입을 추진하는 신형 인형병기, 백토다. 그 강력함은 어지간한 인형병기를 초월했다.

그리고 둘째는 적의 숫자였다.

"카츠야! 적의 지원군이야! 새롭게 15기나 왔어!"

"카츠야! 이쪽도! 이쪽도 15기…… 아니, 아니야! 20기?!"

염가판 백토라도 10여 기라면 카츠야의 부대로도 어떻게든 됐다. 하지만 수십 기나 되는 인형병기를 상대하는 것은 도저히 예상하지 못했다.

카츠야가 씁쓸한 결단을 내린다.

"잠시 후퇴한다! 방위 대상 부근으로 전선을 물리겠어! 거기에 설치된 간이 방벽이라면 적이 공격해도 한동안 버틸 거야! 적의 지원군이 나타나지 않은 곳에 있는 인원은 다른 장소를 지원해 줘!"

그 지시에 따라 부대가 후퇴하는 가운데, 창고에 있는 유미나가 카츠야에게 통신을 연결한다.

"카츠야. 전선을 거기까지 물릴 거라면 만약을 대비해서 창고 사람들을 피난시킬까?"

"그렇군……. 부탁할게."

"알았어……. 카츠야. 조심해."

"그래. 물론이지."

카츠야는 유미나를 안심시키려고 일부러 밝게 대답했다. 그러나 대답을 마치자마자 표정이 딱딱해진다.

셰릴과 다른 사람들의 안전을 생각하면 당연히 피난시키는 게 낫다. 카츠야도 그건 알았다.

하지만 그것은 만약의 경우에 할 대처였다. 그럴 수밖에 없는 상황에, 자신들의 힘으로는 막지 못했다는 사실에, 카츠야는 분통한 듯 얼굴을 찡그렸다.

◆

전선에 나선 카츠야와 다른 동료들과는 달리, 유미나는 창고에 남았다.

이것은 종합지원 시스템의 판단이다. 카츠야와의 연계에서 문제가 있는 자는 요격보다 창고 경비로 돌리는 게 낫다. 그런 판단에 따라 유미나는 카츠야와 함께 싸우는 것을 허락받지 못했다.

종합지원 강화복의 현장 테스트로서 고성능 강화복을 사용하는 이상, 카츠야와 동료들은 기본적으로 종합지원 시스템의 판단에 따를 필요가 있다. 유미나도 어쩔 수 없이 순순히 창고에 남았다.

자신을 후방으로 돌린 것은 카츠야의 판단이 아니다. 그 사실에 스스로 조금 안도한 것에 복잡한 기분을 느끼면서, 유미나가 작게 한숨을 쉰다.

그리고 그 뒤로 상황이 예상보다 나빠진다. 유미나는 자신이 곁에 있었으면 발목만 잡았을 것으로 생각하고, 이를 안타깝게 여기면서도, 그러니까 어쩔 수 없다며 스스로 변명한 것을 깨달았다.

그걸 얼버무리듯이 유미나는 이 자리에서 카츠야를 지원할 수 있는 일로서, 창고 인원의 피난을 카츠야에게 제안했다.

"알았어……. 카츠야. 조심해."

"그래. 물론이지."

통신을 끊고 숨을 내쉰다. 자기는 아직 할 수 있는 일이 남았다고, 유미나는 셰릴과 다른 사람들의 피난을 서둘렀다.

유미나에게 사정을 들은 셰릴이 불안한 기색을 보인다.

"상황은 그렇게 위험한가요?"

"예상보다 나쁜 건 사실이야. 하지만 피난은 어디까지나 만약을 대비한 거야. 도란캄의 이름으로 경고했는데도 공격하는 놈들이니까. 무슨 짓을 할지 모르니까 만약을 대비하는 거야."

"알겠습니다. 가요."

"고마워. 카츠야도 애쓰고 있으니까 괜찮을 것 같지만 말이야. 하지만 건물만 지키는 것과 안에 있는 사람도 지키는 건 압박감이 정말 다르니까. 미안하지만, 카츠야와 부대 사람들에게 불필요한 부담을 주지 않기 위해서라도 지금은 특별 취급을 받아줘."

"아뇨. 특별 취급은 환영해요."

두 사람은 일부러 가벼운 태도로 웃어서 냉정함을 유지하고, 침착하게 피난을 시작했다.

유미나가 도란캄의 차량에 셰릴과 사람들을 태워서 하위 구획으로 향한다.

슬럼과 하위 구획의 경계에는 민간 경비회사의 부대가 엄중한 경비 태세를 펼치고 있지만, 도란캄의 이름을 대면 아무 문제도 없다. 그대로 통과하고 하위 구획에 진입한 시점에서 차를 세운다.

"셰릴. 한동안 여기서 상황을 지켜볼 건데, 괜찮을까? 도란캄의 거점으로 보내는 게 낫다면 그럴 거지만……."

"아뇨. 여기면 돼요."

"고마워."

유미나는 미즈하에게 연락해서 상황을 전했다. 가능하다면 지원군을 보내 달라고 요청하고 통신을 끊은 뒤, 조금 망설인 다음에 셰릴에게 묻는다.

"저기, 한 가지 물어봐도 돼? 셰릴은 저런 것들이 공격하는 걸 예상했어?"

"아뇨. 아무리 그래도 저건……."

"하지만 습격당할 우려가 있으니까 큰돈을 내서 카츠야의 부대를 고용한 거잖아?"

"물론 습격당할 우려는 있었어요. 카츠야 씨의 부대를 고용한 것도 그걸 대비한 거예요. 하지만 그건 굳이 말하자면 억지력을 위한 거였어요. 도란캄의, 그리고 카츠야 씨의 힘으로, 상대가 습격을 포기하게 하려는 거였죠. 설마 그런데도 습격할 줄은……."

머리를 짚은 셰릴의 태도에서 유미나도 허위를 느끼지 않았다. 괜히 의심했다며 후회하고, 여유가 사라진 자기 자신을 깨달아서 숨을 내쉰다.

　"유미나 씨. 여기서도 상황을 알 수 있나요?"

　"알 수 있어. 잠깐만 기다려."

　유미나의 시야에 전투 상황이 확장표시로 나타난다. 종합지원 시스템의 기능이다.

　"제법 밀리고 있지만, 비관할 정도는 아니야. 미리 설치한 간이 방벽은 유적 안에서 거점을 구축할 때도 쓸 만큼 튼튼한 거니까, 창고 근처로 밀려나도 충분히 싸울 수 있거든. 게다가…… 응?"

　희망적 관측으로 상황을 설명하던 유미나가 한 가지 사실을 깨닫고 괴이쩍게 생각한다. 적 부대와 카츠야의 부대, 그 배치에 공백지가 생겼다.

　카츠야의 부대가 손이 부족해서 방위선에 구멍이 생긴 거라면 적이 그곳을 통과할 것이다. 그러나 적의 반응도 보이지 않는다. 유미나가 기묘하게 여겨서 더 자세히 확인하려고 했을 때, 그 공백지에 설치한 정보수집기에서 정보를 취득했다. 그리고 놀라움을 드러냈다.

　"아키라……?"

　"어?"

　아키라의 이름에 반응한 셰릴에게, 유미나는 자기가 본 것을, 현지 정보수집기에서 송신한 영상을 보여줬다.

그 영상에는 혼자서 다수의 인형병기와 싸우는 아키라의 모습이 있었다.

◆

아키라는 강화복의 신체 능력을 완전히 활용해서 슬럼을 달리고 있었다.

지면만이 아니라 강화복의 접지 기능을 이용해서 건물 벽도 달리고, 도약하고, 입체적인 움직임을 되풀이한다. 그리고 그 불규칙적이면서 일반적이지 않은 움직임으로 적을 혼란에 빠뜨리고, 상대의 조준을 흐트러뜨리며, SSB 복합총을 들고, 겨누고, 연사한다.

1억 오럼짜리 총에서 발사된 총탄의 위력은 단발로도 CWH 대물돌격총을 능가한다. 더군다나 연사 속도는 DVTS 미니건을 넘어선다.

나아가 사용하는 확장탄창은 이전과는 가격과 장탄수 모두 자릿수부터 다른 고급품이며, 최고 연사 속도로 무의미하게 쏴대지 않는 이상 탄이 떨어지는 것을 걱정할 일이 거의 없다. 망설임 없이 쏠 수 있다.

그 결과, 강력한 총탄을 집중적으로 맞은 하얀 기체는 동체 부분이 탑승자와 함께 벌집이 되어 손쉽게 격파되었다.

그와 동시에 아키라는 다른 기체에 A4WM 유탄기관총을 쏘고 있었다. 무수한 유탄의 폭발이 하얀 기체를 감싼다. 물론 그 정도로는 격파에 이르지 않는다. 그러나 폭발의 충격으로 기체를 흔들어 놓을 수는 있다.

백토는 인형병기인데도 마치 인간처럼 움직일 수 있는 뛰어난 유연성을 지녔다. 그러나 그 탓에 다리가 투박하게 큰 기체나 다각기와 비교해서 중심이 안정되지 않아 넘어지기 쉽다는 결점도 지녔다.

백토는 이를 보완하는 고도의 오토 밸런서를 탑재했다. 조종사가 초보라도 일반적으로 움직이는 수준이라면 아무 지장도 없을 정도로 고성능이다.

그러나 그것도 한계가 있다. 작은 파손에 이르지 않는 위력이라고는 해도 폭발의 충격으로 기체의 자세가 흐트러진 상태에서 사격하는 것은 어지간한 조종사로는 불가능하다. 한쪽 무릎을 꿇어서 넘어지는 것을 피하는 게 한계다. 그 상태에서 쏴도 아키라에게는 맞지 않는다.

그리고 방금 기체를 하나 해치운 아키라가 움직임을 봉쇄 중이던 기체에 SSB 복합총을 겨눈다. 회피할 여유가 있을 리도 없어서, 매서운 연사를 맞은 기체는 곧바로 크게 부서졌다.

그 아키라를 새로운 기체 2기가 덮친다. 한쪽은 미니건, 다른 한쪽은 대포를 장비했으며, 인형병기와 비교해서 작은 표적을 탄막과 포격으로 분쇄하고자 제각기 무장을 발사했다.

대형 탄환으로 구성된 탄막이 표적 주위를 파괴한다. 나아가 포탄이 명중해서 폭발하고, 지면과 건물을 모조리 날려 버린다. 눈 깜짝할 사이에 잔해의 산으로 변한 복합 건물이 그 위력을 잘 말하고 있었다.

그러나 아키라는 다친 데가 없다. 좌우로 회피할 수 없는 수평 탄막을, 뒤로 힘차게 뛰어서 회피했다.

일반적으론 이제부터 멀쩡하게 움직이지도 못한 채 관성에 따라 추락한다. 낙하지점을 계산해서 그 자리에 탄막을 펼치면 가루가 된다.

하지만 아키라에게는 강화복의 접지 기능을 응용해서 이동하는 방법이 있다. 공중에 생성한 발판을 박차고 그 반동으로 힘껏 궤도를 틀면 아무 문제도 없다. 포격의 폭발에서도 손쉽게 벗어났다.

그리고 공중에서 SSB 복합총과 A4WM 유탄기관총을 하얀 기체에 겨눈다. 매서운 연사로 한쪽을 격파하고, 유탄의 폭발로 나머지 한쪽의 움직임을 봉쇄한다. 그대로 거물 사냥용 총의 총구를 나머지 기체로 돌려 강력한 총탄을 온몸에 퍼붓고 분쇄했다.

근처 복합 건물 옥상에 착지한 아키라는 SSB 복합총의 성능에 만족했다.

『대충 조준해도 해치울 수 있으니까 편하고 좋은걸.』

그렇게 말하고 웃는 아키라를 알파가 타이른다.

『아키라. 대충 조준해서 해치울 수 있다고 대충 노려도 되는 건 아니거든?』

『나도 알아. 대충 노린다는 건 체감시간 조작을 애써서 노릴 필요가 없다는 뜻이야.』

사격까지의 시간적 여유가 1초냐 1분이냐에 따라서 명중률도 현저하게 달라진다. 그러나 실전에서는 1초의 유예로 1분의 정확성을 요구한다. 그리고 명중하지 않으면 반격당해서 죽을 수도 있다.

운 좋게 맞히는 것은 아키라도 기대하지 않는다. 따라서 체감시간 조작으로 정확성을 보완한다. 집중하고, 시간의 흐름을 왜곡해서, 그 농밀한 시간 속에서 찬찬히 조준하고 명중시킨다.

하지만 체감시간 조작은 뇌를 혹사한다. 자꾸 쓰면 부담도 커진다. 떨어지는 빗방울을 눈으로 보는 것처럼 집중하면 부하가 더욱 커진다.

아키라는 그 체감시간 조작 기량을 훈련과 실전으로 연마했고, 예전에는 악전고투해서 겨우 실현했던 것도 지금에 와서는 쉽게 할 수 있게 되었다.

그러나 적도 강해지고, 고정밀 고속 전투를 강요받는 상황도 늘어난다. 고성능 강화복은 착용자에게 고속 전투를 가능케 하는 신체 능력을 주지만, 그 속도에 따라가는 의식은 주지 않는다. 그런 쪽으로 아키라의 부담은 늘어나기만 한다.

그런 상황에서 별로 집중하지 않아도 총탄의 위력과 연사력으로 적을 무난하게 해치울 수 있는 SSB 복합총의 성능은 아키라를 크게 도와줬다.

『AAH 돌격총과 A2D 돌격총밖에 없었을 때는 해치우는 데 그토록 고생했는데, 역시 1억 오럼짜리 총은 달라.』

아키라는 웃으며 그렇게 말한 뒤, 인상을 살짝 썼다.

『표적이 너무 많은데. 이걸로 10기. 뭐가 어떻게 된 거야?』

또 창고의 유물을 노리고 쳐들어왔다고 쳐도, 이건 너무 이상하다. 그 생각이 아키라를 미심쩍게 했다.

한편, 알파는 신경 쓰는 기색도 없이 웃고 있다.

『하지만 좋은 몸풀기 운동이 됐어. 질렸으면 나머지는 도란캄에 맡기고, 아키라는 슬슬 물러날래? 셰릴이 아키라의 돈으로 고용한 거니까 떠넘겨도 될 것 같은데?』

아키라가 상황을 가볍게 인식하고 고개를 가로젓는다.

『그만둘래. 저 녀석들한테만 맡기면 질 것 같아.』

카츠야의 부대가 압승하면 상관없지만, 아무리 봐도 고전하고 있다. 카츠야의 부대를 구할 의리는 없지만, 아키라가 물러나는 바람에 창고의 유물이 피해를 보는 건 싫었다.

『그렇다면 지원 정도는 해줄까?』

『그러네. 음……?!』

정보수집기가 새 인형병기의 반응을 포착했다. 더군다나 그 반응은 지상을 이동하는 하얀 기체들과 명확하게 달랐다.

아키라가 반사적으로 반응이 있는 위치를 주시하고 놀란다. 정보수집기를 통해서 확대 표시된 영상에서는 슬럼의 위를 나는 검은 기체의 모습이 보였다.

그 검은 인형병기는 딱 봐도 중장비로, 등에는 대형 추진장치, 어깨에는 미사일 포드를 장착했다. 서포트 암에 접속한 대형 총과 대포가 있고, 나아가 전기톱처럼 생긴 접근전 무기도 장비하고 있었다.

검은 기체는 거대한 몸에 중장비 상태인데도 불구하고 하늘을 날아서, 더군다나 꽤 빠른 속도를 내고 있다. 지금껏 싸운 하얀 기체와는 딴판인 새 적의 출현에 아키라가 경계하는 가운데, 검은 기체는 인형병기 기준으로도 대형인 포로 창고를 겨눴다.

다음 순간, 그 포구에서 특대 포탄이 사출된다. 허공을 가르는 대질량이 사선상에 폭풍을 일으키며 직진하고, 가로막는 것을 분쇄하며 표적을 직격했다.

표적은 창고였다. 설치된 간이 방벽에 의해 위력을 잃으면서도 창고에 명중하고, 폭발한다. 그 위력은 어지간한 유탄하고는 비교도 안 될 정도여서, 한 방에 창고를 무너뜨렸다.

놀라서 어쩔 줄 모르는 아키라의 앞에서 사태가 더욱 급변한다. 슬럼 곳곳에서 하얀 기체의 반응이 출현하고 검은 기체를 일제히 공격하기 시작한 것이다. 나아가 지금껏 창고를 습격하려고 했던 다른 하얀 기체도 창고 주변을 떠나 검은 기체 공격에 가담한다.

『뭐가 어떻게 된 거야…….』

아키라는 검은 기체와 하얀 기체들의 공방전을, 반쯤 넋이 나간 상태로 지켜봤다.

◆

다시 창고로 돌아간 아키라는 무너진 창고를 보면서 괴이쩍은 표정을 지었다.

그때 셰릴 일행이 돌아온다. 하얀 기체들이 창고 습격을 멈춰서 피해를 확인하러 온 것이다.

무너진 창고를 본 셰릴은 주저앉을 것 같은 자신을 억지로 서게 했다.

(아직 아니야……! 아직 끝나지 않았어! 창고만 무너진 거야! 유물을 빼앗긴 게 아니야! 무사한 유물도 많을 거야! 아직 다시 세울 수 있어! 아직 끝난 게 아니야!)

이를 악물면서 희망적 관측을 늘어놓고 실낱같은 희망을 보강한다. 끝났다고 인정해 버리면 자신은 더 일어설 수 없다. 셰릴은 그걸 잘 알았다.

아키라에게 유물과 돈과 무력을 투자받고, 그 대가를 기대받은 유물판매점. 그것이 실패로 끝나면 아키라에게 버림받는다. 셰릴은 그 공포에 떨면서 그것에서 도망치기 위해서라도, 희망의 잔해를 앞에 두었으면서도 끝나지 않았다고 자기 자신을 타일렀다.

조금 뒤늦게 나타난 카츠야가 셰릴의 그 모습을 보고 분통해한다. 자신들이 창고 방위에 실패한 탓이라며 가슴 아파하고, 차마 말을 걸지 못했다.

부대의 지휘관으로서 의뢰인에게 방위 실패를 보고해야 한다. 그걸 알지만, 의젓하면서도 강한 통곡이 느껴지는 셰릴의 참담한 표정을 보고 차마 말을 꺼내지 못했다.

그런 카츠야의 분위기를 보고, 유미나가 대신 셰릴에게 보고한다.

"미안해. 창고 경비는 실패했어."

"아직 안 끝났어요……. 계속해서 경비를 부탁드려요. 잔해를 철거하고 파묻힌 유물을 회수하려면 시간이 걸려요. 경비는 계속해 주세요. 멋대로 끝내지 말아 주세요……."

"알았어……. 카츠야."

"어? 그, 그래……. 뭔데?"

"뭐긴. 피해를 확인하고, 부상자를 후송하고, 미즈하 씨에게 보고해서 지원을 요청해. 경비를 계속하는 거야. 아직 의뢰는 끝나지 않았어."

유미나는 일부러 매서운 눈으로 카츠야를 봤다. 그래서 카츠야도 정신을 다시 차린다.

"그렇지. 계속하자."

카츠야와 유미나는 고개를 끄덕이고, 침울해할 때가 아니라며 서로를 실의에서 건져냈다.

한편, 아키라는 주위의 분위기도 아랑곳하지 않고 고개를 갸웃하고 끙끙댔다.

"역시 모르겠는걸. 그만한 기체로 쳐들어와서 고작 창고만 부순 거야? 목적은 창고의 유물이 아니었어?"

"창고의 유물이 목적이기는 해도, 유물을 탈취하려는 게 아니었을 뿐이야."

아키라의 의문에 대답한 사람은 이 자리에 왔던 비올라였다. 캐럴도 함께 있다.

"무슨 뜻이야?"

"저들의 목적은 값비싼 유물을 상대가 쓰지 못하게 하려는 것이라는 뜻이야."

이해력이 따라가지 못하는 아키라에게 비올라가 조금 더 자세히 설명한다.

슬럼의 양대 조직인 에즌트 패밀리와 해리어스는 항쟁에서 승리하기 위해 인형병기라는 강력한 무력을 장만했다. 당연하지만 그걸 조달하려면 거액의 비용이 든다. 두 조직은 그 돈을 조달하는 방법의 하나로 셰릴의 유물을 노렸다.

그리고 완벽한 상태가 아니어도 상대의 준비가 끝나기 전에 움직이면 충분히 이길 수 있다고 판단될 만큼 준비를 마친 시점에서, 창고의 유물이 지닌 가치는 상대적으로 변화했다.

자신들이 유물을 탈취하는 것이 가장 좋다. 하지만 그보다도 상대가 유물을 탈취해서 환금하고, 그 자금으로 무력을 강화하는 것이 가장 나쁘다. 그러한 판단에 이른 시점에서, 두 조직은 유물 자체를 우선시하지 않았다.

그리고 한발 늦어진 에즌트 패밀리가 창고를 파괴했다. 이로써 창고의 유물이 단시간에, 적어도 항쟁이 끝날 때까지는 상대가 환금하는 것을 우려하지 않게 되었다.

그 시점에서 해리어스 측도 창고를 습격할 의미가 사라지고, 에즌트 패밀리의 기체인 검은 인형병기의 격파로 이행했다. 이로써 하얀 기체와 검은 기체 모두 아키라 일행을 무시하고 싸우기 시작할 수 있게 된 것이다.

거기까지 말한 비올라가 설명을 마무리한다.

"내 추측이 섞인 거지만, 아마도 그런 이유일 거야. 나름대로 정확한 정보에서 추측한 거니까 완전히 틀리는 일은 없어."

"그런가……. 그렇게 된 건가……."

아키라는 다 이해하고 고개를 끄덕였다. 그리고 이해함으로써 다른 감정이 끓어오른다.

"그래서 말인데, 당신도 당하기만 하면 분하잖아? 사실은 우리도 에존트 패밀리와 해리어스에 습격받은 직후야. 그러니까 잠시 할 이야기가……."

그대로 협상을 시작하려고 한 비올라가 아키라의 낌새를 눈치채고 말을 중단했다.

"그런 거였어……."

아키라의 얼굴은 가면을 쓴 듯한 무표정 위에 마음속 깊은 곳에서 끓어오른 시커먼 살의를 띠고 있었다. 그 싸늘한 목소리는 표정과 똑같이 지독하게 검고 어두웠다.

슬럼의 뒷골목에서 지내던 아키라는 남들이 업신여기고, 무시하고, 깔보는 약자로서 오랫동안 살아왔다. 헌터가 되고, 알파와 만나고, 격전을 거듭해서 강자가 된 지금에도 그 영향은 아키라에게 진득하게, 끈덕지게 들러붙었다.

그래도 조금씩은 개선되고 있었다.

강력한 장비를 구했다. 자기 힘으로도 조금은 싸울 수 있게 되었다. 가까운 지인에게 실력을 인정받고, 동행한 헌터도 그 강함에 놀랐다.

자신은 이제 누구도 함부로 업신여기는 존재가 아니다. 아키라도 그 자각이 천천히 생기고 있었다.

그러나 최근에 있었던 일은 그걸 깨부수기만 했다.

강력한 강화복을 입어도 소매치기가 노렸다. 30억 오럼짜리 현상수배급을 해치운 팀의 일원이 되어도 경비에 참가한 창고가 습격당했다. 인형병기를 혼자 해치우는 실력을 과시해도 창고를 또 습격하러 왔다.

게다가 조금 전, 하얀 기체를 다수 격파했는데도 그 기체들은 창고가 무너지자마자 후다닥 떠나갔다.

그것이 후퇴라면 아키라도 그나마 이해할 수 있었다. 자신은 인형병기들을 무찔렀다고, 상대의 행동을 긍정적으로 해석할 수 있었다.

그러나 하얀 기체들은 그대로 다른 적과, 검은 기체와 싸우기 시작했다. 너 따위는 상대하지 않는다. 마치 그렇게 말하는 것처럼.

자기들 멋대로 죽이러 오고, 명확하게 사투를 벌이고, 결판도 안 났는데, 흥미를 잃은 것처럼 자기들 멋대로 떠나간다. 상대의 보복을 눈곱만큼도 신경 쓰지 않는다. 그렇게 사소한 일은 아무래도 좋다는 듯이.

비올라의 설명을 듣고, 아키라는 그걸 이해했다. 그리고 충격을 느꼈다.

그 충격이 수많은 성과로 아키라에게 구축되고 있던 인식을 분쇄하고, 그 인식으로 틀어막았던 검고 어두운 것을 끓어오르게 한다.

강력한 장비. 현상수배급을 해치운 실적. 과시한 실력. 그것들은 전부 성과다. 그리고 어떠한 성과가 있어도 자신을 업신여기고, 무시하고, 깔본다. 하잘것없는 약자로만 본다. 즉, 성과를 보여주는 것에 의미가 없다.

그렇다면 성과가 아니라, 피해로 알려야 한다. 자신과 적대하는 것은 무조건 손해를 보는 행위임을. 그 피해를 통해서 드러내야 한다.

시체를 쌓아서 산을 만들고, 그 정상에 서서.

아키라는 주저하지 않았다.

◆

주위에 있는 사람들도 아키라의 변화를 금방 눈치챘다. 유미나는 표정을 굳히고, 셰릴은 겁에 질리고, 카츠야는 두 사람을 감싸듯 앞으로 나선다. 캐럴과 비올라는 얼굴에 조금 의아한 기색을 드러냈을 뿐이다.

"셰릴……."

"네, 네."

셰릴도 그 살기가 자신을 향한 것이 아님을 안다. 그런데도 짧게 대답하는 것도 매우 어려웠다.

"나는 볼일이 생겼어……. 창고 경비는 다른 녀석에게 부탁해……."

"아, 알겠습니다."

그 뒤에 아키라는 곧바로 달리기 시작했다. 주위에 뿌려진 살기가 어둠에 녹아 사라진다.

공포의 근원이 모습을 감추면서 카츠야, 유미나, 셰릴이 긴장을 풀고 한숨을 쉰다. 비올라는 눈짓으로 캐럴에게 지시하고, 캐럴은 슬쩍 끄덕였다.

긴장에서 해방되어 마음이 느슨해지고, 카츠야가 아키라에 대한 불만으로 무심코 투덜댄다.

"저 녀석…… 갑자기 왜 저래? 마치 그때처럼……."

카츠야가 쓸데없는 생각을 하지 않도록, 유미나가 보챈다.

"카츠야. 됐으니까 우리는 계속 경비를 서자. 카츠야는 미즈하 씨에게 빨리 연락해."

"아차, 그랬지."

카츠야는 의식을 전환하고 작업을 시작했다. 유미나는 그런 카츠야를 보면서 자신들은 저 아키라와 목숨을 걸고 싸울 뻔했다며, 그걸 막은 과거의 자신을 칭찬하며 한숨을 쉬었다.

셰릴은 아키라가 사라진 방향을 보면서 한 가지 불안을 느꼈다.

자신은 아키라를 사랑한다. 의존하고 있기도 하다. 하지만 그 감정은, 아키라라고 하는 무시무시한 존재를 두려워하지 않기 위한 방어 반응이 아닐까?

자신이 강대한 힘을 손에 넣어 아키라를 두려워하지 않게 되면 그 감정은 흐릿해져서 사라지는 게 아닐까?

무심코 떠오른 그 불안을, 셰릴은 아니라고 단언할 수 없었다.

제141화 우선순위

슬럼을 나는 검은 인형병기가 하얀 기체를 조준하고 총을 연사한다. 하얀 기체는 대형 탄환을 온몸에 뒤집어써서 크게 부서지고, 피탄의 충격으로 사지가 뜯기며 주저앉았다.

계속해서 검은 기체가 다음 표적을 노린다. 강력한 추진장치를 활용해 허공을 날아서 단숨에 거리를 좁히고, 급강하하면서 전기톱 형태의 접근전 장비를 힘껏 내리쳤다.

머리에 그 일격을 맞은 염가판 백토는 그대로 둘로 쪼개지고, 곤죽이 된 탑승자를 조종석에 뿌리며 양쪽으로 나뒹굴었다.

검은 인형병기의 조종석에서 범용 통신으로 해리어스를 향한 욕지거리가 터져 나온다.

"약하다, 약해! 무르다, 물러! 피라미들이! 애송이를 태운 싸구려 기체는! 얼마나 있든 내 적이 아니라고!"

이 검은 기체는 에존트 패밀리가 요시오카 중공에서 사들인 신형 인형병기, 흑랑(黑狼)이다. 기체의 조종사는 로게르토. 그 기량은 뛰어나서 납품이 막 끝난 기체를 벌써 완벽하게 다뤄 해리어스의 염가판 백토 수십 기를 격파했다.

더불어서 흑랑과 염가판 백토는 기체의 성능이 근본적으로 다르다. 국지전에서는 하얀 기체에 승산이 조금도 없다. 또 1기,

해리어스의 기체가 무참한 고철로 전락했다.

로게르토는 그동안 다른 적 기체에 격렬한 총격을 당했지만, 그 총탄은 흑랑이 펼치는 포스 필드 실드에 막혀서 검은 기체에 한 발도 닿지 않는다. 사방에 튀는 충격변환광이 기체를 밝히고, 그 빛으로 장식한다.

"소용없다, 소용없어! 안 통한다고! 이 기체에 그딴 싸구려 총이 통할 것 같냐? 멍청한 놈들! 이미 늦었다! 에존트 패밀리에 대적한 것을 저주하고 죽어라!"

로게르토의 조롱이 검은 기체의 조종석에, 그리고 범용 통신을 통해서 하얀 기체들에도 전파되었다.

그러나 그 위풍당당한 목소리와는 정반대로, 로게르토는 현재 상황을 고전으로 판단했다.

(제기랄! 저놈들, 생각보다 제법이군. 나름대로 좋은 조종사를 이만큼 준비할 줄이야.)

당초 예정으로는 이미 잔당 처리를 시작했을 터였다. 그러나 적 부대는 별로 줄어들지 않았다.

(놈들을 무의식중에 너무 쉽게 생각했나? 아니다. 그 정보에서 판단하면 타당했을 터. 정보를 쉽게 생각한 거다. 실수했군.)

로게르토가 인상을 쓴다. 하지만 그래도 승자는 자신이라며 기운을 차리고, 검은 기체로 적 부대를 매섭게 덮쳐들었다.

◆

해리어스의 보스인 도람은 평범한 트럭으로 위장한 튼튼한 황야 사양의 차량 안에서 전체를 지휘하고 있었다. 세세한 지휘는 부하에게 맡기지만, 대국적인 판단은 도람이 하고 있다.

전투가 계속되는 가운데, 꾸준하게 쓰러져서 숫자가 줄어드는 염가판 백토의 상황에, 그리고 전혀 쓰러질 기미가 없는 검은 기체의 강함에, 부하 중 하나가 도람에게 초조한 얼굴을 내비쳤다.

"보스. 이대로 가면 위험한 게······."

불안한 기색을 보이는 부하와는 대조적으로 도람은 조금도 동요하지 않고 차분한 모습을 보여주고 있다.

"문제없다. 상황은 우세하다. 이대로 계속해."

"하, 하지만······."

"저 녀석의 헛소리에 귀를 기울이지 마라. 저건 내가 강하다고 자꾸 소리치지 않으면 마음이 꺾일 정도로 궁지에 몰렸다는 증거다. 정말로 강하다면 저럴 필요가 없지. 약한 개일수록 잘 짖는 법이다. 목청은 크지만, 본질은 단순한 허세다."

"그, 그렇군요."

"그리고 정말로 우리 공격이 통하지 않는다면 저 녀석은 총탄을 태연히 맞으며 피하지도 않고 해치우려고 할 것이다. 그것이 우리에게 심리적 압박을 줄 수 있으니까. 촐싹촐싹 피하려는 시점에서 우리 공격이 통한다는 증거다."

조금도 동요하지 않은 도람의 분위기는 지금껏 해리어스를 이끈 보스의 실적도 있어서 설득력이 넘쳤다. 승리를 의심하기 시작한 다른 부하들도 투지를 고조시킨다.

"그러니 허둥대지 마라. 양으로 밀어붙이는 우리가 우세하다고 하나, 그것도 다 통솔이 잘 잡혔기 때문이다. 허둥대다가 오합지졸이 되면 정말로 패배할 수도 있다. 마지막까지 투지를 잃지 마라. 그러면 우리가 이긴다."

"아, 알겠습니다!"

기운을 차린 남자가 기체에서 약한 소리를 한 자들에게 소리친다.

"얘들아! 들었겠지! 지금부터가 진짜다! 포위해서 짓밟기만 하면 된다! 마음껏 퍼부어라!"

전투 중인 부하들도 기운차게 대답한다. 지휘차량의 분위기도 단숨에 고조되었다.

그중에서 전부 예정대로 되고 있다며 일관적으로 차분한 모습을 보이던 도람은 부하에게 설명한 것과는 다르게 상황을 열세로 보고 있었다.

(이토록 강할 줄이야. 나름대로 솜씨가 좋은 조종사를 예정보다 더 많이 모았는데, 이토록 밀리는 건가. 실수했군.)

당초 예정으로는 이미 승리했어야 했다. 창고로 보낸 부대는 미끼이고, 실력이 별로인 조종사들로 구성했다. 그리고 그 미끼에 낚인 로게르토를, 실력자를 태운 기체로 일제히 공격해 격파하는 계획이었다.

계획은 성공하고, 수십 기의 백토에 의한 일제 사격을 로게르토의 기체에 명중시켰다. 그러나 예상보다 더 단단한 포스 필드 실드에 막혀 격파에는 이르지 못했다.

도람도 그것이 헛수고라고는 여기지 않는다. 적 기체의 에너지 소비는 매우 컸을 것이며, 그렇기에 로게르토의 기체는 그 뒤로 공격을 피하고 있다. 공격을 일부러 맞아서 무적을 연출할 정도의 에너지는 남지 않았다. 그렇게 생각했다.

그런데도 당초의 예정이 뒤집혔다는 사실은 변함없다. 도람은 초조해하면서도 그 초조함을 겉으로 드러내면 상황이 더 나빠지는 것을 알아서 속으로는 인상을 쓰면서도 겉으로는 태연한 척했다.

"보병들 상황은 어떻지?"

"지시대로 놈들의 기체 정비소를 수색 중입니다. 발견 보고는 아직 없습니다."

"계속해서 수색해라. 저런 기체는 기본적으로 방어용이다. 보급 환경과 가까운 데서 운용하는 것이 원칙이야. 제아무리 강력한 기체라도 탄과 에너지가 떨어지면 끝장이다. 추가 보급을 막으면 그만큼 승산이 커진다."

"알겠습니다."

"놈들의 거점에 있다고 보장할 순 없다. 단단히 수색시켜라. 확보하기 어려워도 위치만 알면 된다. 인형병기 부대로 뭉개면 된다."

열세이지만, 승산은 충분히 있다. 도람은 그렇게 생각해서 움츠러들지 않고 승리를 향해 나아갔다.

◆

로게르토도 도람도 자신들의 상황을 열세로 보고 승리하기 위해 저항하고 있다. 그리하여 발생한 격렬한 충돌이 균형 상태를 초래했다.

그때 새로운 요소가 추가된다. 하얀 기체가 로게르토가 아닌 다른 공격으로 파괴당했다. 예상 밖의 사태에 로게르토와 도람이 경계를 강화하고, 일시적으로 공격을 멈추고 상황을 파악하려고 한다.

그리고 양자는 기체를 격파한 존재를 동시에 찾아냈다. 건물 옥상에 선 아키라의 모습이 보였다.

낮게 깔린 도람의 목소리가 범용 통신으로 아키라에게 닿는다.

"네놈…… 무슨 짓이지?"

양대 조직 보스의 위험이 짙게 드러난 목소리는 어지간한 자는 듣기만 해도 몸을 떨 정도의 위압으로 가득했다.

하지만 아키라의 반응은 이를 전부 무시한 것이었다.

"죽어."

그 단순하고 명확한 선전포고에, 도람이 지휘차량 안에서 무심코 얼굴을 찡그린다.

한편, 로게르토는 유쾌하게 웃었다. 창고를 파괴당해 겁먹은 셰릴이 아키라를 자기편으로 파견했다고 여긴 것이다.

"뭐야. 결국 너희는 우리 편에 붙기로 했나? 잘 판단했다! 뭐, 조금 늦은 감도 있지만, 그 정도는 좋게 넘어가도……."

"너도 죽어."

로게르토의 말이 멈추고, 해리어스 측에서도 경악이 퍼진다. 이로써 아키라는 양대 조직을 전부 명확하게 적으로 돌렸다. 이는 로게르토와 도람이 생각해도 자살과 같은 판단이다.

어이가 없다는 듯한 로게르토의 한숨에 이어서 노기가 섞인 목소리가 울린다.

"자포자기해서 자살하러 온 건가. 멍청한 자식. 그렇다면 네 놈부터 죽어라!"

검은 기체가 총구를 아키라에게 겨누고 연사한다. 아키라도 그 자리에서 힘껏 이탈하며 SSB 복합총을 갈긴다.

작은 탄은 검은 기체의 포스 필드 실드에 전부 막혔다. 큰 탄은 아키라가 있던 건물을 분쇄했다. 양쪽 모두 손해가 없지만, 누가 더 우세한지는 명백하다.

전투를 재개하는 로게르토와 아키라. 하지만 해리어스 측은 관망하고 있었다. 로게르토와 아키라가 서로 물어뜯으면 편하기 때문이다.

그러나 아키라는 싸우면서 하얀 기체에도 SSB 복합총을 겨눴다. 이로써 해리어스 측도 관망할 수 없게 되고, 전투가 재개된다.

아키라, 에존트 패밀리, 해리어스. 삼파전이 시작되었다.

◆

인형병기들의 전투가 슬럼을 조금씩 폐허로 바꾼다. 오가는 탄환이 건물을 무너뜨리고, 부숴서 산산조각을 만든다.

그 격전 속에서, 아키라는 아슬아슬하게 회피하고 있었다.

에존트 패밀리와 해리어스의 항쟁에 난입한 아키라는 극단적인 열세에 몰려 있었다.

실력이 좋은 조종사로 구성된 하얀 인형병기 부대와 혼자서 그 부대와 호각으로 싸운 강력한 검은 인형병기. 양쪽 모두 아키라의 힘에 부치는 상대다. 그 양쪽과 동시에 적대하는 이상, 아키라의 열세는 필연이었다.

단순히 승리를 원한다면 아키라는 에존트 패밀리와 해리어스의 싸움에 결판이 난 다음, 그 싸움으로 피폐해진 승자를 습격하면 됐다.

하지만 아키라는 승리가 아니라 시체의 산을 만들기 위해 참전했다. 양자의 싸움이 끝난 뒤에는 아키라 자신이 죽인 시체가 격감한다. 그래서는 의미가 없었다.

그리고 양대 조직의 교전 중에 난입해 모두를 적으로 돌려서 사지에 뛰어들어도, 아키라는 후회하지 않는다. 후회라는 감상은 마음속 깊은 곳에서 끓어오르는 시커멓고 질척한 충동에 삼켜져서 사라졌다.

그 충동에 따라 움직이며, 아키라는 죽을힘을 다해 싸웠다. 적의 사격을 필사적으로 피하면서 SSB 복합총과 A4WM 유탄기관총을 연사하고, 검은 기체에 탄막을 퍼붓고, 하얀 기체를 유탄의 폭발로 감쌌다.

하지만 그 정도로 어떻게든 될 정도로 상황은 쉽지 않다. 아키라의 필사적인 저항도 로게르토와 도람에게는 눈에 거슬리는 정도에 지나지 않았다.

그리고 눈에 거슬리고 거추장스러운 건 확실하다. 아키라는 계속해서 표적이 되고, 마침내 피탄했다.

대형 총탄에 맞은 아키라가 피탄의 충격으로 날아가고, 그대로 건물 벽을 뚫고서 안으로 사라진다. 그곳에 마무리 사격이 가해지고, 특대 탄을 무수히 뒤집어쓴 건물이 한순간에 무너졌다.

로게르토도 도람도 아키라의 사망을 확인할 여유가 없다. 죽었다고 보고 그대로 교전을 계속했다.

아키라는 살아있었다. 총탄은 방호 코트를 관통해서 강화복에 닿았지만, 피탄 때 포스 필드 아머의 출력을 올림으로써 위력을 충분히 줄였다. 건물은 무너졌지만, 아키라는 쌓인 잔해의 틈새에 딱 쓰러져 있었다.

우연이 아니다. 방호 코트의 순간적인 고출력 조정도, 아키라가 쓰러진 위치를 강화복 조작으로 미세하게 조정한 것도, 알파가 한 짓이다.

몸을 일으킨 아키라가 내장도 토할 기세로 성대하게 피를 토한다. 선혈이 대량으로 퍼져서 주위를 붉게 물들였다. 곧바로 회복약을 게걸스럽게 복용한다. 이로써 헌터 기준으로는 경상이 되었다.

그런 아키라를, 알파는 한숨을 쉬며 보고 있다.

『맞았구나.』

내 서포트 없이 멋대로 돌진하니까 그렇게 되는 거다. 그렇게 말하는 건 아키라도 알았다.

엄밀하게는 전혀 서포트하지 않은 게 아니다. 그러나 그것은 훈련 차원에서 아키라가 어느 정도 자기 힘으로 싸우게 했을 때와 마찬가지로 최소한의 서포트에 불과했다. 알파가 아키라를 완전히 서포트했다면 애초에 아키라는 피탄하지도 않았다.

그리고 아키라는 알파에게 의도적으로 서포트를 부탁하지 않았다. 부탁하면 거절할지도 모르기 때문이다.

알파의 서포트는 알파에게 받은 의뢰의 보수를 미리 준 거다. 자신을 단련하고, 유적에서 유물을 수집한 성과로 강력한 장비를 구하고, 언젠가 알파가 부탁한 유적을 공략하기 위한 것이다. 그런 힘을 얻기 위한 것이다.

자신의 사정으로 시체를 쌓아서 산을 만들기 위한 게 아니다. 그런 것에 알파의 서포트를 부탁하는 건 본래의 사용 용도에서 완전히 일탈했다.

아키라도 그 정도는 알았다. 그래서 부탁하지 않았다. 아무 말도 없이 시작해 버리면 그대로 서포트가 계속될지도 모른다고 기대했었다. 그것은 그냥 생각이 짧은 것이었다.

뼈아픈 일격을 맞고, 격정에 지배당했던 아키라의 머리도 조금은 식었다. 그래도 그 격정을 낳은 근원은 사라지지 않는다. 그것이 아키라를 다시 충동질한다.

『억지로 도우라곤 하지 않겠어. 싫으면 됐어.』

알파의 서포트를 완전히 잃어도 전투를 속행한다. 그 의지는 흔들리지 않았다. 지금도 마음속 깊은 곳에서 자꾸 끓어오르는 것이 아키라에게 후퇴를 허락하지 않았다. 설령 그것으로 죽더라도 자신을 드러내라고, 어둡고, 강하게, 명령했다.

그런 아키라의 낌새를 보고 알파는 다시 대놓고 한숨을 푹 쉬었다. 그리고 조금 엄격한 표정을 지어서 아키라를 본다.

『아키라. 그게 아니잖아?』

『뭐가?』

『그럴 때는, 부탁합니다, 잖아?』

그걸 들은 아키라는 허를 찔린 것처럼 멍한 표정을 지었다. 그리고 알파가 표정을 부드럽게 푼다.

『예전 소매치기 때와는 다르게 아키라는 강화복을 착용했어. 미하조노 시가지 유적 때와는 다르게 나는 자리를 비우지 않았어. 아키라는 내게 정상적으로 서포트를 부탁할 수 있는 상태를 유지하고 있어. 그렇다면 똑바로 부탁하고, 의지하고, 투정을 부려. 그 정도의 관계는 구축했다고 보는데?』

알파는 웃으며 그렇게 말하고 나서 이번에는 타이르듯 미소를 지었다.

『하지만 아무 말 없이도 그냥 해 준다는 건 너무 생각이 짧은 거야. 나는 부탁하지 않았다. 네가 멋대로 한 거다. 그렇게 나중에 변명하는 것도 말이야.』

그리고 이번에는 당당하게 웃는다.

『그래서? 어쩔 거야, 아키라?』

잠자코 이야기를 듣던 아키라가 더 참을 수 없다는 듯이 슬쩍 웃음을 터뜨렸다. 그리고 쓴웃음을 짓는다.

『그래. 생각이 짧았어. 미안해.』

이제는 시커멓게 물들었던 얼굴이 없다. 어떤 의미로는 평소처럼, 평소의 곤경에서 탈출하기 위해서, 기운을 내고 웃는다.

『알파. 부탁합니다. 부탁할게. 도와줘.』

『나만 믿어.』

알파는 만족스럽게, 자신만만하게 웃고 아키라에게 손을 뻗었다.

아키라도 웃으며 그 손을 잡는다. 강화복 조작을 통한 유사 체험이지만, 아키라는 알파의 손을 잡고 똑바로 일어섰다.

아키라가 숨을 깊이 마시고, 내쉰 다음에 다시 투지를 불어넣는다.

『좋아! 하자!』

『아키라. 그 전에, 저쪽에 캐럴이 와 있어.』

『어?』

아키라가 시선을 그쪽으로 돌리자 틀어막힌 커다란 잔해가 치워지고 셰릴이 얼굴을 내비쳤다.

"아키라. 무사했구나. 뭐, 아키라가 그 정도로 죽을 리는 없겠지만."

"캐럴. 무슨 일로 왔어?"

"여전하구나. 걱정해서 달려왔다고는 생각하지 않는 거야?"

"죽었다고는 생각하지 않은 거잖아? 그래서 무슨 일로 왔는데? 나는 지금 바빠."

캐럴은 못 말리겠다는 기색으로 아키라의 곁으로 왔다. 그리고 가벼운 태도로 말한다.

"팀을 짜지 않을래? 비올라가 말하다 말았는데, 사실 우리는 에존트 패밀리와 해리어스 모두에 찍힌 상태거든. 이참에 힘을 줄이고 싶어."

"미안하지만 거절하겠어. 바쁘다고. 너희 사정으로 움직일 여유는 없어."

캐럴과 한 팀으로 싸우면 시체를 쌓아 만든 산도 의미가 반으로 줄어든다. 그리고 무엇보다 이 싸움을 캐럴이 돕게 하는 건 뭔가 아니라는 감각에서, 아키라는 추가 전력을 단호히 거절했다.

그런 아키라의 생각을, 캐럴은 타고난 통찰력으로 어렴풋이 짐작했다. 아키라의 행동은 그 규모가 다를지언정 당한 만큼 돌려준다는 단순한 것에 불과하며, 그것을 자기 손으로 하고 싶다고 생각하는 자는 드물지 않기 때문이다.

"너무 그러지 말고. 아키라의 사냥감을 빼앗을 마음은 없어. 아키라의 표적은 저 인형병기들이지? 내 표적은 퇴물 헌터 등이 모인 보병이야. 팀을 짜고 따로 행동하면 되잖아?"

"그거, 팀을 짜는 의미가 있어……?"

"나름 있어. 아키라에게 피해는 안 줘. 그래서, 어때?"

"마음대로 해."

아키라는 캐럴의 제안을 괴이쩍게 여기면서도, 방해하지만 않는다면 말씨름까지 하면서 거절할 이유가 없고, 그렇다면 괜찮지 않겠냐고 승낙했다.

"그러면, 받아."

캐럴에 준 것을 본 아키라가 놀란다. 그것은 대역장 장갑탄의 확장탄창이었다.

"캐럴. 이런 걸 남한테 막 주면 안 되는 거 아니야……?"

"보통은 말이지. 지금은 한 팀이잖아?"

의기양양하게 웃는 캐럴을 보고, 아키라도 그제야 팀을 짜자고 권한 의미를 이해했다. 캐럴이 대역장 장갑탄 이야기를 먼저 하지 않은 것도 그걸 먼저 말하면 상대의 성격상 오히려 거절할지도 모른다고 생각해서 한 배려임을 어렴풋이 깨달았다.

"고마워. 도움이 됐어."

"천만에. 그러면 아키라, 힘내."

쓴웃음이 섞인 웃는 얼굴로 고맙다고 말한 아키라에게, 캐럴은 왠지 모르게 즐거운 기색으로 한 방 먹였다는 웃음을 얼굴에 띠고 사라졌다.

『아키라. 그걸 SSB 복합총에 추가로 장전해. 언제 쓸지는 내가 정할 테니까, 아키라는 신경 쓰지 말고 쏴도 돼.』

SSB 복합총은 종류가 다른 여러 탄창을 탄환 단위로 구분해서 쓸 수 있다. 총의 제어장치는 이미 알파가 장악한 상태이므로 정밀한 제어가 가능하다. 대역장 장갑탄의 확장탄창을 새로 결합함으로써 그 종합적인 위력은 훨씬 늘었다.

알파가 대담하게 웃는다.

『좋아. 그러면 아키라. 지금부터가 진짜란 걸 저 사람들에게 듬뿍 가르쳐 주자. 가자.』

『그래!』

아키라도 SSB 복합총과 A4WM 유탄기관총을 들고 힘차게 웃는다. 그리고 눈앞에 있는 잔해를 4억 오럼짜리 강화복의 신체 능력으로 뻥 걷어찼다.

무너진 건물이 안쪽에서의 충격으로 날아간다. 요란하게 흩날리는 잔해 속에서, 아키라는 힘차게 뛰쳐나갔다.

◆

계속해서 격전을 벌이던 검은 기체와 하얀 기체들 사이에 다시 아키라가 난입한다.

로게르토는 죽기는커녕 무척 팔팔한 모습을 보이는 아키라에게 조금 놀랐지만, 아키라를 거추장스럽게 여기는 감정 말고는 느끼지 않았다. 죽다 살아난 상대를 이번에야말로 죽이겠다며 검은 기체의 총구를 아키라에게 돌린다.

아키라도 SSB 복합총을 검은 기체로 돌렸다. 발포는 거의 동시. 크기가 전혀 다른 탄환이 무수히 허공을 스쳐 지나간다.

작은 탄은 검은 기체의 포스 필드 실드에 전부 막혔다. 큰 탄은 아키라의 근처 건물을 분쇄했다. 이번에도 상처가 없다시피 하다. 하지만 다음은 달랐다.

검은 기체의 제어장치가 로게르토에게 경고한다. 그것은 실드가 규정치를 넘어선 충격을 받았음을 알리는 것이었다.

"뭐라고?!"

하얀 기체가 총으로 쏴도, 전투 시작 직후의 일제 사격을 맞았을 때도 없었던 경고가 아키라의 공격만으로 떴다는 사실에 로게르토의 얼굴이 경악으로 물들었다.

요시오카 중공의 차세대기인 흑랑의 포스 필드 실드는 강력하다. 어지간한 충격은 쉽사리 튕겨낸다. 실제로 지금까지는 아키라가 아무리 쏴도 전혀 의미가 없었다.

그러나 지금의 아키라에게는 알파의 서포트가 있다. SSB 복합총이 갈기는 강력한 탄환의 연사만으로는 흑랑의 실드에 효과가 없다. 하지만 모든 탄이 똑같은 곳에 명중하면 이야기가 달라진다. 위력이 부풀어 오른다.

멀리서, 그리고 고속으로 이동하는 목표에 대해 자신도 고속으로 움직이면서 사격하고, 미니건 수준의 연사력으로 나가는 탄환을 전부 한 치의 오차도 없이 똑같은 곳에 명중시킨다. 그 비정상적인 정밀 사격을, 알파가 그 고도의 서포트로 가능하게 했다.

로게르토가 놀라는 사이에도 아키라의 사격이 계속된다. 값비싼 확장탄창은 그 가격에 걸맞은 장탄수로 총에 탄약을 풍족하게 공급하고, 일반적인 탄창으로는 한순간에 텅 비는 고속 연사를 유지하게 했다.

그 비상식적인 사격에 버티기 위해, 흑랑의 제어장치는 지금도 포스 필드 실드의 출력을 올리고 있다. 그래서 기체는 무사하지만, 대량의 에너지를 소비하고 있었다.

로게르토는 황급히 회피행동을 취했다. 기체의 강력한 추진장치로 빠르고 불규칙하게 움직여 아키라의 사격에서 벗어나려고 한다.

하지만 도망칠 수 없다. 거물 사냥용 대형 총이 계속해서 갈기는 총탄은 정확하게 검은 기체를 쫓아다녔다.

아키라가 고속으로 움직이면서 엉성하게 조준하고, 나아가 알파가 정밀하게 바로잡는다. 조준을 맞추는 건 알파이므로, 체감시간 조작도 가볍게 끝나 아키라의 부담도 적다.

그리고 상대의 기체가 다소 빠르고 불규칙하고 움직여도, 마구 퍼붓는 빗발에서 빗방울 하나하나를 평범하게 인식할 수 있는 알파에게 그 정도는 조준이 흐트러질 요소가 되지 않았다.

로게르토가 회피를 단념하고 공격으로 전환한다. 대형 총을 아키라에게 겨누고 기체의 포스 필드 실드와 연동한 사격 시스템을 사용해 총을 쏘는 순간만 실드를 해제해서 쐈다.

그 순간, 지금껏 검은 기체의 중심만 노리던 SSB 복합총의 조준이 상대의 총으로 넘어갔다. 무수한 탄환이 대형 총에 명중한다. 더군다나 그 총탄에는 대역장 장갑탄이 섞여 있었다.

흑랑의 포스 필드 실드는 기체 방어보다도 주로 그 무장을 보호하기 위해 있다.

기체는 강력한 포스 필드 아머로 지켜지고 있다. 장비하는 무기도 마찬가지다. 그러나 포스 필드 아머가 아무리 강력해도 큰 충격을 받으면 변형한다.

그것이 기체의 표면 장갑이라면 다소 일그러져도 전투에 지장이 없다. 하지만 총은 다르다. 인형병기 본체보다도 망가지기 쉬운 데다가, 망가지지 않더라도 총신이 비틀리면 조준이 흐트러진다. 사격은 가능해도 원거리 표적을 노리고 쏘는 건 불가능해진다.

검은 기체의 총은 피탄으로 기체의 제어장치가 경고할 정도의 충격을 받고 크게 일그러졌다. 이제는 로게르토가 아무리 잘 조준하고 쏴도 우연히 맞는 것을 기대할 수밖에 없게 되었다.

아키라도 그걸 알아서 움직임이 회피보다 공격을 중시하는 것으로 바뀐다. 이로써 아키라의 사격이 더욱 치열해진다.

한편, 로게르토는 어긋나는 조준을 숫자로 보충하고자 잔탄을 다 쓸 기세로 연사했다. 하지만 맞지 않는다. 더군다나 아키라는 잘 피하려고 하지도 않는다.

로게르토가 무심코 소리친다.

"얕보지 마라!"

그와 동시에 검은 기체가 대포를 겨눴다. 이거라면 다소 조준이 어긋나도 착탄 지점 일대를 날린다. 회피할 수 없을 거라며 잘 조준한다.

그러나 아키라는 이미 움직이고 있었다. 가장 가까운 하얀 기체를 향해 전속력으로 달리며 검은 기체를 향해 A4WM 유탄기관총을 연사한다. 무수한 유탄이 허공에 쏟아져 날아간다.

그 유탄이 검은 기체를 전부 직격해도 손상은 조금도 생기지 않는다. 로게르토도 그걸 알아서 신경 쓰지 않고 쏘려고 한다.

그러나 그 유탄은 처음부터 표적에 손상을 주는 것이 목적이 아니었다. 알파에 의해 폭발 시간이 정밀하게 계산, 조정된 유탄이 검은 기체와 아키라의 중간쯤에 퍼지면서 차례차례 폭발했다.

그 폭발이 연막 대용이 되어서 흑랑에 탑재된 센서를 교란한다. 이로써 사격 시스템의 조준 보정이 일시적으로 크게 저하한다.

로게르토는 그것이 목적이냐며 혀를 차면서도 아랑곳하지 않고 대포를 쐈다.

한편, 아키라는 하얀 기체의 사격을 피하면서 달리고, 그대로 그대로 눈앞에 있는 기체를 추월했다.

잠시 후 특대 포탄이 떨어진다. 착탄 지점은 아키라와 크게 떨어진 곳이지만, 아키라를 폭발의 살상 범위에 넣기에는 충분한 거리였다. 대규모 폭발이 아키라의 근처에 있던 하얀 기체를 날려 버린다.

하지만 아키라 자신은 그 하얀 기체를 방패로 삼음으로써 폭발의 충격에서 벗어났다. 그대로 다시 쏘는 것에 대비해 다음으로 가까운 하얀 기체를 향해 달려간다.

로게르토는 계속해서 아키라를 포격하려고 했지만, 얼굴을 찡그리고 중간에 그만뒀다.

"제기랄! 위치가 안 좋아!"

슬럼에서 인형병기를 이용해 싸우는 것은 도시 측 사람에게 돈을 쥐여 줘서 묵인하게 했다. 그러나 실수로 하위 구획을 포격했다간 도시가 적이 된다. 절대로 그럴 수는 없다. 아키라의 위치는 그런 사태가 발생할 수 있는 방향이었다.

더 높은 위치에서 쏘면 하위 구획을 오폭할 위험이 줄어들지만, 그것도 불가능하다. 도시에서 정한 고도 제한에 걸리기 때문이다. 그때는 상공에서 강력한 몬스터를 유도하는 것으로 간주하여 도시 방위대가 섬멸하러 온다.

또한 아까처럼 사격 시스템의 조준 보정을 흐트러뜨리는 것도 하위 구획에 대한 오폭을 유발할 수 있다. 무심코 욱해서 쏘고 말았지만, 조준 정밀성이 떨어진 상태에서 사용하는 것은 되도록 피하고 싶었다.

대포 사용이 봉쇄당한 로게르토가 험악한 얼굴로 기체를 다시 지상에 내린다. 그리고 미사일 포드를 기동시켰다.

원래는 해리어스의 숨통을 끊으려고 쓸 작정이었다. 그러나 예상을 뛰어넘은 아키라의 강함에 지금 안 쓰면 무용지물이 된다고 판단해서 사용을 결단했다.

미사일 포드에서 대량의 소형 미사일이 연사되어 허공을 날아간다. 그리고 전투 중에 위치 확인이 끝난 하얀 기체들과 아키라의 머리 위에서 쏟아졌다.

슬럼에 무수한 소형 미사일이 쏟아지고, 일대를 폭발의 불길과 연기로 감싼다. 그 위력은 값비싼 인형병기의 무장으로서 부족함이 없었다.

◆

해리어스의 차량 안에서, 마침내 도람이 표정을 굳힌다.

"피해는?"

"반이 당했습니다. 그 아키라란 헌터는…… 비슷한 반응이 있습니다."

"그런가."

몹시 힘든 상황에 몰렸음을 이해하면서도 도람은 표정에 불안을 일절 드러내지 않았다. 자신이 흔들리는 모습을 보이면 부하들은 그보다 더 동요해서 전선이 무너질 것을 알기 때문이다.

"좋아. 부대에 잠시 거리를 벌리라고 해라. 그러고 나서는 아키라를 중간에 두고 에존트 기체의 반대편에 전개하게 해라. 지금부터는 놈들이 서로 물어뜯게 하는 방침으로 전환한다. 기본적으로 먼저 손대지 말고, 표적이 되면 물러나도 된다."

"네? 물러나도 됩니까?"

"그래. 상관없다. 그걸 선택할 수 있는 것도 양으로 싸우는 우리의 강점이다. 질로 싸우는 저쪽은 불가능하겠지만."

이 싸움에는 양대 조직의 위신도 걸렸다. 꼴사납게 싸워서는 다음에 있을 통치에도 영향을 미친다. 그러나 그 영향의 정도에는 차이가 있었다.

해리어스 측은 전체 지휘를 잡은 사람은 도람이라도, 기체를 조종하는 건 부하들이다. 더군다나 그 기체는 염가판. 예상을 뛰어넘는 검은 기체와 아키라의 강함에 겁먹고 후퇴하는 자가 나와도 병력이 많다 보면 그런 녀석도 있다며 어느 정도는 변명할 수 있다.

따라서 로게르토와 아키라가 서로 물어뜯게 하기 위해 일시적으로 물러난다는 수단을 취하더라도 조직의 위신에 미치는 영향은 허용 범위에 들어간다.

그러나 에존트 패밀리 측은 그럴 수 없다. 이 조직은 보스인 로게르토 자신의 무력을 배경으로 세력을 확대한 조직이며, 큰 항쟁이 있을 때는 로게르토가 솔선해서 전선에 서서 그 힘을 드러냄으로써 성립하고 있었다.

이번에도 조직의 힘으로 마련한 강력한 기체에 로게르토가 직접 타서 싸우고 있다. 그 로게르토가 헌터 한 명도 못 죽이고 겁이 나서 물러나기라도 한다면 보스의 지위는 고사하고 조직의 존속에도 영향을 미칠 수 있다. 그러니 물러날 수 없는 것이다.

거대 조직을 주로 지휘 능력으로 통솔하는 도람과 무력으로 통솔하는 로게르토. 그 차이가 이 상황에서 여실히 드러났다.

대담하게 웃는 도람을 본 부하들도 침착함과 여유를 되찾는다. 곧바로 인형병기 부대에 그 지시를 내렸다.

◆

쏟아지는 소형 미사일의 폭발이 멎으면서 일시적으로 정적을 되찾은 슬럼에서, 로게르토는 흑랑의 고성능 정보수집기를 써서 결과를 확인하고 있었다.

(이걸로 그 녀석을 죽였다면 해리어스의 피라미들을 뭉개고 끝이다. 하지만…….)

로게르토가 복잡한 얼굴로 생각에 잠긴다.

(그 녀석은 왜 그렇게 강했지? 지금까지는 힘을 숨긴 건가?)

비장의 수단이 있는 헌터는 딱히 드물지도 않다. 한 번은 그렇게 생각했다가 곧바로 고개를 가로젓는다.

(아니야. 그럴 리가 없어. 그 영상 속에서도, 난입한 직후에도, 그 녀석은 필사적으로 싸웠다. 그건 연기가 아니야. 비장의 수단이 있으면 무조건 썼다. 그 정도로 궁지에 몰렸었다.)

그렇게 생각하면서 다른 것도 떠올린다. 비장의 수단이 아니라 최종 수단. 사용 후에는 며칠간 의식을 잃는 고성능 가속제 수준이 아니라, 쓰면 높은 확률로 죽어서 같이 죽는 것을 각오하는 전투약. 그렇다면 그 강함도 있을 법하다고 생각한다.

아키라가 급격하게 강해진 건 피탄한 뒤였다. 피탄으로 치명상을 입고, 더는 살 수 없음을 깨달아서 사용한 걸지도 모른다. 그렇다면 앞뒤가 맞는다며 한숨을 쉰다.

(그런 녀석은 성가시단 말이지. 싫지는 않지만, 죽여야 하는 상대거나 죽이려고 드는 상대밖에 없으니까 문제로군.)

그때, 기체의 정보수집기가 아키라의 반응을 포착했다.

"살아있었나……."

로게르토는 조금 생각에 잠긴 뒤, 밑져야 본전이라고 생각하며 범용 통신으로 아키라를 불렀다.

◆

　아키라는 자신에게 쇄도하는 소형 미사일 무리를 SSB 복합총으로 격추해서 위기를 넘겼다.

　지금은 잔해 뒤 숨어서 회복약을 대량으로 먹으며 한숨 돌리고 있다. 알파의 서포트 덕분에 격전을 돌파했다고는 하나, 몸에 미치는 부담이 사라지는 건 아니다. 세포 단위의 치료가 필요했다.

　『알파. 상황은?』

　『검은 기체는 그 공격 이후로 움직임을 멈췄어. 아마도 이쪽의 생사를 포함해서 반응을 지켜보는 거겠지. 하얀 기체들은 거리를 벌리려고 하고 있어. 아키라와 검은 기체를 서로 소모하게 할 작정일 거야.』

　『그런가. 뭐, 양쪽을 한꺼번에 상대하는 것보단 낫네.』

　아키라가 가볍게 대답하자 알파가 의미심장하게 웃으며 바라본다.

　『왜?』

　『처음부터 그렇게 판단할 수 있었으면 좋았겠다고 생각했을 뿐이야.』

　『죄송합니다!』

　아키라는 쓴웃음을 지으며 조금 자포자기한 듯이 대답했다. 스스로 그렇게 생각할 정도로는 냉정함을 되찾았다.

　그때 범용 통신으로 로게르토가 말을 건다.

"안녕하신가. 너는…… 아키라, 였지. 제법 강하잖아. 해리어스의 피라미들과는 다르다. 대단해. 자살하러 온 멍청한 자식이라는 평가는 취소해 주지."

아키라가 괴이쩍게 여기는 동안에도 이야기가 계속된다.

"그래서 말이다. 네가 얼마나 강한지는 잘 알았으니까, 다시 권유하지. 우리 편에 붙지 않겠나?"

"싫어."

"대답이 참 빠르군. 매정한걸. 나쁜 제안은 아니잖아? 그만큼 강한데 말이야. 조직의 간부, 내 다음 정도의 지위는 줄 수 있는데? 간부로서 함께 해리어스를 뭉개고 슬럼의 지하경제를 완전히 장악하면 돈도 여자도 네 자유라고?"

"거절하겠어."

"고집이 세군. 어차피 무시당하는 게 싫다는 느낌으로 무턱대고 공격한 거잖아? 우리를 상대로 이만한 힘을 과시했으니 네 목적은 충분히 달성했다. 나는 이미 너를 얕보지 않아. 그러니 이렇게 직접 권유하는 거지. 어때?"

"안 돼."

"그러냐……."

정말로 아쉬운 듯한 로게르토의 한숨 소리가 범용 통신을 통해서 아키라에게 전해졌다.

"그렇다면 어쩔 수 없지. 목숨을 걸고 싸우자. 해리어스의 놈들을 뭉개는 김에 죽일 작정이었지만, 지금부터는 너를 우선해서 죽여 주마."

그리고 왠지 모르게 즐거운 듯, 그러면서도 상대의 강함에 경의가 담긴 목소리가 들린다.

"지금부터 가마. 각오하라고."

그것으로 통신이 끊겼다.

알파가 진지한 표정을 짓는다.

『아키라. 상대도 진심으로 죽이려고 들 거야. 각오하렴.』

아키라도 진지한 얼굴로 대꾸했다.

『그래. 저 녀석이 말할 것도 없이, 각오는 내 담당이니까.』

그 직후, 정보수집기가 큰 반응을 포착한다. 그것은 선언대로 고속으로 아키라에게 접근하는 로게르토의 기체 반응이었다.

제142화 만족스럽지 않은 결판

검은 기체가 추진장치의 출력을 최대로 올려서 일직선으로 아키라에게 쇄도한다. 잔해 뒤에서 요격에 나선 아키라는 상대의 기체를 보고 놀란 기색을 보였다.

기체의 무장은 전기톱 형태의 접근전 장비뿐. 다른 무장은 전부 버렸다. 거대한 블레이드를 쳐들고, 포스 필드 실드도 사용하지 않고, 회피를 버리고 날아온다.

아키라는 SSB 복합총을 최대한 연사했다. 방대한 양의 강력한 탄환이 순식간에 사출되고, 검은 기체의 표면 장갑에 명중한다.

하지만 기체의 포스 필드 아머가 전부 튕겨냈다. 충격변환광이 주변에 요란하게 퍼지고, 주위에서 밤의 어둠을 걷어낸다. 그리고 그 빛 속에서 윤곽을 드러내는 검은 기체가 쳐들었던 블레이드를 내리쳤다.

대질량 블레이드가 힘차게 내려간 곳, 아키라가 있었던 잔해의 산은 양단되는 걸 넘어서서 폭발하듯이 날아갔다.

아키라는 그 일격을 잽싸게 옆으로 뛰어 회피한다. 부서진 잔해가 총탄처럼 빠르게 속도로 옆을 스치는 공중, 반사적으로 사용한 극도의 체감시간 조작으로 지독하게 느린 세계 속에서, 아키라는 접근전 무장의 바깥쪽 톱날이 고속으로 움직이는 것을 보고 있었다. 너무 빨라서 눈이 따라가지 못했다.

저런 걸로 맞으면 한순간에 가루가 된다고 무심코 주춤거리는 아키라의 앞에서, 지면을 깊이 헤집은 블레이드가 튀어 오르듯 옆으로 날아가 그대로 수평 베기의 일격이 된다. 그 칼끝이 지나친 속도 때문에 상대적으로 단단한 벽이 된 대기를 억지로 가르며 고속으로 아키라에게 쇄도한다.

그 일격을, 아키라는 온 힘을 다해 후방으로 뛰어 회피했다. 강화복의 접지 기능으로 공중에 생성한 발판을 마찬가지로 강화복의 신체 능력으로 힘껏 박차고, 여기에 SSB 복합총의 연사 반동도 더해서, 원래라면 움직일 수 없는 공중에서 가속하고, 블레이드의 살상 범위에서 이탈했다.

그대로 아키라는 고속으로 후퇴하면서 검은 기체를 총으로 쏴 댔다. 전부 명중했지만, 충격변환광만 튀고 전혀 통하는 기색이 없었다.

그런 아키라의 시선이 닿는 곳에서 수평 베기를 회피당한 검은 기체가 자세가 흐트러진 채로 힘껏 가속하는 모습을 보였다.

인간에게는 없는 이동 수단인 추진장치를 이용하면서 인간을 모방한 움직임을 가능케 하는 기체의 유연성을 살린 달인의 거동. 그것으로 검은 기체는 한걸음에 아키라를 블레이드의 공격 범위에 넣는다. 그리고 무수한 총탄을 뒤집어쓰면서 블레이드를 휘둘렀다.

그것도 아키라는 어떻게든 회피했다. 직격을 맞으면 즉사한다는 의미에서는 대포를 쐈을 때와 별반 차이가 없다. 하지만 자신의 신장을 훌쩍 뛰어넘는 대형 전기톱이 웅웅대면서 쇄도하는 박력 넘치는 광경은 포격과는 다른 공포로 가득했다.

아키라는 그걸 피하고자 고밀도 체감시간 조작을 실시했다. 시간의 흐름이 왜곡된 세계가 아키라의 의식 속에서 매우 천천히 흘러간다.

그리고 그 세계에서도 기민한 움직임을 보이는 검은 기체의 힘에 놀란 아키라는 허둥대고 있었다.

『알파! 이 녀석 뭔가 갑자기 강해지지 않았어?!』

『아니야. 종합적으로는 오히려 약해졌어. 단순히 아키라를 죽이는 데 특화했을 뿐이야.』

하얀 기체의 부대와 싸울 거라면 총기를 버리지 않고 싸우는 게 좋다. 그러나 아키라만 죽일 때는 방해가 된다.

로게르토는 그렇게 판단하고, 아키라를 죽인 다음에 하얀 기체의 부대와 다시 싸울 때 불리해질 걸 알면서도 총기를 버렸다. 아키라의 살해를, 그만큼 우선시했다.

충격으로 총신이 조금만 비틀려도 조준이 크게 어긋나는 총기류와는 달리, 접근전 무장은 상대에게 격돌시키는 전제로 만든 무장. 아키라의 사격에 파손되는 것을 걱정할 필요는 없다.

또한 아키라에게 접근할수록 흑랑의 정보수집기도 SSB 복합총의 총구 각도를 정확하게 식별할 수 있다.

그것은 착탄 위치의 예측 정밀성을 끌어올린다. 기체의 포스 필드 아머 출력을, 피탄 확률이 높은 곳만 비약적으로 높임으로

써 단단한 방어와 효율적인 에너지 소비를 실현한다.

그 상태로 포스 필드 아머의 출력이 떨어진 부위를 해리어스 측에서 공격하면 치명적인 파손을 일으킬 수 있다. 하지만 로게르토도 도람이 자신과 아키라의 공멸을 노리고 부대를 뒤로 물린 것 정도는 눈치챘다. 따라서 지금은 등 뒤를 걱정할 필요가 없었다.

그리고 로게르토는 단기 결전에 임했다.

안 그래도 강력한 SSB 복합총을 쓴 연사에, 대역장 장갑탄도 섞은 사격. 그걸 완전히 방어할 정도로 단단한 포스 필드 아머는 대량의 에너지를 소비한다. 나아가 기체의 빠르고 정밀한 거동에도 단순한 사격과는 비교도 안 되는 에너지가 필요하다.

그 에너지 소비를 최대한 억제하기 위해서라도, 짧은 시간에 아키라를 죽일 필요가 있었다.

더불어서 로게르토는 그것들과는 관계가 없는 이유로 승부를 서둘렀다.

만약 아키라가 강해진 이유가 자신의 상상대로 최종 수단인 전투약이라면 그 효과 시간이라고 하는 제한시간이 다 되어서 아키라가 패배하게끔 하지 않기 위해서, 또한 완전히 싸울 수 있는 상대를 죽임으로써 상대에게 경의를 표하기 위해서, 로게르토는 단기 결전을 택했다.

아키라는 알파에게 그러한 설명을 들었다. 물론 로게르토의 감정이 이유가 되는 부분은 알파도 정확하게 모른다. 객관적인 추측에서 알 수 있는 부분뿐이다.

『단기 결전이라니, 시간이 얼마나 되는데?!』

『단언할 수는 없지만, 5분이나 10분 정도일 거야.』

『10분?! 너무 길잖아?!』

1초가 무시무시하게 길다. 검은 인형병기가 그 큰 덩치로는 생각하기 어려울 만큼 기민한 움직임으로 블레이드를 휘두른다. 휘둘리는 블레이드는 무겁고, 빠르고, 잘 연마된 기술도 겸비했다. 아키라는 그걸 피하려고 한없이 농밀한 1초를 체감하고 있었다.

그 1초를 모으고 또 모아야 겨우 경과하는 10분이라니, 지금의 아키라에게는 머나먼 미래로만 여겨졌다.

『칭얼대지 말고 힘내. 의지와 의욕과 각오는 아키라의 담당이 잖아?』

그렇게 말하고 놀리듯이 대담하게 미소를 짓는 알파에게 아키라고 자포자기한 듯이 웃으며 대꾸한다.

『그렇지! 알파도 나머지를 잘 부탁해!』

『나만 믿어.』

알파는 자신만만하게 웃었다. 그 얼굴을 본 아키라도 투지를 키우고 싸움을 계속했다.

거대한 블레이드가 슬럼의 건물을 양단하고, 분쇄한다. 부서진 잔해가 사방에 튀고, 무너진 건물이 분진을 일으킨다.

아키라는 로게르토의 공격을 피하면서 근처 건물도 베도록 상대를 유도하고 있었다.

전기톱 형태의 접근전 장비에도 단단한 포스 필드 아머가 있다. 딱딱한 물체에 격돌하면 그만큼 에너지 소비가 늘어난다.

날아가는 잔해와 피어오르는 분진은 흑랑의 센서를 교란해 정보 수집의 정밀성을 떨어뜨린다. 피탄 위치 예측을 어렵게 하고 포스 필드 아머의 출력을 올려야 하는 부위를 키워서 에너지를 많이 쓰게 한다.

나아가 아키라는 A4WM 유탄기관총도 연사하고 있었다. 가까이서 무수한 유탄이 폭발해도 검은 기체는 끄떡하지 않지만, 폭발은 기체의 센서를 교란하고 포스 필드 아머의 출력이 올라가게 한다.

적의 에너지 소비를 촉진하는 의미에서, 그 폭발에 아키라 자신이 말려드는 것을 고려해도 유탄을 쓰는 의미가 있었다.

검은 인형병기가 무수한 폭발에 휩싸이며 연기와 함께 슬럼을 가른다. 아키라는 그 화염에 휩쓸리면서도 과감하게 총을 쏜다. 인형병기와 인간이 뿌리는 파괴는 원래라면 누가 봐도 도시의 바로 옆에서 이루어져서는 안 되는 것이었다.

그만큼 격전을 펼치면 탄약과 에너지 소비도 심해진다. 아키라의 강화복도 장착한 에너지 팩으로 움직이며, 그 에너지를 다 쓰면 멀쩡하게 움직일 수 없게 된다는 점에서는 상대와 똑같다. 대용량 확장탄창이라도 계속 쏘다 보면 언젠가는 탄이 다 떨어진다. 그것도 일종의 제한시간이다.

아키라와 로게르토는 그 제한시간을 신경 쓰면서 험악한 얼굴로 싸우고 있었다.

그리고 그 제한시간은 로게르토에게 먼저 찾아왔다. 흑랑의 제어장치가 기체의 에너지 소진이 얼마 안 남았음을 경고한다.

"제기랄! 벌써! 너무 일러!"

아무리 고성능 인형병기라고는 해도, 에너지가 바닥난 상태라면 파괴하기 쉽다. 로게르토는 자신을 이토록 몰아넣은 아키라를 마음속으로 칭찬하면서도 승리를 포기하지 않고 다음 수를 쓴다.

부하에게 연락하고, 기체를 일시적으로 자동 조종으로 전환한 다음 조종석에서 일어섰다.

아키라는 검은 기체의 맹공에 죽기 살기로 저항하고 있었다. 다시 휘둘린 블레이드를 필사적으로 회피한다.

그 일격은 지금까지의 참격과 비교해서 동작이 컸다. 그만큼 회피하기 쉬웠지만, 근처 건물과 지면을 크고 요란하게 파괴했다.

휘둘린 블레이드의 궤적이 미세하게 다른 것은 이를 피하느라 필사적인 아키라가 알아챌 수 없다. 그러나 알파는 알아챘다.

『아키라. 조심해. 적의 움직임이 달라졌어.』

그 조언을 듣고, 아키라는 상대의 더한 맹공을 경계했다. 그러나 그 예상이 뒤집힌다.

"어……?"

검은 인형병기가 갑자기 아키라에게 등을 보이고, 나머지 에너지를 추진장치와 기체 등 쪽의 포스 필드 아머에 주입해 이 자리에서 전속력으로 이탈하기 시작했다.

"어? 도망쳐……? 어? 왜?"

아키라는 너무 놀란 나머지 반쯤 넋이 나간 상태로 떠나가는 기체의 등을 바라봤다. 스스로 생각해도 이상할 정도로 곤혹스러웠다. 영문을 몰랐다.

통신을 통한 로게르토와의 짧은 대화, 그리고 그 뒤의 전투를 통해서 아키라는 상대가 도망치지 않을 것으로 여겼다. 그것이 뒤집힌 놀라움은 컸다.

한편, 알파는 상황을 파악해 나가고 있었다. 그리고 떠나가는 기체의 너머에서 대형 트레일러가 다가오는 것을 발견하더니, 상대의 목적을 이해하고 표정을 굳힌다.

『아키라. 상대는 잠시 물러나서 기체의 에너지를 보급할 작정이야.』

아키라의 확장시야에 그 트레일러의 모습이 강조 표시된다. 그것은 일반적인 황야 사양 트레일러로 위장한 기체 정비소로, 해리어스 측이 찾던 것이다. 발견되지 않은 것은 항시 이동 중이기 때문이었다.

"아차!"

검은 기체의 맹공을 죽기 살기로 버텨서 에너지를 소비하게 했는데, 그것도 보급되면 헛수고가 된다. 반드시 방지해야 한다며 아키라가 SSB 복합총을 겨눈다.

그러나 트레일러는 검은 기체를 끼고 반대편에 있어서 지금 자리에서는 노릴 수 없다. 아키라는 주위 건물이 무너지면서 분진이 피어오르는 가운데, 트레일러를 노릴 수 있는 위치로 이동하고자 가까운 건물 옥상으로 뛰어넘어 가려고 한다.

다음 순간, 그 분진 속에서 갑자기 나타난 칼날이 아키라를 엄습했다.

아키라는 그것에 반응하는 게 한계였다. 하지만 강화복을 조작한 알파가 뒤로 뛰게 해서 회피한다. 그와 동시에 상대가 연이어 참격을 종횡무진으로 날리는 가운데, SSB 복합총을 서포트 암에서 떼고 A4WM 유탄기관총과 함께 후방으로 던졌다.

그리고 상대를 향해 한 걸음 파고들어 주먹을 날린다. 그것은 회피당했지만, 주먹의 풍압이 주위의 분진을 날려 적의 모습을 드러나게 했다.

그곳에는 두 손에 블레이드를 쥔 로게르토가 있었다.

"좋은 판단이다!"

로게르토는 의기양양하게 웃고 즐거운 듯이 블레이드를 쳐들었다.

"너는……."

"직접 만나긴 처음이겠군. 로게르토다. 에존트 패밀리의 보스를 하고 있지. 네가 아까 싸운 기체를 조종한 것도 나다."

"네가……!"

"솔직히 말해서 이토록 몰릴 줄은 몰랐다. 기체의 에너지를 그토록 빨리 소진할 줄이야. 하지만 이겼다고 생각하긴 이른 걸? 보급만 마치면 아직 더……."

로게르토는 계속 이야기하려고 한다. 아키라는 분위기에 휩

쓸려 이야기를 듣고 있었다. 그때 알파의 지시가 날아든다.

『아키라. 상대의 말은 시간 끌기야. 밀어붙여.』

『알았어! 그런데 총은 왜 버렸어?』

『그대로 총을 들고 있었다간 이 사람이 파괴했을 거니까. 이 사람은 아키라보다 총을 노렸어. 아키라도 그 기체와 격투전을 하고 싶지는 않잖아?』

『그런 거였나!』

기체가 마지막으로 크게 휘두른 일격은 주위 건물을 단숨에 파괴해서 대량의 분진을 발생시키기 위한 것이었다. 그리고 로게르토는 연막을 대신한 분진에 몸을 숨겨 기체에서 내린 뒤, 아키라를 습격할 기회를 엿보고 있었다. 그리고 아키라 본인보다 SSB 복합총의 파괴를 노리고 참격을 날렸다.

흑랑의 포스 필드 아머에도 통하는 총만 파괴하면 기체의 보급이 끝나는 즉시 아키라는 궁지에 몰린다. 그걸 방지하기 위해서 기습 직후에 일부러 총을 버리고, 총을 파괴당하지 않으려고 격투전에 임한 상대의 판단을, 로게르토는 좋은 판단이라고 칭찬했다.

아키라에게 후퇴는 허용되지 않는다. 물러나면 로게르토가 기체 보급을 느긋하게 마치고 다시 온 힘을 다해 공격할 것이다. 다음은 염가판 백토들과 교전으로 소모한 에너지도 보충한 상태에서 전력을 다하는 것이다. 아키라의 승률은 치명적으로 내려간다.

따라서 아키라는 그 보충을 방해해야 하는데, 로게르토도 그 정도는 알았다. 흑랑에도 통하는 강력한 총으로 쏘면 에너지 보급 작업은 할 수 없다. 그래서 SSB 복합총으로 트레일러를 공격하는 것을 방지하고자 기체에서 내린 본인이 아키라에게 접근전을 시도했다.

아키라는 흑랑의 에너지 보충이 완료되기 전에 로게르토를 해치우면 승리다. 유능한 조종사인 로게르토만 해치우면 기체의 에너지 보충이 끝나더라도 상대는 어설픈 자가 조종하는 기체에 불과해진다. 알파의 서포트와 SSB 복합총이 있으면 얼마든지 해치울 수 있다.

로게르토는 아키라를 해치우거나, SSB 복합총을 파괴하거나, 기체의 에너지 보충이 완료될 때까지 시간을 끌면 승리다. 아키라가 물러나도 이기는 거지만, 그런 일은 없을 것으로 알고 있었다.

『지금이 결판을 낼 때야. 가자.』

『그래!』

염화로 한순간의 대화를 마치고, 아키라는 로게르토를 향해 다시 강하고 매섭게 치고 들어갔다.

◆

아키라와 로게르토의 싸움을 멀리서 확인하고 있는 도람은 자신들만 거리를 두고 아키라와 로게르토가 서로 물어뜯게 하는 계획이 잘 풀려서 웃음을 흘리고 있었다.

그때 부하가 새로운 상황 변화를 전한다.

"보스. 검은 기체가 갑자기 움직임을 바꿨습니다. 도망치는 듯? 아니, 아키라를 죽여서 표적을 우리에게 돌린 건가?"

"이동 방향을 확인해라. 우리 부대 쪽으로 오고 있나?"

"아닙니다. 부대 방향과는 크게 어긋납니다."

"그렇다면 보급하러 돌아가려는 걸지도 모른다. 부대를 그쪽 방면으로 전개시켜라."

"알겠습니다. 응……? 보스. 대형 트레일러가 나타났습니다. 저 기체는 그쪽으로 가고 있습니다."

그 상황을 본 도람은 곧바로 눈치챘다.

"그 트레일러를 즉각 파괴해라! 그것이 필시 놈들의 기체 정비소일 것이다!"

도람은 부하에 큰 소리로 지시하면서 더욱 크게 웃었다.

"이동식 정비소였나. 그러니까 찾아내지 못할 수밖에. 아키라와 싸우면서는 보급할 수 없다. 즉, 아키라는 이미 죽은 뒤겠군. 게다가 보급하러 돌아가는 거라면 기체의 에너지는 바닥났을 것이다. 지금이라면 이긴다. 모든 부대, 전력으로 이동시켜라!"

"아, 알겠습니다!"

"아니, 안 돼."

"뭣이?"

예상 밖의 대답을 들은 도람이 무심코 괴이쩍은 표정을 짓는다.

총성이 울렸다.

◆

 고속으로 휘둘리는 쌍검의 칼날을 피하고, 아키라가 주먹에 강화복의 신체 능력을 실어서 힘껏 휘두른다. 주먹 끝에서 공기를 가르는 소리를 내면서 강철조차 꿰뚫는 일격을 날렸다.

 하지만 회피당한다. 나아가 로게르토가 회피행동의 반동을 이용한 발차기를 날린다. 고속 이동의 기점이 되는 가격을 위력과 속도에 분배한 매서운 발차기가 대기를 찢으며 아키라에게 쇄도한다.

 아키라는 그걸 가까스로 피했다. 마치 포탄이 옆을 스쳐 지나가는 감각이 드는 바람에 무심코 얼굴을 실룩이면서도 반격을 시도하려고 한다.

 하지만 곧이어 날아든 참격을 피하느라 빠듯한 나머지 반격할 수 없었다. 극도의 체감시간 조작 중, 어지간한 총탄도 눈으로 포착할 수 있는 세계에서도 로게르토가 날리는 블레이드는 아키라의 눈앞을 빠르게 지나갔다.

 알파의 서포트가 없었더라면 아키라는 이미 수십 번은 죽었을 것이다. 하지만 지금은 그 서포트가 있다. 그 행운에 목숨을 건지고, 그 행운으로 지금까지의 사투에서 몸에 익힌 힘을 전부 쏟아부어서, 아키라는 죽기 살기로 싸우고 있었다.

 자신이 지닌 모든 기술을 투입한 쌍검을 휘둘러도 한순간에 접근하는 아키라의 움직임에 로게르토는 기묘한 환희를 느끼고 있었다.

아키라의 행동에는 제한이 있다. 전투 중에 SSB 복합총을 파괴당하지 않기 위해서 상대의 위치를 항시 제한해야만 한다. 너무 크게 피해서 거리가 벌어지면 그 틈에 SSB 복합총을 파괴당하고 만다.

나아가 제한시간도 있다. 흑랑의 에너지 보충이 끝나기 전에 자신을 해치워야 하므로 어떻게든 서둘러 결판을 내야 한다.

상대는 그 제한을 짊어진 상태로 온 힘을 다하는 자신과 호각으로 싸우고 있다. 그 사실에 지금 와서 이토록 강했냐며 놀랄 일은 없다. 흑랑에 타서 싸우고도 죽이지 못한 시점에서 아키라가 이만큼 강할 줄은 잘 알았다.

로게르토가 낮은 자세에서 아키라의 다리를 노리고 블레이드를 휘두른다. 아키라는 그걸 작은 도약, 엄밀하게는 자유낙하보다 빠르게 두 다리를 들어서 회피하고, 이어서 발차기를 날린다.

그걸 예상한 로게르토는 몸을 뒤로 젖혀서 발차기를 피하고, 나머지 블레이드를 아키라에게 그어 올렸다.

원래라면 피할 방법이 없다. 그러나 아키라는 강화복의 접지 기능을 응용해서 공중에 생성한 발판을 이용해서 더욱 도약하고, 아래에서 쇄도하는 블레이드를 회피했다.

그것도 로게르토는 예상했다. 자신의 참격을 피하려고 위쪽으로 가속한 이상 곧바로 지상에 돌아오기는 어려울 것이라며, 그 틈에 SSB 복합총을 파괴하고자 달린다.

그러나 아키라는 단순히 위로 뛴 것이 아니라 몸에 회전을 주고 있었다. 그것으로 발바닥이 비스듬해지도록 조정하고, 그 상태로 공중의 발판을 박차서 로게르토와의 거리를 단숨에 좁힌다.

그걸 요격하려는 것처럼 로게르토가 쌍검을 휘두른다. 아키라는 그것도 회피하고 주먹을 휘두른다. SSB 복합총의 파괴는 저지되고, 밀착한 거리에서 공방이 되풀이된다. 공중에서는 기민하게 움직일 수 없다는 일반인의 상식을, 두 사람 모두 당연하다는 듯이 무시하고 싸워 나간다.

어중간한 애송이가 쏜 싸구려 총탄 정도는 발포 후에도 피할 수 있는 자들끼리 주먹을, 발차기를, 칼날을, 날리고, 피하고, 날리고, 피하고, 사투를 벌인다. 그 뒤에 상대가 죽는 것이 아쉽게 여겨질 정도로, 로게르토는 이 싸움을 즐기고 있었다.

알파의 서포트는 아키라의 구영역 접속자 능력을 통해서 이루어지고 있다. 더 정밀한 서포트를 받을수록 통신량도 늘어나 아키라의 뇌에 주는 부담이 커진다.

검은 인형병기와 싸울 때부터 이미 그 고정밀 서포트는 시작되었다. 그 부하에 아키라가 얼마나 더 버틸 수 있을지. 그것도 승부의 결판을 내는 제한시간 중 하나다.

불필요한 서포트를 억제하고 통신 부하를 최대한 낮추기 위해 아키라 자신도 필사적으로 싸우고 있었다. 하지만 한계는 있다. 알파의 서포트는 아키라를 강력하게 지원하지만, 무적으로 만들진 않는다. 한도가 있는 것이다.

그리고 마침내 제한시간이 찾아온다. 그것으로 아키라와 로게르토의 전투는 결판이 났다.

먼저 제한시간이 찾아온 것은 로게르토였다.

아키라의 매서운 발차기가 로게르토에게 꽂힌다. 1초 전이라면 피할 수 있었던 것을, 로게르토는 피하지 못했다.

충격으로 몸이 꺾인 로게르토가 날아가서 근처 벽에 처박힌다. 상대를 날려 버리는 목적이 아닌, 충격의 대부분을 내부에 침투시키는 달인의 발차기인데도 벽이 크게 함몰했다.

로게르토의 입에서 튀어나온 피가 주변을 붉게 물들인다. 그 선혈이 강화복으로는 채 방어하지 못한 확실한 충격이 내부에 전해졌음을 시사하고 있었다.

아키라가 놀란 기색을 드러낸다. 멀쩡한 발차기가 겨우 상대에게 맞았는데, 그것이 자신의 필사적인 노력이 낳은 결과가 아닌 것쯤은 아키라도 잘 알았다.

『알파. 이건 왜 맞았어?』

『아마도 가속제 효과가 끊겼을 거야.』

거대 인형병기를 빠르고 정밀하게 움직이기는 매우 어렵다. 더군다나 상대는 알파의 서포트를 얻은 아키라이며, 총과 강화복만으로 흑랑을 몰아넣을 정도의 실력자다.

그런 인물에게 인형병기로 접근전에 나서도 묵직한 움직임으로는 싸움이 성립하지 않는다. 그렇게 판단한 로게르토는 가속제를 사용해서 기체 조작을 보조했다. 그 효과는 조금 전까지 계속되고 있었다.

아키라가 로게르토를 보면서 중얼거린다.

"가속제인가……."

그 말과 의아해하는 아키라의 얼굴을 본 로게르토가 무심코 쓴웃음을 짓는다.

"뭐야…… 넌…… 약을 안 썼냐."

"가속제는 안 썼어. 회복약은 사용하지만."

아키라는 그렇게 말하면서 회복약을 꺼내 대량으로 복용했다. 그동안에도 로게르토를 경계했지만, 상대는 움직이지 않고 자신의 회복을 허용하고 있다.

그것으로 아키라도 로게르토가 이미 패배를 인정했다고 판단했다.

실제로 로게르토도 이미 결판이 났다고 보고, 더는 싸울 마음이 없었다. 못 움직이는 건 아니고, 어중간한 애송이라면 한순간에 죽일 전투 능력을 남겼지만, 그 정도로는 아키라에게 전혀 통하지 않음을 잘 알았다.

그리고 무엇보다도 그 발악이 사족 같다는 마음이 더 컸다. 아키라에게 얼굴을 돌리고 웃는다.

"네가 이겼다. 죽여라."

로게르토는 기묘한 만족감이 들었다. 하지만 그것과는 다르게 의문도 생긴다.

"가속제의 효과 시간은 기체의 에너지 보급이 끝날 때까지는 버틸 거였다. 보급 작업도 금방 끝나게 준비시켰다. 그 자식들은 뭘 꾸물대는지……."

지금에 와서는 아무래도 좋은 일이다. 그 정도로 사소한 의문이었지만, 그것에 대답하는 자가 나타난다.

"아, 그건 내가 작업원을 죽여서 그래."

갑자기 출현한 제삼자의 목소리에 놀란 아키라와 로게르토가 그쪽으로 시선을 돌린다. 그러자 아무도 없던 장소에 갑자기 여성의 모습이 나타났다.

그리고 아키라는 바로 근처에 광학 위장으로 누군가가 숨어 있었다는 사실보다도, 그 인물에 더 놀랐다.

"너는……!"

"오랜만이야. 아키라."

나타난 자는, 넬리아였다.

강한 경계심을 드러내는 아키라를, 넬리아가 웃으면서 슬쩍 손으로 제지한다.

"안심해. 적이 아니야."

"그걸 믿을 것 같아?"

"나는 기습하지 않았고, 결판이 날 때까지 잘 기다려 줬잖아? 아, 총을 주워도 돼. 적이 아니니까 방해하진 않아."

아키라가 넬리아에게 등을 보이지 않고 천천히 뒷걸음질 친다. 그리고 시선을 넬리아에게 고정한 채로 SSB 복합총과 A4WM 유탄기관총을 주웠다.

넬리아는 선언한 대로 방해하지 않았다. 그래서 아키라도 경계를 조금 늦춘다.

"그래서? 적이 아니라면 무슨 일로 왔는데?"

"조금 부탁할 게 있어서. 아, 먼저 말하겠지만, 나는 에존트 패밀리 편도 해리어스 편도 아니야. 그리고 우리 쪽 사정이라서 미안한데, 아키라는 이쯤에서 물러나 줬으면 좋겠어. 그는 쓰러 뜨렸으니까, 슬슬 괜찮잖아?"

아키라는 곤혹과 경계 때문에 대답하지 못했다. 그걸 불만으로 받아들인 넬리아가 웃으며 말을 잇는다.

"괜찮아. 이미 아키라가 아무것도 안 해도 에존트 패밀리와 해리어스는 오늘 중으로 궤멸해. 우리 쪽 사정으로 말이지."

"나를 물러나게 할 이유는 아니야. 일부러 물러나라고 부탁하는 이유가 뭔데?"

"간단히 말하자면, 아키라가 더 난입하면 귀찮아지기 때문이야. 외부인이 할 수 있는 말은 이걸로 끝. 미안해. 그래서 말인데, 물러나 주지 않겠어?"

아키라의 침묵을 넬리아는 부정으로 받아들였다. 한숨을 작게 쉬고 얼굴의 띤 웃음의 질을 바꾼다.

"뭐, 도저히 싫다면 어쩔 수 없어. 그나저나 아키라. 그 뒤로 애인은 생겼어?"

"그런 걸 물어봐서 어쩌려고?"

"없으면 나랑 사귀지 않을래?"

넬리아가 웃는 얼굴로 하는 말을 듣고, 아키라는 쿠즈스하라 시가지 유적에서 있었던 일을 떠올렸다. 뻣뻣해진 얼굴로 무심코 살짝 뒷걸음을 친다.

아키라는 예전에 넬리아와 사투를 벌이는 와중에 사귀자는 말을 들은 적이 있었다. 지루한 인생을 쫓아내고, 한 번밖에 없는 인생을 예쁘게 꾸미기 위해서, 사귀는 사람과 죽고 죽인다. 그렇듯 아키라는 도저히 이해할 수 없는 이유로, 넬리아는 진심으로 유혹했다.

그리고 지금 아키라는, 다시 넬리아에게 유혹당하고 있다. 그 이유는 뻔하다.

자신의 상식에서 명확하게 일탈한, 정체를 모를 사고방식의 소유자. 그런 인물이 살의를 섞어서 보여주는 호의에, 아키라는 무심코 기가 죽었다.

그 분위기에 편승해서 알파가 등을 떠민다.

『아키라. 지금은 물러나자. 아무리 그래도 이 상태에서 쿠가마야마 시티를 적으로 만드는 건 무모해.』

그 말을 듣고 아키라도 깨닫는다.

유물 강탈범이었던 넬리아는 도시에 체포되어 생사여탈은 물론이고 몸의 자유마저 빼앗긴 상태로 막대한 부채를 갚기 위해 강제 노동에 처해졌을 터였다.

즉, 지금 넬리아의 배후에 있는 것은 쿠가마야마 시티이며, 넬리아의 행동은 도시에서 시행하는 작전의 일부일 가능성이 크다. 그걸 방해하면 도시가 적이 될 수도 있다.

아무리 아키라라도 그것은 위험하다고 여겼다. 또한 로게르토를 쓰러뜨리면서 일단 마무리했다는 감각도 있었다.

그리고 그것과는 별개로 한 가지 깨달음이 아키라의 투지를 흐리게 했다. 아키라가 한숨을 푹 쉰다.

"애인은 있고, 너랑은 안 사귈 거고, 지금은 물러날게. 이러면 되지?"

"그래? 뭐, 그렇다면 어쩔 수 없구나."

정말 아쉬워하는 눈치인 넬리아에게 아키라는 질색하는 표정을 지었다.

어떻게 보면 이것으로 이 자리는 수습되었다. 그러나 그것에 도저히 그냥 넘어갈 수 없는 자가 있었다. 로게르토다.

"이년이…… 중간에…… 뻔뻔하게 끼어든 주제에……."

로게르토가 넬리아를 노려보면서 천천히 일어나 증오를 드러내며 블레이드를 겨눈다.

"남의…… 결판을…… 가로채지 말라고!"

그리고 남은 힘을 전부 쥐어짠 것처럼 결사의 일격을 날렸다. 인생의 마지막 일격에 걸맞게 무시무시할 정도로 예리해진 블레이드가 뛰어난 기술로써 넬리아를 덮친다.

하지만 그 결사의 일격은 허공을 갈랐다. 동시에 로게르토의 몸이 목을 중심으로 십자로 베인다.

다소의 연명 기능도 더해져서 머리만 남아도 쉽사리 죽지 않는 몸도, 머리와 몸이 전부 둘로 쪼개지면 무의미했다. 그 몸이 네 조각이 되고, 로게르토는 숨을 거뒀다.

한순간에 로게르토를 참살한 넬리아가 왠지 즐거운 기색으로 웃는다.

"죽이지만 않았을 뿐이지, 결판은 이미 났잖아? 그때까지 기다려 줬으니까 투정부리지 마."

그리고 휘둘렀던 쌍검을 도로 집어넣고 아키라에게 미소를 지었다.

"그러면 아키라. 다음에 또 보자. 잘 있어."

넬리아는 그 말을 남기고 다시 광학 위장을 작동해서 모습을 감췄다.

아키라가 로게르토를 본다. 원통한 표정을 지을 겨를도 없이, 둘로 쪼개진 얼굴에 분노를 드러낸 채로 죽었다.

『알파. 가자.』

『그래. 돌아가자.』

죽을힘을 다해서 싸웠는데도 만족스러운 결판을 낼 수 없었던 상대의 얼굴을 본 아키라는 기분이 착잡해졌다. 그리고 로게르토를 등지고 그 자리를 뒤로했다.

이미 날이 밝아오고 있었다.

◆

이동식 기체 정비소인 트레일러는 참살된 시체로 가득했다. 그런데도 흑랑의 에너지 보충은 진행되고 있다. 이곳에 있던 자들을 몰살한 넬리아가 돌아와서 작업을 계속한 것이다.

작업을 마친 넬리아가 흑랑에 올라탄다. 로게르토밖에 조종할 수 없게 설정했을 기체는 넬리아를 쉽사리 받아들였다. 조종석에 앉아 동료에게 연락한다.

"이쪽 준비는 끝났어. 그쪽은?"

"이쪽도 괜찮아."

그 대답은 도람이 탄 차량에서 나오고 있었다. 안에는 시체가 가득하며, 산 자는 그 실행범인 남자뿐이다.

"그러면 시작해 보자."

"살살 해달라고."

넬리아의 조종으로 흑랑이 블레이드를 든다. 남자의 지시로 염가판 백토 부대가 움직이기 시작한다.

조종사와 지휘관을 바꾸고, 인형병기들의 전투가 다시 시작되었다.

제143화 꼴사나운 강함

셰릴은 무너진 창고 근처에서 아키라가 돌아오기를 기다리고 있었다.

그 얼굴은 왠지 불안해 보였다. 그 표정의 이유에는 아키라의 몸을 걱정하는 마음도 확실하게 있다.

그러나 이번에 한해서는 다른 이유가 더 컸다.

셰릴은 마지막으로 본 아키라의 모습, 무시무시한 살기를 두른 모습을 잊을 수 없었다. 그리고 돌아온 아키라의 분위기가 그대로라면 웃으며 맞이할 자신이 없었다. 무섭기 때문이다.

하지만 자신이 겁먹고 대응하면 아키라는 자신과의 접촉을 피하려고 할 것이다. 그리고 언젠가는 완전히 연을 끊을 것이다. 그건 싫다는 마음도 셰릴에게는 확실하게 있다.

그러나 그렇다고 해서 그 아키라를 겁내지 않을 수 있는지는 별개다. 무서운 건 무서운 것이다.

유물판매점의 성공과는 별개로 이것도 자신과 아키라의 관계를 정하는 중요한 고비라며, 셰릴은 떨쳐낼 수 없는 불안을 느끼며 아키라를 기다리고 있었다.

그리고 아키라가 돌아온다.

"아키라. 어서 오세요."

아무튼 자신의 불안은 괜한 걱정이었다며, 셰릴은 먼저 속으로 안도했다. 돌아온 아키라는 살기가 전혀 느껴지지 않았다.

불안이 해소된 것도 포함해서 셰릴은 평소보다 더 환하게 웃는다. 그러나 셰릴이 웃는 얼굴을 본 아키라의 반응은 평소보다 냉담하다.

"셰릴. 나는 피곤하니까 쉴래."

"아, 네."

아키라의 태도에는 불만이나 불쾌함 같은 것이 없다. 그 덕분에 셰릴도 조금 곤혹스러운 정도의 태도로 대답할 수 있었다.

아키라가 피로가 느껴지는 걸음걸이로 캠핑카 안에 들어간다. 그 뒷모습을 보던 셰릴이 조금 괴이쩍은 표정을 지었다.

"울적한 걸까……?"

셰릴에게는 아키라의 태도가 단순한 지친 탓이 아니라, 그렇게 보였다.

캠핑카에 들어간 아키라는 강화복을 벗어 격납용 선반에 넣은 뒤 욕실로 갔다. 그러나 느긋하게 몸을 담글 마음은 안 생겨서 샤워기로 피와 땀만 씻어내고 욕실을 나와 침대에 누웠다.

잠기운은 없다. 아키라가 쓰는 회복약은 전투용으로, 잠기운을 억제하고 의식을 유지하는 효과도 있다. 그걸 조금 전에 대량으로 복용하면서 아키라는 전혀 졸리지 않았다.

한동안 누워 있자 셰릴이 시지마를 데리고 안으로 들어왔다.

"뭐야. 피곤하다고……."

"죄송해요. 시지마 씨가 아키라에게 꼭 하고 싶은 이야기가 있다고 해서……."

아키라가 몸을 일으켜 시지마를 본다. 그 눈에는 희미하게 언짢은 기색이 있었다.

혼자서 인형병기를 이기는 헌터가 그런 눈으로 보는데도 시지마는 조직의 보스로서 당당한 태도를 유지하고 있다.

속으로는 얼마나 허둥대고 있더라도, 시지마는 그걸 겉으로 드러내지 않는 것이 최선의 대응임을 잘 알고 있다. 그리고 실행할 수 있을 만큼의 배짱이 있었다.

그리고 무엇보다도 지금 이야기할 내용은 저자세로 말할 수 없었다.

"너 말이야. 에죤트 패밀리와 해리어스 양쪽에 시비를 걸었다면서? 무슨 생각을 하는 거야. 아무리 너와의 거래로 셰릴의 조직에 협력한다고는 하지만, 이러면 도저히 함께할 수 없어."

시지마는 그렇게 말하고 일부러 아키라를 노려봤다. 그렇게 노려봄으로써 너는 그만한 사고를 친 거라고, 자신의 정당성을 높이려고 했다. 아키라를 화나게 하는 위험을 이해하면서도 끝까지 해냈다.

자신을 가만히 보는 아키라의 눈에 속으로 식은땀을 흘리며, 시지마는 아키라에게서 눈을 돌리지 않고 당연한 소리를 한다는 태도를 고수했다.

셰릴은 그 옆에서 조금 놀랐다. 아키라를 상대로 잘도 이런 태도를 보일 수 있다며 시지마의 배짱에 감탄했다.

그리고 아키라가 입을 연다.

"마음대로 해. 내가 멋대로 한 짓이야. 딱히 끌어들일 마음은 없고, 그러라고 부탁한 적도 없어. 세릴이 앞으로도 협력하라고 말했더라도, 내가 강제할 마음은 없어."

"그래? 그렇다면……."

무심코 안도의 숨을 내쉰 시지마는 앞으로 양대 조직과 아키라 일행의 다툼은 자신들과 무관하다고 선언하려고 했다. 하지만 그 전에 아키라가 말을 잇는다.

"아, 내가 그렇게 말해도 상대는 그렇게 생각하지 않는다고, 그러니까 보복에 휘말리면 어쩌냐고 말하러 온 거라면, 그놈들은 모두 오늘 중에 궤멸할 거니까 너무 걱정하지 않아도 될 거야."

"뭐……?"

실제로 시지마가 가장 우려한 것은 그 보복에 휘말리는 것이었다. 양대 조직의 어느 쪽이 이기든 승자로서 슬럼의 지하경제를 완전히 장악한 거대 조직의 보복으로 망하는 것을 가장 두려워했다. 아키라를 화나게 하더라도 손절하려고 할 정도로.

하지만 그 양대 조직이 오늘 중으로 궤멸한다는 너무 예상 밖의 소리를 들어서, 시지마도 무심코 얼굴에 곤혹을 드러낸다.

"잠깐만. 왜 단언할 수 있지? 놈들은 지금도 대규모 항쟁을 계속하고 있는데?"

"왜긴……."

아키라는 그 이유를 말하려다가 말끝을 흐렸다.

그렇게 단언한 건 넬리아이고, 그 넬리아의 뒤에는 쿠가마야마 시티가 있다. 그래서 아키라도 양대 조직의 궤멸은 거의 확실하다고 여긴다.

하지만 그걸 정확하게 이야기하면 도시와 합의한 비밀 엄수 의무, 넬리아 일당의 일을 없었던 것으로 한 계약에 걸린다. 그걸 깨닫고 말을 얼버무린다.

"뭐, 그거야. 아는 사람한테 정보를 구했어. 그래서 나도 도중에 돌아온 거야. 당한 만큼 갚아주려고 그 녀석들과 적이 됐는데, 내가 가만히 있어도 멋대로 궤멸한다면 딱히 상관없으니까."

시지마는 아키라가 지고 돌아온 줄 알았다. 그래서 대규모 항쟁의 승자가 보복할 때 휘말리는 것을 두려워했다. 하지만 그게 아니라면 이야기가 달라진다.

또한 아키라가 거짓말하는 것 같지도 않았다. 말을 흐린 것은 정보의 출처뿐. 적어도 아키라는 정보 자체는, 양대 조직의 궤멸에 관해서는 믿는다. 그 정도는 시지마도 간파했다.

그러나 출처를 모를 정보를 시지마도 믿을지 말지는 별개다. 오히려 시지마는 아키라가 누군가에게 속은 게 아닐까 의심했다. 그리고 시지마는 그 누군가에게 짚이는 바가 있었다.

"이봐, 그 이야기를 비올라에게 들은 건 아니겠지?"

"비올라? 아닌데. 다른 녀석이야. 미안하지만 누군지는 말할 수 없어. 하지만 셰릴이나 시지마가 아는 녀석은 아니야. 뭐, 너희 교우관계를 다 파악한 건 아니니까, 아마도."

"그렇군……."

시지마가 신음한다. 그렇다면 이야기가 또 달라졌다. 아키라는 30억 오럼짜리 현상수배급을 해치운 헌터 팀의 일원이며, 그쪽에서 정보를 제공하는 사람이 있어도 이상하지 않다는 생각이 들기 시작한다.

적어도 아키라는 뭐든 무력으로 해결하는 인물이며, 모략을 꾸미는 인간은 아니다. 대담한 말에 허위는 없다고 생각한다.

그리고 그 정보를 제공한 사람이 고액의 현상수배급을 해치운 헌터에게 보복당하는 위험도 감수하고 아키라에게 허위 정보를 줬을 확률이 얼마나 될지를 생각한다. 그러자 아키라가 한 말에는 일정한 신빙성이 있다는 결론이 나왔다.

(설마, 그 녀석들이 진짜로 궤멸하나? 그것도 오늘 중으로……? 아니, 어떻지……?)

그래도 시지마는 반신반의다. 슬럼에서 중견 조직의 보스로서 양대 조직의 힘을 잘 아니까 곧이곧대로 믿기 어려웠다.

"다시 물어보마. 비올라의 정보는 아니지? 비올라와 이어진 녀석의 정보도 아니다. 그렇게 생각해도 되겠지?"

"뭐, 아마도."

"그런가……."

그렇게 말하고 진위를 고민하며 끙끙대는 시지마의 태도를 아키라가 다른 의미로 해석한다.

"뭔가 자꾸 끙끙대는데, 그 비올라란 녀석의 정보면 그렇게 위험한 거야?"

"위험하다고 할까, 그건 진짜 성질이 고약한 여자라서 말이다. 가령 에존트 패밀리와 해리어스가 궤멸한다는 이야기가 사실이라고 치고, 그게 그 여자가 뒤에서 이것저것 꾸민 결과라고 한다면, 나는 믿을 거다. 아니라고 해도 의심할 정도다. 그 수작에 우리를 말려들게 했다고 해도 이상하지 않군."

"아하."

그 말을 들은 아키라가 문득 생각한다.

(그러고 보니 요즘 들어서 비올라와 마주치는 일이 많았던 것 같은데⋯⋯.)

아키라는 토메지마와의 협상 테이블에서 비올라와 처음 만난 뒤로 곳곳에서 비올라의 얼굴을 봤다.

우연으로 치부할 수도 있다. 의심하면 끝이 없다고도 한다. 그러나 한 번 의식하면 궁금해진다. 그리고 잡념을 떨쳐낼 무언가를 찾던 마음이 아키라의 등을 떠밀었다.

"그러면 직접 물어볼까."

"어?"

아키라는 일어나서 집어넣었던 강화복을 격납용 선반에서 다시 꺼냈다.

◆

비올라와 직접 만나기로 약속을 잡은 아키라 일행이 지정된 장소로 이동한다. 그곳은 도시의 하위 구획에 있는 복합 건물이었다.

건물 앞에서는 캐럴이 기다리고 있었다. 아키라 일행을 보고는 웃으며 손을 살짝 흔들었다.

"아키라. 여기야. 어머, 셰릴도 같이 왔어?"

"그러면 안 돼?"

"우리는 딱히 상관없지만, 건물 안이 꽤 난장판이야. 저 애가 괜찮을까 싶어서."

아키라가 시선으로 묻자 셰릴이 대답한다.

"괜찮아요."

"그래?"

그러자 캐럴이 이번에는 시지마에게 말한다.

"호위를 데리고 들어가는 건 상관없지만, 그 사람들이 뭔가 저지르면 당신 탓이 된다는 걸 잊지 말아야 할걸?"

"그건 안에서 무슨 일이 생긴다는 뜻인가?"

"잡담하러 온 건 아니잖아? 당신 부하가 섣부른 짓을 하면 당신도 덤터기를 쓴다는 뜻이야. 아키라도 큰 총은 두고 왔잖아."

지정된 건물 주변은 슬럼과 하위 구획의 경계에 가까워서 민간 경비회사의 부대가 엄중하게 경비하고 있다. SSB 복합총 같은 대형 총을 들고 다니면 불필요하게 경계당한다.

그리고 목적은 전투가 아니라 이야기를 듣는 것이기도 해서, 아키라는 휴대하는 총으로 AAH 돌격총과 A2D 돌격총만 챙겼다.

시지마는 조금 망설인 다음에 혀를 차더니 데려온 부하들에게 여기서 기다리라고 지시했다.

캐럴이 웃으며 아키라 일행을 건물 안으로 부른다.

"그러면, 이쪽이야. 아까도 말했다시피 난장판이지만, 신경 쓰지 마."

캐럴의 안내로 건물 안을 걷던 아키라 일행이 시체가 여럿 널브러진 방을 지나친다. 전혀 아랑곳하지 않는 아키라와는 달리 셰릴은 표정을 굳히고 살짝 겁먹은 모습을 보였다. 시지마가 인상을 살짝 쓰고 캐럴에게 묻는다.

"이봐, 이것들은 뭐야?"

"응? 해리어스의 병사들. 우리를 죽이러 와서 해치웠어."

"너희는 해리어스에 찍혔냐. 그렇다면 왜 그렇게 습격받은 곳에 있는데?"

"보통은 그런 우리가 이런 데 있다고는 생각하지 않잖아?"

피투성이는 고사하고 피바다가 된 방을 지나친 곳, 그 사무실에서 비올라가 기다리고 있었다. 책상에 몸을 기대듯이 서 있고, 조금 눈에 띄는 펜던트를 했다. 크고 비싸 보이는 펜던트 장식이 가슴 중앙을 장식한다.

"어서 와. 이런 데라서 미안해. 그래서? 할 이야기가 있다고 들었는데, 무슨 일이야?"

시지마가 험악한 눈으로 비올라를 본다.

"아는 사람을 통해서 에존트 패밀리와 해리어스가 모두 오늘 중으로 궤멸한다는 이야기를 들었다. 네 짓이냐?"

유도신문을 포함한 질문에, 비올라가 시원하게 대답한다.

"그거, 거짓말이지?"

"거짓말이 아니야. 출처가 확실한 정보다."

"그게 아니라, '네 짓이냐?'라고 물어본 부분이 거짓. 그 대답을 통해서 앞서 말한 정보가 올바른지 확인하고 싶은 거지? 정보료를 아끼려고 하면 못써."

질문의 의도를 간파당한 시지마가 혀를 찼다. 비올라가 즐겁게 웃는다.

"그 정보가 올바른지 어떤지 알고 싶다고 의뢰하면 조사할 건데? 가격은 협상이 필요하고. 어떻게 할래? 아, 일단 말하겠는데, 그 확실한 출처에 관한 정보를 팔러 왔다면 사 줄 수도 있는데? 헛소문이 아니라는 근거와 증거가 있다면 말이야."

"흥. 싫다."

"어머, 아쉬워라. 그렇다면 이야기는 이걸로 끝?"

시지마는 인상을 쓰고 아키라에게 시선을 돌렸다.

이번에는 아키라가 간단하게 묻는다.

"우리를 말려들게 했어?"

너무 단적인 질문에 비올라가 쓴웃음을 짓는다.

"말려들게 하다니? 뭐에? 조금만 더 자세히 말해 줘야……."

"짚이는 게 없다면 '아니다'라고 대답해."

아키라가 그 말만 하고 비올라를 지긋이 본다.

비올라는 그 질문에 바로 대답할 수 없었다.

비올라도 평소라면 여유롭게 웃으며 아니라고 대답했을 것이다. 그러나 두 가지 요소가 그걸 방해했다.

아키라는 거짓말을 간파하는 요령 같은 게 있다. 더군다나 그 정확도는 매우 높다. 비올라는 캐럴에게 그런 말을 들었다.

나아가 비올라는 캐럴이 불필요한 거짓말을 하는 사람이 아니며, 또한 자신과 친분이 있는 인물인 만큼 그런 것을 간파하는 안목이 뛰어나다는 걸 알았다. 이것이 첫 번째 이유.

그리고 아키라의 눈이 상대의 거짓말을 간파할 수 있다고 확신하고 있다는 것이 두 번째 이유다.

그것이 탁월한 통찰력이 있다는 과도한 자신감에 기반한 것이라면 비올라는 그걸 손쉽게 알아채고 웃으며 거짓말한다.

그러나 비올라는 아키라의 눈에서 다른 무언가를, 성능이 매우 좋은 거짓말 탐지기에 대한 신뢰와도 비슷한 것을 느꼈다.

그것들을 가미하고, 비올라가 웃으며 대답한다.

"말려들게 했어. 어느 정도 말려들게 했냐고 물어본다면, 죽어도 상관없다는 정도로는 '그래', 죽었으면 좋겠다는 정도로는 '아니야'라고 할 수 있겠네."

같이 이야기를 듣던 시지마가 할 말을 잃는 가운데, 아키라의 표정이 조금 험악해진다. 그러나 비올라는 표정에 여유로운 웃음을 유지하고 있었다.

"그래서 어떻게 할 거야? 나를 죽이게? 그건 추천하지 않아."

"추천하지 않는 이유는?"

"여러 가지가 있지만. 그래. 우선, 사후보복의뢰 프로그램이라고 알아?"

"알아."

"나도 그걸 써. 나를 죽인 개인이나 조직에 상금이 걸리게 말이야. 상금은 30억 오럼쯤 되려나."

그 의미를 셰릴과 시지마가 몹시 딱딱해진 얼굴로 드러내는 가운데, 아키라와 비올라는 표정을 바꾸지 않고 계속해서 이야기하고 있었다.

"나를 죽이면 비공식이긴 해도 30억 오럼짜리 현상수배급. 같은 액수의 현상수배급을 해치운 당신이라면 어떤 자들의 표적이 될지 정도는 상상할 수 있지? 추천하지 않아."

"그것 말고는?"

바로 대답한 아키라에게 비올라가 일부러 조금 의아한 척한다.

"어머, 이 대답으로는 만족할 수 없어? 그래. 그렇다면……."

그리고 왠지 모르게 노골적인 웃음을 얼굴에 띠었다.

"당신 애인 옆에 내 친구가 서 있다……는 건 어때?"

셰릴이 무심코 옆을 본다. 그곳에는 어느새 캐럴이 서 있었다.

"그렇군."

총성이 울렸다. 비올라의 가슴이 몸을 장식한 펜던트와 함께 꿰뚫린다. 비올라는 놀란 얼굴로 주저앉고, 자기가 흘려서 생긴 피웅덩이에 쓰러졌다.

AAH 돌격총을 내린 아키라가 태연한 얼굴로 캐럴을 본다.

"그래서? 나는 지금부터 캐럴과 목숨을 걸고 싸워야 해?"

아키라의 얼굴에 노여움은 없다. 그러나 시지마와 셰릴은 그것이 전투를 부정하는 것이 아님을 잘 알아서 단숨에 긴장을 끌어올려 얼굴을 굳힌다.

한편, 캐럴은 아키라에게 여유롭게 웃어 보였다.

"관둘래. 비올라의 호위라고 해도, 아키라와 목숨 걸고 싸울 만큼 보수를 많이 받은 건 아니니까."

"그렇군."

"하지만 그건 그거고. 받은 보수만큼 일하고 싶어. 너희한테는 피해를 안 줄 거니까, 해도 될까?"

"적대하지 않는다면 마음대로 해."

"고마워."

아키라와 캐럴의 친근한 대화에 셰릴과 시지마는 긴장을 풀면서도 죽음이 가벼운 헌터들의 위험한 감각에 복잡한 얼굴을 했다. 캐럴은 태연하게 작업을 시작하고, 아키라도 그 작업 모습을 흥미진진하게 보고 있다.

"캐럴. 뭐 하는 거야?"

"응급처치. 안 늦었으면 다행인 느낌이야."

캐럴은 선반에서 공 모양의 기계를 꺼내 좌우로 분리하더니, 그것으로 비올라의 부상 부위를 덮듯이 붙였다. 그러자 그 기계에서 수액 주사에 사용하는 주삿바늘이 달린 관 같은 것이 여러 개 나오더니 비올라의 목 등을 찌른다.

관에서 뭔가 액체가 몸으로 주입된다. 그러자 10초 후, 비올라가 성대하게 피를 토하며 눈을 번쩍 떴다.

아키라는 몹시 놀랐다. 헌터 기준으로는 경상일지도 모르지만, 상대의 몸은 생체이고 헌터도 아니다. 확실하게 죽였다고 생각했었다.

"오오, 대단하네."

"비싼 값은 했나 보네. 뭐, 이 자동 치료 키트는 고급품이고, 의체로 전환하는 것 말고는 더 방법이 없는 중상자의 연명용이기도 하니까 이 정도는 여유로웠을까?"

콜록대는 비올라는 주위를 둘러봐서 상황을 확인하더니 캐럴에게 한숨을 쉬었다.

"저기, 캐럴. 이런 상황에서 살린 거야?"

못마땅한 기색인 비올라에게 캐럴이 평소처럼 웃는다.

"무슨 소리야. 협상을 한 번 실수해서 죽은 걸 내가 살려서 상쇄해 줬잖아? 이제는 알아서 그 실수를 또 저지르지 않는 협상을 해봐."

다시 작게 한숨을 쉰 비올라가 시선을 캐럴에게서 아키라에게로 돌린다. 그러자 아키라가 다시 총을 들이댔다. 이번에는 머리에.

"질문은 생략하겠어. 그것 말고 더 있어?"

"이유는 모르겠지만, 셰릴에게 유물판매점을 시키려고 하지? 살려준다면 그 경영을 거들게. 이걸로 어때?"

아키라는 비올라에게 총을 들이댄 채로 침묵했다.

"내가 협력하면 당신의 유물판매점은 확실하게 번창할 거야. 시지마는 양대 조직이 오늘 중으로 궤멸하는 게 내가 한 짓이냐고 물어봤는데, 맞아. 그건 내가 했어. 정확하게는 그런 의뢰를 받아서 이것저것 공작한 거야."

"누가 의뢰했는데?"

"그것은 도저히 말할 수 없어. 하지만 당신도 예상하고 있지? 시지마가 말한 아는 사람이, 당신이지?"

아키라가 또 침묵했다. 비올라가 웃으며 말을 잇는다.

"추궁할 마음은 없어. 중요한 건 나는 그런 데서 의뢰할 정도로, 그리고 성공시킬 정도의 실력이 있다는 거야. 어때? 당신을 말려들게 한 일을 상쇄할 만큼의 가치는 있다고 보는데."

"그것 말고는……?"

"음. 없어. 이걸로 안 되면 끝이야."

아키라가 비올라를 가만히 바라본다. 비올라는 웃음으로 반응했다. 그 얼굴에는 허세가 없었다.

『알파.』

『거짓말은 안 했어.』

그걸 들은 아키라는 총을 내렸다.

"좋아. 내가 너를 살려두길 잘했다고 생각하게 만들어 봐. 죽이는 게 나았다고 생각한 시점에서 죽이러 갈 거야. 나한테 또 쓸데없는 짓을 해도 마찬가지야. 알았지?"

"거래는 성립했네. 나도 죽긴 싫으니까 노력해 볼게."

정말 성질이 고약하기로 정평이 난 비올라는, 이로써 변칙적이기는 하지만 아키라 일행에게 협력하게 되었다.

캐럴이 비올라를 부축해서 억지로 세우더니 아키라를 보고 즐겁게 웃는다.

"그러면 나는 비올라를 병원으로 데려갈게. 아키라. 다음에 또 봐."

"그, 그래."

친구를 공격한 자에게 이런 태도를 보여도 되는 걸까? 아키라
는 살짝 당황하면서 묘하게 감탄했다.

캐럴과 비올라에 이어 아키라 일행도 밖으로 나간다. 시지마
의 의심에서 시작된 아키라의 변덕은 아키라 일행에게 예상 밖
의 결과를 낳으면서도 이쯤에서 일단락되었다.

◆

비올라와 이야기를 마친 아키라 일행은 잠시 창고에 들렀다가
셰릴의 거점으로 돌아갔다.

양대 조직의 대규모 항쟁을 거점 건물에 틀어박혀 버티기로
한 아이들은 셰릴과 아키라가 돌아오는 것을 보고 안도의 숨을
내쉬었다.

창고의 경비를 도란캄에 부탁한 시점에서 레빈 일행과 원래
경비요원은 거점으로 이동했고, 그 덕분에 거점은 어지간한 곳
보다 안전했다. 하지만 불안은 완전히 씻어낼 수 없다. 자신들
의 보스와 그 후원자가 무사한 모습은 아이들의 불안을 씻어내
는 효과가 있었다.

셰릴의 방으로 안내받은 아키라는 다시 왠지 기운이 없는 모
습을 보였다. 셰릴이 걱정하는 눈치로 말을 건다.

"아키라. 그렇게 피곤하면 오늘은 이만 쉬는 게 좋아요. 여기
라면 큰 욕실도 있으니까 푹 쉬세요."

"그래……."

"알겠습니다. 바로 준비시킬게요."

"아니야. 목욕은 집에 가서 할 거니까 괜찮아. 아, 맞다. 놈들은 오늘 중으로 궤멸하니까 내가 여기 있는 것도 오늘까지면 되겠지?"

셰릴은 가능하다면 더 오래 있기를 바란다. 하지만 적절한 구실이 없어서 어쩔 수 없다고 생각한다.

"그러네요. 오늘까지로 부탁드려요. 저들은 아직 궤멸하지 않았고, 그때까지 아키라가 있으면 다들 안심하니까요."

"그런가……."

셰릴은 그 반응에서 아키라가 있으면 다들 안심한다는 말을 아키라가 믿지 않음을 간파했다. 그리고 이유는 모르겠지만, 모종의 이유가 아키라를 침울하게 한 것도 알아봤다.

이야기해 보면 편해질 때도 있다며 그 이유를 자세히 물어볼까? 한순간 그렇게 생각했지만, 곧바로 그만뒀다. 아마도 아무것도 말하지 않을 거라고, 어렴풋이 확신했기 때문이다.

그렇다면 셰릴은 모르는 것은 모르는 채로, 아는 것만으로 행동에 나선다. 아키라에게 다가가 끌어안는다.

"셰릴. 미안하지만 지금은 그럴 기분이……."

"저는 아키라가 있어 주면 무척 안심해요."

난데없이 단언한 셰릴에게 아키라가 조금 놀라서 말을 멈췄다. 그동안에 셰릴이 말을 잇는다.

"다른 사람들이 모두 저와 똑같이 안심한다고는 말하지 않겠어요. 아키라가 있으면 무조건 안심할 수 있다고는 생각하지 않을 거예요."

그건 맞는 말이라고 아키라는 생각한다.

"하지만 저희 조직은 아키라가 뒤에서 보호해 주니까 성립해요. 아키라가 없어지면 한순간에 와해해요. 이 거점도, 구역도, 전부 빼앗기고, 모두 쫓겨날 거예요. 그 뒤로는 뒷골목에서 돈과 무기를 빼앗기고, 그대로 죽을 거예요. 반드시 그렇게 돼요. 슬럼은 그런 곳이니까요."

슬럼이 그런 곳임은 아키라 자신도 잘 알았다.

"아키라 덕분에 저희는 그런 일이 안 생기는 생활을 보내고 있어요. 아키라를 조금 거북해하고, 조금 무서워하고, 못마땅하게 여기는 사람도 그 정도는 알아요."

아키라는 잠자코 이야기를 듣고 있다.

"아키라는 강하다는 말을 듣는 걸 별로 좋아하지 않을지도 몰라요. 훨씬 더 강한 사람을 많이 아니까 오히려 놀리는 것처럼 들릴지도 몰라요."

사실 아키라는 그렇게 받아들일 때가 많았다. 그 강함이 자신의 실력이 아니라 전부 알파의 서포트 덕분이라고 여기기 때문이다.

"그래도 저희는 그런 아키라의 강함 덕분에 안심하고 생활할수 있어요. 그 강함에 도움받고 있어요. 그건 알아주세요."

어떻게 보면 그 말은 실속이 없는 위로다. 그렇지만 효과는 있었다.

아키라가 넬리아와 싸우지 않고 물러난 첫 번째 이유. 아키라의 투지를 흐릿하게 한 깨달음은 자기 행동을 객관시하면서 얻은 감정이었다.

자신의 힘을 무시당해서 나를 얕보지 말라고 격노하고, 알파의 서포트라고 하는 타인의 힘을 휘두른다. 그런 짓을 하면 당연히 얕보이겠지. 무시당하겠지. 아키라는 그 사실을 깨달았다.

타인이 업신여기는 것을 허용하지는 않는다. 그것은 자신의 목숨이 무시당하고, 살해당하는 것을 의미한다. 알파의 서포트를 부정하지는 않는다. 자신은 약하고, 그 힘이 없으면 이미 죽었다. 앞으로도 사양하지 않고 쓴다.

하지만 격노에 대한 응답으로써 알파의 서포트를 사용하는 것은, 그것이 설령 잘못이 아닐지라도 창피한 줄 모르는 행위로 느껴졌다.

로게르토에게서 느낀 경의와 호감은 알파의 서포트를 얻은 자신에 대한 것이다. 그 정도는 아키라도 잘 안다.

자신의 실력을 간파당하고, 무시당하고, 그러고 나서 알파의 힘을 자신의 힘으로 오인하게 해서 인정하게끔 한다. 그렇게 왠지 중요한 것을 속이고, 기만하고, 위장하는 듯한 감각이 아키라를 침울하게 했다.

"그런가……. 도움받는 건가."

"네. 무척 도움받고 있어요."

"알았어. 뭐, 도와주겠다고 했으니까. 그렇다면 괜찮나."

그래도 이 꼴사나운 강함이 자신이 돕겠다고 한 자들에게 도움이 된다면, 괜찮겠지. 아키라는 그렇게 여기고 마음이 많이 편해졌다. 지금의 자신은 그 정도라고, 긍정적인 의미로 받아들일 수 있었다.

"네. 괜찮아요."

아키라가 쓴웃음을 흘린다.

"……셰릴. 뭐가 괜찮은지 모르면서 말하는 거지?"

"네. 몰라요. 하지만 괜찮은 건 알아요. 그건 맞죠?"

"그래. 아마도."

"그렇다면 괜찮은 거잖아요."

"그렇네."

신경을 써서 침울해질 바에는 자기 힘으로 똑같이 할 수 있을 때까지 강해지는 게 낫다. 그러기 위한 의지로 바꾸는 게 낫다. 그렇게 생각을 고쳐먹고, 아키라는 다시 기운을 차렸다.

"셰릴. 고마워. 마음이 많이 편해졌어."

"아뇨. 뭘요. 예전에도 말했다시피 말씀만 해주시면 언제든지 끌어안을 테니까 사양하지 말고 말해 주세요."

"떨어져."

"에이, 괜찮잖아요."

"알았어. 마음대로 해."

기운을 차린 것도 있어서 아키라가 셰릴에게 마음을 연다. 그걸 느낀 셰릴이 환하게 웃었다.

"네!"

그대로 아키라는 셰릴이 만족할 때까지 마음대로 하게 내버려 뒀다. 셰릴은 만족할 때까지 아키라를 끌어안았다. 남들이 보면 진짜 연인 같은 모습이었다.

셰릴의 머릿속에서 예전에 든 의문이 떠오른다.

자신의 감정은 아키라라고 하는 무시무시한 존재를 두려워하지 않기 위한 방어 반응이 아닐까?

아니다.

지금이라면 셰릴은 단언할 수 있다. 셰릴은 그게 정말 기뻤다.

제144화 헌터 활동 재개

쿠가마야마 시티의 하위 구획에 있는 병원의 입원실. 부자들을 위한 1인실 침대에 비올라가 누워 있다.

비올라는 아키라가 쏜 총에 가슴을 맞아 죽을 뻔했지만, 적절한 응급처치와 그 이후의 비싼 치료 덕분에 죽지 않았다. 후유증은 고사하고 흉터조차 남지 않았다. 그래도 그 몸은 일반인이다. 며칠 입원할 필요가 있었다.

그리고 그 병실에는 침대 옆 의자에 앉아 평소처럼 웃는 캐럴 말고도 험악한 얼굴로 비올라를 보는 남자들이 있었다. 하라지와 카자후제, 요시오카 중공과 야지마 중철의 영업사원이다.

"너, 각오는 했겠지?"

"정보상 나부랭이가 우리 회사의 선전을 망치다니. 후회하게 해 주마."

비올라가 일부러 그러는 듯 곤혹스러운 표정을 짓는다.

"망치긴 뭘 망쳐? 부탁받은 일은 잘 성공시켰잖아. 에존트 패밀리와 해리어스가 자금을 싹싹 긁어모으게 하고, 어느 한쪽이 선수를 치는 일 없이 완벽하게 준비한 상태로 싸우도록 잘 조정했는데?"

이번에 발생한 조직 간 대규모 항쟁은 쿠가마야마 시티가 판을 짰다. 그 목적은 크게 두 가지 있었다. 하나는 양대 조직의 완전한 궤멸. 나머지 하나는 슬럼에서 돈을 회수하는 것이다.

도시는 슬럼이 자잘한 다툼만 벌이는 빈민들의 집단이기를 바란다.

싸구려 무기로 전투 경험을 쌓고, 빈곤에서 탈출하기 위해 헌터를 지향하고, 언젠가는 유적에서 유물을 가져와 도시 경제에 공헌한다. 그러한 자들을 양성하기 쉬운 환경을 바라고 있다.

하지만 에존트 패밀리와 해리어스는 그 환경을 파괴했다.

원래는 하나같이 흔한 소규모 조직이었다. 그러나 방향성은 달라도 유능한 보스의 수완으로 세력을 확대하고, 중소 조직을 산하에 두는 대조직이 되었다.

조직의 규모가 커지면 모이는 돈도 많아진다. 그 돈은 더 많은 돈을 낳고, 무력과 권력을 키워나간다. 슬럼의 지하경제를 양분하는 거대 조직이 된 시점에서 하위 구획의 어중간한 기업을 가뿐히 뛰어넘는 돈과 힘을 보유하게 되었다.

지금까지는 빈곤에서 탈출하기 위해 헌터를 지향하던 자들이 헌터가 아니라 양대 조직의 무장 조직원을 목표로 할 정도로.

그 시점에서 양대 조직은 도시의 눈에 거슬리는 존재가 되었다. 최근에는 그 풍족한 자금력으로 도시의 인간에게 뒷돈을 주고 양지의 경제에도 간섭하기 시작하면서 더더욱 눈엣가시가 되었다.

그러한 존재가 존속하게 둘 정도로 도시는 녹록하지 않다. 당연히 대처에 나섰다.

그리고 도시는 양대 조직을 궤멸하는 것만으로는 부족하다고 생각했다. 양대 조직을 낳은 요인은 유능한 보스 말고도 한 가지 더 있다. 그것은 슬럼의 지하경제가 낳는 막대한 자금이다.

조직 간 항쟁도 공짜로는 할 수 없다. 그리고 큰돈을 낳는 이권 다툼이 항쟁의 규모를 키우고, 승리하기 위해 대조직을 형성하는 흐름을 낳는다.

그리고 양대 조직을 궤멸시켜도 분열해서 생긴 중소 조직이 윤택한 자금을 유지해서는 효과가 희미해진다. 슬럼은 식량도 살 돈이 없어 배급식으로 굶주림을 버티는 빈민들의 집단으로 돌아갈 필요가 있기 때문이다.

그 계획의 일환으로 도시에서 의뢰를 받은 비올라는 고용된 외부 공작원으로서 예전부터 공작을 수행하고 있었다. 양대 조직이 슬럼에서 치고받으면서도 결정적으로 대립하지 않는 공존 상태가 아니라, 공멸할 기세로 사투를 벌일 수 있도록, 서로의 악감정을 부추기듯 불씨를 뿌리고, 불을 붙이고, 불길을 퍼뜨리고 다녔다.

그리고 슬럼의 돈은 그렇게 생긴 항쟁의 비용으로 천천히 회수할 예정이었지만, 야지마 중철과 요시오카 중공의 개입으로 계획이 변경된다. 양대 조직에 인형병기를 팔아서 한꺼번에 모으기로 한 것이다.

야지마 중철과 요시오카 중공은 쿠가마야마 시티의 도시 방위대에 자기 회사의 인형병기를 도입하는 계획을 추진 중으로, 치열한 판촉전을 벌이고 있었다. 그리고 정식 채용의 결정타가 부족한 두 회사가 상호 협의하에 자사 제품을 실제로 싸우게 한 것이다.

원래부터 인형병기는 운용하는 데 막대한 비용이 들어서 대대적인 실전 운용 연습은 어렵다. 그러나 이 계획이라면 양대 조직에서 그 비용을 얻을 수 있다. 또한 승자의 기체가 정식으로 도입되는 건 아니지만, 채용에 크게 다가가는 건 확실하다.

그리하여 양대 조직의 항쟁은 야지마 중철과 요시오카 중공의 신제품 발표회가 되었다. 슬럼에서 인형병기가 날뛰는 사태를 도시가 용납한 것도 그 절충에 따른 것이다.

그리고 마침내 대규모 항쟁이 시작된다. 도시로서는 만족스러운 성과였다.

눈에 거슬리는 양대 조직은 궤멸했다. 슬럼의 돈을 회수하는 것도 양대 조직이 죽기 살기로 자금을 조달한 덕분에 충분한 수준이 되었다. 나아가 돈을 빼앗긴 원한은 도시가 아니라 양대 조직을 향한다.

대규모 조직의 존재는 이만한 항쟁을 초래한다는 감각을 슬럼 주민들에게 새기는 것도 성공했다. 도입을 검토하는 인형병기의 성능도 어느 정도 확인했다. 쿠가마야마 시티로서는 만족스러운 결과다.

하지만 야지마 중철과 요시오카 중공은 도저히 환영하지 못할 결과였다. 그것이 두 회사 영업사원의 표정에 짙게 드러나 있었다.

하라지가 비올라를 노려보면서 목소리를 낮게 깐다.

"부탁받은 일을 성공시켰다고? 웃기지 마라. 그 헌터가 개입한 건 네 소행이잖아."

카자후제도 몹시 매서운 눈으로 비올라를 본다.

"네가 그 헌터와 여러 번 접촉했다는 증거는 잡았다. 변명은 못 한다."

야지마 중철의 백토, 요시오카 중공의 흑랑, 두 회사의 인형병기 대결은 그 승자에게 쿠가마야마 시티 도시 방위대의 정식 채용을 촉진해야 했다.

하지만 그 결과는 양패구상이라는 예상 밖의 결말이 되었다. 그 전투에 난입한 헌터에게 양측 모두가 뼈아픈 피해를 봤기 때문이다.

비올라가 호들갑스럽게 고개를 흔든다.

"그건 오해야. 나는 오히려 아키라가 방해하지 못하게 했는걸? 실패했지만."

"입에서 나오는 대로 지껄이지 마라."

"진짜야. 캐럴. 어서, 그걸 보여줘."

캐럴은 쓴웃음을 지으며 정보단말을 조작하고는 정보수집기의 데이터를 남자들에게 송신했다. 그것은 셰릴의 창고가 로게르토의 포격으로 파괴된 다음에 비올라가 아키라에게 협상을 요청하려고 했을 때의 데이터였다.

"우리는 이 시점에서 조금 전에 양대 조직의 부대에 습격당했어. 아키라에게 그 보병들을 상대하게 하려고 협상하러 간 거야. 아무리 그래도 우리한테 인형병기를 보낼 여유는 없었겠지만, 보병을 보낼 여유는 있었을 거니까."

그 데이터를 믿는 한 아키라는 비올라의 말을 귓전으로도 듣지 않고 뛰쳐나갔다. 비올라의 지시로 인형병기를 습격하러 간 것처럼 보이지는 않는다. 그러나 하라지는 강한 의심과 불신을 표정을 일그러뜨리고 있었다.

"그걸 믿으라고? 이 정도의 내용은 이 헌터가 너와 뒤에서 손잡으면 얼마든지 가능하다."

"자기 입맛에 맞춰서 뭐든지 의심하면 못써. 나는 아키라에게 의심받아서 죽을 뻔하다가 입원한 건데? 내가 아키라와 손잡았다면 그런 일이 생길 리가 없잖아."

무심코 납득하는 바람에 하라지는 인상을 쓰고 입을 다물었다. 그러자 비올라가 더 몰아붙이듯 말을 잇는다.

"애초에 당신들은 도시 방위대에 인형병기를 팔려고 한 거잖아? 그 기체가 최전선 주변의 헌터도 아닌 어중간한 헌터에게 지면 어쩌자는 거야. 그걸 내 탓으로 돌리지 말았으면 좋겠는데?"

뼈아픈 곳을 찔리자 두 영업사업은 인상을 쓰고 조금 주춤거렸다.

실제로 그게 가장 큰 문제다. 두 회사의 기체가 아키라를 손쉽게 죽였다면 아무 문제도 없었다. 그러지 못하는 바람에 기체의 성능을 의심받아 큰 문제가 된 것이다.

움츠러든 남자들의 빈틈에 비올라가 파고든다. 먼저 카자후제를 보고 의미심장하게 웃으며 자상하게 말을 꺼낸다.

"뭐, 나도 야지마 중철은 운이 나빴다고 봐. 그 기체는 바가지 요금으로 팔아치운 염가판이지? 더군다나 조종사는 초보. 그리고 상대는 30억 오럼짜리 현상수배급을 해치운 헌터. 쟤도 어쩔 수 없잖아?"

카자후제가 조금 의외라는 표정을 짓는다. 한편, 하라지는 인상을 험하게 썼다.

"게다가 염가판 기체라도 멀쩡한 조종사를 쓰면 나름대로 싸울 수 있다는 건 예전에 아키라와 일대일로 싸웠을 때 증명했어. 염가판이 그만한 성능이라면 도시에 파는 통상판 기체의 성능은 나도 충분히 기대할 수 있다고 봐."

그리고 비올라는 매우 의미심장한 눈빛을 띠고서 카자후제를 봤다.

"나는 나중에 이번 일의 보고서를 도시에 제출할 건데, 이 부분은 빼먹지 않고 쓸 작정이거든?"

"그랬군……. 우리 회사와도 관계가 있는 내용이다. 올바르게 작성하기를 기대하지."

네 판정은 아직 회색이지만, 이번 일로 우리 회사의 제품을 옹호하면 조용히 넘어가 주겠다. 카자후제는 그렇게 눈빛으로 단단히 대답했다. 비올라도 그걸 이해하고 거래가 성립했다고 말하는 듯이 희미하게 웃었다.

한편, 이로써 인형병기의 도입에서 한 발 뒤처진 하라지는 초조함을 짙게 드러냈다. 우리한테는 아무것도 없냐고, 시선으로 비올라를 다그친다.

하지만 비올라는 괴이쩍은 얼굴로 대꾸했다.

"그렇게 쳐다봐도 곤란한걸. 미안하지만, 당신은 내 취향이 아니야."

"그걸 네 대답으로 판단해도 되겠지?"

야지마 중철에서 조용히 넘어가도 요시오카 중공과 적대한 시점에서 너는 곤경에 처할 것이다. 그걸 뒤집을 기회는 이게 마지막이며, 그 마지막 대답이 그거라도 정말 괜찮겠냐며, 하라지는 협박에 가깝게 말했다.

비올라가 한숨을 푹 쉰다.

"그렇게 말해도 말이지. 고작 헌터 한 명에게 패한 건 사실이잖아? 사실은 그 헌터가 어중간한 헌터가 아니라 터무니없는 랭크 사기 헌터였다. 그렇게 너희 입맛에 맞는 평가라도 기대하는 게 어때?"

사실이 어떻든, 그게 사실이 되게 공작해라. 그 공작을 내게 의뢰하면 받아주겠다. 그런 뜻으로 한 비올라의 말을, 하라지는 올바르게 이해했다.

"흥. 기대는 무슨. 너하고는 관계없는 일이로군."

조언은 받았지만, 너한테는 부탁하지 않을 거다. 그런 뜻으로 대답한 하라지는 비올라에게 등을 돌리고 카자후제에게 시선을 줬다.

"잠시 이야기하고 싶다."

"그러지."

아키라가 터무니없는 랭크 사기 헌터라면 염가판 기체로 그 헌터를 몰아붙인 적이 있는 야지마 중철의 사정도 좋아진다. 카자후제는 거절할 이유가 없었다.

"쉬는 데 방해했군."

"이만 가보겠다."

요시오카 중공과 야지마 중철의 영업사원은 그 말만 남기고 병실을 떠났다.

캐럴이 쓴웃음을 흘린다.

"비올라. 아키라한테 일부러 총을 맞은 것도 저 사람들을 상대할 핑계 만들기였어? 잘도 그런 걸 하는구나."

"그럴 리가. 핑계 만들기라니, 너무해. 너까지 그런 소리를 하는 거야?"

비올라는 조금 호들갑스럽게 슬퍼했다. 그걸 본 캐럴이 즐겁게 웃는다.

"일부러 총에 맞은 건 사실이잖아?"

"아니라고 하면…… 믿어 줄 거야?"

"못 믿어."

악녀들은 악녀답게 서로를 보고 웃었다. 그러고 나서 비올라가 평소와 똑같은 느낌으로 이야기하기 시작한다.

"일단 말하겠지만, 나도 총에 맞고 싶어서 맞은 게 아니거든? 다만 그 상황에서 죽지 않을 정도로 총에 맞는 것도 선택지에 있었을 뿐이야."

거짓말을 확실하게 간파당하더라도 상대를 속일 방법은 얼마든지 있다. 주는 정보를 제한해서 상대의 인식을 유도하고, 오인하게 하면 된다. 비올라의 주특기다.

이번 소동에 아키라를 말려들게 했다는 것을 쉽사리 인정한 것도 그런 수법의 하나다. 체념해서 솔직하게 자백한 것처럼 보이게 해서 다음에 한 말의 신빙성을 높였다. 아키라가 죽어도 상관없었지만, 죽이려고 한 것은 아니라고 한 말의 신빙성을.

또한 그 말 자체는 틀리지 않았다. 그러나 거의 확실하게 죽을 일에 말려들게 한 건지, 운이 정말 나쁘면 죽을지도 모르는 일에 말려들게 한 건지. 이렇게 두 가지를 놓고 보면, 말은 비슷해도 그 의미가 전혀 달라진다.

비올라가 이번 대규모 항쟁에 자신들을 말려들게 한 것은 사실이지만, 자신들만 말려든 것이 아니다. 슬럼 전체가 말려든 계획 속에서 덩달아 말려든 것에 불과하다. 아키라는 비올라의 말에 의해 그런 식으로 오인했다.

그리고 비올라는 화제를 곧장 자신을 쏠지 말지로 바꿨다. 그렇게 해서 아키라의 의식을 실제로는 어느 정도 깊이 말려들게 했는지, 어느 정도 죽을 뻔했는지 하는 부분에서 멀어지게 했다.

그렇게 함으로써 아키라의 살의를 조정했다. 한 번 쏘면 상대를 완전히 죽이지 못하더라도 만족할 정도로, 아키라의 살의를 희석했다.

사후보복의뢰 프로그램 이야기를 꺼낸 것은 반쯤 허세다. 비올라는 처음부터 그걸로 아키라가 물러난다고는 조금도 생각하지 않았다.

진짜로 중시한 것은 아키라와 그 애인인 셰릴이 아니라, 아키라와 캐럴의 관계였다.

"그 자리에 셰릴도 있었으니까 써먹은 거지만, 원래는 아키라에게는 나를 죽이려면 캐럴과 싸워야 하는데 그래도 되겠냐고, 그런 식으로 망설이게 할 예정이었거든? 그런데 그렇게 쉽게 쏠 줄이야. 캐럴, 남자를 홀리는 솜씨가 무뎌진 거 아니야?"

그렇게 말하고 비올라는 조금 도발적으로 웃지만, 캐럴은 여유롭게 미소를 지었다.

"아키라는 정말 쉽지 않다고 예전에 말했잖아?"

"정말이지. 대역장 장갑탄의 확장탄창도 챙겨 보내면서 도와줬는데, 그 정도 취급이야? 우량 고객 개척이라고 말한 건 어떻게 됐어?"

캐럴이 아키라에게 준 대역장 장갑탄의 확장탄창은 비올라가 준비한 것이다.

원래는 아키라를 인형병기와 싸우게 하려고 그 협상의 재료로 쓸 예정이었다. 하라지와 카자후제에게는 아키라를 보병과 싸우게 할 협상이라고 말했지만, 그건 거짓말이다. 양대 조직의 보병과 싸우게 하려고 대역장 장갑탄의 확장탄창을 준비하진 않는다.

자신의 궁지에 처했을 때 달려오고, 대역장 장갑탄의 확장탄창까지 준 상대. 그런 캐럴과 싸우는 건 아키라도 조금은 망설이겠지. 캐럴의 지원은 그걸 기대한 비올라의 수작이며, 캐럴도 여기에 편승했다.

그리고 실제로 효과는 있었다. 아키라는 캐럴과 사투를 벌이는 것을 나름대로 주저했다.

그 밖에도 비올라는 이것저것 잔꾀를 부렸다. 펜던트를 찬 것도 그중 하나다.

살의가 있지만 짙지는 않고, 그러나 실제로 발포할 정도로는 강하다. 그 정도 살의로 쏠 때 눈에 띄는 펜던트 장식을 무심코 노리게 하기 위해서. 즉, 머리를 노리게 하지 않기 위해서. 총에 맞아도 즉사하지 않게끔 하기 위해서였다.

물론 준비한 모든 잔꾀가 성공한 건 아니다. 아키라가 총을 쏜 것도, 굳이 따지자면 실패다. 그러나 전체적으로는 성공했다. 비올라는 아키라의 살의를 조정하고, 그 성과로 살아남아 지금도 여유롭게 웃고 있다.

그리고 캐럴도 웃고 있다.

"살았으니까 잘됐잖아. 내가 아키라와 친하지 않았으면 죽었을걸?"

"어련하시겠어요."

악녀들은 그 고약한 성질을 얼굴에 드러내고 같이 웃었다.

◆

아키라는 셰릴의 거점 옥상에서 주위를 둘러보고 있었다. 셰릴에게 오늘까지는 경비를 거들겠다고 말하기도 했고, 지금도 일단은 대규모 항쟁 중이니까, 그걸 전부 고려해서 일단 경비를 서고 있는 참이다.

물론 적은 쳐들어오지 않는다. 아키라는 한가한 시간을 보내고 있다.

셰릴의 거점은 인형병기들이 교전하는 곳에서 꽤 멀리 떨어져 있다. 각지에서 서로의 거점을 공격하는 양대 조직의 보병들도 이 근처에는 습격할 곳이 없으므로 볼일이 없다.

어수선한 틈을 타서 셰릴의 거점을 습격하려는 피라미는 먼저 거점으로 이동한 콜베와 레빈 일행의 상대가 아니다. 이미 처리가 다 끝났다.

그래도 아키라가 경비를 서는 데는 의미가 있다. 셰릴의 조직이 아키라의 후원을 전제로 성립하는 이상, 뒷배가 살아있다고 안팎으로 알리는 것은 중요했다.

옥상에 있는 것도 거점 출입구보다 눈에 띄고, 멀리서도 아키라의 건재를 확인할 수 있다는 이유가 있어서다.

셰릴은 그 아키라의 옆에서 조직의 보스로서 일하고 있다. 지금은 정보단말로 카츠라기와 이야기하고 있었다.

"그렇게 됐으니까 무너진 창고에서 유물을 회수하는 건 내일부터 해주세요."

"알았다. 인원은 내가 준비하지. 그런데 양대 조직이 오늘 중으로 궤멸한다는 게 진짜냐? 아니, 의심하는 건 아니지만. 그 정보가 잘못되면 나도 번거로운 짓을 두 번 세 번 해야 하거든."

"괜찮아요. 지금부터 작업을 시작해도 딱히 상관없지만, 아무리 창고 경비를 지금도 도란캄에 부탁하고 있다고는 해도 슬럼이 어수선한 지금 상황에서는 다들 무서워서 인원을 구하기도 어렵겠죠. 그러니까 내일부터 하자는 정도의 이야기예요. 며칠 늦어져도 상관없어요."

"아니, 뭐, 그렇지만……."

이상하게 말을 흐리는 카츠라기의 반응. 셰릴은 그 이유를 확실하게 간파하고 있었다.

"양대 조직이 오늘 중으로 모두 궤멸한다는 이야기가 진짜라면 그 정보를 바탕으로 지금 당장 움직이면 이래저래 돈을 벌 수 있다. 그러니까 그 정보의 정확성을 잘 확인하고 싶다. 그 마음은 이해하지만, 저도 정보의 출처를 함부로 떠들 수는 없어요. 죄송해요."

"아, 아니, 그런 게……."

적절한 변명이 떠오르지 않아 웃으며 얼버무리려고 하는 카츠라기의 웃음소리가 들렸다. 그걸 들은 셰릴도 희미하게 웃는다.

"그런데도 궁금하다면, 제가 믿어 달라고 해도 큰 의미가 없겠죠. 그러니 비올라 씨한테 연락해서 물어봐 주세요."

"그 여자한테?"

"네. 경위는 말할 수 없지만, 아키라의 소개로 우리의 유물판매점에 협력해 주기로 했어요. 그 자금을 융통하기 위해서라고 하면 근거가 되는 정보를 제공하진 못하더라도 정확성 정도는 알려줄 거예요."

큰 경악을 나타내는 잠깐의 침묵을 사이에 둔 다음, 카츠라기가 장사꾼의 목소리로 대답한다.

"알았다. 믿지."

그 진지한 목소리는 셰릴에 대한 카츠라기의 인식이 다시 크게 변화했음을 알려줬다.

고작해야 슬럼의 아이고, 강력한 헌터에게 아양을 떨기만 하는 소녀. 지금껏 카츠라기는 셰릴을 인정하면서도 마음속 어딘가에서는 그렇게 여기고, 무의식중에 무시하는 구석이 있었다.

하지만 지금, 카츠라기는 그 인식을 완전히 고쳤다.

그리고 자신의 그 심경을 왠지 재미있게 여기면서, 든든하면서도 방심할 수 없는 거래 상대에게 웃으며 말한다.

"그나저나 너도 좀처럼 모를 여자가 됐군. 너는 슬럼의 꼬마들을 모은 작은 조직의 보스만 하는 평범한 애였을 텐데, 내가 착각한 건가?"

"착각이 아니에요. 다만 저는 평범한 아이와 다르게 아키라가 있죠. 그게 다예요."

"그렇군. 너한테 투자한 내 판단은 옳았어. 그러면 앞으로도 좋은 관계를 기대하마."

카츠라기와의 통화는 왠지 모르게 대담하고 유쾌한 목소리를 끝으로 끊겼다.

이미 통신이 끊긴 정보단말을 들고서, 셰릴도 왠지 모르게 대담하고 즐거운 목소리를 낸다.

"그래요. 기대하죠. 당신이나 저나."

저녁놀에 물드는 슬럼을 보면서, 셰릴은 아키라의 곁에서 미소를 지었다.

석양이 저무는 슬럼에서 인형병기들이 싸우고 있다. 검은 인형병기를 조종하는 것은 로게르토가 아니다. 하얀 인형병기들을 지휘하는 것도 도람이 아니다. 그러나 에존트 패밀리의 조직원들도, 해리어스의 조직원들도, 자신들의 보스가 싸우고, 지휘한다고 믿는다. 양쪽 기체가 건재하기 때문이다.

부하들도 보스의 지시라고 믿고서 싸우고 있다. 양대 조직은 보스의 강권, 독재, 지휘로 성립하며, 보스의 지시에는 거역할 수 없다. 철수 지시가 있을 때까지 양쪽 모두 멈추지 않는다. 서로의 거점을 습격하고, 죽이고, 죽고 있었다.

그리고 너덜너덜해진 검은 기체와 마지막까지 남은 하얀 기체가 공멸했다. 두 기체가 큰 소리를 내며 무너진다. 크게 부서진 인형병기는 그대로 양대 조직의 묘비가 되었다.

에존트 패밀리와 해리어스. 슬럼을 양분한 거대 조직은 조직의 보스, 주요 무장 조직원, 막대한 자금, 그 전부를 하루 만에 잃고 궤멸했다.

전부, 쿠가마야마 시티의 계획대로.

◆

양대 조직의 대규모 항쟁으로부터 10일 후, 아키라는 헌터 활동을 재개할 준비를 마치고 바이크로 황야를 달리고 있었다.

고랭크 헌터용 대형 바이크는 당연하게도 황야 사양. 4억 오름짜리 강화복과 1억 오름짜리 총을 보유한 헌터에게 걸맞게 고성능 제품이다.

차체는 포스 필드 아머로 방어된다. 나아가 차체 뒤쪽에는 대형 총기를 장착할 수 있는 서포트 암 타입의 총좌가 있다. 이것은 바이크의 제어장치로 조작할 수 있고, 중화기의 반동도 단단히 제어한다.

추가로 바이크는 총좌에 장착한 SSB 복합총과 A4WM 유탄 기관총, 적재 탄약류, 그리고 바이크 본체와 아키라를 포함한 중량을 거뜬하게 운반하고, 기민한 가속을 실현하는 대출력을 겸비했다.

아키라는 이 바이크를 카츠라기에게 샀다. 대금은 창고 습격자들을 환금한 돈에서 아키라의 몫. 그걸 한차례 투자 명분으로 셰릴에게 준 것을 돌려받은 것이다.

대규모 항쟁에서는 아키라도 돈을 너무 많이 썼다. 탄약도, 에너지 팩도, 회복약도 공짜가 아니다. 강화복과 방호 코트의 수복에 쓰는 값비싼 자재 카트리지도 대량으로 소비했다. 그리고 들어온 보수는 없다.

아키라도 그 상태로 투자하는 건 조금 아니라고 생각해서, 셰릴과 상담하고 돈을 돌려받게 되었다.

이미 쓴 돈을 돌려달라고는 하지 않겠지만, 쓰지 않은 돈은 돌려줘라. 그것 때문에 유물판매점 운영에 차질이 생긴다면 비올라에게 받아내라. 사후보복의뢰 프로그램 보수로 30억 오름을 낼 수 있다면, 그리고 유물판매점을 정말로 번창하게 할 자신이 있다면, 그 정도는 선뜻 내놓을 수 있겠지. 그렇게 말하고 밑져야 본전 느낌으로 부탁해 봤다.

셰릴은 웃으며 고개를 끄덕였지만, 그 돈을 보관 중이던 카츠라기는 난색을 보였다. 현금 자금이 줄어드는 것을, 엄밀하게는 유물판매점 운영에서 자신이 자유롭게 쓸 수 있는 예산이 대폭 줄어드는 것을 싫어한 것이다.

그리고 아키라와 필사적으로 협상해서 현금으로 돌려주는 것이 아니라, 그 돈으로 자신들에게서 이것저것 사 달라고 부탁했다. 그 결과, 카츠라기는 아키라의 실력에 걸맞은 바이크를 죽을힘을 다해 조달하게 되었다.

그 바이크를 타고 황야를 달리는 아키라가 바이크를 가져왔을 때의 카츠라기를 떠올리고 쓴웃음을 짓는다.

『조달하느라 죽도록 고생했다고 자꾸 말할 정도로는 고성능이야. 알파. 이 바이크라면 쿠즈스하라 시가지 유적 중심부에도 갈 수 있는 거지?』

서포트 암 타입의 총좌에 걸터앉은 알파가 웃으며 대답한다.

『그래. 이거라면 괜찮을 거야. 물론, 내 서포트를 전제로 하는 말이거든?』

『안다고. 좋아! 유적 중심부의 유물을 위해 힘내 볼까!』

헌터 활동을 재개한 아키라가 알파와 함께 황야를 힘차게 질주한다. 목적지는 쿠즈스하라 시가지 유적의 중심부. 한때 도달을 단념했던 구세계의 영역이다.

슬럼의 뒷골목을 뛰쳐나와 헌터가 된 소년은 수많은 고난을 극복하고, 마침내 그곳에 발을 들일 자격을 손에 넣었다.

하지만 아직 자격만 얻었을 뿐이다. 아키라는 그 영역에 발을 들이고, 탐색하고, 성과를 거둬서 살아 돌아와야만 한다. 헌터로서 알파에게 받은 의뢰, 지금은 아직 도달하기도 어려운 유적 공략을 달성할 정도의 힘을 얻는 날까지.

아키라의 헌터 활동은, 아직 끝나지 않는다.

Rebuild World
NEXT EPISODE >>>

글 : 나후세 / 그림 : 긴, 와잇슈, cell

리빌드 월드 VI
〈상〉〈하〉

구세계의 망령들에게 총애받는 자들.
기구한 운명을 걷는 두 헌터, 아키라와 카츠야.
이들의 대결은 정녕 피할 수 없는가——?!

애니메이션 제작 발표!
2024년 봄, 상하권 동시 출간 예정!

SSB
MULTI-FUNCTION GUN
SSB 복합총

아키라가 지금껏 사용한 총과는 일선을 긋는 형태의, 고랭크 헌터용 대형총. 전체 길이는 아키라의 신장을 넘어서며, 다루려면 강화복 착용, 서포트 암 접속이 필수다.

연사 속도는 DVTS 미니건 이상, 단발 위력은 CWH 대물돌격총을 넘는다. 저격 성능도 1000만 오럼 정도의 저격총보다 정확도가 높다.

또한 확장성도 뛰어나 추가 부품을 결합해 유탄이나 소형 미사일도 사용할 수 있다. 가격은 1정 1억 오럼.

LEFT

FRONT

BACK

RIGHT

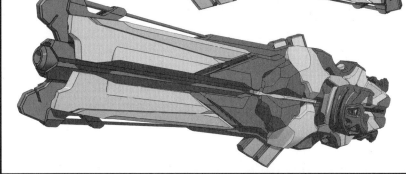

> Episode
005

대규모 항쟁

캐릭터 스테이터스
Character Status

모니카를 격파한 상금에서 분배한 6억 오럼으로 새 장비를 맞춘 아키라의 스테이터스. 헌터 랭크는 모니카의 존재가 나중에 공표되면서 갱신된 것.
새 강화복「네오프톨레모스」는 4억 오럼. 헤드기어 타입의 머리 장비와 방호 코트가 부속한다. 역장장갑을 표준 탑재하여 높은 방어력을 자랑한다.

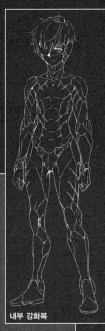

내부 강화복

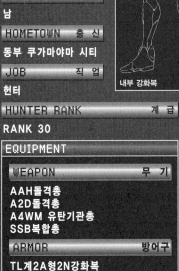

NAME 이 름
아키라
SEX 성 별
남
HOMETOWN 출 신
동부 쿠가마야마 시티
JOB 직 업
헌터
HUNTER RANK 계 급
RANK 30

EQUIPMENT

WEAPON 무 기
AAH돌격총 A2D돌격총 A4WM 유탄기관총 SSB복합총
ARMOR 방어구
TL계2A형2N강화복 네오프톨레모스

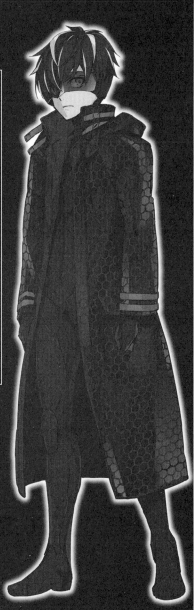

AKIRA

무기 해설
Weapon Guide

BLACK WOLF
흑랑

에존트 패밀리가 요시오카 중공에서 구매한 인형병기. 기체를 지키는 역장장갑 기능과 무장을 포함한 기체 전체를 지키는 역장장벽 기능을 갖춰서 매우 튼튼하다. 등에는 대형 추진장치를 보유해 비행도 가능. 요시오카 중공이 쿠가마야마 시티 방위대 배치를 목표로 하는 차세대기.

대형 실탄포와 미사일 포드, 전기톱 형태의 접근격투전 무기 등 다양한 무장을 사용할 수 있어서 화력 면에서도 매우 고성능. 높은 방어력과 맞물려 1기만으로도 강력한 전력이 된다.
한편으로 에너지 소비도 매우 심해서, 효율적인 에너지 보급도 고려하며 운용할 필요가 있다.

대규모 항쟁

WHITE RABBIT
백토

해리어스가 야지마 중철에서 구매한 인형병기. 염가판이지만 차세대기이며, 범용성이 뛰어나 다양한 무기를 사용할 수 있다. 조종사에게 충분한 역량만 있다면 인형병기인데도 대인 격투전도 가능하다. 가격은 염가판이 2억 오럼.

해리어스는 에존트 패밀리와의 조직 간 항쟁을 위해서 이 기체를 100기 조달했다.

야지마 중철은 이 기체의 일반판으로 쿠가마야마 시티 방위대 배치를 노리고 있다.

WHITE RABBIT

리빌드 월드 5 대규모 항쟁

2023년 11월 15일 제1판 인쇄
2023년 11월 20일 제1판 발행

지음 나후세
일러스트 긴 | **세계관 일러스트** 와잇슈
메카닉 디자인 cell

발행 영상출판미디어(주)
등록번호 제 2002-000003호
주소 07551 서울특별시 강서구 양천로 570 NH서울타워 19층
대표전화 02-2013-5665

ISBN 979-11-380-3601-6
ISBN 979-11-380-0237-0 (세트)

REBUILD WORLD Vol.V:DAIKIBOKOSO
ⒸNahuse 2021
First published in Japan in 2021 by KADOKAWA CORPORATION, Tokyo.
Korean translation rights arranged with KADOKAWA CORPORATION, Tokyo.
through Korea Copyright Center Inc.

이 책의 한국어판 저작권은 영상출판미디어(주)에 있습니다.
저작권법으로 한국 내에서 보호를 받는 저작물이므로 무단 전재와 무단 복제를 금합니다.

구매 시 파손된 도서는 구매처에서 교환하실 수 있습니다.
기타 불편사항. 문의사항이 있으신 독자님께서는 노블엔진 홈페이지
[http://novelengine.com] 에서 Q&A 게시판을 이용해 주시기 바랍니다.